하트브레이크 호텔

하트
브레이크
호텔

서진 소설

잃어버린 사랑을 만날 수 있는 그곳······

예담

차례

황령산 드라이브

Part 1

부산

Heartbreak Hotel

영화를 보고 있을 때,

우리 사이의 거리는 제로. 당신의 어깨가 슬쩍 부딪힌다. 영화에 집중할 수가 없어서 힐끔힐끔 당신의 얼굴을 쳐다본다. 당신은 마치 꿈을 꾸고 있는 것처럼 화면을 바라보고 있다. 푸른빛, 붉은빛이 당신의 얼굴에 어른거린다. 당신은 알다가도 모를 사람. 숨기지는 않지만 밝히지 않는 비밀이 있다. 우리를 가로막고 있는 것은 10센티 두께의 팔걸이. 하지만 영화를 보는 당신이 속한 세계는 저쪽, 당신을 구경하는 나는 이쪽. 결국 우리 사이의 거리는 무한대.

강의 시간, 우리 사이의 거리는 약 5미터. 당신은 복잡한 수식을 칠판에 채우느라 분주하고, 나는 당신의 눈을 쫓느라 분주하다. 제발 나를 봐줘요. 그리고 웃어봐요. 사실 당신은 다정한 사람이잖아요. 거리, 속도, 차원…… 이런 딱딱한 말은 당신에게 어울리지 않아. 140분의 수업 동안 나와 눈이 마주치는 순간이 한 번 정도는 있는 법. 그 순간 나는 재빨리 고개를 숙인다. 일반 물리학 교재가 말한다. 속도는 거리 나누기 시간이라고. 속도가 제로가 되기 위한 두 가지 방법은, 거리를 제로로 만들거나 시간을 무한대로 늘리는 것.

이제야 인생의 원대한 목표를 찾았다. 당신과 영원히 함께 있기.

지금, 우리 사이의 거리는 50센티. 팔을 뻗으면 찰랑거리는 머리카락이 닿겠지. 이 정도의 거리가 딱 좋다. 무슨 일이든 일어날 수 있는 가능성의 거리. 힘들이지 않고 말해도 다 알아들을 수 있는 거리. 눈을 맞추려고 애쓰지 않아도 마주보며 눈을 볼 수밖에 없는 거리. 은근히 풍겨오는 화장품 냄새, 미묘하게 바뀌는 표정, 손짓, 잠깐의 침묵. 나는 당신과의 순간을 놓치지 않으려고 사력을 다하고 있다. 하품이 나오려 하지만 참아야 한다. 절대로, 잠들면 안 돼.

✦ ✦ ✦

당신의 이야기에는 엔딩이 없다. 중학교 때 자기를 따라다니던 남자 이야기를 하다가, 그 아이가 좋아했던 헤비메탈 그룹에 대해서 말하고, 미국에 유학을 갔다가 중고음반점에서 그 그룹의 음반을 발견한 것으로 옮아간다. 이야기가 갑자기 시간 여행의 가능성으로 도약한다. 과거로 돌아가서 중학교 때 자기를 따라다녔던 아이를 다시 만난다면 어떻게 될까? 과거의 선택이 달라지면 시간 여행을 하고 있는 나 자신이 바뀔까, 아니면 평행우주 이론에서 말하는 것처럼 약간 달라진 나의 또 다른 인생이 흘러가는 것일까?

이야기가 끊어지는 것은 담배를 피울 때다. 무슨 말이 이어질지 궁금해 죽겠는데 천천히 담배 연기를 뿜으며 창밖을 쳐다본다. 그제야 나는 시간을 확인한다.

밤 11시 30분. 지금 일어난다면 여유롭게 지하철 막차를 탈 수 있는 시간. 계속 있으면 무슨 일이 일어날지 알 수 없는 시간. 당신은 자리에서 일어날 기색을 보이지 않는다. 립스틱 자국이 묻은 담배꽁초들이 부상을 당한 병사처럼 재떨이에 널브러져 있다.

"잠시, 화장실에 다녀올게요."

자리에서 일어서자 몸의 어딘가에서 우두둑 하는 소리가 났다. 나는 화장실 입구에서 동생에게 전화를 건다. 이 시간에 자고 있을 리 없다. 신호가 가다가 중간에 뚝 하고 끊어지더니, 다시 이어진다. 광안리 해변은 휴대폰 신호가 약한가? 마침내 연결.

"과제 때문에 친구 집에서 자고 간다고 아빠한테 전해줘. 잘, 전해달라고. 무슨 말인지 알겠지?"

"귀찮게 내가 왜 누나를 도와야 하지?"

"네가 도움이 필요할 때, 나도 도와줄 수 있잖아?"

이렇게 말했지만 내가 무엇을 도와줄 수 있는지 모르겠다. 동생은 잠시 침묵한다.

"늦은 시간에 누굴 만나고 있는 거야?"

나는 잠시, 당신을 어떻게 설명해야 할지 망설인다. 친구? 선생님? 그냥 아는 사람?

"프라이버시야. 신경 꺼."

"아빠한테 내가 생각하는 대로 일러줘도 돼?"

"그러면 죽어."

"인증샷을 보내달라고 할 수도 있고, 화상통화를 하자고 아빠한테 조를 수도 있는데……."

동생은 큭큭거린다.

"뭘 원해?"

"넷북 일주일 사용권."

"야! 시험 기간이란 말이야. 리포트도 써야 해."

말짱 거짓말. 시험 기간은 끝났고, 써야 할 리포트도 없다.

"아니면 말고."

"알았어 알았어. 대신 아빠가 의심하지 않게 잘 말해 줘야 한다."

"오케이. 로그인 비밀번호는?"

나는 비밀번호를 소리 낮춰 말해 준다. 마치 누가 엿듣기라도 하는 것처럼.

"너, 요즘 방 안에 틀어박혀 뭐하고 있어? 아빠가 무척 걱정한다고."

"걱정 붙들어 매시지. 자기나 걱정해."

"게임 좀 그만해."

"누나나 정신 차려."

나는 잠시 숨을 고른다. 이게 잘하는 짓인지 모르겠다. 넷북에 동생이 봐서는 안 될 것들이 뭐가 있는지 머릿속으로 생각해 본다.

"나는 지금 누나가 어디에 있는지 다 알 수 있어. 휴대폰에 내가 무슨 프로그램을 심어놨는지 알아? 갑자기 짠, 하고 나타나더라도 놀라지 말라고."

동생이 뭐라고 말을 하기 전에 끊어버렸다. 휴대폰 따위는 발명되지 않았어야 했다. 스마트폰은 더더욱.

자리에 돌아오자 당신은 배가 고프다며 햄버그스테이크를 시킨다.

"말을 많이 하면 배가 고파지거든. 걱정 마. 매일 밤 이런 걸 먹지는 않으니까."

아무렴, 그랬다가는 지금 같은 몸매를 유지하지 못했을 것이다.

학교에서도, 길에서도 당신이 지나갈 때 뒤를 돌아보는 남자들이 꼭 한두 명씩 있다. 어떻게 아냐고? 미안, 당신을 미행한 적이 있다. 당신이 어디에 사는지 알고 있다. 누구와 함께 사는지도…….

"엄마하고 통화했나 봐?"

"아…… 아뇨. 그냥, 동생이요."

"너무 늦어서 걱정돼? 내가 바래다줄 테니까 걱정 마. 동생은 몇 살이야?"

"내년이면 고3이에요. 작년에 학교를 그만두고 혼자 공부해요."

"엄마가 걱정 많으시겠다."

"부모님은 제가 초등학교 입학하기 전에 이혼하셨어요. 아버지가 우리를 맡아 키우셨죠. 동생은 제가 키운 거나 다름없지만, 이제 저하고는 놀려고 하지 않아요. 괜찮을 거예요. 고집불통이지만 똑똑하니까. 자기가 하고 싶은 것만 하는 성미라 그냥 놔두면 돼요."

"아…… 그런 일이 있었구나."

"뭐, 결손 가정이라고 느낀 적은 없어요. 고모들이 셋이나 있어서 귀찮을 만큼 간섭하니까."

"나는 형제가 없어서 심심했는데."

"어릴 때는 얼마나 치고 박고 싸웠는데요. 뭐, 탐정놀이 같은 걸 한다고 재밌게 놀기도 했지만."

당신의 가족에 대해서 묻고 싶어진다. 당신 몰래 조사해 놓은 것을 유도 심문해 볼 시간. 하지만 당신이 먼저 말할 때까지 기다리는 것이 좋겠다. 진실을 들으면 받아들이기 힘들고, 거짓을 들으면 배신감이 들 테니까. 다른 건 몰라도 기다리는 거 하나는 자신 있다.

주차장에 세워둔 당신의 자동차가 떠오른다. 샐러리맨이나 몰고 다닐 법한 평범한 은색 소나타. 차 안에는 '잠시 주차중'이라고 적힌 인형이나 방향제라도 있을 법한데, 공장에서 막 나온 차처럼 장식물이 아무것도 없다. 학교에서 당신은 언제나 숏컷 헤어스타일에 투피스 정장 차림. 당신이나, 당신이 모는 차나 인간미가 결여되어 있다. 그러나 내게만은 은근히 끌리는 매력. 그걸 설명할 수 있으면 참 좋을 텐데.

나는 당신의 옷차림을 아래위로 훑어본다. 학교에서와는 달리 목이 깊게 파인 스웨터에 청바지 차림이다. 그런데 어째서 정장보다 불편해 보일까?

당신은 나이프로 햄버그스테이크를 정사각형으로 잘라낸다. 재빨리 입에서 우물거리고는 목으로 꿀꺽 삼킨다. 중간에 물을 한 모금 마시는 것도 잊지 않는다. 나는 당신의 입을 계속 쳐다본다. 어떨 때엔 오물거리고, 어떨 때엔 살짝 벌어지면서 형체를 알아볼 수 없을 정도로 으깨진 햄버그스테이크가 보인다. 그리고는 목으로 꿀꺽. 물 한 잔, 냅킨으로 입 닦기. 처음부터 다시 시작.

"햄버그스테이크를 만들기 위해서 얼마나 많은 번거로운 일들이 필요했을까?"

"네?"

"소도 길러야 하고, 양파도 재배해야 해. 조리하기 위해 연료가 들어가는 데다 양념까지 생각하면 상상할 수 없을 정도로 막대한 에너지가 응축된 거지. 음식이 영양소일 뿐이라면 알약 하나로 제조할 수 있을 텐데."

"맞아요. 하루에 세 끼를 챙겨 먹는 게 귀찮아질 때가 있죠."

"하지만 이런 음식을 먹을 수 있다는 게 행복해. 알약 따위로 대체 될 수 없다고. 어림도 없지."

"알약만 먹고 지내다가 음식 앞에서 행복한 사람처럼 보여요."

당신은 웃는다.

"소화제로 맥주 한 잔 어때?"

"좋죠."

당신은 냅킨으로 입 주위를 닦는다. 립스틱이 약간 묻어나온다.

"어디까지 이야기했지?"

"중학교 때 집 앞에서 매일 아침 기다리던 아이?"

"아 맞다. 혼자 가는 것보다는 낫더라고. 처음에는 내 뒤에서 졸졸 따라오더니 옆에서 같이 걸을 정도는 됐지."

나는 과거에 존재했던 중학생 아이에게 질투를 느낀다.

"그 일이 생긴 뒤로는 주변에 얼씬도 안 했지만."

"무슨 일?"

"으슥한 골목에서 불량배들을 만났는데 혼자 도망치더라고."

"험한 일을 당하지는 않았나요?"

"지금 생각해 보니 불량배라고 해봤자 고등학교 1, 2학년생 정도? 돈이 없다고 하니, 도시락이라도 달라는 거야."

"도시락?"

"응. 그땐 다들 집에서 싸주는 도시락을 들고 다녔거든. 훗, 세대 차이가 들통 나는걸. 다들 아침을 못 먹어서 배가 고팠나봐. 지금은 그 흔한 편의점도 없었다는 게 상상이 돼?"

나는 고개를 저었다.

"고등학교 땐 따라다니는 남자가 없었나요?"

이건, 유도 심문.

"그때는 여자아이가 더 많았지."

"단짝 같은 거?"

당신은 고개를 끄덕이다가 다시 좌우로 흔든다. 맥주를 거품이 나게 따르고 난 뒤 꿀꺽, 하고 삼켰다. 보기만 해도 시원하다. 나는 입만 댔다. 알코올을 조금만 섭취해도 온몸이 발갛게 변한다. 별로 좋지 않는 집안 내력 중의 하나다.

"이 이야기는 좀 긴데…… 괜찮아?"

나는 고개를 끄덕인다. 자, 긴 이야기가 시작되려고 한다. 하품이 나오려는 것을 참는다. 뇌에서 산소가 필요한가 보다.

"그러니까 그게…… 고등학교 3학년 때였나봐. 나하고 단짝인 친구가 있었지. 이름은 김미선이야. 1, 2학년 때는 같은 반이었고 3학년 땐 다른 반이 됐지. 정작 같은 반이었을 땐 그리 친하지 않았는데 다른 반이 되면서 친해졌어. 미선이의 부모님은 시골에 계시고 할머니와 함께 살았었나봐. 틈날 때마다 내게 편지를 주곤 했어. 핀이나 작은 인형 같은 선물과 함께. 편지 속에 대단한 이야기가 적혀 있는 건 아니었어. 지난 일요일에 무척 우울했다, 그리고 나를 생각하자마자 그 우울함이 눈 녹듯 사라지고 기분이 좋아졌다, 나처럼 예쁘고 공부도 잘하고 자신만만한 사람이 되고 싶다, 전화를 걸려고 했지만 용기가 나지 않았다…… 그런 내용. 미선이는 편지를 보낸 다음에도 마치 보내지 않은 척, 편지에 관해 이야기하는 법이 없었어. 나는 처음엔 그런 편지가 부담스러웠지만 대수롭지 않게 생각했지.

나, 그 나이치곤 꽤나 조숙했다고. 지금보다 모든 걸 심각하게 생각하던 때였지. 우리는 왜 살고 있을까, 죽으면 어떻게 될까, 이 세상에 나를 이해해 줄 사람이 과연 존재할까, 우주 저편에 혹시 나와 비슷한 사람이 살고 있지 않을까 하는 생각 말야. 미선이뿐 아니라 몇몇 후배들에게 비슷한 종류의 편지나 선물을 받곤 했어. 나, 꽤 인기 있었다고. 지나친 우정은 여고에서 흔히 있는 일이야. 로맨틱한 감정을 품을 수 있는 대상이 필요한 법이니까. 누구나 총각 선생님을 사모하는 건 아니거든. 나도 은근히 친구들의 과도한 친절과 관심을 즐겼고. 내게 편지를 건네던 친구들은 다들 남편에게 잔소리를 하거나 아이를 주렁주렁 달고 악착같이 물건 값을 깎는 아줌마로 변해 있겠지. 그리고 심각하게 고민하던 일들은 모두 잊어버렸을 거야. 학교를 졸업했다고, 결혼을 했다고, 해결된 것은 하나도 없었을 텐데 말이야. 해결될 수 없는 고민은 잊어버리는 게 나을 수도 있겠지. 하지만 가끔은 그게 잘된 일일까 궁금해.

세상이 빨리 변한다고들 하지만 사실은 세상보다 내가 더 빨리 변해버린 것 같아. 과거를 기억하려고 할 때마다 사라진 기억이 있다는 걸 알게 되니까. 하지만, 어떤 기억은 절대로 잊을 수 없어. 초 단위로 생생하게 떠올릴 수 있어. 기억의 속도가 급격히 느려지는 거지."

그녀는 잠시 말을 멈추었다. 마치 제로의 속도가 된 기억을 떠올리는 것 같았다.

"미선이와 내가 같이 좋아한 사람도 있어."

"혹시…… 총각 선생님? 국어, 아니면 영어?"

"어떻게 알았지? 영어 선생님이야."

"말했잖아요. 어릴 적 동생과 탐정놀이를 했다고. 이름이 소녀 소년 탐정단이에요."

"훗, 재밌네. 지금 생각해 보면 잘생기지도 않았고 딱히 매력적이지도 않았지만 여고에서는 평범한 남자 선생님이 인기가 더 있어.

순진하고 어딘가 모자란 듯한 총각 선생님은 더더욱. 미선이는 다른 공부는 관심도 없고 오로지 영어에만 매달렸지. 나도 질 수 없어서 열심히 했지만 미선이만큼은 아니었어. 교과서를 달달 외우는 모습을 보고 공부가 아니라 집착이라고 놀릴 정도였으니까. 혹시 너는 그런 적 없니?"

나는 긍정도 부정도 하지 않고 웃어주었다. 중요한 이야기를 하기 전에 뜸을 들이는 것 같았다. 당신의 이야기는 계속되었다.

"어느 일요일 오후에 미선의 집을 찾아갔어. 매주 일요일 근처 도서관에서 같이 공부하곤 했는데 그날은 몸이 아픈 것 같다며 집에 놀러 오라고 했거든. 나는 가르쳐준 대로 길을 따라 간신히 미선의 집을 찾아갔지. 구불구불한 골목길이 이어진 동네의 오래된 한옥집이었어. 댓돌 위에 퍼런 이끼가 끼어 있고 낡은 운동화와 할머니의 하얀 고무신이 보였지. 마당엔 이름 모를 화분들이 많았는데 할머니가 소일거리로 정성스럽게 가꾼 듯했어. 보랏빛이 나는 안개꽃이 기억나. 초겨울이었는데도 시들지 않고 한들거리고 있었어. 미선이는 마루 건너 반투명 유리로 된 미닫이문을 열고 나를 반겼어. 잠옷 차림이었는데 그리 아픈 것 같지는 않아 보였어. 미선은 춥다며 빨리 방으로 들어오라고 했어. 안방에는 빨갛고 반질거리는 홑청을 한 이불이 깔려 있었어. 안방에야 그런 이불이 어울리긴 하지만 그곳에서 미선이 지낸다고 생각하니 조금 이상한 기분이 들었어. 차라리 할머니의 방이라면 이해하겠는데, 분홍색 파자마를 입은 여고생의 방이라니……. 미선은 애벌레처럼 이불 속으로 쑤욱 들어갔어. 그리고는 나보고 빨리 그 속으로 들어오라는 거야. 한없이 부드럽고 따뜻한 그곳으로.

괜찮다며 방에 앉았는데 방 안의 공기가 꽤 쌀쌀했어. 따로 난방을 하지 않고 전기장판만 깔고 지냈나봐. 어쩔 수 없이 대충 겉옷을 벗고 이불 속으로 들어갔어. 전기장판 때문인지, 체온 때문인지는 몰라도 이불 속은 아늑했어. 게다가 미선의 보들보들한 잠옷의 감촉도 좋았고. 우리는 키득거리며 자질구레한 이야기를 나누었어. 몇몇 친구들을 흉보고, 영어 선생님의 새로운 자동차에 대해서도 떠들었을 거야. 그는 자신의 오리궁둥이처럼 뒤꽁무니가 툭 튀어나온 차를 애지중지했거든.

한참을 이야기하고 있는데 어느 순간 미선이의 작고 가녀린 손가락이 내 가슴속을 파고들기 시작했어. 나도 처음엔 잘 알아차리지 못했는데, 그 아이의 잠옷 소매와 내 스웨터 사이에서 탁, 하고 정전기가 일면서 알게 됐지. 멈추게 할 수도 있었지만, 그러면 상황이 더 어색해질까 봐 저지할 수도 없었어. 이야기를 계속하면서 미선의 팔목을 잡았지만 물러서는 듯하다가 미선은 다시 가슴을 더듬었어. 아기같이 작고 부드러운 손길이 내 살결을 훑고 지나갈 때, 그 손길이 영원히 계속되었으면 하는 생각과 나쁜 짓이라는 생각이 동시에 들었어. 뭔가를 중얼거리기는 했는데, 무슨 말을 하고 있는지 잘 모르겠더라고. 심장은 점점 크게 뛰고, 귓불은 뜨겁게 달아오르고……. 거친 숨소리밖에 나지 않았지. 손은 어깨를 어루만지더니 어느새 윗도리와 볼품없는 브래지어마저 벗겼어. 저지할 틈도 없이 미선은 내 젖꼭지를 빨기 시작했어. 살짝 깨무는 듯하다가 부드러운 혀로 주위를 맴돌다가 사력을 다해 입 안으로 빨아들이는 거야. 아기가 엄마의 젖을 빠는 것처럼 절실했지. 처음에는 당황스러웠지만 부드러운 혀가 지나가는 자리에 남는 찌릿한 느낌이 싫지 않았어. 징그러우면서도 호기심이 생겼으니까. 안쓰럽기도 해서 머리를 쓰다듬어 줬을 정도야. 누구나 엄마의 젖꼭지를 빤 적은 있겠지만, 오래되어 기억나지 않는 거잖아. 미선은 나를 구석구석 만지기 시작했어. 내 몸에, 내가 알지 못한 부분이 그토록 많은지 몰랐어. 마침내 미선의 손은 치마 속을 뒤지고 있었지. 손목을 잡고 저지했지만 집요하게 파고드는 손길을 어떻게 할 수 없었어. 그 손이 내 팬티까지 이르렀 을 때 밖에서 소리가 들렸어. 작고 가늘게 미선의 이름을 부르는 소 리. 미선이는 나를 이불 속에 놔두고 밖으로 나갔지. 그사이 나는 부랴부랴 옷을 입었어. 할머니가 돌아왔던 거야. 미선이는 할머니 를 마치 하인 다루듯 짜증을 내며 몰아세웠어. 왜 이렇게 빨리 왔느 냐, 약은 사왔느냐, 친구가 왔으니 빨리 밥이나 해라……. 나는 외 투까지 입고 방을 나서려 했지. 공부하러 도서관에 가야 한다고 말 했지만, 미선이는 함께 공부를 하면 안 되냐고 애원했어. 빨간 이불 이 깔린 그 방에서. 나는 대답하지도 않고 방을 뛰쳐나왔어. 밖으로 나가서도 한참을 달렸던 것 같아. 숨이 차서 더 이상 뛸 수 없을 때 도 왠지 미선이가 뒤에서 나를 부르는 소리가 들리는 것만 같았어. 그때, 도망가지 않고 함께 도서관에 가자고 했다면 어땠을까? 아니 면 그 방에서 좀더 시간을 보냈으면 어땠을까? 그랬다면 그 뒤에 벌어질 일들도 달라질 수 있고, 나는 지금과 조금 다른 사람이 될 수도 있었을까?

그 일이 있고 난 후부터 미선이는 날 알은체하지 않았어. 나도 알 은척하기 싫었지. 늘 함께 학교식당에 뛰어와 같이 점심을 먹던 일 도 그만뒀어. 대신에 같은 반 아이들과 점심을 먹었어. 나야 미선이 말고도 친구는 많았으니까. 아마 미선이는 혼자서 식당에 앉아 밥을 먹고 있었을지도 몰라. 학교 복도나 매점에서 혹은 버스정류장에서 미선이를 마주칠 기회가 있었지만 서로 모른 척했어. 솔직히 기회가 되면 다시 자연스럽게 말을 걸 수도 있었는데 왜 그랬을까? 도저히 그럴 용기가 나지 않는 거야. 작정하고 말을 걸려고 해도 미선이는 마치 투명인간이라도 되는 듯이 나를 무시했어. 마치 내가 큰 잘못을 저질러서 자기를 실망시켰다는 듯이. 잘못은 내가 아니라 자기가 해놓고선…….

그리고 한 달쯤 뒤였나? 주위 친구들이 나를 이상하게 대한다고 느낀 건. 문을 열고 교실을 들어오면 자기들끼리 뭔가를 이야기하다가 나를 보고는 뚝 그쳐버리는 거야. 처음엔 신경 쓰지 않았지만 점점 거북해지더라고. 자신을 바라보는 눈초리에 경멸이 담겨 있으면 어떤 기분이 드는 줄 알아? 처음엔 화가 나지만 나중에는 내가 정말 무슨 잘못이라도 한 것처럼 주눅이 들어. 나에게 잘해주던 친구들도 하나씩 등을 돌리고 내게 오던 편지나 선물들도 뚝 끊겨버렸지. 아이들이 말을 거는 횟수도 점점 줄어들었어. 결국엔 점심시간에 나 혼자 밥을 먹게 됐어. 함께 먹으면 반찬도 많아지고 이것저것 수다를 떠는 통에 언제 먹었나 싶을 정도로 점심시간이 지나가지만, 혼자 밥을 먹으면 그 반대가 돼버려. 결국 혼자 점심을 먹기가 힘들어 교내식당으로 가봤어. 늘 미선이와 함께 먹던 자리에는 다른 아이가 있었지. 미선이는 자기 반으로 돌아가 친구들과 점심을 먹었나 봐. 나는 되도록이면 빨리, 제대로 씹지도 않고 밥알을 넘겼어. 밥을 먹을 기분이 전혀 들지 않았지만, 여고생의 몸은 영양분을 징그럽게 갈구하거든. 그때부터 급하게 먹는 습관이 들어 만성 소화불량에 걸렸을지도 몰라.

아이들이 나를 따돌리는 이유가 뭔지 궁금했어. 교실에서 어느 누가 한 아이를 미워하면 전염병처럼 급속하게 증오가 번져. 그 시절은 사랑할 사람이 필요한 것만큼 미워할 사람도 필요하니까. 호르몬이 넘쳐나는 아이들을 교실 안에 열두 시간이 넘게 처박아놓으면 비정상으로 변하는 건 당연하지. 운이 나빠서 내가 미워할 사람의 순서가 된 것일까? 도무지 알 수가 없었어. 미선이와 관련이 있다는 예감은 들었지만 붙잡고 물어볼 순 없는 노릇이었으니까. 아니면 몽유병 환자처럼 나도 모르는 잘못을 해버린 걸까? 해답은 어느 날 화장실 벽에서 발견했지. 유성 펜으로 내 이름과 함께 '영어 선생님을 덮친 갈보'라고 휘갈겨진 낙서를 발견한 거야. 그것이 언제부터 시작되어 얼마만큼 퍼져나갔는가는 알 수 없었지만, 아마도 우리 학교의 모든 아이들이 사실로 알고 있으리란 느낌이 들었어. 당사자가 가장 늦게 알았던 거지. 심지어 영어 선생님도 나와 눈을 맞추지 않는 게 느껴지더라고. 더 이상 질문도 시키지 않고. 매일매일 암묵적으로 우리 반 아이들, 아니 학교 전체의 사람들이 나를 따돌렸다고 생각해 봐. 으스스하지 않니?"

당신은 담배에 불을 붙인다. 대답을 바라는 질문은 아니었지만 무슨 말이라도 해야 할 것 같았다. 따돌림을 당해본 적은 없지만, 그런 일은 학교에서 알게 모르게 일어나는 일이다. 그나저나 미선이가 당신을 유혹하던 부분에서는, 흥분하고 말았다. 그 부분만 더 자세하게 이야기해 주시면 안 돼요?

나도 모르게 하품이 터져나왔다. 눈물도 주르륵 흘러내렸다. 시야가 잠시 흐릿해졌다.

"너무 지루한가?"

"아, 아뇨. 원래 새벽 서너 시까지 자지 않는데 오늘은 이상하네
요. 그래서, 해명을 했나요?"

"그건 사실이 아니라고 아이들에게 말하고 싶었어. 하지만 아무
도 내 앞에서 물어보지도 않는데 내가 나서서 변명해 본들 무슨 소
용이야? 소문은 시간이 지날수록 부풀려지고 변형되어져 사실인
양 여겨지고 있는 마당에, 변명을 해봤자 불에 기름을 붓는 격이
지. 대신 침묵으로 일관했어. 보이지 않는 멸시의 눈초리를 보란 듯
이 무시하고 고개를 꼿꼿이 들고 다녔어. 이전보다 훨씬 열심히 공
부했지. 오기가 생기더라고. 누가 이기는가 보자. 그런데 누가 그런
소문을 퍼뜨렸을까? 미선이를 먼저 떠올렸어. 증거는 없지만 나를
곤궁에 빠뜨릴 이유가 있는 사람은 그 애뿐이잖아. 시간이 지날수
록 미선이가 밉기보다는 나머지 아이들이 무서워졌어. 불과 몇 달
전까지만 하더라도 나와 친해지려고 노력하던 애들이 순식간에 나
를 투명인간으로 대하다니. 나도 분위기에 휩쓸려서 누군가를 따
돌린 적이 있었겠지. 따돌림을 당하는 사람의 심정 따위는 아랑곳
하지 않고 다들 그 대상이 자기가 아닌 걸 확신하고 싶어서 따돌림
에 참여하게 되는지도 몰라. 왜 따돌리는지, 따돌림의 이유가 진실
인지는 중요하지 않게 되지. 미선의 계획은 그다지 치밀하지 않았
을지도 몰라. 화장실에 낙서를 했거나, 아니면 낙서를 보고 누군가
에게 슬쩍 말을 흘렸을지도……. 하지만 아이들은 모두 약속이나
한 듯이 나를 배신했어. 학교에 가고 싶지 않았어. 아프다는 핑계로
몇 번 결석을 하기도 했어. 죽고 싶을 만큼 괴로웠지만 극단적인 생
각은 하지 않기로 결심했어. 그런 생각을 한다는 것 자체가 그들의
따돌림에 넘어갔다는 증거니까. 대신 열심히 공부했지. 꽤나 건전

하지 않아? 원래는 대학에 겨우 들어갈 정도였는데 그 사건 덕택에 보란 듯이 서울에 있는 상위권 대학에 입학했어. 대학에 들어간 후로는 고등학교 동창들을 볼 기회가 없었어. 대부분의 아이들은 부산에 남았으니까. 같은 학교에 진학한 아이들도 특별히 연락할 일이 없었지.”

하하. 당신은 짧게 웃었다. 통쾌한 웃음이 아니라 허탈한 웃음이다. 시선은 얼룩이 지저분하게 묻어 있는 검은 유리창을 향했다. 나도 창밖을 바라보았다. 바다는 암흑 속에 휩싸여 있고 불빛이 꺼진 광안대교만이 바다 위에 떠 있었다. 유리창이 덜컹거렸다. 이 정도라면 귀가 시릴 정도로 매서운 바람이 불 것이다.

“그 아이들은 자신들의 행동이 한 사람에게 지울 수 없는 기억을 안겨줄 거라고 생각하지는 않았겠지. 하지만 모르고 주는 상처가 큰 법이거든.”

나는 카페 안을 한번 둘러보았다. 춥고 바람 부는 겨울밤이라 그런가. 유난히 실내가 아늑하게 느껴진다. 주인의 취향이 유럽풍인지 꽃무늬 벽지와 빅토리아 스타일의 가구가 보인다. 뭐야, 가본 적도 없는 유럽을 흉내 낸 듯 엉성한 스타일이라니. 이런 분위기는 첫째 고모가 좋아할지도 모른다. 여성 잡지에 등장하는 인테리어로 집을 꾸며보는 게 요즘 그녀의 소원이다.

맞은편 테이블에는 내 쪽을 바라보며 남녀 한 쌍이 소곤소곤 이야기 나누고 있다. 여자는 눈을 감고 남자의 어깨에 기대 입을 달싹거렸다.

“저기 저 뒤에 한 커플 보이죠? 자정이 넘은 이 시간에 무슨 사연으로 어떤 이야길 나누며 이곳에 있는 걸까요?”

당신은 나를 보며 싱긋 웃는다. 왼쪽 입술이 살짝 올라가는, 내가 좋아하는 표정이다.

"아마도 사귄 지 얼마 안 될 거야. 함께 밤을 지내고 싶지만 그 이야기를 어떻게 꺼낼지 몰라서, 돌려가며 말하거나 쓸데없는 이야기로 시간을 허비하고 있는 거겠지."

당신의 볼은 약간 상기되어 있다. 그 온기를 느껴보기 위해 손으로 만져보고 싶은 충동이 들었다.

"그럼, 상대에게 같이 자자고 유혹할 때 어떤 방법이 좋을까요? 거절당해도 부끄럽지 않은……."

"그런 건 공짜로 가르쳐줄 수 없는데."

"말해 봐요. 어떤 식으로도 사례를 할 테니."

당신은 내게 다가오라는 손짓을 한다. 나는 테이블에 팔꿈치를 대고 당신 쪽으로 바짝 다가갔다. 당신의 은은한 향수가 코끝을 간지럽혔다. 당신은 허리를 구부리고 나에게 바짝 다가와 말한다.

"그런 말은 직접 공기 중에 내뱉어버리면 금방 증발해 버려. 대신 상상력을 자극시켜야 한다고. 가장 효과적인 방법은 자신이 예전에 누구와 어떻게 잤는지 얘기하는 거야. 그 이야기를 들은 상대방은 자기도 함께 잘 수 있겠다는 희망을 갖게 되면서 흥분이 되는 거지. 이야기는 상상력을 자극시켜서 용기 있는 행동을 할 수 있게 만들거든. 자기도 모르게 최면이 걸려버리는 거야. 이야기를 들으면서 자신이 잠자리 상대였다면 어땠을까, 하는 상상을 하게 마련이니까."

당신은 다시 소파에 깊숙이 몸을 파묻었다. 나도 어정쩡하게 다시 자리로 돌아와 앉았다. 뭐지? 방금 전까지 나는 당신의 첫 경험담을 듣고 있었다. 당신은 나를 유혹하기 위해 의도적으로 그런 이야기를 꺼낸 것일까? 그랬다면 고맙긴 한데 어쩐지 당한 기분이다. 유혹하는 쪽은 나였으면 좋겠는데, 내겐 노하우가 없다. 정작 중요한 건 학교에서 가르쳐주지 않는 것이다.

나는 눈으로 말해 본다.

당신과 함께 있고 싶어요. 무슨 이야기든지 좋아. 다 들어주고, 다 이야기하고 싶어요. 당신을 만지고 싶어요. 날 만져줘요. 키스해 줘요.

"저기……."

침을 꿀꺽.

"자, 피곤하지? 집에 데려다줄게. 아버지가 걱정하시겠다. 나가자."

집이라고? 아빠는 쿨쿨 자고 있을 텐데 무슨 걱정?

"왜, 집에 가기 싫어?"

"아, 아뇨."

우리는 어정쩡한 자세로 자리에서 일어났다.

내가 돈을 내려는 것을 막고, 당신이 계산을 했다.

"영화표는 네가 샀잖아."

우리가 카페를 나올 때까지 맞은편의 커플은 고개를 서로 파묻은 채 반쯤 졸고 있었다. 엘리베이터를 타고 밖으로 나오자 옷 속을 쿡쿡 찌르는 찬 바닷바람이 불어왔다. 땅을 무너뜨리려는 듯 오늘따라 파도소리가 유난히 거셌다. 허벅지가 드러난 짧은 치마를 입고 화장을 요란하게 한 여자가 배불뚝이 아저씨의 팔짱을 끼고 지나갔다. 그것도 약속이라도 한 듯이 세 쌍씩이나. 이상하다. 언젠가 이곳에서 저 사람들을 본 것만 같다. 여자의 경박한 웃음소리, 역한 술 냄새가 나는 남자도. 나는 종종걸음으로 당신을 따라갔다. 주차장이 카페와 조금 떨어진 곳에 있었다.

당신은 능숙한 솜씨로 시동을 걸었다. 후끈한 히터 바람이 차 안을 채우자 앞 유리창에 김이 서렸다. 라디오를 켜고 김이 사라질 때까지 한참을 기다려야 했다.

"운전해도 괜찮겠어요?"

"그럼. 겨우 맥주 두 잔을 마셨을 뿐인데. 햄버그스테이크도 들어갔고."

왠지 걱정이 되었다. 그렇다고 대리운전을 부른다면 분위기를 망치겠지.

"집이 어디라고 했지?"

"일단, 출발해요. 주소를 찍어드릴게요."

"으음…… 황령산 드라이브를 하는 건 어때?"

나는 고개를 끄덕거렸다. 자, 지금부터가 중요하다. 어떻게 하면 자연스럽게 당신과 함께 밤을 보낼 수가 있을까?

새벽의 라디오는 청취자와의 전화 연결이나 게스트의 수다가 없다. 낮은 음성의 디제이가 곡명만 서넛을 소개해 주고 사라졌다. 차 안의 훈기처럼 노곤한 음악이다. 차는 해변도로를 빠져나와 방송국이 있는 도로에 접어들었다가 다시 방송국 뒤쪽의 언덕길로 진입했다. 구불구불한 경사길이 이어졌기 때문에 몸이 뒤로 젖혀져 좌석에 파묻혀버렸다. 당신은 이런 것쯤은 아무것도 아니라는 듯 핸들을 이리저리 돌렸다. 역시, 멋있다.

휴대폰을 꺼내 문자를 확인하는 척하면서 웹 검색을 했다. 검색어는 '모텔'. 수십 개, 아니 수백 개가 나온다. 세상에, 이렇게 많은 모텔이 주변에 있었나? 나는 다시 검색한다. '호텔'. 모텔보다는 적지만 그래도 꽤 된다. 그중에 이름이 마음에 드는 것을 골라 GPS에 주소를 입력했다. 버튼을 누르니 예상 도착시간이 나왔다. 15분. 아, 너무 가깝잖아.

우리 과에서 일반 물리학 강의를 하게 된 당신은, 학생들에게 인기가 많았다. 예비역 선배들도 기초를 다진다며 수강신청도 안 한 강의에 들어와 참관할 정도였다. 교수들은 대부분 나이가 쉰이 넘었고, 젊은 강사라 하더라도 거의 남자다. 그런데 길을 가다가도 뒤를 돌아볼 만큼 뛰어난 미모를 지닌 여자 강사라니 인기가 많을 수밖에. 외모뿐만 아니라 강의도 흥미로웠다. 나야 재수강을 하는 처지라 어느 정도 익숙한 내용이었지만, 시간을 거슬러 올라가 2학년 때 똑같은 수업을 들었더라면 물리학에 더욱 관심을 가졌을지도 모른다. 도서관에 처박혀 소설책이나 읽다가 얼렁뚱땅 시험을 치는 신세는 면했을지도.

차의 속도가 갑자기 줄어든다. 몸이 앞으로 쏠렸다.

"자, 여기서 잠깐 쉴까?"

드르륵, 하고 당신이 핸드브레이크를 건다. 창밖을 보니 검은 바다 위로 광안대교가 떠 있고, 그 끝에는 거대한 벽처럼 아파트들이 둘러싸고 있다. 다들 잠을 자고 있을 법한데 도시는 휘황찬란하게 빛나고 있다. 바람 소리가 거세서 바깥으로 나갈 엄두를 낼 수 없다.

"별도 보이네."

당신이 하늘을 가리켰다. 구름이 조금 끼긴 했지만 그 사이로 반짝반짝 빛나는 별이 촘촘히 박혀 있다. 그러나 도시에서 뿜어대는 불빛에 비하면 초라하기 짝이 없다.

"태어나서 지금까지 부산에서 살았는데, 이곳에 한 번도 와보지 못했어요."

이상하다. 이렇게 말은 했지만 언젠가 와본 것 같기도 하다. 학교 가는 길처럼 익숙하다.

"주로 데이트를 하는 사람들이 차를 세워놓는 곳이야. 제대로 데이트를 하지 못했구나."

주위를 둘러보지만 길가에 세워둔 차는 우리밖에 없다. 세찬 바람에 나뭇가지들이 흔들거리는 게 보일 뿐이다.

"답안지에 적어놓은 메모를 하마터면 못 읽을 뻔했어. 다들 어디선가 보고 베껴놓은 듯해서 채점하기가 지루하거든."

"이번 시험은 잘 쳤는데……."

"가끔씩 집 근처까지 찾아와 애원하는 학생들도 있어. 그럴 땐 난 감하지. 재시험이나 과제를 더 하겠다고 우기는 학생도 있고. 억울한 사정은 개인마다 다르겠지만, 되돌릴 수 있다고 생각하는 자세가 무책임하게 느껴져서 절대로 봐주지 않아. 게다가 학점이 뭐가 그리 중요하지?"

아마도 당신은 F학점을 한 번도 받아보지 못했겠지. 입사원서에 넣을 학점이 부끄러운 적도 없었겠지.

"영화를 보러 가자고 답안지에 적어놓은 사람은 지금까지 너밖에 없었어."

"수업 중에 말씀하셨잖아요. 데이비드 린치의 영화를 좋아한다고. 그중 가장 좋아하는 영화가 〈멀홀랜드 드라이브〉라고 하셨잖아요. 예술 전용관에서 다시 상영한다고 해서……."

당신이 강의 시간에 그 영화를 언급했을 때, 나는 확신했다. 당신도 나하고 같은 취향을 갖고 있는 게 분명하다고. 그 영화는 할리우드를 배경으로 현실과 꿈을 뒤섞어놓은 두 여자의 이야기다. 여자 주인공은 로스앤젤레스로 넘어가는 구불구불한 길, 멀홀랜드 드라이브에서 사고를 당해 기억을 잃고 남의 빈집에 들어가게 된다. 그곳에서 친척집을 방문한 여배우 지망생과 만나게 되고 둘은 점점 이상한 일들에 말려든다. 내용은 복잡하지만, 두 여자 주인공 모두가 굉장한 매력을 내뿜는다. 한 여자는 퇴폐적으로 아름답고, 다른 여자는 순진무구하게 아름답다.

도시의 불빛이 보이는 산 중턱의 구불구불한 길을 올라가면서, 문득 이 길이 영화에 나온 멀홀랜드 드라이브와 비슷하다는 생각이 들었다. 음침하고 위험한, 사고가 나서 기억을 몽땅 잃을 것만 같은…….

"참, 오늘 영화 어땠어요?"

"예전에 비디오로 봤는데, 대형 화면으로 보니 다르더군. 감동의 크기도 화면의 크기에 영향을 받나봐. 고마워."

침묵이 흘렀다. 두 여자 주인공이 키스를 하는 장면이 떠올랐다. 그리고 황홀한 베드 씬도. 컴퓨터로 다운받은 파일을 그 부분만 수없이 반복해서 봤었는데……. 당신은 무슨 장면을 떠올리고 있을까?

"도시에도 별이 반짝이긴 하네요."

"저 하늘에 빛나는 별빛이 이곳에 도착하기 위해 몇 년을 여행했는지는 상상도 할 수 없을걸? 우리가 반짝이는 별을 봤을 땐 이미 그 별은 사라졌을지도 몰라."

"일반 상대성 이론을 말하려고 하는 거 아니에요? 빛은 시간과 일치한다느니 하는……. 수업시간에 아인슈타인이 미워졌다니까요."

당신은 풋, 하고 웃는다.

"우주에 떠다니는 빛 중에 지구의 과거를 담은 것도 있을 수 있겠네요."

"물론. 빛은 과거의 모든 영상을 우주 공간에 기록하고 있어. 문제는 가시거리지. 구름 때문에 별을 잘 볼 수 없는 건 문제도 아냐. 우주에는 수많은 별과 가스 구름층이 있어서 기껏해야 10억 광년 정도 된 빛을 볼 수밖에 없으니까."

"그것도 대단한데."

"지구가 태어나는 걸 보려면 20억 광년만 더 멀리 볼 수 있으면 돼."

당신의 고등학교 시절을 보기 위해서는 몇 광년쯤 떨어진 우주에서 빛을 붙잡아야 할까? 휘황찬란하게 빛나는 도시의 불빛도, 황령산 고개에서 주차를 하고 이야기를 나누는 우리의 모습도 몇 억 광년이 지나야 다른 별에 도착할 것이다. 인간은 겨우 100년도 살지 못할 존재라고 생각하니 모든 것이 하찮아졌다. 지금 내가 하고 있는 짓거리도.

문득 당신의 손이 내 무릎 위에 살포시 올라와 있는 걸 알아차렸다. 손은 무릎에서 허벅지로 천천히 올라간다. 나는 당신의 손을 잡는다. 제지하려는 게 아니다. 단지 손등을 쓰다듬을 뿐이다. 어떤 부분은 부드럽고, 또 어떤 부분은 까칠하다. 어느새 당신과 나는 손을 꼭 잡고 있다. 그 간단한 신호에 내가 겪어야 하는 의심, 설렘, 망설임, 설득이나 애원이 순식간에 사라져버렸다. 눈을 감은 당신의 얼굴이 천천히 다가왔다. 점점 좁아지는 나와 당신과의 거리는……

제로.

입술과 입술이 살짝 닿았다. 입술로 상대방을 탐색하려는 듯한 조심스러운 키스였다. 당신의 입술에서 립스틱과 옅은 향수 냄새가 났다. 나는 어떤 냄새가 났을까? 입술은 살짝 떼어졌다가 다시 포개어졌다. 그리고 우리는 서로의 깊고 부드럽고 축축한 부분을 탐색했다. 탐색할수록 계속 새로운 영역이 나타나서 멈출 수가 없었다. 당신은 키스를 하는 내내 나의 가슴을 어루만졌다. 당신이 어떤 부분을 건드렸는지는 모르겠지만 그럴 때마다 뒤통수의 신경이 쭈뼛거렸다.

나는 처음으로 여자와 키스를 했다. 상상 속에만 수십 번, 수백 번 일어난 일이 진짜 이루어지고 있다. 이 다음은 무슨 일이 벌어질까?

당신은 창문을 조금 내리고 담배에 불을 붙였다.

"사탕을 줄까?"

기어 안쪽에서 원통 플라스틱 병을 꺼내 알약처럼 생긴 하얀 캔디를 준다. 박하 맛이 난다.

"부산에서 태어나 쭉 이곳에서 학교를 다녔다고 했지?"

당신은 아무 일도 없었다는 듯이 엉뚱한 질문을 했다. 나는 옷매무새를 가다듬었다.

"네."

"갑갑하지 않았어?"

"글쎄요. 뭔가를 계속 달성해야 하는 상황에서는 그곳이 어디든지 상관이 없잖아요. 중간고사와 기말고사, 수학능력평가와 토익 시험에다가 이제는 취업까지. 다른 곳이라고 해서 특별히 다른 게 있었을까 싶어요."

당신은 나를 한 번 쳐다보았다.

"세상은 네가 생각하는 것처럼 시험으로만 이루어진 건 아니야. 시험 없는 세상이 더 무섭지. 다른 곳으로 떠나고 싶은 생각은 들지 않아?"

"막연히 어학연수라도 떠나면 좋겠다고 생각했지만 이미 늦은걸 요. 내년에는 어떻게든 졸업을 해야 하니까. 가고 싶어도 모아놓은 돈도 없어요."

사실은 일 년 동안 휴학을 하고 집에서 놀고 싶어요, 라고 말하고 싶었지만 한심하게 보일 것 같아 그만뒀다. 당신은 담배 연기를 창 밖으로 길게 내뿜었다.

"늦은 건 없어. 하고 싶은 일은 어떻게든 이루어지는 법이니까. 소 망의 강도가 세고, 규칙적이어야 해. 나는 언젠가 다시 고향으로 돌 아와 선생님이 되고 싶었거든. 이걸 이루기 위해서 얼마나 지루하고 힘든 일을 겪어야 했는지 넌 모를 거야."

"선생님같이 자신감 있는 사람은 원하는 건 다 이룰 수 있을 것 같 아요."

"나처럼 되고 싶어?"

나는 고개를 끄덕거렸다. 당신은 피식 웃었다.

"사실은 아직도 여고생과 별반 다름없는 고민을 하고 사는걸. 몸 은 늙었지만 마음은 그대로인 거 같은데……. 자신감 있게 보이려 고 애쓸 뿐이야. 그렇게라도 하지 않으면 불안해져. 계속 자신 있게 살고 있는 것처럼 연기하다 보면 결국엔 정말 그런 것처럼 느껴지거 든. 그건 좋은 점이지만, 계속 그런 가면을 쓰게 되면 원래 어떤 사 람이었는지 기억하기도 힘들어지지."

당신은 말끝을 흐렸다. 나는 운전석에 놓인 오른쪽 손을 살포시 잡아주었다. 나에게 약한 모습을 보여준 것이 고마울 지경이었다.

"하지만, 언제나 당당한 모습으로 남아주세요. 어떤 사람은 그 모습을 보면서 용기를 얻으니까요."

당신은 한 손으로 내 얼굴을 어루만졌다. 천천히, 그리고 부드럽게.

"그거 말했나?"

"네?"

"멀리 여행을 떠날 거라고."

"아…… 아뇨. 어디로 가시는 거죠?"

"정확히 어디라고 말하기는 힘들고, 아무튼 먼 곳. 이곳이 무척 갑갑해지기 시작했거든. 오래는 머물지 않을 거야."

"네……."

담배 연기가 빠져나가자 창을 올렸다. 시동을 걸고 차를 출발시켰다. 경사진 오르막길도, 구불구불한 길도 계속 이어졌다. 불빛이 반짝거리던 창밖의 풍경은 나무에 가려 보이지 않았다. 나무의 형체도 자동차의 속도와 어둠 때문에 제대로 파악할 수 없었다. 겨우 이렇게 만났는데 먼 곳으로 떠난다니, 정신을 차릴 수가 없었다. 당신이 얼마만큼 먼 곳으로 떠나는 것인지, 왜, 누구와 가는 것인지 궁금한 게 많았지만 내가 고작 한 말은,

"괜찮아요?"

당신은 고개를 끄덕거렸다.

갑자기 후드득 하는 소리와 함께 빗방울이 쏟아졌다. 세차게 불어 치는 바람에 따라 빗소리가 커졌다가 줄었다가를 반복했다. 와이퍼 는 끼익 하는 기분 나쁜 소리를 내며 힘겹게 움직이기 시작했다. 오른쪽으로 한 번, 다시 왼쪽으로 한 번…… 스르르 눈이 감겼다. 라

디오에서는 신경을 거슬리게 하는 전자기타 반주가 흘러 나왔다. 휘몰아치는 바람과 지붕을 두드리는 빗방울까지 가세했는데도 잠이 오는 걸 멈출 수가 없었다.

왜 이리 잠이 오는 거지? 이럴 줄 알았으면 카페에서 진한 커피를 한 잔 더 마시는 건데…….

뭉게구름 같은 것이 보이기 시작한다. 그건 짙고, 어둡다. 누군가의 얼굴이 되었다가 다시 알 수 없는 모습으로 변한다. 엔진 소리, 와이퍼가 움직이는 소리, 비가 차에 부딪히는 소리가 섞여서 기분 좋은 소음을 만들어낸다. 당신의 손길이 머리와 어깨에서 느껴지는 것 같다. 손길은 점점 아래로 내려간다. 눈을 반쯤 떠보니 당신은 양손으로 핸들을 꼭 쥐고 운전을 하고 있다.

뭐야? 착각이었구나. 나는 다시 눈을 감는다.

마치 영화를 보는 것처럼, 미선이의 방이 떠오른다. 따뜻한 이불 속에서 미선이가 나를 어루만지는 것이다. 귀에서 우우웅 하는 이명이 들린다. 귀에서 시작해 머리 전체를 관통하는 것 같다. 그 소리는 주변의 모든 소리를 막아버린다. 그렇다, 여기서 정신을 잃어버리면 꿈을 꿀 것만 같다. 이대로 놔두면 안 되는데……. GPS는 우리를 바른 길로 인도할까? 당신이 수업시간에 설명한 GPS의 원리가 생각난다. 지구에서 2만 킬로미터나 떨어진 세 개의 인공위성에서 수신 받은 신호를 통해 거리를 계산하면 3각 측량법으로 정확한 위치가 나오는데…….

세상이 덜컹거렸다. 눈을 떠보니 차가 덜컹거리는 것이었다. 눈앞에는 비포장도로가 보인다. 움푹 팬 곳에는 흙탕물이 고여 있고 길 양쪽에는 검은 빛의 나무들뿐이다. 마주 오는 차는 고사하고 우리 차가 제대로 지나갈 수 있을지도 잘 모르겠다. 상향등과 안개등을 켰는데도 고작 몇 미터 앞밖에 보이지 않는다.

"걱정 마. 이제 다 와가니까. 깊이 잠들어 있어서 깨울 수가 없었어. 이런 산 중턱에서 통학하려면 힘들었겠다. 주변에 집도, 상가도 없고."

"아…… 그게."

차가 스르르 멈췄다.

'목적지에 도착했습니다. 경로 안내를 마치겠습니다'라는 GPS 안내음이 흘러나왔다.

안개가 뿌옇게 시야를 가리고 있지만 가로등 몇 개가 불을 밝히고 있다. 그 뒤에 나오는 불빛은 안개 때문에 무엇인지 분간을 할 수 없다. 이런 외딴 곳에 호텔이 있을지 몰랐다.

"다 왔어. 건물이 하나 보이네. 저곳이 너희 집이야?"

"아뇨. 사실은……."

나는 어떻게 설명을 해야 할지 난감해서 휴대폰을 꺼내 검색 결과를 내밀었다.

"선생님이 그랬잖아요. 상대방과 자려면, 자신의 경험을 이야기하면 된다고. 나는 선생님의 경험을 들었는데…… 내가 잘못 이해한 건가요?"

"넌, 좀…… 이상한 여자아이야."

"무례했다면 죄송해요."

당신은 내 볼을 살짝 꼬집는다.

"좋은 의미로 이상하다는 거니까 안심해. 어차피 길도 험한데 쉬고 가지 뭐. 여기까지 오는데 길이 너무 위험해서 얼마나 긴장했다고. 앞은 안개가 끼어서 보이지 않고. 주변엔 가게나 모텔도 없고, 너는 옆에서 코까지 골면서 졸고……."

"나, 코 안 골아요."

"녹음할 걸 그랬다."

비는 어느새 멈췄다. 바람 소리도 나지 않는다. 가로등 사이로 계단을 오르니 진한 핑크빛 네온사인이 보였다. 하트 모양이 중간에 번개라도 맞은 듯 지그재그로 찌그러져 있다. 그 옆에 조명 아래로 간판이 보였다. 처음 와보는 곳인데도 이상하게 간판이 익숙하다. 어쩌면 꿈에서 본 것일지도.

'하트브레이크 호텔.'

침대에서 수없이 당신과 함께 뒹구는 상상을 했다. 불가능할 것 같아서 오히려 상상의 나래를 마음껏 펼칠 수 있었다. 내가 비정상인가 싶어서 그 대상을 인기 있는 남자 선배로 바꾸어보기도 했다. 그러나 구역질만 날 뿐, 다시 상대는 당신으로 바뀌어 있었다. 영화배우도 아니고, 가수도 아니고, 일주일에 두 번 실제로 마주치는 물리학 여자 강사로. 하지만 누구에게도 당신을 좋아한다고 말할 수는 없었다. 입 밖으로 토해 내면 확신할 수 없는 내 마음도 정해질 것만 같은데 속 시원하게 말할 수 없는 것이다.

이런 기회가 왔는데도 어쩐지 불안하다. 너무 좋은 기회가 자신에게 찾아오면, 그 기회를 망칠 것 같은 불길한 예감이 든다. 나는 불안감을 애써 무시하고 당신의 팔짱을 꼈다.

"자, 이제 함께 들어가는 거예요."

– Part 2에서 계속

두 번째 허니문

•

샌프란시스코

Heartbreak Hotel

"차이나타운으로 갑시다."

백미러에 비친 택시 기사의 얼굴을 흘끔 쳐다보았다. 남미에서 온 까무잡잡한 피부의 기사다. 혹시 말을 못 알아듣는 건 아니겠지? 억지로 웃음을 지으니, 기사가 큰 미소로 답한다.

기사는 미터기를 켰다. 소란스러운 라틴 음악이 나오는 라디오도 켰다. 쿵짝쿵짝. 쿵짜라 쿵짝.

"오케이, 출발합니다. 미구엘을 믿으세요."

혀가 입 안에서 맴도는 발음에다 억양도 어색하다. 목적지에만 정확히 도착해 주기를 기대할 수밖에. 인생의 마지막 날을 망치고 싶지는 않다. 나는 오늘 꼭 가야만 할 곳이 있고, 해야 할 일이 있다.

공항에서 출발한 차는 이내 고속도로로 진입했다. 모텔과 공장이 드문드문 보이는 공업 지대를 통과하니, 공장에서 찍어낸 듯 똑같이 생긴 집들이 보이고 넓은 강이 나타났다. 강 주위에 갈매기가 날아다녔다. 그렇지, 샌프란시스코는 바다가 근처에 있었지.

"샌프란시스코는 처음인가요?"

기사는 라디오 볼륨을 줄인다.

"아뇨, 두 번째입니다."

"그럼 첫 번째는 언제?"

"아마도…… 40년 전쯤이지요. 허니문을 왔으니까."

"오……."

다시 라디오 볼륨을 올리고 음악에 맞춰 고개를 끄덕거린다. 아마, 고향에서 즐겨 듣던 노래겠지. 다른 언어로 된 노래는 금세 지루해진다. 아내가 즐겨 듣던 노래는 이것보다 박자가 빨랐지만 지루하기는 마찬가지였다.

로스앤젤레스는 샌프란시스코에 비하면 평평한 매트리스 같은 곳이라고 아내는 말하곤 했다. 그때 우리는 자동차를 몰고 왔었다. 하늘색 쉐비 콜베어. 고속도로를 타지 않고 일부러 구불구불한 해안선을 따라서 운전을 했다. 그땐 눈도 맑았고 팔도 저리지 않아 급커브도 문제없이 꺾을 수 있었다. 아무리 힘든 길이라도 함께 있으니 헤쳐 나갈 수 있을 것만 같았다.

결혼식은 따로 올리지 않고, 혼인 신고만 하는 것으로 대신했다. 내 부모님도, 그녀의 부모님도 축하해 주지 않았으니까. 양쪽 모두 대단한 집안도 아니면서, 인종 차이를 극복하기엔 힘들었나 보다.

아내는 미국에서 태어난 중국인이었다. 어느 나라에서 태어나는지는 스스로 선택할 수 없다. 하지만 어떻게 살아야 하는지는 스스로 선택할 수 있다. 반대하는 부모님이야 안 보면 그만이고, 평생을 함께할 동반자와 열심히 살면 된다고 생각했다. 어떻게 열심히 살까? 잠을 덜 자고, 맛있는 것을 덜 먹고, 남들이 쉴 때에도 일을 하는 것. 내 머리에서 나올 수 있는 해답이라는 건 고작 그런 것뿐이었다. 아버지가 항상 '넌 머리가 나쁘니까 몸이라도 부지런히 살아야 해'라고 말했던 것이 평생 저주로 작용했을지도 모른다.

나는 하루라도 쉰다면 우리가 갖게 될 아이도 하루 더 늦게 갖게 되고, 우리가 함께 살 집도 하루 더 늦게 장만하게 될 것만 같은 불안감에 사로잡혀 있었다. 그래서 쉬는 날도 없이 슈퍼마켓에서 하루 종일 짐을 날랐다. 그녀는 중국 식당에서 웨이트리스로 일을 하면서 틈틈이 공부를 했다.

행복이 저축되는 것인 줄 알았다. 불어나는 통장 잔고처럼 지금 당장의 행복을 참으면 나중에 복리 이자로 불어난 행복을 인출할 수 있을 거라고 믿었다. 하지만 지금은 안다. 행복이라는 것은 비누 거품처럼 끊임없이 터뜨려야 계속 생겨난다는 것을. 왜 이제야 그런 걸 깨닫게 되었을까? 아버지의 말씀처럼 나는 머리가 정말 나쁜가 보다.

아내는 이미 세상을 떠나버렸고 침실이 세 개인 집에는 나 혼자 산다. 매일 저녁 티브이를 켜놓고 냉동 음식을 데워 먹는다. 더 이상 일을 하지 않아도 저축과 연금으로 먹고 살 수 있게 되었다. 하지만 이런 것이 평생 저축해 온 행복은 아닐 것이다. 이 거대한 사기극의 악당은 누굴까? 피해 금액을 환산하면 얼마가 될까?

고개를 들어보니 벌써 고속도로를 빠져나왔다. 눈이 스르르 감긴다. 요즘엔 무슨 생각만 하면 눈이 감기고, 이런저런 생각들이 뒤섞이면서 영상이 떠오른다. 세 명의 누이와 프레즈노에서 보냈던 끝이 없을 것 같은 여름, 양로원에서 보았던 아버지의 임종, 어머니가 끓여주시던 특제 스튜, 아내의 작았던 발……. 기억들이 시간 순서에 관계없이 스르르 나타났다가 사라진다. 그러다가 어느 한 장면에 멈추게 되면 꿈이 시작되는 것이다. 대부분은 과거의 한 장면으로 돌아가는 꿈이지만 한참을 꾸다 보면 한 번도 가본 적이 없는 거리에서, 한 번도 본 적 없는 사람들이 나에게 친한 척을 하고 인사를 건네기도 한다. 그동안 잘 있었나요? 힘든 점은 없으신가요? 곧 돌아오기를 고대하겠습니다.

차가 덜컹거리는 바람에 눈을 떴다. 피라미드 모양으로 솟은 하얀 건물이 보였다. 알록달록한 옷을 입고 거리를 지나가는 사람들이 많이 보였다. 지붕이 뾰족하게 삼각형으로 된 목조주택이 다닥다닥 붙어 있다. 색깔도 파스텔 톤으로 가지각색이다. 사람들이 실제로 살고 있는 집이 아니라 영화 촬영을 위해 지어진 세트 같아 보인다. 천천히 움직이는 전차도 장난감 같다.

신호 때문에 차가 잠시 섰다. 창밖을 보니 사람들이 케이블카를 타려고 길게 줄을 서 있다. 나도 신혼여행을 왔을 때, 비를 맞으며 케이블카를 기다렸다. 케이블카에는 사람들이 가득 차 있어서 제대로 밖을 구경하지도 못했다. 기억하는 것이라고는 케이블카 안으로 들어오던 차가운 빗방울과 경사가 급했던 언덕, 소리치며 케이블카를 운행하던 운전수뿐이다. 그리고 비 때문에 다음날 심한 독감에 걸렸다.

그 생각을 하자 웃음이 나왔다. 몸살이 나서 제대로 된 첫날밤을 보내지 못했다. 섹스야 살아가는 동안 부부로서 수십 번, 수백 번을 할 수 있으니까 (아내에게 그렇게 이야기는 안 했지만) 문제가 없었다. 단지 아내가 그렇게도 가고 싶어 하던 금문교를 제대로 구경하지 못한 게 미안했을 뿐이다. 아내는 중국에서 건너온 할아버지가 금문교 건설에 동원되었다고 말했다. 나와 함께 금문교를 두 발로, 이왕이면 맨발

로 건넌다면, 그 어떤 어려움도 함께 헤쳐 나갈 것 같다고 했다. 금문
교를 건너는 대신 아내는 온종일 침대 곁에서 나를 간호했다. 나는
다음에, 샌프란시스코로 꼭 다시 오자고 약속했다. 자동차로 운전해
서 예닐곱 시간 달리면, 비행기로는 고작 한 시간 남짓이면 갈 수 있
는 곳이니까. 하지만 그 약속은 지켜지지 않았다.

아내는 5년 전에 죽었다. 이다음에, 라는 말처럼 허망한 약속은
없을 것이다. 부부 사이에 많은 날이 기다리고 있을 것 같지만, 상황
이 딱 맞아 떨어지는 이다음은 결코 오지 않는다. 사람의 탄생이나
죽음이 완벽하게 준비된 상황에서 일어나지 않는 것처럼 말이다.

"요 며칠 사이에 비도 오고 안개도 많이 끼었는데 오늘은 거짓말
처럼 날씨가 좋습니다. 샌프란시스코 날씨는 누구도 예측하지 못한
다니까요. 손님은 운이 좋아요. 구름 걷힌 금문교도 볼 수 있을 테
고……."

미구엘이 백미러를 흘깃 쳐다본다. 차가 교통 체증에 막혀 도무지
움직일 생각을 하지 않는다. 미터가 끊임없이 올라가는 것이 미안할
까, 기분 좋을까?

"금문교라…… 뭐, 그냥 다리에 불과한데요."

"미국 사람, 아니 전 세계의 사람들이 그걸 보려고 이곳에 몰려들
지요. 그것 때문에 제가 먹고 사는 거니까 불평할 건 못 돼요. 하지
만 그 다리…… 아름답지 않습니까?"

나는 대답을 하지 않았다.

"그런데 차이나타운 어디로 모셔드릴까요?"

"리퍼블릭 호텔이라고 아십니까?"

"글쎄요, 그랜트 스트리트에 있는 건가요?"

"차이나타운의 입구 문을 통과해서 올라가다보면 오른편에 있던 걸로 기억합니다. 그 앞에 교회도 있었고 케이블카가 지나갔지요. 적어도 40년 전에는 말입니다."

"그렇게 오래전에 있던 거라면 지금 없어졌을 수도 있어요. 더 깨 끗하고 안전한 곳으로 데려다 드릴 수도 있는데요."

"음……."

"한번 같이 찾아보기로 하지요."

착한 기사다. 남미에서 온 사람들은 쓸데없는 불평을 안 하고 단 순해서 좋다. 그들이 고향으로 돌아간다면 미국의 식당과 슈퍼마켓 은 죄다 문을 닫아야 할지도 모른다.

마침내 우리는 차이나타운으로 들어섰다. 붉은색의 문을 통과하 니 양쪽 길가로 빽빽하게 기념품 가게와 음식점이 주욱 늘어서 있었 다. 곳곳에 스타벅스가 있는 것을 빼고는 40년 전과 변한 것이 없다. 지나치게 붉은 색깔의 장식과 뭔가를 튀기는 냄새까지 똑같았다.

로스앤젤레스의 차이나타운은 중국어 간판이 달린 가게와 머리 카락이 검은 사람들이 걸어다니는 것만 빼면 다른 지역과 별반 차이 가 없다. 일자로 뻗은 도로, 칙칙하고 낮은 건물, 쇼핑몰과 음식점. 하지만 샌프란시스코의 차이나타운은 생동감이 넘쳤다. 중국식 건 물을 본떠 만든 지붕과 여기저기 붉은색으로 치장된 거리는 마치 진 짜 중국에 온 듯한 기분을 들게 했다. 정작 중국엔 한 번도 가보지 않았지만 말이다.

차이나타운에는 이런저런 사정으로 중국에 돌아가지 못하는 사 람들이 고향과 비슷한 모습의 건물을 짓고, 중국어를 사용하면서 산 다. 때로는 주변 지역과 갈등을 겪기도 하지만 보기 좋게 관광지로 탈바꿈해 다른 민족에게 구경거리가 되는 것이다. 나와 중국인 아내의 신혼 여행지도 되고. 아내는 샌프란시스코의 차이나타운에 살고 싶다고 했지만 그건 말뿐이었다는 걸 안다. 여행지는 고향보다 언제나 매력적으로 보이니까. 막상 이곳에 살더라도 나 같은 보통 사람은 평생 지겨운 일들을 반복하면서 살아야 할 것이다. 일어나기 힘든 아침, 살기 위해 먹어야 하는 음식, 코앞에 닥친 문제를 고민할 겨를도 없이 침대로 쓰러지는 저녁…….

택시 기사는 창밖으로 고개를 거의 내밀다시피 하고서 운전을 했다. 어차피 거리는 차로 막혀 있어서 천천히 지나가야 했다. 중국어로 된 맥도날드 간판과 시티뱅크 간판을 지나 택시가 멈췄다.

"하마터면 지나칠 뻔했어요. 오른쪽에 호텔이 보이시죠?"

나는 황급히 주변을 둘러보았다.

"저기 케이블카가 지나가고, 말씀하신 교회도 있어요."

그가 가리키는 방향에 호텔이 있긴 한데 이름이 다르다. R로 시작해야 하는데 H로 시작된다. 위치는 분명한 것 같으니 상관없다. 미구엘에게 10달러의 팁이 포함된 요금을 건넸다. 생각보다 많이 나왔지만 내게는 쓸 돈이 충분했다. 그는 택시에서 내려 트렁크의 짐을 꺼내주었다.

"Good luck!"

택시가 떠난 뒤에도 한참 동안을 그 자리에 서서 건물을 물끄러미 쳐다보았다. 1층에는 'Kan's'라는 중국 음식점이 있고 2층에서 5층까지가 호텔인 것 같았다. 빛바랜 빨간 간판에는 '하트브레이크 호텔(Heartbreak Hotel)'이라고 적혀 있다. 아래에는 하트 모양의 네온사인도 걸려 있는데 불이 켜진다면 분명 짙은 분홍색일 것이다.

계단을 천천히 올라가 2층의 호텔 입구에 다다랐다. 예전에는 1층에 로비가 있었는데 구조가 바뀌었다. 아래층에서 음식 냄새가 풍겨 올라왔다. 마치 부엌에서 아내가 요리라도 하고 있는 듯한 기분이 들었다.

카운터에는 나보다 더 늙어 보이는 중국 노인이 검은 뿔테 너머로 한자로 된 신문을 읽고 있다. 헛기침을 하자 나를 물끄러미 쳐다본다. 그도 예전에 이곳에서 일을 했던가? 왠지 낯이 익다.

"저, 여기가 혹시 예전에 리퍼블릭 호텔이 아니었나요?"

그는 긍정도 부정도 하지 않고 나를 바라본다. 혹시 영어를 못 알아듣는 것은 아닐까? 평생을 차이나타운에서 살았다면 굳이 영어를 쓸 필요가 없었을 테니까.

"빈 방이 있다면 부탁드립니다."

카운터에는 1박에 99불, 세금 포함이라는 말이 붙어 있다. 나는 100달러짜리 지폐를 한 장 내밀었다.

"이왕이면 504호가 좋겠습니다."

그는 기다렸다는 듯이 열쇠를 탁 하고 꺼내놓았다. 1달러 잔돈은 주지 않았다. 묵직한 플라스틱 막대에 열쇠가 안쓰럽게 달려 있었다. 다행이다. 혹시 504호에 누가 묵고 있으면 어쩌나 걱정했지만, 아무도 이 호텔에 묵고 있지 않은 것 같았다. 504호는 신혼여행 때 우리가 묵었던 방이다. 아내는 맨 꼭대기 층, 맨 구석방에 묵고 싶어 했다. 더 높은 곳에서 더 많은 것을 보고 싶었을 것이다.

엘리베이터를 찾아볼 수 없다. 예전에 분명히 덜커덩거리는 엘리베이터가 있었던 것 같은데……. 거대한 장애물을 만난 것처럼 계단을 올려다본다. 제대로 올라갈 수 있을까? 가방을 한 손에 들고 한 걸음, 한 걸음 오른다. 계단에 깔린 붉은 카펫에서 무수한 담배 꽁초 자국이 보인다. 정체를 알 수 없는 퀴퀴한 냄새가 난다. 주인이 관리하지 않는 아파트를 세입자들이 망쳐놓은 것 같은 분위기다. 나는 오랜 여행에서 돌아온 주인이고.

아직 한 층도 올라오지 않았는데 계단에서 걸음을 멈춰야만 했다. 숨을 가다듬고 다리를 주물렀다. 머리가 어지럽다. 그러고 보니 아침에 약을 먹지 않았다. 관절염, 고혈압, 당뇨…… 이 모든 걸 치료하기보다는 단지 진행을 막아주는 약들. 내 몸의 병들도 흐르는 시간처럼 막을 수는 없는 것이다. 어차피 내일부터는 그것들도 필요하지 않다.

3층 복도에서 여자의 신음 소리가 흘러나왔다. 이 호텔이 매춘과 마약의 소굴일지도 모를 거라는 불길한 예감이 들었다. 4층까지 다다르자 무릎이 후들거렸다. 손수건을 꺼내 이마의 땀을 닦고 잠시 쉬었다가 한 층을 더 올라 5층에 다다랐다.

대낮인데도 창문이 없어서 복도는 어둡다. 간신히 천장의 조명등이 흐릿하게 복도를 비추고 있다.

501호, 502호, 503호, 504호……

나는 가방을 내려놓고 열쇠를 꽂아보려고 하지만 손이 떨려서 제대로 되지 않았다. 이렇게 쉬운 것도 제대로 못하는 스스로에게 짜증이 난다. 요즘엔 허름한 모텔도 카드 키인데 여기는 왜 아직도 열쇠를 쓰는 거람. 마침내 열쇠를 구멍에 제대로 꽂았다. 이리저리 돌려보아도 잘 열리지가 않는다. 다시 열쇠를 꺼내 힘껏 밀어넣고 이리저리 돌리자 철컥 하는 소리가 들렸다. 그리고 끼이익 하는 소리를 내며 문이 열렸다.

방 안은 조용했다. 입구 맞은편 창문은 거리를 향해 나 있지만 커튼이 쳐 있다. 커튼 사이로 비치는 햇빛을 통해 수많은 먼지 입자들이 보였다.

안쪽에는 자물쇠가 세 개나 달려 있다. 문을 차례로 잠갔다. 더블 침대라고 하기엔 다소 작아 보이는 침대 위에 시트와 쿠션, 베개가 얌전히 놓여 있다. 침대는 핏빛보다 붉은 이불로 덮여 있고 머리맡에 웅크리고 있는 아이처럼 베개가 이불 밑에 숨겨져 있다.

옅은 먼지 냄새가 났다. 언제 마지막으로 사람이 머물렀는지 짐작조차 할 수 없다. 방 안을 두리번거리며 이곳이 아내와 함께 왔던 곳인지 떠올려보지만 기억이 가물가물하다. 침대 맞은편에 있는 가구의 벽장을 여니 티브이가 나온다. 리모컨으로 전원을 켜고 침대에 풀썩 쓰러졌다. 티브이에서는 채널 가이드가 흘러나온다. 멍하니 천장을 보고 있으니 팔각형 격자 무늬의 벽지가 눈에 들어온다. 누렇게 변한 벽지 위에 붉은 모양으로 팔각형이 채워져 있다. 맞다, 분명이곳은 내가 묵었던 그 호텔이다. 다른 것은 잘 기억나지 않지만 팔각형의 붉은 무늬는 또렷하게 기억난다. 아픈 몸으로 침대에서 몇 시간을 누워 있으면서 지겹도록 저 무늬를 바라보아야 했다. 무늬를 여럿 이어서 동물이나 별자리 모양도 만들 수 있었다.

침대에서 일어났다. 이름만 바뀌었을 뿐 이곳이 아내와 함께 왔던 곳이라 생각하니 기분이 조금 나아졌다. 왜 이곳에 왔는지 깜빡할 뻔했다. 가방을 침대 위에 올려놓고 조심스레 열어보았다. 책 한 권과 긴 소매의 티셔츠, 잠잘 때 늘 입던 파자마, 그리고 가방 한 귀퉁이에 약이 든 하얀 통이 보였다. 통을 집어 들고 흔들어 보았다. 알약 두 개가 통에 부딪히는 초라한 소리가 났다. 딸깍딸깍, 딸깍딸깍…….

　"부작용은 없습니까? 고통스럽게 죽기는 싫은데요……."
　여자는 단 한 알이면 된다고 했다. 왠지 그게 의심스러웠다. 알약 하나로 아무런 고통 없이 죽을 수 있다니. 중국에서 만들었다면 뭐든지 의심이 든다. 이 여자의 나이도 의심스럽다. 30대 후반? 50대 초반? 주름을 펴는 수술을 했을지도 모른다. 화장도 너무 진하다.
　"수면제를 한 통씩 먹어도 실패하는 사람들이 있잖습니까? 병원에서 동정의 눈초리라도 받는다면 부끄러워서 죽고 싶을 겁니다."
　"아직까지 약이 듣지 않았다고 살아 돌아와 불평한 사람은 없으니까 안심해도 좋아요."
　딴에는 멋진 농담을 했다고 생각했는지 경박스럽게 웃어댔다. 로스앤젤레스의 차이나타운, 후미진 골목에 있는 약국은 의사 처방 없이 약을 구할 수 있는 몇 안 되는 곳 중의 하나다. 간판도, 전화번호도 없다. 아는 사람만이 아는 사람들을 통해 다녀간다. 당뇨도 심해지고, 관절도 성한 데가 없다. 게다가 혈액순환도 잘 되지 않는다. 제대로 된 의료보험을 들어놓지 않아서 이곳에서 약을 사먹는다. 그마저 단속이 심해져서 약을 구할 수 있는 곳이 점점 줄어들고 있다.
　"다시 생각해 보시는 건 어때요? 음…… 차라리 환각제 같은 게 더 나을 수도 있잖아요. 현실을 도피하는 덴 그게 최고니까. 요즘엔 가격도 저렴한 데다가 효과도 만점인 약들이 많아요."
　"마약 중독자가 되기는 싫습니다. 단 한 번으로 세상을 떠날 수 있다면 감사한 일이지요."
　"비아그라는 어때요? 변종 중국산이 있는데 회춘에는 이보다

좋은 건 없죠. 효과가 두 배라구요. 여자가 필요하면 구해줄 수
도……."

여자는 또다시 자지러지게 웃는다. 귀를 막고 싶다.

"세상을 뜨려는 이유나 한 번 들어보고 싶네요."

"더 이상 살아봤자, 못 볼 꼴이나 볼 것 같아서요. 어머니 연세가
아흔여섯입니다. 바이셀리아에 있는 양로원에 계시는데 그냥 껍데
기라고 하는 게 맞겠지요. 저를 알아보지도 못합니다. 하루 종일 침
대에 누워서 똥과 오줌만 싸고 있지요. 그럴 바엔, 몸이 움직일 수
있을 때, 죽고 싶을 때 죽고 싶습니다. 아내도 이미 죽었습니다. 게
다가……."

늙으면 말이 많아진다. 했던 이야기를 또 하더라도 다른 사람이기
때문에 상관없다고 생각하지만, 결국 똑같은 사람한테도 서너 번씩
같은 이야기를 반복하게 된다.

"죽는다고 끝은 아니에요."

여자가 말한다.

"다시 태어나는 겁니까? 중국 사람들은 환생을 믿으니까……."

"죽는 장소가 중요해요."

"무슨 말입니까?"

"길거리나 낯선 곳에서 죽으면 영혼이 돌아갈 곳을 찾지 못해 배
회하게 돼요. 가장 돌아가고 싶고, 사랑스러운 기억이 있는 곳에서
죽는 게 좋아요. 죽는 순간, 그때로 돌아갈 수 있으니까요. 처음엔
죽었다는 것도 모르겠지만 차차 갈 길을 알게 되지요. 그래서 중국
사람들은 병원보다 가족들이 함께 살았던 집에서 임종을 맞고 싶어
해요. 사랑하는 사람들에게 둘러싸여서……. 그렇지 않으면 천국

도, 지옥도 가지 못하고 떠돌게 되는 거죠."

여자는 더 이상 웃지 않는다. 그때, 문득 생각난 곳이 샌프란시스코 차이나타운이었다. 아내와 함께 묵었던 호텔방이라면 틀림없이 죽기에 최적의 장소가 될 것 같았다. 천국에 갈지는 모르겠지만 길거리를 떠돌아다니지는 않겠지.

"알겠습니다. 당장 죽겠다는 게 아니니까 약이나 주십시오."

"어쩔 수 없지요. 조금 비싼 것 같아도 효과는 확실하니까 후회하지 않도록 하세요."

"두 알을 주십시오. 혹시 약이 잘 안 들을 수도 있으니까요."

"돈만 두 배로 주신다면 기꺼이 드리죠."

언제까지 열어젖힌 옷 가방을 보고 있을 수는 없었다. 일단 목욕탕에 들어가 뜨거운 물로 샤워를 했다. 뜨거운 물이 제대로 나오기까지는 한참이 걸렸지만 한번 뜨거운 물이 나오기 시작하자 온도가 급격하게 높아져서 찬물 레버를 조절해야 했다. 거울을 통해 쭈글쭈글해진 얼굴과 목이 적나라하게 보였다. 이마는 까졌고 그나마 남은 머리도 죄다 흰색이다. 불룩하게 나온 배, 정맥이 보기 흉하게 튀어나온 다리를 깨끗이 비누 거품으로 닦았다. 페니스는 쪼그라들어서 살아날 기미를 보이지 않았다. 비누 거품으로 문질러봐도 소식이 없다. 언제 이걸 마지막으로 써봤는지 기억도 나지 않는다. 누군가 죽은 나를 발견했을 때, 더러운 몸으로 발견되기는 싫다. 솔기가 군데군데 터진 타월로 온몸을 구석구석 닦았다. 파자마를 입고 침대 속으로 살며시 들어갔다. 시트에서 표백제 냄새가 났다. 베개 두 개를 머리에 갖다 대고 스탠드를 켰다. 그리고 아내가 쓴 책을 펼쳤다.

'중국 이민사 속에서의 여성 : 18세기부터 현재까지 ― 메이 친.'

책갈피를 해둔 곳은 미국 이민사에 있어서 여성의 역할에 관한 내용이다. 앞부분은 재미가 없어서 건너뛰었다. 샌프란시스코 이야기가 나오는 부분에서 멈췄다. 캘리포니아 골드러시 때 중국에서 건너온 아 토이(Ah Toy)라는 여자 이야기다. 올림머리를 한 중국 여자가 양장을 입고 숄을 걸친 채로 차이나타운을 걸어가는 장면이 흑백 사진으로 흐릿하게 인쇄되어 있다.

아 토이는 1849년 부유한 남편을 따라 홍콩을 떠나 캘리포니아에 가게 되었는데, 항해 도중 남편이 배에서 사고로 죽게 된다. 그 뒤로는 선장의 정부가 되었다. 워낙 매력적인 여자라 선장이 금으로 샤워를 시켜주었을 정도라고 한다. 샌프란시스코에 도착한 뒤, 그녀는 출중한 외모를 이용해 핍쇼를 했다. 그녀의 인기는 대단했고, 고급 창녀가 된 아 토이는 중국 여자들을 고용해서 매춘굴을 만들었다. 어쩌면 아내의 할아버지도 아 토이를 만난 적이 있을지도 모른다.

조그만 구멍을 통해 아 토이의 모습을 구경하던 중국 남자들의 모습이 떠오른다. 금을 캐고, 철도를 짓고, 지진으로 폐허가 된 도시를 재건하고, 금문교를 지었는데도 강화된 중국인 반이민법으로 가족들과 생이별하게 된 남자들은 한동안 독신으로 지내야 했다. 법적으로 그들의 가족들이 건너올 수도 없고, 백인 여성과 결혼할 수도 없었다. 필요할 때 값싼 노동력을 착취했다가 필요 없을 때에 내버리는 것은 미국의 장기다. 착취의 대상이 되는 나라가 바뀔 뿐 지금도 바뀐 건 별로 없다.

책을 읽는 것이 지겨워질 때쯤 책 표지 안쪽에 있는 작가 사진을 들여다보았다. 아내가 죽기 10년 전쯤에 찍은 것 같았다. 늘 생머리를 한 사진이었는데 언제부터인가 굵은 퍼머의 헤어스타일로 바뀌었다. 안경만 없으면 아 토이와 많이 닮은 것 같기도 하다. 동양 사람은 죄다 비슷하게 닮았다. 그녀의 얼굴을 만지는 것처럼 사진을 더듬거렸다.

자, 이제 때가 왔다. 나는 안경을 벗어 테이블에 두었다. 세상이 흐릿하고 뿌옇게 변했다. 공항에서 사온 생수를 꺼내 뚜껑을 열었다. 알약 두 개를 손에 올려본다. 색깔이 지나치게 빨간 것만 제외하면 타이레놀과 크기도, 생김새도 똑같다. 정말 이 약 한 알이면 아무 고통 없이 세상을 떠날 수 있는 것일까? 그냥, 금문교에서 뛰어내리는 것이 더 확실하지 않을까? 1년에 스무 명쯤은 다리에서 자살한다는 이야기를 들었다. 깊고 급류가 세어서 살아나올 확률이 낮단다. 하지만 그 높은 곳에서 차가운 물속으로 뛰어 들어갈 용기가 없다. 관광객에게 구경거리가 되는 것도 싫고.

약을 입에 집어넣으려다 만다. 사람들이 살아서 돌아오지 않은 것은 이 약을 먹고 죽었기 때문이 아니라, 약을 먹지 않았기 때문이 아닐까? 언제든지 죽을 수 있다는 것은 총을 가슴에 넣고 다니는 것처럼 든든할 테니까. 어차피 환불은 불가능하니, 죽고 싶은 마지막 순간을 위해 남겨두는 것은 아닐까?

손바닥 위의 알약을 자세히 살펴본다. 빛깔은 선홍색이고 몸통이 길쭉하고 끝은 둥글다. 약 표면에 알파벳으로 정교하게 파인 글자가 보인다. 'Chew-X'

나는 손바닥에 있는 두 알의 약 중에 하나만 입에 털어 넣었다. 그녀의 말처럼 하나면 충분하겠지. 물을 꾸역꾸역 입에 넘고 삼켰다. 약간 쓴맛이 났다. 배에서 꼬르륵 소리가 났다. 이럴 줄 알았으면 중국 음식점에서 밥이라도 먹고 올 걸 그랬나 보다. 집을 나올 때 문을 제대로 잠갔는지 기억나지 않았다. 쉬바에게 사료를 많이 부어 놓았는지, 가스는 잠갔는지……. 사람은 죽기 직전의 그 짧은 순간에 자신이 태어났던 시간부터의 모든 기억들이 순식간에 파노라마처럼 떠오른다는 말을 들었는데, 그건 사람에 따라 다른 것 같았다. 나는 단지 김이 모락모락 나는 오렌지 치킨과 중국식 볶음밥이 눈에 아른거렸을 뿐이다.

✢ ✢ ✢

눈을 떴다. 천장이 보였다. 집의 천장은 아이보리색의 잘게 붙어 있는 돌 조각이다. 내가 보고 있는 건 빨간 팔각형 무늬다. 호텔의 천장이 분명하다.

실패인가?

그런데 벽지의 색깔이 빛바랜 누런색이 아니라 새하얗다. 안경을 끼지 않았는데 방의 윤곽이 너무도 선명하게 보인다.

나는 죽지 않았던가?

자살 최악의 시나리오는 죽지 않고 고통 속에서 되살아나거나, 고통 속에서 천천히 다시 죽어가는 것이다. 하지만 몸에 열기가 있을 뿐 별다른 통증은 느껴지지 않는다. 여자에게 속은 것일까? 알약 하나로 죽을 수 있다는 것을 믿은 내가 잘못이다. 자리에서 일어나려고 하자 누가 내 어깨를 누른다.

"아직은 일어나지 마. 당신, 땀을 뻘뻘 흘리며 몇 시간이나 잤는지 몰라."

하마터면 고함을 지를 뻔했다. 내 방에 침입한 사람이 있다니! 몇 개나 되는 자물쇠를 분명 잠갔는데……. 차이나타운의 허름한 호텔의 치안은 믿을 게 못 된다. 뭔가 이상하다. 목소리가 익숙하다. 방을 치우러 온 사람을 잘못 본 것일까. 목소리가 나는 방향으로 고개를 돌려본다. 양 옆으로 약간 찢어진 눈, 오똑한 코와 작은 입술……. 그 사람은 나의 아내다. 그것도 아주 젊은 나의 아내.

"당신이 여기 웬일이야?"

내 목소리가 어색하다. 맑고 또렷해서 내 입에서 나오는 소리인지 믿기지 않을 정도다.

"음…… 신혼여행을 함께 온 아내보고 웬일이라니? 아직도 많이 아픈가봐. 케이블카를 타면서 돌아다니다가 비를 맞아 하루 종일 누워 있었다고. 기억 안 나? 잠을 자면서도 헛소리를 자꾸 했어. 무슨 말인지는 알 수 없었지만. 정말 괜찮은 거야?"

"괜찮아……. 괜찮은 것 같아."

상체를 일으켰다. 셔츠에 땀이 흥건히 배어 있다. 두 손을 살펴본다. 쭈글쭈글하고 검버섯이 여기저기 나 있어야 하는데 탱탱하다. 떨리지도 않는다.

"나쁜 꿈이라도 꾼 거야?"

아내가 물었다. 나는 볼을 꼬집어본다. 아프다.

"으응……."

늙어서 이곳에 혼자 자살하러 왔다는 말은 하지 않는다. 물론 그녀가 5년 전에 죽었다는 말도. 사실은 아직도 뭐가 뭔지 잘 모르는 것이다.

사뿐히 침대에서 내려왔다. 나의 몸은 스물아홉 살의 신선한 피와 근육으로 돌아와 있다. 발걸음을 내딛을 때마다 무릎이 쑤시지도 않고 허리도 아프지 않다. 아, 젊다는 것이 이토록 상쾌한 느낌이었나. 맨발로 처음 걸음마를 하는 아이처럼 침대 주위를 서성거려 본다. 커튼을 젖히고 창문을 연다. 눈부신 햇살이 샌프란시스코의 차이나타운을 환하게 비추고 있다. 안경을 끼지 않고도 선명하게 거리를 볼 수 있다. 왁자지껄한 소리도, 자동차의 소음과 배기가스의 냄새도, 식당에서 풍겨오는 음식 냄새도 생생하다.

"자기 괜찮겠어? 이제 밖으로 좀 나가볼까 하는데……."

아내는 옷을 갈아입는다. 붉은빛의 중국풍 원피스다. 이곳에 오기 위해 특별히 사두었던 것이 기억난다.

"응 물론. 난 괜찮아. 다 나았다고. 지독하게 나쁜 꿈을 꾼 것밖에는……. 침대에서 잠만 자면서 신혼여행을 망칠 수는 없지."

"첫날밤을 이미 망친 게 아닌가? 후훗. 그럼 밖으로 구경 가자. 금문교도 건너야지."

아내는 자리에서 일어났다. 나는 아내의 어깨를 와락 끌어안았다.

"왜 그래?"

아내는 목에 감긴 내 팔을 잡는다. 나의 손은 아내의 어깨로, 허리로 내려온다.

"그냥…… 이대로 잠시만 있을 수는 없을까?"

나는 아내의 목덜미에 머리를 파묻고 서 있다. 아내의 살 냄새가 코끝을 통해 내 몸속으로 들어와 서서히 퍼져나갔다. 경직되었던 몸이 스르르 녹아내린다. 이 냄새를 얼마나 그리워했던가. 지금 이 순간이 꿈인지, 아니면 긴 꿈에서 깨어났는지는 잘 모르겠지만 붙잡고 싶다. 이 순간을 멈추게 하고 싶다. 있는 힘껏 아내를 끌어안았다.

"당신을 다시 볼 수 있게 돼서 기뻐."

"왜…… 왜 그래? 답답해."

아내는 어깨를 살짝 밀쳐낸다.

"혹시, 내가 마음에 안 드는 점이 있어?"

"무슨 말이야?"

"그런 게 있다면 바로 말해 줘. 내가 고쳐나갈 수 있게. 맘에 안 드는 점을 꾹 참았다가 한꺼번에 폭발하면 나도 감당할 수 없다고."

언젠가 부부싸움을 한 뒤에, 아내는 자동차를 몰고 나갔다가 사고를 낸 적이 있다. 차는 폐차시킬 정도로 일그러졌지만 아내는 다친 곳이 별로 없었다. 단지 목 뒤가 자주 뻐근해지거나 예고 없이 편두통이 찾아와 그녀를 괴롭혔다. 누군가 머리를 송곳으로 쿡쿡 찌르는 것 같은 기분이 든다고 했다. 사고가 불길한 징조라도 된 것처럼, 그 이후로 우리 사이는 급격하게 나빠졌다. 사고 때문에 뇌의 한 부분이 깊은 상처를 입은 걸까?

"당신 오늘 좀 이상한 것 같아. 정말 나쁜 꿈을 꿨구나."

나는 대답을 하지 않는다. 대신 아내 등 뒤의 단추를 하나씩 천천히 풀기 시작한다. 내가 해야 하는 것은 지금이 꿈인지 아닌지를 고민하는 것이 아니다. 드레스가 땅바닥에 떨어지고 속옷만 걸친 아내의 몸이 드러난다. 단단하고, 매끄럽고, 촉촉한 피부의 감촉. 부끄럽다고 몸을 비트는 아내를 번쩍 들고 침대에 눕혔다. 속옷을 천천히 벗긴 뒤에 아내의 몸을 바라본다. 아내는 무언가를 기다리는 양 눈을 감고 있다. 처지지 않은 봉긋한 가슴과 잘록한 허리, 그리고 그 아래에는 윤기 나는 음모. 놀랍게도 나의 성기는 터질 듯이 팽팽하게 불어나 있다. 나도 모르게 흐르는 눈물을 손등으로 닦았다.

✛ ✛ ✛

엘리베이터를 타고 로비로 내려왔다. 꿈속에서 힘겹게 계단을 오르던 기억이 떠올랐다. 카운터가 2층에 있었는데 이제는 1층에 있다. 꿈속보다 훨씬 깨끗하고 화려하다. 카펫에서 퀴퀴한 냄새도 나지 않고, 조명도 밝고, 수상쩍은 소리도 나지 않는다. 로비에는 샹들리에가 반짝거린다. 낮은 천장에 어울리지 않지만 나름대로 운치가 있다. 카운터 뒤에는 호텔 이름이 박혀 있다.

'하트브레이크 호텔(Heartbreak Hotel).'

"뭐가 이상해?"

아내가 묻는다.

"당신이 이 호텔을 예약한 거지?"

"응. 나, 엘비스 프레슬리의 팬인 거 알잖아. 신혼여행을 위해 특별히 점찍어 뒀지."

"엘비스 프레슬리의 노래하고 무슨 상관이……."

"하트브레이크 호텔이라는 노래 몰라? You make me so lonely baby, I get so lonely, I get so lonely, I could die."

아내가 노래를 흥얼거린다. 노래 가사는 슬픈데 멜로디는 별로 슬프지 않다.

'당신은 나를 그토록 외롭게 하고, 나는 너무 외로워서, 나는 너무 외로워서 죽을 것만 같아요.'

그러고 보니 곳곳에 엘비스 프레슬리의 사진도 보인다. 반짝거리는 옷을 입고 구레나룻을 기른 사나이. 한때 세상을 정복했다가 점점 뚱뚱해지고, 땀을 뻘뻘 흘리며 노래를 부르다가 약물 과다로 저 세상으로 떠난 사나이. 이상하다. 내가 기억하기로는 리퍼블릭 호텔에 신혼여행을 왔던 것 같은데. 분명 간판에는 한자로 '共和'라고 적혀 있고 그 아래에 영어로 'Republic'이라고 적혀 있었다. 나는 지금 언제, 어느 곳에 와 있는 것일까. 타임머신을 타고 왔다면 예전과는 다른 과거로 온 것 같다. 나는 아내에게 묻는다.

"엘비스는 아직 죽지 않았지?"

"무슨 말이야? 죽기라도 바라?"

"아…… 아냐."

카운터에 앉아 있는 검은 뿔테 쓴 노인을 지나쳤다. 꿈속에서 본 노인과 똑같았다. 더 젊지도 않고, 딱 그만큼 늙었다. 그는 나를 힐끗 쳐다보더니 이내 중국어로 된 신문으로 눈을 돌렸다. 묵직한 열쇠를 그에게 맡겼다. 열쇠에 박힌 504라는 숫자를 확인했다.

"자동차를 가지고 나올까?"

"무슨 소리야! 차이나타운을 두 발로 걸어야지."

그렇다, 이곳은 어디든 차를 타고 가야 하는 로스앤젤레스가 아니다.

아내는 나의 팔짱을 끼고 신이 난 듯 거리를 활보했다. 기념품 가게에 들어가 이것저것 구경했다. 소리 나는 벌레 인형이나 금문교가 그려진 티셔츠를 살 것도 아니면서 중국어로 가격을 흥정했다. 따지고 보면 아내는 중국에서 태어나지도 않았기 때문에 중국에 대한 특별한 추억이 있는 것도 아니다. 부모님에게서 들었던 이야기, 책이

나 영화에서 보았던 중국 이야기가 다겠지. 집에 있을 땐 중국어만 사용해야 했다고 한다. 부모님이 늘 말했듯이 '피'에 모든 것이 있다는 말로 자신을 100퍼센트 중국 사람으로 여겼다. 내가 보기엔 아내는 중국인의 외모를 한 전형적인 미국인인데 말이다.

"이거 어때?"

나비 모양의 노란 머리핀을 앞으로 내민다. 싸구려 플라스틱 조각으로밖에 보이지 않는다.

"예뻐. 하나 사줄게."

다행히 주머니에 지갑이 들어 있다.

나도 그녀를 따라다니긴 했지만 맘이 내키지 않았다. 바뀌어버린 호텔도 그렇고, 꿈도 그렇다. 혹시 지금이 꿈은 아닐까? 그러나 한 걸음 한 걸음 내딛을 때마다 지금 이 순간이 현실이라는 느낌이 강해졌다. 아니, 그렇게 믿고 싶어졌다. 스스로를 속이기는 그리 어렵지 않다. 두려움을 극복하기 가장 쉬운 방법은 그걸 피하는 것이니까.

꿈속과 같은 것이 있다면 샌프란시스코의 상쾌한 공기였다. 어디선가 불어오는 공기엔 짭조름한 바다 냄새와 뭔가를 기름에 튀기고 있는 중국 음식 냄새가 섞여 있다. 그중에 제일 기분 좋은 냄새는 아내의 냄새다. 아내가 눈치 채지 못하게 그녀의 목덜미를 스칠 때마다 냄새를 들이마셨다. 사람의 체취도 나이가 들어감에 따라 변한다. 늙은이의 방에서는 퀴퀴한 냄새를 없앨 수가 없다. 지금, 아내의 냄새는 부드럽고 상쾌하다. 옅은 섹스의 향기도 남아 있다. 나는 아내의 손을 꼭 잡는다. 절대로 놓치지 않을 것이다. 그저 악몽을 꾼 것뿐이다. 모든 것을 새롭게 시작할 것이다. 이제는 나 스스로 제대로 된 선택을 하며 살아나갈 것이다.

그랜트 스트리트를 따라 북쪽으로 한참을 걸어가다가 차이나타운이 끝날 때쯤 다시 길을 되돌아왔다. 돌아올 때는 반대편 거리를 구경했다.

"배고프지 않아?"

아내가 묻는다.

"음…… 딱히 고프지는 않은데."

"말도 안 돼. 이틀 동안 아무것도 먹지 못했다고 당신은……. 게다가 방금 전에 힘을 썼고."

나는 아내의 손을 꼭 쥐었다. 아내의 검지가 내 손바닥을 간지럽힌다. 사랑한다고 말하고 싶을 때 그녀가 전하는 신호다.

"특별히 먹고 싶은 거 없어?"

오렌지 치킨이 당장 떠오른다. 튀긴 음식과 단 음식이 몸에 좋지 않다고 해서 한동안 먹지 못했다. 아, 꿈속에서 내가 늙었을 때 말이다.

"후훗, 로스앤젤레스에서 먹던 오렌지 치킨 따위를 상상하지 말라고. 그건 미국화한 중국 음식일 뿐이지. 진짜 중국 음식은 당신이 상상한 것보다 수백 가지가 더 넘으니까."

그녀는 신이 난 듯 내게 말한다. 그리고 길 양쪽에 죽 이어진 중국 음식점 입구의 메뉴를 하나하나 살피며 뭐라고 혼자 중얼거린다. 몇 개의 중국 음식점을 지나 우리가 들어간 곳은 Kan's 레스토랑이었다. 분명 그 레스토랑은 꿈속에서, 호텔 아래층에 있던 곳이었지만 지금은 한참이나 떨어진 곳에 있다. 자리에 앉자마자 웨이트리스가 나타나 재스민 차를 따라주고 메뉴판을 내려놓았다. 등이 심하게 파인 데다 황금색 용무늬가 새겨져 있어서 눈을 뗄 수 없다.

아내와 처음 만난 것도 중국 음식점에서였다. 나는 늦은 저녁을 해결하러 혼자 왔었다. 24시간 문을 여는 곳이 몇 군데 없었다. 주유소에서 밤교대 근무를 하려면 배를 든든히 채워둬야 했다. 그날따라 나는 지독하게 외로웠다. 낮과는 달리 밤이 되면 주유소는 한산해진다. 가끔씩 방탄유리를 두드리는 홈리스, 기름을 넣고 어디론가 떠나는 사람들을 한 평도 안 되는 박스에 앉아 밤새도록 보고 있으면 누구라도 외로워질 것이다. 그날 음식을 다 먹고 포춘 쿠키를 부셔보니 '당신 영혼의 짝은 언제나 가까이에 있다'는 말이 적혀 있었다. 주위를 둘러보니 지독하게 피곤해 보이는 웨이트리스가 보였다. 중국 노래가 흘러나오는 작은 라디오를 옆에 두고 책을 읽고 있었다. 나는 다음날도, 그 다음날도 그곳에서 저녁을 먹었다.

아내와 웨이트리스는 중국말로 뭐라고 한참을 이야기했다. 아내는 가끔씩 나를 가리켰고 웨이트리스도 나를 힐끗힐끗 쳐다보았다.

"뭐라고 한 거야?"

웨이트리스가 다녀간 뒤에 아내에게 물었다.

"이것저것 음식에 대해서 물어봤어. 주문은 내가 벌써 다 했다고. 기다리기만 하면 돼."

"응……."

차를 천천히 마셨다. 아내는 다리가 아픈지 연신 한쪽 팔로 허벅지를 주무른다.

"많이 아파?"

"응, 그렇게 많이 걸었는데도 당신은 아프지 않아?"

나는 문득 뭔가 이상하다는 생각이 들었다. 다리도 아프지 않고, 배도 고프지 않다. 몸에 약간 열이 날 뿐이다. 속에서 쓴 트림이 나더니 금방이라도 토할 것 같은 기분이 들었다.

"자…… 잠깐만. 화장실에 좀 다녀올게."

화장실은 파리 떼로 드글거리고 오물 냄새가 진동했다. 변기에 대고 그 자리에 토해 버렸다. 목에서는 하얀 액체가 힘겹게 나오더니 알약이 툭 떨어졌다. 선홍 빛깔의 알약. 단 한 알이면 고통 없이 세상을 떠나게 해준다던, 한 알에 500달러가 넘는 그 약 말이다. 변기에 손을 집어넣어 약을 건져야 하는지 망설여졌다.

"괜찮아?"

뒤에서 누가 등을 두드려준다. 괜찮다고 말하려는 순간 그 목소리가 아내의 것이 아님을 알아차렸다. 뒤를 돌아보니 웨이트리스가 키득키득 웃는다. 귀에 거슬리는 그 웃음소리. 자세히 보니 내게 알약을 팔았던 여자다. 꿈속의 로스앤젤레스 차이나타운에서 말이다. 어쩐지 주문을 받으러 올 때부터 눈에 익다고 생각했다.

"아내를 만나니까 어때? 팔팔한 젊음을 찾으니까 좋아?"

"무…… 무슨 말입니까?"

여자는 내게 바짝 다가온다. 멱살을 쥐더니 벽으로 밀친다. 중심을 잃고 벽에 부딪혀버렸다. 천장에서 흙과 먼지가 후두둑 떨어진다. 여자는 내게 바짝 달라붙는다. 역한 향수 냄새가 난다.

"설마 모른 척하기야? 정신 똑바로 차리지 않으면 이곳에서 영원히 빠져나갈 수 없을지도 몰라."

"무슨 일이 일어난 겁니까?"

"당신은 죽으려고 했다고, 알아? 헷갈리면 영원히 샌프란시스코의 차이나타운에서 방황할 수도 있어."

"그것도 나쁘지 않습니다. 비키세요. 아내가 기다리고 있단 말입니다."

나는 있는 힘을 다해 여자를 밀어냈다. 하지만 꿈쩍도 않는다. 두 발이 땅 속 깊은 곳에 박혀 있는 것 같다. 여자는 내 안주머니를 뒤진다. 알약 하나가 나왔다.

"두 알을 사갔는데, 나머지 한 알은 왜 남겨두었지? 아직도 세상에 미련이 남아 있었나봐? 자, 토했으니까 하나 더 먹어야지. 이럴 때를 대비해서 사둔 게 아닌가?"

그게 왜 옷 속에 들어가 있을까?

"입을 벌려."

나는 고개를 흔든다.

"그…… 그냥, 여기서 살고 싶습니다. 다시 젊어졌으니까, 새롭게 출발할 수 있을 것 같습니다."

"바보 같긴. 그게 가능할 것 같아?"

"도…… 돈이라면 더 드리겠습니다."

지갑을 뒤져 지폐를 꺼낸다. 1달러, 20달러 지폐가 지저분한 땅바닥에 떨어진다. 신용카드, 운전면허증도 떨어진다. 신분증에는 예순이 넘은 모습의 내 사진이 붙어 있다. 론 홀츠바우어. 1948년생. 그렇지, 나는 이 세상의 마지막 밤을 보내러 호텔에 왔었지. 지금, 이곳은 꿈이구나. 아니면 천국과 지옥을 가기 전이던가. 아니면 또 다른 세상. 다리에 힘이 풀려버렸다.

수십 초 만에 내 인생을 요약하는 기억들이 감당이 안 될 정도로 밀려 들어왔다. 반짝거리며 행복했던 순간은 1초도 안 되고 나머지는 지루하거나, 과거를 후회하는 시간뿐이다. 우웅 하는 이명이 들리며 머리가 깨질 듯 아팠다. 몸이 비틀거려 중심을 잃어버렸다.

여자는 한 손으로 내 목을 잡고 다른 한 손으로는 입을 벌린다. 버둥거리며 안간힘을 써보지만 당해낼 수 없다. 목구멍 속으로 깊숙하게 알약을 집어넣는다. 캑캑거리는 사이 알약은 어느새 목으로 넘어가 버렸다. 나도 모르게 눈물이 뺨 위로 주룩, 흐른다.

"원망하지 마. 이게 다 당신을 위한 거니까. 이런 곳에 오래 있어봤자 좋을 게 없어. 그냥, 가슴만 더 아파질 뿐이야."

여자는 내 가슴의 심장이 있는 쪽을 툭툭 쳤다.

"약은 두 시간이 지나기 전에 온몸에 흡수될 테니까, 그때까지 열심히 즐겨. 굿바이."

문이 쾅 하고 닫힌다. 나는 제자리에 주저앉는다.

❖ ❖ ❖

"자기 괜찮아? 다시 아픈 거야?"

아내는 냅킨으로 이마의 땀을 닦아준다.

"아, 괜찮아. 점점 나아지고 있어. 속이 좀 더부룩한 걸 빼고는……."

나는 식어버린 차를 마신다. 웃으면서 말을 하지만 주위를 힐끔거리며 웨이트리스를 찾고 있다. 남자 웨이터만 테이블 사이로 분주하게 움직인다.

"신혼여행까지 와서 이런 걱정은 하기 싫지만…… 논문이 잘 통과되면 좋겠는데."

아내를 쳐다본다. 머리에는 노란 나비가 한 마리 앉아 있다.

"걱정 마, 논문은 통과되고, 우수 논문상도 받게 되어 있어."

"후훗, 꼭 미래에 다녀온 사람처럼 이야기하네."

"거기서 끝나지 않아. 3년 뒤에는 논문을 바탕으로 한 책을 출판하게 돼."

"아무튼 그렇게 말해 줘서 고마워. 그런데…… 정말 괜찮은 거야?"

아내는 이마를 만져본다.

"열이 조금 남아 있긴 한데……."

나는 아내의 손을 붙잡는다.

"어젯밤에 머리가 너무 아파서 초능력 같은 게 생겼을지도 몰라. 티브이에서 본 적이 있거든, 거의 죽다 살아난 남자가 갑자기 미래를 예측하는 능력을 갖게 되었다는 이야기 말이야."

아내는 고개를 갸웃거린다.

"그럼 궁금한 걸 다 물어봐야겠네. 아이는 몇 명 갖게 될까?"

아내의 눈빛이 초롱초롱하다.

"적어도 셋. 남자 둘, 여자 하나."

나는 거짓말을 한다. 아내는 1년 뒤에 유산을 한 후로 아이를 가질 수 없게 된다. 형편이 되면 다시 아이를 가질 거라고 했지만 그 약속은 지켜지지 않았다.

곧이어 음식이 나왔다. 만두와 양배추가 들어 있는 수프와 브로콜리가 들어간 닭요리, 조개와 칠리 페퍼, 콩깍지와 오이가 드문드문 보이는 국수다. 아내는 접시에 허겁지겁 요리를 담아 먹는다. 나는 아내가 밤늦게 학교 도서관에서 돌아와 점심 때 먹다가 남겨온 싸구려 중국 음식을 식탁에서 먹는 모습을 보곤 했다. 그럴 때마다 방문을 열다 말고 다시 슬며시 닫았다. 어지러운 침대에 드러누워 그녀는 왜 그렇게 악착같이 공부를 할까 생각하곤 했다. 나야 슈퍼마켓에서 열심히 짐을 나르면 그만이지만 아내는 파트타임으로 중국식당에서 일하고, 나머지 시간에는 근처 시민대학에서 수업을 듣거나 도서관에 공부를 하러 갔다. 아내에겐 내가 상상할 수 없는 재능이 있는 것 같았다. 공부를 하면 할수록 새로운 것을 알고 싶다는 말, 자료를 모으고 유추를 하다보면 과거의 일들도 마치 얼마 전에 일어난 것처럼 분석할 수 있다는 말, 중국의 오래된 역사는 바로 자신의 DNA에 새겨져 있기 때문에, 파고들수록 자신을 더 잘 이해할 수 있게 된다는 말……. 솔직히 이해할 수 없었다.

언젠가부터 우리의 대화는 줄어들었다. 무슨 일을 했는지, 하고 싶은 건지…… 그런 이야기를 하기에 우리는 둘 다 너무 피곤했던 것이다. 아니면 상대방이 하는 일에 더 이상 관심이 없어졌을지도 모른다. 그럼 내가 관심 있던 것은 무엇일까? 술을 마시는 것도 아니고, 딱히 취미생활이 있었던 것도 아니다. 오후에 일을 마치고 집에 돌아오면 집을 치우고, 혼자 티브이를 보면서 저녁을 먹고 아내가 오는 것을 보고, 잠이 들었다. 남들은 무미건조하다고 말하겠지만 그걸 수십 번, 수백 번 반복하다 보면 아무 일 없이 시간을 흘려보낸다는 것에 안도하게 된다. 세상은 좋은 일보다는 나쁜 일이 많이 일어나니까, 아무 일도 일어나지 않는 것은 좋은 일이다. 똑같은 하루를 아무 특별한 일 없이 보내는 것이 내가 할 수 있는 최선의 일이 되어버렸다. 결국엔 샌프란시스코의 허름한 호텔방에서 인생을 마감하게 되지만 말이다.

나는 커다란 만두를 입에 넣었다.

"앗, 조심해."

그 말을 듣기도 전에 입 속에서 뜨거운 국물이 쏟아져 나왔다.

"소룡포라고, 만두 안에 국물이 있어. 후후 신기하지? 입은 안 데 었어?"

"으응 괜찮아."

나는 냅킨으로 입을 닦았다. 30년 전 신혼여행을 와서도 소룡포를 먹었다. 그때는 입안을 데었다. 이제 모든 것이 생생하게 기억난다.

"더 해봐."

"뭘?"

"미래 예측 말이야. 용한 점쟁이 같아."

여자는 두 시간도 채 남지 않았다고 했다.

"그래…… 가만 있어보자. 당신이 낸 첫 번째 책 제목은 '잊혀진 도시'야. 지금부터 3년 뒤에 나오게 되지. 2차 세계대전 때 일본인들에게 전 주민이 학살당한 작은 마을에 관한 이야기야. 한 권의 시집도 내고, 마침내 장편 소설을 발표해. 아내를 중국에 남겨두고 미국에 일을 하러 온 남자에 관한 소설이지. 남자는 돈을 벌기 위해 잠시 이별한 거라고 생각하지만 30년이 지난 뒤에야 고향 땅을 방문할 수 있게 돼. 아내와 아이들은 살아 있지만 훌쩍 커버려서 더 이상 가족이라고 할 수 없을 정도로 타인이 되어버린 뒤였지. 그들 사이의 갈등이 주요 내용이야. 당신 소설은 좋은 평가를 받게 돼. 그리고 캘리포니아 대학에서 역사를 가르치지."

내가 또 무얼 기억하고 있더라…… .

"오호, 대단한데…… 내가 2차 세계대전을 배경으로 한 중국인 마을 학살에 대한 논문을 쓰고 있기는 한데……. 당신, 관심 없는 척하면서도 내가 쓴 걸 훔쳐봤구나."

아내는 내 말을 농담으로 받아들이는 것 같다. 그런데 아내에게 말하지 않은 것이 있다. 지금부터 5년 뒤에 아내는 같은 대학의 영문학 교수와 사랑에 빠지게 된다. 젊은 중국인이라면 이해하겠지만 나보다 나이가 많은 백인이었다. 그리고 나와 헤어질 것을 요구한다.

울면서 매달렸다. 내가 뭘 잘못했냐고, 그걸 말해 주면 고치겠다고. 아내는 말했다. 자기가 잘못한 것이지 내가 잘못한 건 없다. 말 몇 마디로 고쳐질 수 있는 게 아니다.

어렴풋이 알고 있었다. 세상의 주인공이 되는 사람들은 아내와 같은 사람들일 것이라고. 나처럼 변화 없는 삶이 최선의 삶이라고 생각하는 사람들이 아니라, 어딘가를 향해 매일매일 한 걸음씩 더 나아가는, 빛이 나는 사람들일 거라고. 사랑에 빠졌다는 그 남자도 반짝반짝 빛나는 사람들 중 한 명일 것이고, 나 같은 사람들은 이 무대에 이름도 없는 엑스트라에 불과하겠지.

나는 용서해 주겠다고 했다. 하지만 아내의 반응은 냉담했다.

"도대체 뭘 용서한다는 거지?"

어쩌면 용서받아야 할 사람은 나였을지도 모른다. 바보는 정확히 자기가 무얼 잘못했는지도 모르면서 용서를 구한다.

"내가 잘못했어. 제발 돌아와주면 안 될까?"

결국 아내는 나를 떠났다. 겉으로 보기엔 아내와 함께 살았을 때와 달라진 건 별로 없었다. 어차피 서로 바빠서 얼굴 볼 기회가 거의 없었으니까. 집도 그대로, 침대도 그대로, 그녀가 입던 옷도 옷장에 그대로 걸려 있었다. 아내가 집에서 가져간 것이라고는 수백 권의 책뿐이었다. 그것도 서가에 있는 책 중 3분의 1정도만 가져가고 나머지는 버리든지, 기증을 하든지 마음대로 하라고 했다.

모조리 불태우고 싶었으나 결국엔 그대로 두고 심심할 때마다 꺼내 보게 되었다. 책 속엔 드문드문 아내가 써놓은 메모가 남겨져 있기도 했다. 마치 내게 보낸 편지를 발견한 기분이었지만 죄다 알아보기 힘든 한자여서 무슨 내용인지는 알 수 없었다.

아내는 가끔씩 내가 일하는 슈퍼마켓으로 찾아와 물건을 사고는 몇 마디 이야기를 나누다가 사라지곤 했다. 건강은 어떤지, 밥은 잘 챙겨 먹는지, 자신의 물건들은 그대로 있는지 등의 간단한 대답을 요구하는 질문들이었다. 내가 물어보고 싶은 것은 나를 버리고 잘 살아지는지, 새 남자가 데려온 아이는 잘 키우고 있는지, 이제 정말 행복한지…… 등의 대답하기 복잡한 것들이었다. 그녀의 질문에 나는 대부분 무뚝뚝하게 'Yes'로 대답하고, 바쁘다는 듯 창고로 사라졌다. 하지만 그녀가 슈퍼마켓을 떠날 때까지 문틈으로 훔쳐보았다. 그녀는 필요도 없을 것 같은 물건을 사서 돌아가곤 했다.

그녀의 가족이 보스턴으로 이사를 가버린 뒤에는 그나마 볼 기회도 사라졌다. 생일과 크리스마스 때 엽서가 오는 게 전부였다. 나는 그 무엇도 보내지 않았다.

이후로 아내를 만날 수 있는 방법은 새로운 책이 나올 때마다 구입을 하는 것이었다. 똑같은 책을 서너 권씩 사서 빈 책장에 차곡차곡 꽂아두었다. 한동안 책 속의 프로필 사진은 이혼하기 전에 찍어둔 것을 계속 쓰고 있어서, 전혀 늙지 않는 것처럼 보였다. 책을 제대로 처음부터 끝까지 읽지는 않았다. 하지만 책의 무게와 부피만으로도 아내의 노고가 느껴졌다. 그걸로 충분했다.

"솔직히 당신이 하고 있는 공부라든가, 읽고 있는 책이라든가 그런 모든 것들, 내가 이해하기 힘든 것들이야. 가끔씩 그런 것들 때문에 당신이 점점 멀게만 느껴져."

움푹 파인 플라스틱 스푼을 테이블에 내려놓으며 내가 말했다.

"무슨 소리야? 그건 단지 공부일 뿐인데. 이것마저 하지 않는다면 평생 우리 부모님처럼 살아야 할까봐 끔찍해."

"부모님이 어때서?"

"오직 생존하기 위해서 대부분의 시간을 소비해. 조금이라도 시간이 나면 멍하니 티브이를 보거나 마작만 한다고. 평생 열심히 일한 대가가 그런 거라면 좀 다르게 살아보겠노라고 어릴 적부터 생각했지. 할아버지가 미국 땅에 온 건 분명히 더 나은 삶을 살기 위해서였을 거야. 생각해 봐. 그 먼 거리를 배로 건너올 용기가 대단하지 않아? 그 정도면 자신의 인생을 뒤바꿀 만큼 충분한 용기가 있었을 텐데. 나는 그의 손녀니까 내가 할 수 있는 게 어떤 일인지 끝까지 해 볼 거야."

"걱정 마. 당신은 존경받는 학자, 평판 좋은 작가가 될 테니까. 미국계 중국인 여성으로 미국 사회의 편견을 깨뜨린 훌륭한 롤 모델이 될 거야. 중국에서 학대받는 여성과 아이들을 위한 재단 설립에도 중요한 역할을 해."

죽기 전에, 나의 얼마 안 되는 재산도 그 재단에 모두 기부했다고.

"그렇게 된다면 얼마나 좋을까?"

나는 젓가락을 놓는다. 입맛이 없다.

"내가 말한 것처럼 성공하더라도 나와 절대로 헤어지지 않을 거지?"

"물론이지."

"약속할 수 있어?"

"결코 죽을 때까지 당신과 헤어지지 않을 거야. 당신을 사랑하니까."

"내가 당신에게 아무런 도움이 되지 않는다고 해도?"

"이렇게 함께 있어주는 것만으로도 힘이 돼."

아내는 살짝 미소를 지으며 말한다. 그리고 맛있게 음식을 먹는다. 하지만 그 약속은 결코 지켜지지 않을 것이다. 순간 나는 아내를 죽이고 싶을 정도로 미워졌다. 그리고 그 증오는 다시 한없는 애정으로 바뀌었다. 이대로 살아간다면 평생 동안 나는 그런 감정의 변화를 반복해야 할 것이다. 그러나 앞으로 일어날 일을 알고 있으니 좀더 잘할 수 있지 않을까? 아내가 공부와 일을 병행하는 걸 멈추게 하면 아이도 가질 수 있을 텐데. 티브이 대신 아내가 공부하는 책을 보면 뭔가 도움을 줄 수도 있을 텐데…….

밥을 다 먹고 난 뒤, 아내는 분홍색 구슬로 꿰어진 가방 속에서 담배를 꺼내 불을 붙였다. 그리고 길게 담배 한 모금을 들이켜고 다시 내뱉는다. 아내는 결국 폐암으로 나보다 일찍 죽게 된다. 그녀의 두 번째 남편은 그녀보다 3년 더 일찍 세상을 떴으므로 장례식은 쓸쓸했다. 아무도 내가 그녀의 전남편인지 알아보지 못했다.

"담배를 줄일 수는 없을까?"

내가 묻는다.

"담배 때문에 몇 년 일찍 죽는다고 하더라도 상관없어. 담배는 다른 것이 줄 수 없는 어떤 위안을 주니까. 공기 속에 연기를 만들어내지만 머릿속의 연기는 깨끗이 걷히게 해주거든."

오직 젊은 사람들만이, 아내처럼 건방진 말을 할 수 있을 것이다. 아내는 담배를 비벼 끈다. 내가 말한다.

"맘껏 피워두라고. 모든 음식점은 금연 구역이 될 테니까."

아내는 고개를 갸웃거린다.

✢ ✢ ✢

우리는 거리로 나왔다. 아내의 손을 어린아이처럼 꼭 잡았다. 아내의 어깨가 내 어깨를 살짝 스칠 때마다 영원히 그녀와 함께 샌프란시스코의 상쾌한 공기 사이를 걸었으면 좋겠다는 생각이 들었다. 아직 아내는 화려한 무대로 나가기 전이고, 나를 사랑하고 있으니까. 더 이상 로스앤젤레스로 돌아가지 않고 그녀가 좋아하는 샌프란시스코의 차이나타운에 죽을 때까지 머물고 싶었다. 그러면 인생이 바뀔 수 있을까? 이 청량한 바람을 평생 동안 들이킬 수 있을 텐데……. 아내는 나만을 사랑할 수 있을 텐데…….

그랜트 스트리트를 따라 북쪽으로 계속 걸었다. 콜럼버스 애비뉴에 다다르자 언덕 쪽에 하얀 코잇 타워가 보였다. 동쪽의 다운타운에서는 한참 빌딩을 지어 올리고 있었다. 위로 올라가면서 좁아지는 것을 보니 피라미드 빌딩인 것 같았다.

아내는 발이 아프다고 했다. 우리는 택시를 잡았다. 가야 할 곳이 있다.

"어디로 가시는 거죠?"

기사가 대뜸 물었다. 백미러로 그의 얼굴이 보였다. 라티노인지

푸에르토리코인인지 알 수 없는 까무잡잡한 피부의 젊은 기사였다.

"금문교로 가요."

아내와 내가 동시에 말했다.

"신혼여행이신가 봐요? 당연히 금문교로 가셔야죠. 제가 멋진 드라이브 코스로 모시겠습니다. 두 분은 운이 좋으세요. 어제는 안개가 잔뜩 끼어서 금문교를 제대로 지나갈 수도 없었는데 오늘은 멋진 다리를 볼 수 있어요."

"오늘은 운이 좋네요, 미구엘."

이름을 부르자 그는 흠칫 놀라며 뒤를 돌아보았다. 분명 그는 공항에서 나를 하트브레이크 호텔까지 태워다준 기사였다. 지난번처럼 시끄러운 라틴 음악을 틀어놓고 멜로디를 흥얼거렸다. 쿵짝쿵짝, 쿵짜라 쿵짝.

택시는 이탈리안 거리를 지나 부둣가로 막 다다랐다. 갈매기가 날아다니고, 수많은 사람들이 부둣가를 걸어다니며 상점들을 구경하고 있다. 알카트라즈 섬과 금문교를 구경할 수 있는 배들이 부두에 세워져 있고 호객꾼들은 관광객의 눈길을 끌기 위해 소리를 지르고 있었다. 짭조름한 바다 내음이 열린 창으로 들어왔다.

그리고 저 멀리 금문교가 보였다. 안개는 다리 아래의 바다에 떠 있고, 짙은 오렌지 빛의 다리가 햇빛을 받아 반짝거린다. 마치 다리가 거품 위에 둥둥 떠다니는 것처럼 비현실적으로 보인다.

"발을 이리 내봐."

나는 아내에게 말했다. 아내는 고개를 갸우뚱거리더니 샌들을 벗고 양쪽 발을 내 무릎에 올려놓았다. 울퉁불퉁 투박하게 생긴 발이 눈물 나도록 정겹게 느껴졌다. 나는 발가락부터 발등, 그리고 발바닥을 천천히 마사지했다. 아내는 두 눈을 감고 이 세상 그 무엇과도 바꿀 수 없는 평화로운 표정을 지었다. 아내가 가끔씩 '으음' 하고 소리를 낼 때마다 기사는 백미러로 우리를 힐끔힐끔 쳐다보며 미소 지었다. 그리고 나는 떠올렸다. 아내가 죽을 때까지 평생 동안 한 번도 발마사지를 해준 적이 없다는 것을.

"당신 지금, 여기에 있는 것 맞지?"

발을 매만지며 아내에게 물었다.

"무슨 소리야? 아직, 열이 좀 남아 있나보네."

아내는 웃는다.

이것이 꿈인지 또 다른 차원의 현실인지는 모르겠지만 원 없이 아내의 발을 만지고 싶었다. 평생 동안 신발 속에 가려진 채 그녀의 가녀린 몸을 지탱할 그 발 말이다. 어쩌면 오늘은 이 두 발로 금문교를 건널 수 있을지 모른다.

나는 택시가 목적지에 닿을 때까지 아내의 발을 놓지 않았다. 손에서 땀이 조금씩 배어나는 것 같았지만 나는 그 발을 놓고 싶지 않았다. 아내의 발의 촉감이야말로 지금 이 순간이 현실임을 알려주는 유일한 증거 같았다. 나는 점점 의식을 잃어갔다. 눈을 감고 불어오는 바람을 느꼈다. 그 바람은 내가 평생 살았던 로스앤젤레스의 뜨겁고 끈적끈적한 바람이 아닌 박하사탕처럼 청량한 바람이었다. 감은 눈에 태양이 비추며 뭔가 아른거리다 사라졌다. 아무리 정신을 차리려고 해도 머리에 망치를 얻어맞은 것처럼 정신이 몽롱해졌다. 눈을 살짝 감았다. 어디까지 왔을까…… 라고 생각할 때쯤, 나는 눈이 떠지지 않는다는 것을 깨달았다.

당신을
위한 테러

·

도쿄

Heartbreak Hotel

비행기 티켓을 보면서

이런 생각이 들었다. 세상은 어쩌면 일본 이외에는 존재하지 않는 것이 아닐까, 라고. 일본을 쏙 빼놓고, 원자폭탄이나 생화학 무기 같은 것으로 지구는 이미 쑥대밭이 되어버린 것이다. 일본 사람들은 그 사실을 모르고 있다. 언론이나 인터넷 통제는 가능할 테니까.

외국 여행도 조작이 가능하다. 사람들은 비행기를 타고 바다로 나간 뒤 태평양 한가운데의 인공 섬으로 향한다. 그곳은 거대한 디즈니랜드와 같아서 정교하게 대륙별, 나라별로 세트가 만들어져 있다. 이탈리아관에 가면 피자와 스파게티를 먹을 수 있고 하와이관에는 훌라를 추는 원주민들을 볼 수 있다. 이집트의 스핑크스, 파리의 에펠탑, 뉴욕의 자유의 여신상……. 어차피 단체 관광버스를 타고 다닐 테니까 준비된 곳만 보여준다. 사람들이 뭔가 이상하다는 생각을 할 겨를도 없이 가이드가 말하겠지.

"자, 이제 시간이 됐으니 다른 장소로 이동해 볼까요?"

티켓을 살펴본다. 총 석 장이다. 도쿄 출발 로스앤젤레스 도착, 로스앤젤레스 출발 솔트레이크 시티 도착, 솔트레이크 시티 출발 그랜드 정션 도착. 세 장의 티켓을 다 쓰면 정말 그를 만날 수 있을까? 첫 번째 목적지인 로스앤젤레스도 사실은 테마 파크가 아닐까. 비행기 티켓은 테마 파크로 가는 입장권이고, 나는 공원이 문을 열기 네 시간 전에 도착한 아이겠지.

한 번도 비행기를 타본 적이 없다. 일본 밖으로 나가본 적도 없다. 미국의 그랜드 정션이라는 작은 도시에 가려면 비행기를 세 번이나 타야 하고, 비행 시간만 열여섯 시간이 넘는다. 대기 시간까지 합하면 스무 시간은 족히 될 것이다. 여행사 직원은 지하철을 갈아타는 것만큼 쉽다고 했다. 티켓에 적혀 있는 게이트 번호와 탑승 시간만 확인하면 문제없다고.

문제는 그게 아니다. 비행기가 고장 나거나 악천우를 만나 태평양 한가운데에 떨어지면 어떻게 될까? 테러리스트가 기내에서 난동을 부리면 어떻게 하지? 무엇보다 도착한 곳이 진짜 도시가 아니라면…….

티켓을 또다시 살펴본다. 1번 터미널 D12번 게이트, 로스앤젤레스행 DL26편, 16시 20분 탑승. 탑승 시간까지 네 시간이나 남았다. 게이트 앞의 대기석은 노부부 한 쌍을 빼고는 텅 비어 있다. 노부부는 야구 중계가 흘러나오는 티브이를 보고 있다. 둘 다 표정의 변화가 없다. 눈동자도 움직이지 않는다. 비행 지연이나 결항은 있을지언정 예정 시간보다 일찍 출발하는 경우는 없을 것이다. 안내 방송에 귀를 기울여본다. 일본어, 영어, 중국어와 한국어로 된 말이 뒤섞여서 흘러나오고 있다. 탑승이 시작되고 있습니다, 마지막 탑승 안내입니다, 탑승하지 않은 승객은 빨리 탑승해 주십시오…….

배에서 꼬르륵 소리가 났다. 긴 여행을 위해서는 제대로 먹어둬야 하겠지. 자리에서 일어나니 할머니가 고개를 돌려 나를 쳐다보았다. 어색한 웃음을 지어주었다.

자판기에는 음료수밖에 없고, 스낵 바에는 형편없어 보이는 우동을 800엔에 팔고 있다. 센고쿠 역 근처에 파는 200엔짜리 우동보다 맛없어 보인다. 짐 가방을 끌고 다른 곳으로 가본다. 구찌와 루이뷔통 숍을 지나쳤다. 집에 두고 온 루이뷔통 가방이 생각났다. 친구들이 하나씩 있기에 카드 할부로 샀는데 정작 몇 번 사용하지 않았다. 공항에서 명품 백을 들고 다니는 여자들을 보니, 가져올 걸 그랬나 싶다. 새로 나온 향수의 냄새를 맡아보라며 면세점 점원이 권했지만 종종걸음으로 지나쳤다.

깔끔하게 보이는 식당에 들어가 카레 소스가 곁들여진 오므라이스를 시켰다. 주말이 되면 혼자 카레를 만들곤 했다. 1인용 카레를 만들기는 힘들다. 시간과 재료 낭비다. 두세 번 더 먹을 수 있는 양까지 만들어 냉장고에 보관해 두곤 했다. 하지만 언제나 먹는 걸 깜빡해서 상하고 만다. 냉장고 안, 작은 플라스틱 통에 담긴 음식들은 내가 모르는 사이 썩어가고, 그걸 사거나 만드는 일보다 버리는 일이 더 번거롭다. 누군가 함께 산다면 그럴 일이 없을 텐데.

카레가 나왔다. 건더기는 얼마 없고 소스가 지나치게 많은 데다가 싫어하는 완두콩까지 들어 있다. 콩을 하나씩 건져내고 천천히 먹었다.

팀은 지금쯤 무얼 하고 있을까? 점심 때 먹고 남겨두었던 중국 음식으로 저녁을 때우고 있을지도 모른다. 그를 만나면 매일매일 직접 요리를 해줄 것이다.

오므라이스는 반쯤 남기고 자판기에서 커피를 뽑아 마셨다. 터미널을 이어주는 트램을 타고 1터미널로 가보았다. 2터미널과 별다른 점이 없었다. 기념품 숍과 면세점, 음식점……. 공항이 원래 비행기를 타기 전에 쇼핑하는 곳이었나?

알파벳과 숫자 조합으로 된 게이트가 있고 그 앞에는 카운터와 검은 비닐가죽 의자가 주욱 놓여 있다. 사람들은 얌전히 그곳에 앉아 비행기를 기다린다. 배낭 여행객들은 콘센트 전원이 있는 곳에 주저앉아 컴퓨터를 두드린다. 서류 가방을 들고 양복을 입은 비즈니스맨들은 문자를 보내거나 통화를 한다. 신혼부부나 노인들이 잔뜩 모인 곳은 하와이로 가는 게이트다.

서점에 들러 엽서를 몇 장 사고, 면세점에 들러 잭 다니엘 한 병을 샀다. 그는 스트레이트로, 나는 콜라를 타고 얼음을 넣어 마실 것이다. 우리의 재회를 위해서 건배.

이륙 한 시간 전, 2터미널의 D14번 게이트로 돌아왔다. 의자에는 빈자리가 없을 정도로 사람들이 꽉 차 있다. 비즈니스 클래스와 휠체어를 탄 사람들이 먼저 들어가고, 이코노미 석은 뒷좌석의 사람들이 먼저 들어간다는 것도 모르고 일찍부터 줄을 섰다. 내 좌석은 중간쯤에 있었으므로 뒷좌석에 앉는 사람들이 탑승할 때까지 더 기다려야 했다.

탑승을 하고도 짐을 넣는 사람들 때문에 천천히 좌석으로 이동했다. 마침내 자리에 앉아 안전벨트를 단단히 맸다. 비행기는 휠체어 속도보다 더 느리게 후진을 했다. 헬멧을 쓴 기술자들이 활주로에서 양손을 흔들어 인사를 해줬다. 나도 창가에 대고 손을 살짝 흔들었다. 나를 배웅하는 사람은 그들뿐이다.

비행기는 활주로를 찾기 위해 이리저리 헤매더니 갑자기 속력을 냈다. 뒤에서 누가 세게 민 것처럼 힘을 받아 이륙했다. 창밖으로 45도로 기울어진 땅이 보였다. 집들은 작아지고 자동차들도 레고처럼 작아졌을 때 구름을 만났다. 안개처럼 뿌연 구름을 뚫고 올라가니 쨍하고 맑은 하늘이 나타났다. 드디어 나는 태어나서 처음으로 일본을 떠났다. 기뻐서 웃음이나 울음이 나올 줄 알았는데 귀가 먹먹해질 뿐이었다.

창밖 풍경이 지루해질 즈음에 아빠에게 엽서를 썼다.

엄마는 재혼한 뒤로 연락이 없다. 홋카이도에서 우체부를 하는 아빠하고도 한 달에 한 번 전화 통화를 하는 게 다다. 한번은 아빠가 술에 취에 '너만 없었더라면 네 엄마와 결혼하지 않았을 텐데……' 라는 말을 한 적이 있다. 이런 나약한 인간이 있나. 후회할 짓을 하지 말든가, 아예 입 밖으로 그런 말을 꺼내지 말든가. 그 말을 들은 이후로는 그나마 억지로 했던 전화도 뜸해졌다.

요즘엔 다들 이메일을 쓰기 때문에 아빠가 배달하는 건 공과금 청구서나 광고지뿐일 것이다. 10년 전까지는 예쁜 편지봉투에 담긴 연애편지도 배달했을 텐데……. 아빠를 애타게 기다리는 사람들, 아빠를 필요로 하는 사람들도 많았을 텐데…….

'내가 미워했던 사람들도 안녕, 하기 싫지만 해야 했던 일들과도 안녕, 상식이 통하지 않았던 늙은이들과도 안녕, 기노쿠니야 서점과 요시노야 덮밥집과도 안녕, 휴대폰과 고물 노트북과도 안녕, 사랑하지 않았지만 사랑하는 척했어야 했던 이들과도 안녕. …… 이제 모두 안녕. 그리고 안녕.'

걱정 말라는 엽서를 쓰려다가 이상한 쪽으로 흘러가버렸다. 마치 나에게 쓰는 메모 같다. 새 엽서를 꺼냈다.

'…… 미국에 가 있을 테니 걱정 마세요.'

아빠는 꼬리에 빨간 로고가 박힌 747 비행기의 엽서를 받아보겠지. 오랜만에 받아보는 사적인 엽서일 것이다. 아니, 아빠는 생전에 한 번도 사적인 엽서를 받아본 적이 없을지도 모른다. 어릴 적엔 아빠의 도움으로 여러 나라의 우표를 수집했다. 정교하게 그려진, 다른 나라의 언어가 찍힌 우표를 한참 동안 보고 있으면 그 나라로 순간이동이라도 할 수 있을 것 같았다.

비행기는 구름 위를 유유히 떠다니고 있다. 멍하니 구름을 보고 있으니까 비행기를 타기 전의 기억이 사라지는 것 같다. 나는 이 땅을 떠나, 새로운 삶을 살기 위해 시속 900킬로미터로 달려가고 있다. 지금까지의 삶이 가짜고 이다음부터가 진짜다.

통로석의 남자는 자리에 앉자마자 옅게 코를 골며 잠들었다가 기내식이 나올 때 거짓말처럼 자동으로 일어났다. 앙증맞은 용기에 나온 치킨 덮밥을 먹고, 빵에 버터와 잼을 발라 먹고, 푸딩을 디저트로, 커피와 녹차까지 마셨다. 오므라이스를 먹어 배가 고프지 않았지만 하나도 빠뜨리지 않고 다 먹었다. 그래도 로스앤젤레스까지는 아홉 시간 남았다. 개인 모니터에는 여섯 편의 영화가 준비되어 있었는데 몇 번째 시리즈인지 알 수 없는 〈해리 포터〉를 보고 있으려니 하품이 마구 쏟아졌다. 막 잠이 들려고 할 때 앞좌석에서 아기가 울기 시작했다. 생명에 위협을 느껴서 질러대는 비명처럼 들렸다. 사람들은 애써 그 소리를 외면하는 것 같았다. 잠이 들 만하면 울음소리가 들리는 탓에 지나가는 여승무원에게 매번 부탁해서 커피를 마셨다. 차라리 깨어 있는 게 나을 것 같았다. 여차하면 무릎이 앞자리에 닿았기 때문에 다리를 앞좌석 밑에 집어넣고 담요를 최대한 위로 뒤집어쓰고 영화를 봤다. 해리 포터는 나이가 들어서 더 이상 꼬마아이였을 때만큼 귀엽지 않았다.

다이어리를 펼쳐본다. 겉표지 안쪽에 있는 팀 헬러와 함께 찍은 사진을 꺼낸다. 눈이 깊게 들어간 데다 코는 조각처럼 튀어나왔다. 금발이 길어서 뒤로 질끈 동여맸다.

팀은 도쿄처럼 크고 복잡한 도시는 처음이라고 했다. 콜로라도 주 덴버에 있는 대학을 다니긴 했지만 도쿄에 비해서는 시골 같다나. 그가 태어나서 주욱 살던 곳은 콜로라도 주의 그랜드 정션(Grand Junction). 드넓은 땅에 인구가 3만 명뿐인 작은 도시에 와인 농장이 드문드문 있는 곳. 여름에는 비가 오지 않고 겨울에는 눈이 무릎까지 쌓인다. 기온은 높지만 습하지 않다. 고도가 높기 때문에 처음 그곳에 오는 사람들은 한동안 머리가 아파서 아스피린을 먹어야 한다. 그곳에서 가장 높은 건물은 5층짜리 은행이다. 이상했다. 아무리 조용한 곳에서 왔더라도 세상의 모든 것을 처음 보는 아이처럼, 그는 모든 사소한 것에 관심을 가지고 내게 묻곤 했다. 도쿄의 인구는? 가장 높은 빌딩은? 평균기온과 강수량은?

도쿄의 인구는 1300만 명이 넘는다. 가장 높은 빌딩은 54층의 미드타운 타워. 그와 함께한 1년 동안, 나는 도쿄로 와서 혼자 지낸 5년 동안보다 더 많은 곳을 돌아다녔다. 그에게 도쿄를 구경시켜 준다는 핑계였지만 사실은 혼자 구경할 엄두가 나지 않았던 곳을 함께 둘러보았다. 그가 가장 좋아하는 곳은 고쿄. 엄청나게 넓어서 길을 잃을 것만 같고 소나무가 많아서 왠지 음습한 곳이다. 몇몇 건물에는 표정이 없는 경비도 세워져 있었다. 왕족을 마주칠 기회는 없었다. 그는 야스쿠니 신사에 들러 참배를 했다.

"전쟁이 얼마나 무의미한 일인지, 사람들은 벌써 다 잊어버린 것 같습니다."

그가 두 눈을 글썽이며 말했을 때, 나는 어떤 표정을 지어야 할지 난감했다.

"지금도 세계 곳곳에서는 참혹한 전쟁이 일어나고 있습니다. 사람들은 눈과 귀를 막으면서 애써 외면하고 있습니다. 우리가 이렇게 평범한 삶을 살기 위해서는 다른 곳에서 뺏어야 하는 게 얼마나 많은지 모를 겁니다. 기름과 천연자원, 그리고 값싼 노동력까지……. 하지만 그런 착취도 곧 끝날 겁니다. 머지않아 새로운 세상이 열릴 테니까요."

무기를 팔기 위해 전쟁을 하고 커피콩을 따기 위해 어린이들을 부리는 건 나쁜 일이지만, 내가 할 수 있는 일이 뭐가 있단 말인가? 어차피 나는 아무 죄책감 없이 스타벅스에서 커피를 마시고, 유니클로에서 옷을 살 건데.

다이어리의 오늘 날짜를 펼쳐본다. 잊어버린 중요한 일이 있을 것 같다. 노란 포스트잇이 한가운데 붙어 있다.

'절대로 잠들지 말 것.'

누가 이런 걸 붙여놨지? 아무리 봐도 내 글씨가 맞는데 기억이 나지 않는다. 월별 스케줄을 펼쳐보니 곳곳에 빨간색 동그라미가 쳐져 있다. 최소한 일주일에 한 번. 많을 때는 세 번. 지난달에도, 그 전달에도 표시가 되어 있다. 뭘 했다는 표시인지 잘 모르겠다.

비행기가 덜컹거렸다. 안전벨트 사인이 켜졌다. 커피 때문에 잠이 오지 않는다. 아이는 조용해졌다가 예고 없이 빽빽거리면서 운다.

앞좌석을 흘깃 쳐다보니 엄마가 아기를 달래고 있다. 엄마도 어쩌지를 못하고 눈물을 훔친다.

아주머니, 그렇게 미안해 하지 않아도 괜찮아요. 아이의 울음은 막을 수 없잖아요.

비행기 안이 빠져나갈 수 없는 지옥처럼 느껴질 때쯤 아침식사가 나왔다. 오믈렛과 모닝 빵. 수면 때문에 닫혀 있던 창문막이 열리고 실내에 환하게 불이 들어왔다. 승무원이 입국신고서를 나누어주었다. 나는 여행사에서 미리 받은 입국신고서에 이미 모든 것을 영어로 적어놓았다. 이름과 주소, 국명, 미국에서 머물 곳의 주소, 여행의 목적……. 비행기의 탑승 절차라던가 입국심사를 할 때의 유의점 등을 여행사 직원에게 들었지만 놓친 것이 없나 인터넷 검색을 해보았다. 그중 가장 걱정되는 건 입국심사장에서의 간단한 질문들이었다.

왜 미국에 왔느냐, 얼마나 머물 것이냐, 혹시 이곳에서 일할 계획이 있는 게 아니냐, 공부를 하러 온 것이 아니냐 등을 물어본단다. 질문에는 간단하고 또박또박 대답하면 된다. 미심쩍은 대답이나 서류상의 문제가 있다면 다른 사무실에서 간단한 조사를 받는다. 심각하게 일이 꼬이는 경우는 다시 본국으로 돌아가는 항공편을 타는 경우도 있다고 했다. 순진하게도 친척이 운영하는 가게의 일을 도우려고 한다고 말해서 입국을 거부당한 사람의 이야기도 있었다. 관광허가는 취업이나 학업을 위한 비자가 아닌 것이다. 뭐가 그리 복잡하고 심각한 건지 모르겠다. 미국이 지상의 낙원도 아닐 텐데, 오히려 테러리스트들의 공격을 받고, 부채에 허덕이고, 사회 복지가 엉망이며, 거대 기업에 의해 조종되는 나라일 뿐인데……. 팀의 말에 따르면 말이다.

'방문 목적 : 여행'

미리 작성한 입국 신고서를 뚫어지게 쳐다본다. 이건 거짓말이다. 왜냐하면, 다시는 일본으로 돌아가지 않을 테니까. 그럼 아주 긴 여행이라고 해두자. 다시는 그와 떨어지지 않을 것이다.

모니터를 보니 마침내 로스앤젤레스에 가까워지고 있다. 위쪽은 샌프란시스코, 오른쪽으로 더 가면 라스베가스, 동쪽 끝은 뉴욕, 그곳에서 남쪽은 마이애미……. 이건 마치 테마 파크 지도 같잖아.

비행기는 구름 속을 뚫고 서서히 아래로 내려간다. 구름 속이라고 해봤자 안개 속을 헤매는 것 같다. 이윽고 바다가 나타나고 해안선이 보이기 시작한다. 로스앤젤레스는 대도시니까 높은 빌딩이 즐비할 것 같았는데, 레고 블록같이 보이는 집들이 바둑판 같은 선을 따라 얌전히 줄지어져 있을 뿐이다. 단추 크기만 한 파란색은 수영장인가 보다.

바퀴가 땅에 닿으면서 굉음을 낸다. 이윽고 안내방송과 안전벨트 사인이 꺼지자 모두 약속이라도 한 듯이 좌석에서 일어난다. 11시간의 비행이 끝이 났다. 나는 점점 그와 가까워지고 있다.

입국 심사장으로 재빨리 걸어갔다. 생각보다 혼잡하지 않았다. 내가 탔던 비행기에서 내린 사람이 전부인 것 같다. 열 개가 넘는 심사 창구에 직원이 있는 창구는 두 개뿐이다. 그 중 하나는 미국인을 위해 다른 하나는 외국인들을 위해 열려 있다. 나는 여권과 입국신고서를 손에 꼭 쥐고 순서를 기다렸다. 손에 땀이 밴다. 앞에는 같은 비행기에서 내린 일본인들이 줄을 서 있다. 투명 강화유리로 에워싼 심사대에서는 심사원이 여권과 서류를 보며 몇 가지 질문을 던지고,

컴퓨터로 여권을 스캔한 뒤 도장을 쾅쾅 찍어준다. 기계에 손가락을 올려 지문을 찍고 캠으로 사진도 찍는다. 말이 잘 통하지 않는 나이 많은 일본인 할머니는 심사원의 질문에 연신 웃음으로만 답하다가 결국 통역이 가능한 직원이 다가와 도와주었다.

"Next!"

내 차례다. 뚜벅뚜벅 심사대까지 걸어간다. 여권과 입국신고서를 내민다. "Hi"라고 최대한 좋은 인상을 지어보이며 인사해 보지만 그는 여권의 사진과 나를 확인하듯 무뚝뚝하게 훑어본다. 나도 그를 훑어본다. 흑인이다. 피부가 커피색이 아니라 새까만 인조가죽 같다. 그는 내게 묻는다. 왜 이곳에 오게 되었냐고. 예상했던 질문이다. '친구를 방문하기 위해서' 혹은 '여행하기 위해서'가 준비해 두었던 답이다. 하지만 몇 번이나 연습했던 그 대답이 입에서 떨어지지 않는다. 수업시간에 아주 쉬운 선생님의 질문을 막상 자리에서 일어나니 답할 수 없는 심정이다.

피부색 때문에 유난히 희게 보이는 눈동자를 굴리며 나를 똑바로 쳐다본다. 그 눈은 내게 말하고 있다. 오직 진실을 말하라고. 이곳은 성당의 고해소보다 더 신성한 곳이라고.

"Just make a dream come true."

그렇게 말해 놓고도 나는, 내가 무슨 뜻으로 그런 말을 했는지 알아차리지 못한다. 그건 준비했던 대답이 아니라 입에서 그냥 튀어나와버린 말이다. 다행이 목소리가 작았다. 나는 말을 더듬으면서 다시 말한다.

"친구를 만나러 왔어요."

"친구가 어디에 삽니까?"

"그랜드 정션이요."

"이름은?"

"팀, 팀 헬러."

"어떻게 친구가 되었습니까?"

"그…… 그건…….”

그는 미심쩍은 눈초리로 나를 흘깃 쳐다본다.

"얼마나 있을 예정입니까?"

"하…… 한 달 정도."

그는 고개를 갸우뚱하더니 컴퓨터로 뭔가를 조회해 본다. 문제가 생긴 게 틀림없다. 감옥에 간 적도 없고, 불법으로 출입국을 해본 적도 없는데…… 여권의 사진과 나를 번갈아가며 쳐다본다. 고개를 갸웃거리고 어딘가에 전화를 한 뒤 고개를 끄덕거린다.

"돌아갈 비행기 표를 보여주시겠습니까?"

가방을 뒤적거려 예약표를 보여주었다. 왕복표를 사길 잘했다. 뭔가 심각한 질문을 할 줄 알았는데, 양손을 지문 촬영 기계에 올려놓으라고 한다. 조그만 캠으로 사진도 찍는다. 형무소에 온 기분이 든다. 그는 나를 보며 살짝 웃는다.

"Welcome to America."

얼굴이 벌게졌다. 땡큐, 라는 말도 못하고 여권을 받아들고 나왔다.

"Next!"

환승 게이트를 찾아 나섰다. 무거운 짐 가방 때문에 손목이 시큰거렸다. 항공사 직원은 짐을 마지막 목적지까지 실어도 된다고 했지만 사양했다. 간혹, 짐이 분실되는 사고가 생긴다는 이야기를 들었기 때문이다. 이 가방에는 내가 가진 모든 것이 들어있다. 아직 두 번의 비행이 더 남았다. 다음 행선지는 유타에 있는 솔트레이크 시티다. 비행기를 타려면 아직 세 시간이 남았다. 공항을 어슬렁거리면서 시간을 보내기로 했다.

나리타공항이 백화점이라면 로스앤젤레스공항은 대형 마트 같았다. 멋지게 차려입은 사람보다는 아무렇게나 입은 뚱뚱한 사람이 더 많았다. 어떻게 허벅지가 저렇게 굵어질 수 있을까. 고급 향수 냄새가 아니라 싸구려 방향제 냄새가 났다. 안내 방송은 영어로 흘러나왔다. 가끔씩 일본어도 들렸다. 고급 브랜드숍은 없지만 잡지와 커피를 파는 곳은 많았다. 나는 스타벅스의 빈 테이블에 앉았다.

눈을 감고 어깨에 힘을 주욱 뺀다. 긴장이 풀린 탓인지 졸음이 쏟아진다. 이대로 푹신한 침대에 쓰러져서 며칠이고 잠만 잘 수 있을 것 같다.

"여기서 자면 안 돼."

고개를 돌려보니 입국심사대에 있던 직원이다. 새까만 인조가죽을 덮어쓴 사람. 순간 긴장했다. 혹시 뭐가 잘못되어 날 찾으러 온 건가? 하지만 그는 입국 심사대에서처럼 심각한 표정이 아니라 싱긋 웃고 있다. 내게 커피를 건넨다. 건배를 하는 것처럼 자신의 잔을 들더니 천천히 커피를 마신다. 나도 한 모금을 들이켰다.

"고…… 고마워."

그런데 왜 내게 커피를 사는 것일까? 커피 값을 줘야 하나? 뜨거운 온기가 온몸으로 퍼지면서 경계심이 풀어진다. 그도 알고 보면 박봉에 늦은 시간까지 말이 안 통하는 사람들과 씨름하면서 일해야 하는 공무원일 것이다. 의미 없이 반복하는 일이 얼마나 자신의 영혼을 갉아먹는지는 누구보다 잘 알고 있다.

"연기는 굉장히 자연스러웠어."

"무슨 소리인지?"

"지령이 떨어진 이후로 한참을 기다렸는데 아직 당신이 나타나지 않아서 말이야. 요즘 미국은 테러 방지에 재미가 들었으니까 비행기를 타기도 전에 잡혔을지도 모른다고도 생각했지. 승객들의 불편 따위는 아랑곳하지 않고 오히려 보안 검색하는 걸 즐기는 것 같지 않아?"

나는 가방 손잡이를 꼭 잡았다. 언제든지 도망갈 수 있어야 한다.

"공항검색 강화 조치 따위가 무슨 소용 있겠어? 역으로 파키스탄이 미국인들에 대한 공항검색을 강화시켰다는 뉴스를 들었어. 하하하. 웃기지? 알몸 스캐너도 곧 들어온대. 알 카에다로 의심되는 수많은 입국자들을 그런 식으로 감시할 수 있을까?"

"그…… 그게 나하고 무슨 상관이지?"

"잘 알면서 모르는 척은……. 너와 세계가 분리될 수 있을 거라고 생각해? 2-1단계 호흡법을 잊었어? 세상과 나는 하나다. 지구 반대편에 있는 강이 썩어 들어가는 것은 곧 나의 정맥 중의 하나가 썩는 것과 같아. 동양 사람들은 다 비슷비슷하게 보여서 지나칠 뻔했다고. 바보같이 아랍 사람을 동원할 거라고는 생각하지 않았어. 유럽인일 줄 알았는데 의외로 일본인이라니. 동양인이 테러를 일으킨 적은 없다는 걸 깜빡했어. 허를 찔린 기분이야. 어쩐지 예전에도 몇 번 본 적이 있다고 느껴지더라……. 나도 요즘 정신이 오락가락해. 수련을 더 열심히 해야 하는데. 뇌파동 호흡법 3-4단계인데, 너는 몇 단계까지 왔니?"

"미국은 이번이 처음이야. 날 누군가로 착각하나 본데…….”

"오, 그렇습니까? 여권을 조작할 수는 있어도 내 눈은 못 속여. 이쪽 세상에 오려면 적어도 5단계까지는 마스터했을 텐데……. 어떻게 정정당당하게 팀 헬러의 이름을 대는 거지?"

뭐라고 답해야 할지 몰라 커피를 홀짝거린다. 속이 쓰리다. 종이컵을 잡은 손이 덜덜 떨리기 시작한다.

"멋져. 아주 멋져. 테러리스트를 두 눈으로 볼 수 있다니 영광이야. 우리를 해방시켜 줄 전사. 아니, 여전사라고 해야겠군. 아무튼 목적지까지 무사히 가길 바라. 도중에 절대로 잠들면 안 된다고. 그러면 모든 게 수포로 돌아가니까. 다시 지긋지긋한 저 세상으로 돌아가는 걸 원치는 않지?"

지금 마시고 있는 뜨거운 커피를 이 남자의 얼굴에 퍼붓고 도망가면 어떻게 될까?

"저기…… 뭔가 잘못 알고 있는 것 같아."

그는 고개를 갸우뚱거린다.

"영어 솜씨가 유창한걸. 발음도 좋아. 철저히 학습을 했군. 퍼펙트."

"남자친구가 영어 강사였어. 그를 만나러 가는 길이야."

나는 그에게 억지로 웃음을 짓는다. 그는 어깨를 들썩이며 새하얀 이를 보이며 웃는다.

"다음부터는 이름을 바꿔서 말하라고. 내가 아니었다면 사정이 좀 복잡해졌을지도 몰라. 이곳에서도 나름대로의 룰은 존재하니까. 우리에게도 절대 진리가 존재하는 것처럼."

"팀 헬러를 알아?"

“그럼……”

그의 목소리가 떨린다. 컵을 쥔 손이 떨려서 테이블에 커피가 흘러내렸다.

“아, 혹시 지금 날 시험에 들게 하려는 거 아냐?”

“정말 궁금해서 물어보는 거야. 어떻게 그를 알지? 만나본 적이 있어?”

“나…… 난 아무 말도 하지 않았다고. 다…… 다…… 농담이야. 제발 듣지 않은 걸로 해줘. 알았지? 아무 일도 없었어.”

그는 서둘러 자리에서 일어섰다. 마시던 커피를 쓰레기통에 던지고 뒤도 돌아보지 않고 성큼성큼 인파 속으로 사라졌다. 나는 그가 사라질 때까지 멍하니 자리에 앉아 남은 커피를 마셨다. 남자가 말하던 ‘우리의 절대 진리’가 뭔지 궁금해졌다.

솔트레이크 시티행 비행기가 출발하는 5번 터미널 12번 게이트에는 이미 사람들이 길게 줄을 서 있었다. 출발 시간이 한 시간 정도 지연된다는 메시지가 모니터에서 흘러나왔다. 가슴이 철렁 내려앉았다. 이 비행기가 연착이 되어 다음 비행기를 못 타는 것이 아닌가 걱정이 되었다. 표를 보니 다음 항공편의 출발 시간은 연착하는 시간을 고려해도 한 시간 정도 여유가 있긴 하다. 이번에는 줄을 서지 않고 순서를 기다려 탑승했다.

일본에서 출발한 747 비행기는 한 줄에 오른쪽과 왼쪽으로 세 좌석, 가운데 다섯 개의 좌석이 있었지만 솔트레이크 시티로 가는 DC10은 오른쪽 왼쪽에 각각 세 개의 좌석밖에 없었다. 우는 아이도 없고, 다리도 쭉 펼 수 있을 정도로 자리가 넓었다. 끝이 없을 것 같은 황색 대륙을 보고 있으려니 흑인의 말이 머리에서 계속 맴돌았다. 뇌 호흡법…… 테러리스트…… 영혼의 지도자…… 이게 다 무슨 말일까?

솔트레이크 시티 공항에 내리자 모르몬 교도들이 보였다. 아, 솔트레이크 시티는 모르몬교의 중심 도시였지. 하얀 셔츠에 짙은 넥타이를 매고, 머리를 반듯하게 빗어 넘긴 착하게 생긴 청년들. 아마도 세계 전역으로 교리를 설파하기 위해 자원 봉사를 갔다가 돌아오는 길일 것이다. 도쿄에서도 두 명씩 게이처럼 붙어 다니는 모르몬 교도들을 흔히 볼 수 있다.

팀 헬러가 처음 내게 말을 걸었을 때에, 그가 모르몬교 신자인줄 알았다.

"혹시 영어를 배우실 생각이 없나요?"

그는 언제 빨았는지 모르는 청바지에 지저분한 티셔츠를 입고, 머리는 질끈 뒤로 동여맨 차림이었다. 그는 전 세계를 여행 중이라고 했다. 돈이 떨어지면 영어를 가르쳐서 비용을 충당한단다. 학원에 자리가 없어서 개인 과외 교습할 사람을 찾고 있다나?

"이번 주는 무료니까 한번 해보고 결정하세요."

나도 모르게 고개를 끄덕거렸다. 아무래도 그는 애타게 도움이 필요한 사람 같았기 때문이다. 개인 영어 강습은 그렇게 시작되었다. 1주일에 한 번, 시간당 5천 엔. 처음엔 커피숍에서 만났지만 날씨가 좋을 때는 공원에서도 만났다. 교재는 따로 없고 그가 가져온 몇 장의 프린트가 다였다. 나중에는 그런 것도 없어지고 마치 데이트를 하는 연인처럼 함께 만나 밥을 먹고, 지하철을 타고 도쿄의 명소를 찾아다녔다. 처음엔 그가 하는 말의 3분의 1 정도를 알아들었지만 점점 반 정도를 알아듣게 되었다.

그러던 어느 날, 우리는 하트브레이크 호텔에 들어갔던 것이다. 그가 장기투숙하고 있는 곳이라고 했다. 시간당 수업료를 줬기 때문에 다음날 아침까지 함께 있으면 얼마를 줘야 할지 궁금했다.

"주고 싶은 만큼 주면 돼요."

라고 말했지만 그런 대답이 상대방에게는 더 힘든 법이다. 호텔에 들락거리게 되면서 은행잔고는 급격히 줄어들었지만 상관없었다. 더 이상 주말에 혼자 있지 않아도 된다는 것이 중요했으니까. 고민할 필요 없이 간단하다. 지갑에 돈을 넣고, 그에게 전화만 하면 해결된다.

땀과, 정액과, 식어버린 열정으로 지저분해진 침대 위에서 팀 헬러가 종종 말했다. 세상은 점점 보이지 않는 손에 의해 파괴되어 가고 있다고. 새로운 세계를 열 수 있는 건 오직 사랑뿐이라고. 아무런 의심 없는 사랑, 대가를 바라지 않는 사랑, 상대방을 전적으로 이해하고 받아줄 수 있는 사랑. 존 레논과 오노 요코가 침대 위에서 기자회견을 하면서 사랑의 위대함을 설파했듯이 우리도 하트브레이크 호텔을 성스럽게 여겨야 한다고 말했다.

"새로운 세상은 바로 이곳에서 열리게 됩니다."

비행기가 한 시간 연착했지만 마지막 비행기를 갈아타는 데는 문제가 없었다. 목적지에 다가갈수록 비행기가 작아졌다. 이번엔 앙증맞은 프로펠러가 달려 있고, 버스처럼 복도를 사이에 두고 양쪽에 두 좌석씩만 놓여 있다. 승무원은 동네 아줌마처럼 포근하게 생긴 사람 한 명뿐이다. 그녀는 복도석에서 창가를 바라보고 있는 내게, 남는 자리가 많으니 창가석에 앉아도 좋다고 했다. 나는 자리를 옮겨 창가에 붙어 앉아, 차가운 플라스틱 유리창에 얼굴을 바짝 대고 바깥을 내려다보았다. 물이 흘러간 자국같이 보이는 황토빛 산과 구릉이 보이다가 초록빛이 드문드문 있는 산도 지나갔다. 사람이 사는 곳보다 살지 않는 곳이 더 많은 것 같았다. 손목시계의 시침을 돌려서 시간을 맞추었다. 잠을 자지 않고 스물한 시간을 보냈다.

마침내 비행기가 그랜드 정션 공항의 활주로에 착륙했다. 안전벨트를 맸는데도 바퀴가 닿자마자 앞뒤로 좌석이 흔들렸다. 승객들은 그런 일들이 당연하다는 듯 아무 말 없이 비행기가 정지할 때까지 차분히 기다렸다. 비행기가 멈춰 서자 안전벨트를 풀었다. 출구로 나갈 때 승무원이 "Good luck"이라고 인사를 했다. 나는 "Thanks"라고 답했다. 작은 비행기라서 통로가 연결되어 있지 않아 활주로에 내려야 했다. 때마침 노을이 지고 있었다. 후덥지근하고 건조한 바람이 불어와 머리카락이 정신없이 날렸다. 나는 이 순간을 자주 상상했었다.

아스팔트엔 아직까지 열기가 남아 있어서 발을 내딛을 때마다 발바닥이 따뜻하겠지. 하늘엔 뉘엿뉘엿 해가 지고 있을 거야. 팀은 터미널에서 안절부절못하며 기다리고 있을 테고…….

상상했던 것과 너무 비슷해서, 지금 이 순간이 머릿속의 상상은 아닌지 의심이 들 정도다. 이런, 잠을 너무 자지 않았다. 머리를 세차게 흔들었다.

터미널 건물은 단출했다. 등대처럼 생긴 관제탑이 아니었다면 버스 터미널이라고 착각이 들 정도다. 터미널에 들어가기 전에 뒤를 돌아 사진을 한 장 찍었다. 프로펠러가 달린 비행기, 그 뒤로 지는 태양, 최종 목적지에 도착해서 아스팔트를 밟고 있는 사람들…….

이 풍경을 간직하고 싶다. 나의 길고 긴 비행의 증거, 스물한 시간 잠을 자지 않은 증거, 일본에서 탈출해 생애 처음으로 다른 나라에 온 증거. 사진기를 가방에 넣으려고 할 때 누군가 짐 가방을 툭 하고 건드렸다.

"Excuse me."

뒤도 돌아보지 않고 커다란 엉덩이를 실룩거리며 저만치 사라졌다. 가방은 힘없이 바닥에 떨어졌고, 부끄럽게도 입구가 활짝 열려버렸다. 셔츠와 속옷, 치마와 바지, 책과 화장품. 내가 지구 반대편까지 끌고 온 것들이 왜 이렇게 보잘것없어 보일까?

주섬주섬 옷가지를 집어넣었다. 손에 딱딱한 뭔가가 잡힌다. 알람 시계다. 귀처럼 생긴 두 개의 알람 공이 달려 있다. 이런, 시계 전면부의 유리가 깨져버렸다. 귀를 대보니 초침이 움직이는 소리가 들린다. 이런 걸 왜 가져왔을까? 나는 노브를 돌려 시계를 현재 시간에 맞춘다. 아홉 시간이나 뒤로 돌려야 한다. 분침을 360도 돌려야 한 시간이 뒤로 간다.

이런 식으로 분침을 한참 돌리는데 딱 하고 뭔가 맞춰지는 소리가 난다. 띠리리링, 하는 소리가 울리기 시작한다. 알람 소리다. 땅바닥에 떨어질 때 켜짐으로 바뀌었나 보다. 알람 해지 버튼을 눌렀는데도 상관없다는 듯 자지러지게 울린다. 띠리리링, 띠리리링. 아예 고장이 났나? 비행기 속에서 자지러지게 울던 아이의 울음소리보다 더 거슬린다. 어쩔 수 없이 가방 깊숙한 곳에 집어넣었다. 그래도 소리는 멈추지 않는다. 띠리리링, 띠리리링, 띠리리리리리리리링……

나는 서둘러 터미널로 들어섰다. 스르르 자동문이 열린다. 어, 그런데 이게 무슨 냄새지? 뭔가 타는 냄새와 함께 연기가 모락모락 솟아오른다. 주위를 둘러보지만 사람들의 시선은 모두 나에게로 향하고 있을 뿐이다.

바보, 연기는 내 몸에서 나는 거잖아.

그것도 가슴 아래쪽에서 솟아오르고 있다. 담뱃재라도 묻었나 싶어 털어보지만 아무것도 묻은 게 없다. 아, 심장 박동이 갑자기 빠르게 뛰기 시작한다. 알람 소리는 멈추지 않는다. 입국장의 열린 문 사이로 걸어보지만 발이 얼어붙어 버렸다. 한 손은 알람소리가 그치지 않는 짐 가방을 끌고 다른 한 손은 연기가 솟아오르는 가슴을 막으며 질질 끌다시피 몸을 움직인다.

공항 로비를 두리번거린다. 사람들은 나를 손가락질하며 수군거린다.

팀, 어디 있는 거야.

사람들을 빙 둘러본다. 아, 저쪽이다. 분명 그와 눈이 마주쳤다. 예전보다 얼굴에 살이 조금 찐 데다 검은 수트를 입고 있어서 첫눈에 알아보지 못했다. 그가 확실하다. 눈빛을 보면 알 수 있다. 그런데 반갑게 나를 향해 달려오기는커녕 등을 돌려서 황급히 도망간다. 심장이 쿡쿡 찌르는 듯 아프다. 연기는 걷잡을 수 없이 솟아오른다.

나는 바닥에 주저앉고 말았다. 왁스를 지나치게 발라서 미끄러질 뻔했다. 사람들이 몰려든다. 경찰, 청소부, 허벅지가 뚱뚱한 아줌마, 노신사…… 그 속에 팀은 없다.

"괜찮아요? 어디 아픈 거 아냐?"

"911을 불러요."

"몸에서 연기가 나, 폭탄을 안고 있는지 몰라!"

"의사 없어?"

"인공호흡 해본 사람?"

"테러리스트일지도 몰라."

두근두근, 두근두근. 맥박이 뛰는 소리가 귀에까지 들린다. 속도가 걷잡을 수 없이 빨라져서 심장이 부서질 것만 같다.

누가 저기 도망가는 남자를 좀 잡아줘요.

갑자기 주변이 환해지기 시작한다. 어디서 초강력 조명이라도 쏘고 있나? 어라, 그 빛은 밖에서 쏘는 것이 아니라 내 몸속에서 뻗어 나가는 것이다. 사람들은 비명을 지르며 도망간다. 경찰도, 청소부도, 허벅지가 뚱뚱한 아줌마도, 노신사도……. 내 입에서, 눈에서, 손가락에서, 온몸에서 강렬한 빛이 새어 나온다. 고함을 질러보지만 소리가 나지 않는다. 심장이 뛰는 속도가 급격하게 빨라지고 있다. 무언가 내 안에서 폭발하려고 한다. 나는 의지와는 상관없이 오직 알람시계 소리에 반응하는 시한폭탄인 것일까?

모두, 다 꺼져버리란 말이야!

이렇게 고함을 질러보고 싶지만 목에서는 쉰 소리만 날 뿐이다. 내 심장이 터지고 있다고. 세상을 환하게 날려버릴 거야. 그러니까 도망쳐. 액셀러레이터를 밟아. 아무 비행기나 잡아 타버려. 미안, 어떻게 도망치더라도 살아날 수 없다는 건 잘 알고 있겠지?

몸속에서 뻗어나오는 빛은 더욱 강렬해져서 눈을 뜰 수 없을 정도다. 연기도 걷잡을 수 없이 마구 뿜어져 나온다. 이제는 화약 냄새까지 난다. 띠리리리링, 띠리리리링, 그리고.

❖ ❖ ❖

알람이 정신없이 울리고 있다. 손을 뻗으니 차가운 금속 감촉이 느껴졌다. 동그란 모양의 미키마우스처럼 생긴 두 개의 귀. 지금 그 두 개의 귀가 흔들리면서 요란한 소리를 만들어내고 있다. 꺼짐 버튼을 누르니 요란한 소리가 뚝, 하고 끊겼다. 그리고 정적이 흘렀다.

여기는 어디지?

여전히 심장이 빠른 속도로 두근거린다. 온몸이 부르르 떨린다. 식은땀 때문에 축축하다.

끄응, 하는 옅은 신음소리가 들린다. 옆에는 어떤 남자가 등을 보이며 숨을 고르게 내쉬고 있다. 하마처럼 커다란 등에 듬성듬성 빨간 점들이 나 있다. 등에 잔털이 무성하다. 숨을 들이쉴 때마다 어깨가 올라가고 내쉴 때마다 내려간다. 옅게 코까지 골고 있다.

이 사람이 누구더라⋯⋯. 그리고 여기는 어디더라⋯⋯. 나는 상황을 파악할 수 있을 때까지 한참 동안을 꼼짝하지 않고 누워 있었다.

또다시 팀 헬러를 만나는 꿈을 꾸었다.

주위를 둘러본다. 유럽식 창문을 덮은 하얀 나무 덧문이 보인다. 그것을 열면 창문이 아니라 붉은 벽이 나올 것이다. 벽에 걸린 텔레비전이 유난히 크게 보인다. 마치 알프스의 오두막에 온 것같이 통나무와 하얀 벽에 에워싸여 있다. 침대 쪽의 벽에는 알프스 산이 그려져 있고 방 곳곳에 조화로 된 화분이 놓여 있다. 그렇다, 여기는 하트브레이크 호텔이다. 뉴욕, 베이징, 런던, 파리⋯⋯ 각 방마다 다른 나라의 테마로 꾸며져 있는 하트브레이크 호텔. 팀 헬러가 장기투숙했던 곳. 우리만의 성소. 방을 고르는 것만으로도 세계여행을 할 수 있다. 침대 아래엔 나의 팬티와 브래지어, 그리고 남자의 속옷이 흐트러져 있다. 남자도, 나도 몸에 아무것도 걸치지 않은 채로 시트 속에 몸을 숨기고 있다.

끙, 하며 남자가 또다시 신음소리를 낸다. 나는 등 뒤에서 그를 끌어안는다. 덩치가 커서 손이 그의 가슴에 닿지도 않는다. 고작해야 어깨를 간신히 넘어갈 뿐이다. 나는 그의 손을 잡는다. 마치 손으로 대화를 하는 것처럼 천천히 손을 만져본다. 어쩐지 그의 감정 상태가 손을 통해 감지되는 것 같다. 마치 팀이 내 손을 만지면 신기하게도 나의 감정 상태를 금방 알아채던 것처럼 말이다. 내가 기쁜지, 불안한지, 슬픈지 손을 잡으면 다 알 수 있다고 했다.

남자도 나처럼 상대방의 이름이 떠오르지 않아 곤란한 것일까? 남자의 손가락은 끝에 굳은살이 베여 딱딱하다. 그리고 따뜻하다. 적당히 땀이 스며들어 있어 촉촉하다.

하지만 나는 머리가 깨질 듯이 아프다. 커피를 마시지 않으면 쓰러질지도 모른다. 속도 쓰리다. 내가 마지막으로 기억하는 것은 이 남자와 클럽에서 신나게 춤을 췄던 것이다. 조금씩 시간을 거슬러 올라 기억이 살아나기 시작한다. 그는 자리에 서서 어깨만 흔들 뿐이었지만 덩치가 커서 움직임도 커 보였다. 시끄러운 음악 때문에 무슨 말을 나눴는지 기억은 희미하다. 목이 쉴 때까지 고함을 지른 건 기억난다. 남자는 일행을 따돌리고 나와 함께 자리를 옮겨 조용한 바에서 술을 마셨다. 나는 술을 못 마시지만 어제는 한 잔을 꿀꺽 마셨다. 그래야 용기가 생기는 것이다.

도쿄대학에 입학한 아들 이야기를 한참 동안 들어야 했다. 도무지 자기에 관해서는 할 이야기가 없는 것 같았다. 물론 아내에 관한 이야기도. 아, 그래. 은행에 다닌다고 하기에 돈을 빌려달라고 했었지.

"뭐에 쓰려고?"

"빚을 다 갚고 여행이나 가려구요."

"일은 어떻게 하고?"

"당장 그만둔다고 해도 아무도 잡지 않을 거예요. 도쿄에서 서류나 복사하고 커피를 타주는 여직원을 구하기는 식은 죽 먹기죠."

"가고 싶은 데라도 있어?"

"들어도 모르시겠죠. 비행기로 스무 시간은 넘게 가야 해요."

"가봤자 고생만 해. 집에 있는 게 제일 편하다고."

"갔다가 돌아오지 않을지도 몰라요."

"그러면…… 빌린 돈은 어쩌고?"

"앗, 들켜버렸네요."

남자의 볼을 몇 번 쓰다듬다가 허벅지에 손을 갖다 댔다.

"퀴즈 하나."

"응?"

"새로운 세상을 열기 위해서는 먼저 무얼 해야 하는지 아세요?"

"그…… 글쎄. 넌센스 퀴즈 같은 건가?"

"아뇨. 진지한 질문이에요."

"모…… 모르겠는데."

"오래된 세상을 먼저 깨끗이 파괴해야 돼요. 그래서 테러가 필요한 거예요. 정화(淨化)라는 말 알죠?"

"무서운걸."

"그럴 필요 없어요. 모든 건 사랑으로 해결될 수 있으니까."

내가 필요했던 것은 아무런 의심 없는 사랑, 대가를 바라지 않는 사랑, 상대방을 전적으로 이해하고 받아줄 수 있는 사랑. 그런 사랑.

시계를 보니 오전 열 시 반인데, 창문엔 햇빛 하나 들지 않는다. 남자가 예고도 없이 등을 돌린다. 침대 시트가 바스락거리는 소리가 들린다. 그는 눈을 반쯤 뜨고 웃는다. 두툼한 손가락이 내 볼품없는 가슴을 쓸어내린다. 한 손은 나의 허리에, 다른 한 손은 젖꼭지를 살짝 비튼다. 연기가 솟아오르던 내 가슴. 남자는 입을 움직여 키스하는 시늉을 낸다. 나는 조용히 하라는 것처럼 손가락을 남자의 입술에 갖다 댄다.

내가 당신에게 필요한 건 대화가 아니라 따뜻한 몸짓.

가슴을 끌어안는다. 튀어나온 배가 먼저 닿는다. 아, 따뜻하다. 지금 이 순간만큼은 이 남자의 모든 구석구석을 사랑하고 싶다.

남자의 가슴에 귀를 대고 심장이 뛰는 소리를 듣는다. 두근두근, 두근두근, 처음엔 불규칙하다가 점점 빨라지는 심장 박동. 마치, 시한폭탄 같다.

남자는 나의 팔을 풀고 아래로 내려간다. 젖꼭지를 입에 넣고 살짝 깨문다. 찌릿, 하는 기분이 등줄기를 훑고 지나갔다. 다행이다. 가슴에서 연기가 나지 않는다. 폭발하지도 않는다. 다리로 그의 허리를 감는다. 곰 같은 그의 몸이 내 위에 포개어진다. 그의 머리가 점점 아래로 내려간다.

남자는 식사라도 함께 하고 싶지만 약속이 있어서 서둘러 가야 한다고 말했다. 그리고 테이블에 만 엔짜리 석 장을 놓아두고 사라졌다. 마치 내가 팀 헬러에게 돈을 줬던 것처럼. 지폐 위에는 명함이 한 장 놓여 있었다. 그러고 보니 나는 나를 증명할 명함도 한 장 없다. 명함은 다이어리에, 돈은 지갑에 챙겨 넣었다. 그는 내가 전도를 해야 할 소중한 신자가 되었다. 호텔을 빠져나오니 강렬한 햇볕이 내리쬔다. 현기증이 일어날 것 같았다.

지하철을 탔다. 주말인데도 사람들은 북적거린다. 가족 단위 관광객들이 유난히 눈에 띈다. 대여섯 살 된 여자아이의 손을 잡고 있는 아빠. 여자아이가 무슨 일인지 모르겠지만 떼를 쓰기 시작한다. 짜증이 밀려온다.

다이어리를 펼친다. 팀 헬러와 찍은 사진을 꺼내려다 말았다. 대신 어제 날짜에 빨간색으로 동그라미를 그려 넣는다. 한 달 사이에 여섯 개의 동그라미가 그려져 있다. 좀더 분발해야겠는걸. 배에서 꼬르륵 소리가 난다. 센코쿠 역의 200엔짜리 우동을 먹고 싶다. 닭튀김도 하나 추가.

우리가 만난 지 여섯 달이 지난 뒤, 팀 헬러는 도쿄를 떠나야 했다. 그는 새로운 나라에서 새로운 성소를 지어야 한다. 그가 내게 남겨준 건 '새로운 세계로의 여행 : 6단계 뇌호흡 수련서.'

사람들은 남들에게 피해를 주지 말고 살라 하지만, 정작 내가 누군가의 도움이 필요할 때엔 그 말이 부메랑이 되어 돌아온다. 혹시, 내가 누군가에게 도움을 요청한다면 그 사람에게 피해가 되는 건 아닐까? 그런 생각 때문에 누군가에게 도와달라고 해본 적이 없다. 누가 내게 도움을 청해온 적도 없다. 팀이 내게 도움을 부탁하기 전까지는 말이다. 새로운 성소를 짓기 위해서는 돈이 필요했다.

나는 내가 가지고 있는 모든 돈과 카드로 빌릴 수 있는 모든 돈을 끌어모아 그에게 헌납했다. 의심 없는 사랑. 필요한 액수보다 한참이나 모자라서 내가 더 미안해질 정도였다. 대가를 바라지 않는 사랑. 언제 어디서 우리가 만날 수 있을지 걱정할 필요가 없다고 했다. 내가 충분히 수련을 하면, 자연스럽게 우리는 다른 세상에서 만날 수 있다. 그래서 내가 할 수 있는 일이란 하트브레이크 호텔을 찾는 일뿐이다. 이 세상에서 구원을 받을 수 있는 새로운 신도와 함께. 상대방을 전적으로 이해하고 받아줄 수 있는 사랑, 그런 사랑.

나는 하트브레이크 호텔에 조만간 다시 들르게 될 것이다. 함께 오는 사람이 누구인가는 중요하지 않다. 중요한 건, 이곳에서 잠이 들면 팀 헬러와 만날 수 있다는 것이다. 뇌호흡 5단계에 이르면, 다른 쪽 세상의 나와 이쪽 세상의 나를 분리시킬 수 있다. 하지만 수련이 부족해서 모든 게 뒤죽박죽이 되어버렸다.

그를 만나러 가는 길은 언제나 장애물이 있다. 공항으로 가는 길에 차 사고가 난다거나, 보안 검색에 걸린다거나, 기상이변으로 비행이 취소된다거나……. 비행기 안에서는 이상기류를 만나 태평양으로 추락하거나, 승객들이 좀비로 변해서 나를 공격한 적도 있다. 이번에는 졸음 빼고는 별다른 장애물이 없었다. 입국심사도 아슬아슬하게 통과했다. 비행기도 제대로 갈아타고 그랜드 정션에 도착했다. 하지만 그를 만나기 직전에 나의 심장이 폭발해 버렸다.

내가 테러리스트라면 나의 무기는 심장이고, 테러 대상은 바로 당신. 당신을 품에 얼싸안고 폭발했다면 좋았을 텐데, 몇 초가 늦어버렸다. 테러가 성공했더라면 당신이 더 이상 내 꿈에 나타나는 일은 없을 텐데, 다시는 하트브레이크 호텔로 오는 일도 없을 텐데…….

나는 바보다. 성적도 중간 이상이 돼본 적이 없다. 이름을 들먹이면 부끄러운 지방대학을 나왔다. 명함도 없는 직장에 다니고 있다. 원하는 것이 정확히 무엇인지 모른다. 여행사에 들러 비행기표를 알아보고, 인터넷을 검색하지만 도쿄를 떠날 용기도 없다. 꿈속에서 일어나는 일이 내게 어떤 의미인지도 모른다. 머리가 나빠서 팀이 해준 말을 절반도 이해할 수 없다. 그가 어디에 있는지도, 무얼 하고 있는지도 자세히 모른다. 고작해야 내가 할 수 있는 건 실수를 통해 배우는 것. 똑같은 실수를 다이어리의 동그라미 수만큼이나 반복해야 겨우 뭔가를 하나씩 깨닫게 되는 것이다.

구원의 날

·

마이애미

Heartbreak Hotel

"카페 쿠바노."

데이브 카페에서 커피를 주문했다. 오늘은 좀더 강하고 달콤했으면 좋겠다. 카페인이 흐리멍텅한 머릿속을 깨워주겠지. 목은 칼집이 난 것처럼 아프고 혀는 까끌까끌해서 침을 넘기기도 힘들다. 머리는 무겁고 몸에서는 기분 나쁜 땀 냄새가 난다.

"1달러 25센트입니다."

오늘은 캐럴이구나. 뚱뚱하지만 마음씨는 착한 아줌마다. 1달러 짜리 지폐를 두 장 건네는 손이 살짝 떨린다. 잔돈은 받지 않았다. 작은 스티로폼 컵에 커피가 담겨 나왔다. 강하고 달콤한 향기가 코를 찌른다.

지난 밤 아무 일도 일어나지 않았다면 얼마나 좋을까? 이 모든 게 빌리 때문이다. 아, 빌리를 떠올리기도 싫다. 그 멍청이가 실수를 하지 않았어도 우리는 5만 달러를 손에 쥘 수 있었다. 빌리는 평생소원이던 자신의 차를 갖고, 나는 이곳을 떠날 수도 있었을 텐데……. 빌리는 지금쯤 맥주 깡통이 널브러진 거실 한 귀퉁이에서 머리를 쥐어뜯고 있겠지. 이미 벗겨진 머리가 더 빠졌을지도 몰라.

"맨디는 아직 안 왔어?"

캐럴에게 물었다.

"무슨 일 있었어? 안색이 창백해. 밤새도록 술이라도 마신 거야?"

차라리 그랬으면 좋겠다.

"지난 밤 무슨 일이 있었는지 다 이야기한다면, 지겨워서 날 죽여버리고 싶을 거야."

"맨디는 이번 주부터 저녁 타임으로 바뀌었어. 착한 아이에게 수작 걸어서 인생 망치게 만들지 마."

"망치긴. 더 이상 이보다 좋을 수 없을 정도까지 행복하게 해주려고 하는데."

캐럴은 손사래를 치며 주방으로 들어간다.

시원한 에어컨 바람을 쐬며 담배를 피우고 싶은데 제길, 이제는 대부분의 레스토랑과 술집에서 담배를 필 수 없다. 점점 세상이 나 같은 놈들을 미치게 만든다.

플로리다의 햇빛은 피하려고 해도 피해지지 않는다. 그늘에 있어 본들 사방으로 튄 햇빛 알갱이들이 눈과 피부를 쿡쿡 쑤신다. 가게 밖에는 다행히 파라솔과 플라스틱 테이블이 보인다. 딱딱한 플라스틱 의자에 앉는다. 눈을 감는다.

지난 서른여섯 시간 동안 잠을 자지 못했다. 그리고 우리는 사람을 죽였다. 쉬운 일에 돈을 많이 준다면 의심하는 게 정상이다. 하지만 나 같은 인간은 그걸 행운이라 여긴다. 성실하게 사는 사람들이 바보 같아 보이고, 사기를 쳐서 쉽게 먹고 사는 사람들이 똑똑하게 보이는 것이다. 정신 상태가 글러먹었다는 건 나도 안다. 하지만 돈 있는 녀석들이 거들먹거리면서 던져주는 돈을 개처럼 받아먹으면

서 살기는 싫다. 빈둥거리는 것 같지만 기회, 나를 구원해 줄 인생의
단 한 번의 기회를 노리고 있다. 오늘이 그날인 줄로만 알았다.

일은 간단했다. 어떤 녀석의 가방을 뺏어서 오면 그만이다. 그 가
방에 마약이 들어 있든 금괴가 들어 있든 현금이 들어 있든 상관없
다. 우리의 임무는 그 가방을 강탈해서 의뢰인인 미키에게 가져다
주면 되니까. 왜 5만 달러나 주고 그 일을 우리 같은 시시껄렁한 패
거리에게 시켰는지 알 수 없다. 가방을 들고 있는 사람들이 위험하
고 거친 사람들일지도 모른다는 생각을 어렴풋이 했을 뿐이다. 하
지만 내게는 든든한 빌리가 있다. 권총도 한 자루 갖고 있고. 게다
가 선수금으로 천 달러를 받았다. 이 일만 제대로 하면 빌리는 자
동차를 가질 수 있고, 나는 마이애미를 떠날 수 있었다. 스물네 시
간 살아 있는 도시, 고층 건물의 그늘이 태양을 가릴 수 있는 뉴욕으
로…….

코를 찌르는 커피 향 때문에 눈을 떴다. 깜빡 졸았나 보다. 마이애
미 사우스비치에도 골목마다 스타벅스가 생겨났지만 나는 아직도
데이브 카페에서 카페 쿠바노를 마시는 게 좋다. 쿠바에서는 아침
을 먹고 나면 어른들이 동네 카페에 몰려와서 커피를 마시곤 했다.
어른들은 커피를 다 마셔도 집으로 돌아가지 않고 동네 사람들과 잡
담을 나눈다. 한번은 아버지의 커피를 몰래 마셔봤는데 지독하게 쓰
고, 정신이 아찔할 정도로 달아서 뱉어버렸다. 어른이 되어도 절대
로 커피 따위는 마시지 않겠다고 다짐했다. 하지만 결국 나도, 매일
아침 카페 쿠바노를 마시게 되었다. 쿠바가 아니라, 낮에는 햇빛 때
문에 숨어 있는 탐욕과 열정이 밤만 되면 스멀스멀 기어나오는 미국

의 마이애미 비치에서.

매일 커피를 주문하다 보면 점원들과 자연스럽게 이야기를 나누게 된다. 맨디도 그렇게 만났다. 그녀는 나의 실없는 농담이, 질리지도 않는지 계속 웃어주었다. 아, 지금 맨디가 나와 함께 있다면 무슨 일이 있었는지 속 시원히 이야기해 줄 수 있을 텐데. 동정심 많은 맨디라면 오늘 저녁은 침대에서 뒹굴게 해줄지도 모를 텐데…….

나는 침을 한 번 꿀꺽 삼킨다. 지금은 맨디의 뜨거운 속살보다 커피가 필요하다. 그리고 담배도. 커피를 마시기 전에 담배를 피우면 효과가 배가된다. 담배를 한 대 꺼내 입에 물었다. 주머니를 뒤졌지만 라이터가 보이질 않는다.

'제길…….'

옆 테이블의 노인이 담배를 피우고 있는 것이 보인다.

"실례지만 라이터를 빌릴 수 있을까요?"

그는 뭔가를 열심히 읽고 있다. 성경이다. 주름이 무성하고 피부는 하얗다 못해 핑크 빛이 감돈다. 꽉 낀 셔츠를 입은 몸이 부풀어 터질 듯하다. 빨간 야구 모자를 썼다. 노인은 탁자 위의 싸구려 라이터를 나에게 건넨다. 나는 불을 붙이고 한 모금 깊이 담배 연기를 들이마신다.

"고맙습니다."

"쿠바 사람들은 시가를 피우지 않나?"

젠장, 쿠바라고 하면 사람들은 아직까지 시가만 떠올리는가? 아니면 체 게바라, 카스트로, 헤밍웨이. 흘끔 노인을 쳐다보니 모자챙을 까딱하고 움직이며 인사를 한다.

담배를 피우자 온몸의 긴장이 풀어졌다. 워싱턴 애비뉴에서 아스팔트 열기가 아지랑이처럼 피어올랐다. 긴 리무진이 힘겹게 턴을 한다. 사우스비치에 파티를 하러 오는 정신 나간 여자들이 리무진을 타고 다닌다. 뭐, 요즘에는 경기가 좋지 않아서 링컨 몰에 있는 레스토랑에서 손님을 호객하기 위해 호텔로 리무진을 보내기도 한다. 주차장처럼 꽉 막힌 거리에 멋진 자동차들이 가득하다. 벤츠와 BMW, 아우디와 재규어, 세상의 비싼 자동차는 워싱턴 애비뉴 끝자락에 다 모인 것 같다.

눈을 크게 뜨면 혼다 시빅을 찾아낼 수도 있을 것이다. 너무나 평범해서 찾기 힘든, 빌리가 그토록 원했던 자동차. 나의 캠리는 창문이 잘 내려가지 않고 에어컨 성능도 좋지 않다. 그러나 빌리는 내 차의 조수석에 앉는 게 좋단다. 언젠가 차를 타고 꼭 미국의 남쪽 끝, 키웨스트로 가자고 했다. 그곳은 쿠바와 가장 가까운 곳이란 걸 아는 걸까? 바다 위를 달리는 세븐 마일즈 브리지를 건너고 싶단다. 겨우 두 시간이면 갈 수 있는데, 알래스카처럼 먼 곳처럼 여긴다.

무심결에 주머니를 뒤져 동전을 찾았다. 주차시간을 연장시켜야겠다는 생각을 했는데, 차는 주차장이 아니라 길거리에 버리고 왔다는 게 기억났다. 주머니에서는 동전 대신 알약 세 알이 나왔다. 그걸 테이블에 올려놓았다. 침을 꿀꺽 삼켰다.

12시간 전

"정말 이제 내 차가 생기는 거지? 그렇지? 맞지?…… 그렇지?"
아, 귀찮아. 빌리는 같은 질문을 몇 번이나 했다. 질문이라기보다는 확인이겠지.

"어떤 게 좋을까? 너무 비싼 건 필요 없어……. 혼다 시빅이면 돼, 은회색으로 말이야. 그건 엄마가 입버릇처럼 말하던…… 우리 형편에 꼭 맞는 차야……. 그래…… 그렇지? 엄마는 평생 내가 자동차도 못 몰고 죽을 병신이라고 말씀하셨지만 이제 달라질걸……. 그렇지? 내 말이 맞지?"

"그래, 빌리. 맞아. 하지만 똑바로 들어. 이번 일이 틀어지면 우린 돈을 받을 수도 없고 너도 평생 차 없이 살아가게 될 거야. 버스정류장에서 오지 않는 버스를 기다리면서 말이야."

"오…… 제발 그런 소리하지 마. 네가 시키는 대로 다 할게, 그러면 모든 게 잘될 거잖아. 그렇지? 내게 은회색 혼다 시빅이 생기는 거지? 헤…… 엄마가 좋아할 거야……."

이 멍청한 녀석은 엄마와 내가 자기를 이용하고 있다는 것을 모르고 있다. 심지어 돌봐주고 있다고 생각할지도 모른다.

"너는 총으로 사람을 위협만 하면 돼. 아무 말 없이 그냥 똑바로 겨누기만 하면 돼. 알았지?"

"어…… 그래…… 똑바로 겨누기만 한다……."

"방아쇠를 당기면 안 된다고. 그건 살인이니까 감옥에 들어가. 그 정도는 알지?"

"으, 응. 사람을 죽이는 건 나쁜 일이니까."

하트브레이크 호텔 주차장에서 가방을 가진 사람이 도착하길 기다리는 중이다. 사우스비치의 해안가에 줄지어 있는 호텔처럼 오래된 건물이다. 요즘 그런 호텔들은 죄다 새 단장을 해서 제법 말끔하지만 이 호텔은 지어진 뒤로 한 번도 고친 적이 없는 듯 보였다. 벽도 지저분하고 창틀도 더러웠다. 네온사인 간판에 몇 개의 철자가 떨어져서 간판은 'H tbrea H tel'인 채로 달려 있다. 아무래도 문을 닫은 지 한참은 돼 보였다. 폐허가 된 호텔에 일부러 찾아오는 사람들은 어떤 사람들일까?

빌리의 머리를 한 대 쳐버렸다. 그에게 차 안에서 음식을 흘리지 말라고 몇 번이나 말했는데, 타코 소스를 질질 흘리고 있다.

"아얏, 너무 아프단 말이야."

덩치치고는 엄살이 심하다. 저녁 일곱 시부터 자정까지 무작정 기다리다 보니 짜증이 났다. 들어가는 사람도, 나오는 사람도 하나 없다. 혹시 놓쳐버린 건 아닐까? 아무래도 미키에게 전화를 해야겠다.

주머니에서 핸드폰을 쥐었을 때, 빨간 시브링 컨버터블이 뱀처럼 슬그머니 호텔 앞에 멈춰 섰다. 캘리포니아 번호판이다. 꽤나 먼 곳에서 왔구나. 뚜껑이 열려 있어서 운전석의 남자와 조수석의 여자 모습이 뚜렷이 보였다. 둘은 짧게 키스를 나눈 뒤, 동시에 차에서 내렸다. 차에서 내리자 차체가 들썩거릴 정도로 남자는 뚱뚱했다. 반면 여자는 날씬한 데다가 등이 깊게 파인 원피스를 입었다. 어디서 구해온 창녀겠지. 남자는 한 손에 가방을 꼭 붙들고 있다. 서류가방보다 약간 작은 크기의 가방. 저것이 우리에게 행운을 가져다줄 것이다.

호텔로 들어가고 10분쯤 뒤에 2층 맨 안쪽 방에 불이 켜졌다. 빙고. 어떻게 가방을 낚아챌지는 미리 생각해 두지 않았다. 내가 언제 인생을 계획하고 살았나? 순간을 집중하다 보면 기회가 생기기 마련이다. 그 기회를 잘 포착하면 그럭저럭 살아나갈 수 있다. 3년 전, 씨 포트 야외무대에서 뚱뚱한 몸집을 흔들며 춤을 추던 빌리에게 말을 건 것도 순전히 그런 감각 때문이었다. 엉덩이를 흔드는 여자를 바라보며, 입을 헤 벌리고 몸을 흔드는 그를 보고 느낌이 왔다. 어쩌면 그를 이용해먹을 수 있을지도 모르겠다고. 여자보다 더 출렁거리는 가슴과 배를 보라. 입을 다물고 인상만 쓴다면 보디가드로, 협박용으로 쓸모 있을 것 같았다. 알고 보니 멍청해서 내 말을 잘 듣기까지 한다. 타코와 햄버거, 피자만 자주 사주면 되니까 돈도 별로 들지 않는다.

다시 한 번 마지막으로 빌리에게 주의사항을 반복했다.

"너는 총으로 사람을 위협만 하면 돼. 입은 닥치고 있어. 알았지?"

11시간 전

"룸서비스입니다."

망한 호텔에 룸서비스라니…… 어색할 줄 알았지만 막상 말해 보니 그럴싸하다. 방 안에서 부스럭거리는 소리가 들렸다. 문이 달그락거린다. 빌리에게 신호를 보내자 뒤로 물러나더니 문을 향해 힘껏 돌진했다. 쿵, 하는 소리와 함께 문이 열렸다. 문짝이 떨어져 나가지 않은 게 다행이다.

남자는 바닥에 엎드려 있다. 기절했나? 엉덩이에 아슬아슬하게 팬티가 걸려 있고 등에는 털이 듬성듬성 났다. 여자는 침대에서 시트를 가슴까지 꼭 끌어안고 있다. 얼굴은 새하얗게 질렸다. 보통 이럴 땐 고함을 지르는데 아직 그럴 경황이 없는가 보다.

"누…… 누구십니까?"

120

꿈쩍 않고 있던 남자가 몸을 뒤집는다. 빌리만큼 가슴이 쳐졌다. 코에서 피가 줄줄 흘러나온다. 총을 그의 머리에 겨눈다. 깡통밖에 쏴본 적이 없는 총이지만 진짜다.

"자…… 여기 곰 같은 녀석 보이지. 몹시 포악하고 단순한 녀석이야. 이 녀석의 성질을 건드리지 마. 말 잘 듣는 아이처럼 아무 생각 없이 내 말을 따른다면 둘의 목숨은 건질 수 있을 거야. 내가 바라는 건 가방이야. 그것만 건네주면 사라질 거라고. 알았어? 그 다음엔 하던 짓을 계속 하라고. 자, 일단 침대 쪽으로 가."

남자는 한 손으로 코를 막고 엉거주춤 침대로 향했다. 한 걸음 내딛을 때마다 카펫에 피가 뚝뚝 떨어졌다.

방 안을 둘러본다.

"빌리, 가방을 찾아!"

티브이 옆, 서랍장, 소파, 테이블…… 빌리는 방을 뒤지기 시작한다. 협탁 위에 지갑과 휴대폰이 보였다. 일단 주머니에 넣었다. 이건 보너스.

"가방은 어디 있지?"

남자는 여자를 흘깃 쳐다본다. 여자는 고개를 갸웃거린다.

"무슨 수작 부릴 생각이라면 단념하는 게 좋을걸. 뭐야? 너희들은 망한 호텔에서 그 짓거리를 하면 더 흥분 돼?"

"그냥, 그 지갑만 갖고 가주시면 안 될까요? 경찰에는 신고하지 않겠습니다. 가방은 당신에게 쓸모없는 물건입니다."

남자는 한숨을 내쉰다. 매트리스가 삐걱거린다.

"나한테는 아주 쓸모 있는 물건이야. 돈이 될 물건이라서."

마침내 빌리가 소리친다.

"옷장에 금고가 있어. 그런데 잠겼어……."

여자는 남자의 코에 티슈를 갖다 댄다. 티슈는 금세 빨갛게 물들어버린다. 여자가 나를 쳐다본다. 눈 화장이 검고 짙다. 눈썹과 귀에 피어싱은 또 뭐야. 여자가 처음으로 입을 연다.

"오늘이 바로 구원의 날(Salvation Day)이야. 우주의 틈이 열리면 성소에서 하늘의 신호를 받을 수 있다고. 아무리 큰 죄를 지었더라도 용서받을 수 있어. 다른 세상에서 영원히 살 수 있는 기회가 생겨. 너희 같은 바보 멍청이들을 상대할 시간이 없어."

"잡소리 집어치워. 사이비 종교 신자야? 안전금고의 비밀번호를 말하지 않으면 쏴버리겠어."

나는 총구로 남자의 머리를 툭, 건드린다.

"1…… 456입니다."

남자는 여자를 끌어안고 어깨를 들썩거렸다. 여자가 남자의 등을 토닥거린다. 여자는 자신의 아들을 때린 불량소년을 보는 것처럼 나를 째려본다.

"빌리, 이 녀석들이 움직이면 가차 없이 쏴버려, 알았지?"

나는 빌리에게 살짝 윙크했다. 빌리의 셔츠는 땀으로 흠뻑 젖어 있다. 총을 받아드는 손이 벌벌 떨린다. 벽장으로 성큼성큼 다가갔다. 옷걸이 몇 개와 다림질 보드, 그리고 그 아래에 검은 안전금고가 보였다. 침을 꿀꺽 삼키고 키패드에 손가락을 갖다 댔다. 1, 4, 5…… 까지 눌렀다. 이제 마지막 숫자가 남았다. 6을 누르자, 삐삐 삐삐 하는 소리가 난다. 꽉 닫힌 채로 꼼짝을 하지 않는다.

"아악! 거짓말하지 말라는 건 모든 종교의 기본 교리 아냐?"

자리에서 일어나 침대로 저벅저벅 걸어갔다. 빌리는 여전히 커플을 향해 총을 겨누고 있다. 남자의 눈은 초점이 흐리다. 우리한테는 보이지 않지만 공기 중에 있는 뭔가를 응시하고 있는 것 같다. 주먹으로 얼굴을 날려 버렸다. 우두둑 하고 이빨이 부서져 입에서 피가 콸콸 쏟아져 나왔다.

"일을 힘들게 만드는 건 딱 질색이라고!"

남자의 얼굴은 절망적이다.

"죽는 건 두렵지 않습니다. 하지만 그 가방은 수백 명, 아니 수천 명의 영혼을 구원할 수 있습니다. 자기가 무슨 짓을 하는지 모르는 채로 평생 죽어가는 영혼들이 있습니다. 당신도 그중의 하나라고 생각해 본 적 없습니까? 아직 늦지 않았어요. 회개하시고 다른 삶을 준비합시다."

하아아아, 다시 흘러나오는 한숨. 설교는 이제 그만.

"빌리 안 되겠다. 내가 셋을 세면 쏴버려. 그때까지 비밀번호를 말하지 않는지 두고 보자고."

"하나."

여자가 남자의 어깨를 흔든다. 남자는 흘러내리는 피를 닦지도 않는다. 정신 나간 사람처럼 히죽, 하고 웃을 뿐이다.

"제발……."

여자가 애원한다.

"둘."

셋을 세려고는 하지 않았다. 그러나 그 박자에 "탕" 하는 총소리가 들렸다. 얼굴과 셔츠에 피가 튀었다. 침대 머리가 있던 벽은 피범벅이 되었다. 베어 먹은 아이스크림처럼 남자의 머리가 반쯤 날아가 버렸다. 여자는 피를 뒤집어 쓴 채로 멍하니 앉아 있다.

"Fuck! 빌리! 총을 쏘면 어떡해?"

빌리가 손을 벌벌 떤다.

"그 녀석이 움직였어. 움직였다구……. 내가 봤어……. 움직이면 쏘라고 했잖아……. 셋을 다 세면 쏘라고 했잖아."

"Shit! 처음에 약속했잖아, 쏘지 말라고……. 아…… 제길 빨리 나가자. Fuck, Fuck."

빌리는 총을 손에 쥔 채로 그 자리에 얼어붙어 버렸다. 헐렁한 바지에 오줌이 묻어 뚝뚝 떨어진다. 이건 내가 예상했던 전개가 아니다. 아무도 해치지 않고 가방을 가져오려고 했다. 하지만 이제 가방은커녕 사람을 죽였다. 지금 이 순간을 제대로 판단하지 않으면 인생 최대의 위기가 올 것이다. 머리를 휙휙, 빨리 돌리자.

나는 정신없이 방 안을 뒤졌다. 침대 밑을 보고, 서랍을 빼내서 바닥으로 던졌다. 커튼 뒤에는 거미줄과 먼지뿐, 서랍에는 성경 한 권이 나왔다. 그러다 티브이 옆에 냉장고를 발견한 것이다. 왜 진작 이걸 열어볼 생각을 못했을까? 문을 힘껏 열자 환한 빛과 함께 냉기가 스멀스멀 기어나왔다.

가방이 냉장고에 있었다. 남자가 차에서 내렸을 때 들고 있던 가방이 틀림없다. 손잡이가 차갑게 식어 있었다.

"빌리, 가방을 찾았어!"

빌리는 땅바닥에 주저앉아 대답이 없다. 침대는 피로 뒤범벅이다. 남자는 고꾸라져 있다.

"그런데 여…… 여자는 어디로 간 거야?"

집으로 가는 동안, 빌리는 조수석에서 벌벌 떨었다.

"내가 사람을 죽인 거지, 그치? 그치?"

오줌 냄새가 진동한다. 아예 기저귀를 채워줄 걸 그랬다.

"제길, 네가 망쳤어. 완전히 망쳐버렸다구. 나도 어떻게 될지 몰라. 미키는 복잡한 상황을 싫어하는데……. 네 엄마 말이 맞아. 너 같은 놈은 평생 자기 차도 없이 살 놈이야. 이제 하루 종일 알코올 중독자 엄마 밑에서 심부름이나 하며 캔 치킨수프로 끼니를 평생 때워야 할걸. 돈이 없으면 너 같은 놈에게 어떤 여자가 붙겠어? 너저분한 사진이나 보며 마스터베이션이나 평생 할 거라고."

"오…… 미안, 미안해……. 하지만 그치가 정말 움직였다구, 정말이야……. 네 말대로 했을 뿐인데……. 너는 셋을 세기 직전이었잖아? 아니었어? 나는 이제 어떻게 되지? 날 버리지 않을 거지? 계속…… 우린 같이 다닐 수 있는 거지?"

그는 엄마가 아끼던 화병을 깨뜨린 아이처럼 눈물을 줄줄 흘렸다.

"문제가 그리 간단한 게 아냐. 너는 사람을 죽였고, 여자는 도망갔다고."

"그럼 이제 시빅은 가질 수 없는 거야?"

"나도 몰라, 조용히 해. 너하고 같이 다니는 것도 지긋지긋해. 이제 울지 마. 닥쳐. 넌 어차피 운전면허도 없잖아. 다 지나간 이야기야."

"아니야……. 나 운전면허 있어. 오랫동안 사용하지 않았을 뿐이야."

빌리는 소리를 내서 흐느끼기 시작했다. 커다란 덩치에서 나오는 흐느낌은 서러움이 더하다. 나는 조금 미안해졌다.

"진정해, 빌리. 일단 집에 가 있어. 꼼짝 말고 집에 숨어 있어. 무슨 일 있으면 휴대폰으로 연락하고. 알았지? 일단 내가 미키를 만나볼게. 그래도 가방은 우리 손에 있잖아."

나는 백미러로 뒷좌석을 흘깃 쳐다보았다. 어두운 뒷좌석의 바닥에 가방이 있겠지. 혹시 폭발하는 건 아닐까? 코를 킁킁거려봐도 오줌과 타코와 담배 냄새 말고는 별다른 냄새가 나지 않는다.

차는 사우스비치를 빠져나와 맥아더 다리에 접어들었다. 맞은편에 고층 빌딩들이 천천히 다가오기 시작했다. 빌딩은 사람들이 일하지 않는 밤에도 불을 켜놓고 있어서 창문이 반짝거렸다. 다리는 복잡한 고가도로와 연결되어 롤러코스터를 타는 기분이 들었다. 반짝이는 별이 박힌 빌딩들이 장애물처럼 우리를 에워싸고, 우리는 그 사이를 이리저리 피하며 무언가에 쫓기고 있다. 기어를 높이고 액셀러레이터를 밟는다. 힘에 겨워하는 엔진 소리, 자동차가 바람을 가르는 소리가 들린다. 속력이 점점 높아짐에 따라 모든 걸 잊어버릴 수 있으면 좋으련만.

8시간 전

잠이 오지 않았다. 피와 땀에 더럽혀진 옷을 비닐봉지에 싸서 처박아두었다. 증거가 될 수도 있으니 보이지 않는 곳에 버릴 것이다. 모든 죄를 씻어버릴 태세로 구석구석 깨끗이 샤워를 한 뒤 침대에 누웠지만 잠이 올 리가 없었다. 귀에 총 소리와 자동차 엔진 소리가 윙윙거렸다.

티브이를 켰다. 지역 채널을 고정시키고 살인 사건이 방송되는지 기다려보았다. 다행히 아무 소식도 없다. 여자가 빠져나와 경찰에 신고하지 않았을까. 자기도 심문 받으면 곤란하기 때문에 신고를 하지 않았을 수도 있다. 혹은 뉴스에 나오려면 아침까지 기다려야 할지도 모른다. 경찰은 얼마나 빠른 시간 내에 우리를 찾아낼 수 있을까? 아, 여자를 놓치지 말았어야 했는데…….

마이애미에서 40대 중반의 쿠바 남자와, 비슷한 또래의 뚱뚱한 백인 남자를 찾습니다.

아, 그 이상한 건달 커플이요?

주변을 탐문해 본다면 잡히는 건 시간문제.

한시라도 빨리 달아나는 수밖에 없다. 나는 미키에게 전화를 걸었다. 받지 않는다. 그의 집에 찾아가서 가방과 돈을 교환하고 싶지만 그가 어디에 살고 있는지 모른다. 어떻게든 약속 시간까지 기다릴 수밖에 없다. 내일 정오 워싱턴 애비뉴와 7번가에 있는 데이브 카페에서. 미키가 약속 장소를 물어봤을 때 문득 생각난 곳이 그곳이었다. 매일 아침 마시는 카페 쿠바노 때문인지, 맨디 때문인지는 잘 모르겠다.

뉴스가 끝나고 다큐멘터리가 시작되었다. 새벽에 늘 반복해서 틀어주는 지역 홍보 프로그램이다. 사우스비치의 아르데코 호텔에 대한 이야기가 흘러나왔다. 평소에는 그런 프로그램이 나오면 채널을 돌리지만 호텔에서 겪은 일 때문에 흥미가 생겼다.

남미의 어느 해변이라고 해도 믿을 수 있을 만큼 소박한 해변의 흑백 사진이 비춰진다. 그것이 19세기 후반의 사우스비치다. 1910년대에 러머스와 콜린스, 피셔 등 마이애미에서 돈 꽤나 있던 재력가들은 사우스비치와 마이애미를 연결하는 도로를 짓고 사우스비치를 마이애미와 독립된 지역으로 개발하려는 원대한 계획을 세웠다. 1920년대에 자동차들이 지나다닐 수 있는 도로가 완비되자 주변 인구가 급격하게 늘었다. J.C 페니나 하비 파이어스톤 같은 백만장자들이 살기 시작한 것도 그쯤이다. 1930년대에는 모서리가 둥글고 꼭대기는 평평하며 각 층마다 갓처럼 평평한 지붕이 있는 아르데코 스타일의 호텔들이 지어졌다. 벽은 매끈하게 마감되어 있고 주로 흰색이지만 종종 파스텔 톤의 색깔로 일부분을 치장하기도 했다. 아르데코 스타일의 건물이 한 곳에 이처럼 많이 남아 있는 곳은 지구상에 이곳밖에 없다.

사우스비치는 2차 세계대전이 발발했을 때에 해군들의 신병 훈련 장소였다. 호텔은 자연스럽게 그들의 숙소로 이용되었다. 에어컨이 없었을 때, 여름의 호텔들은 잠정 휴업 상태였지만, 에어컨이 발명되자 사람들은 여름에 이곳을 더 찾게 되었다. 그러나 대형 호텔들이 들어서고 다양한 휴양지가 생김에 따라 오래된 호텔들은 점차 슬럼화가 되었다. 70년대에서 80년대까지 이곳은 노인들의 거주지였다. 〈스카페이스〉나 〈마이애미 바이스〉 같은 영화와 티브이 드라마로 이 부근이 나쁜 인상을 줬을 때가 바로 그 시기다. 사라질 뻔한 이 호텔들을 구한 것은 바바라 캡티맨과 활동가들이다. 그녀는 『뉴욕 타임스』의 기자였는데, 50년 전에 지어진 작은 호텔들에 매료당해서 대형 체인의 호텔을 짓기 위해 그 호텔들이 사라지는 것을 반대하고 나섰다. 결국 1979년에 이 지역과 호텔들은 역사적인 가치를 인정받아 보호 구역으로 지정되었고 1980년대 후반부터 아름다운 사람들이 점차 이곳으로 이동해 오기 시작했다. 오래된 호텔은 겉모습을 유지한 채 새롭게 단장했다. 아름다운 사람들이 마이애미에 몰려와서 아름다운 건물을 짓고, 집 뒤에 수로를 만들어 아름다운 배를 띄웠다.

내레이터는 '아름다운'을 발음할 때 일부러 '비-유-티-풀'이라고 길게 발음했다. 나에게는 그 말이 '돈 많은'이라고 들렸다. 분명 나는 내레이터가 말하는 뷰티풀 피플은 아니다. 쿠바에서 독재를 피한다는 명목으로 부모님이 뷰티풀 아메리카에 보낸 고아 소년일 뿐이다. 1년만 참고 기다리면 온다고 했던 부모님은 영원히 볼 수 없었다. 그들이 아들과 생이별을 각오할 정도로 아메리카는 아름다운 곳이었나?

사우스비치의 호텔은 대형 호텔에 비해서는 모텔 정도 크기밖에 되지 않지만 뷰티풀 피플들은 기꺼이 돈을 내고 바닷가의 아르데코 호텔들에 묵으려고 애를 쓴다. 주차장이 없어서 늘 발레 파킹을 시켜야 하지만 상관없다는 듯이. 1층에 있는 시끄러운 레스토랑이나 바, 댄스 클럽도 마이애미 관광의 일부라는 듯이. 한동안 나는 이 근처를 전전하면서 주차요원으로 일했기 때문에 어떤 인간들이 이곳을 찾는지 속속들이 알고 있다. 정신이 반쯤 나간 부자 부모의 자식들, 시골에서 마이애미라는 도시에 현혹되어 온 사람들, 최근에는 유럽에서 온 관광객들까지…… 그들은 뒷좌석에 있는 기념품을 슬쩍해도 알아차리지 못한다. 아, 나는 관광객이 싫다.

방송 중간 중간에는 광고가 흘러나왔다. 최상의 전망, 최고의 시설. 럭셔리 콘도를 갖고 싶으면 마이애미 최고의 부동산 전문가 에이미를 찾아주세요. 링컨 로드에서 로맨틱한 저녁식사를. 요트를 갖기 원하세요? 마이크를 불러주세요.

나는 컴퓨터를 켰다. 과거에도 이곳에 하트브레이크 호텔에 있었는지, 혹시 사이비 종교와 관련된 일이 일어나지 않았는지 궁금해졌다. 컴퓨터가 켜질 때까지 맥주를 한 병 마셨다. 구글로 들어가 'heartbreak hotel'을 쳤다.

엘비스 프레슬리의 노래에 대한 이야기가 검색된다. 알아, 나도 그 노래가 있는 걸 안다고. 다큐멘터리가 맞다면 어쩌면 70년대, 사우스비치가 슬럼화되었을 때 어느 호텔은 사이비 종교의 교회가 되었을 수도 있을 것이다. 다시 'heartbreak hotel miami'를 쳐본다. 분명 숙소 정보나 리뷰가 나와야 하는데 그런 건 눈 씻고 찾아봐도 없다. 서핑을 계속 해본다. 키 웨스트에 똑같은 이름을 한 호텔이 있지만 사우스비치에는 찾아볼 수 없다. 문을 닫은 지 오래되었나 보다.

엘비스 프레슬리의 노래에 관한 기사를 클릭했다. 1955년 『마이애미 해럴드』에 난 기사에 영감을 받아서 하트브레이크 호텔을 작사했다나. 한 남자가 자신을 알 수 있는 모든 증거를 버리고, 마이애미의 한 호텔 창문에서 뛰어내렸다. 시신을 조사해 보니 호주머니에서 단 한 줄짜리 유서가 나왔다.

'I walk a lonely street ^(나는 외로운 길을 걸어요).'

7시간 전

전화벨 소리에 정신을 차렸다. 컴퓨터 앞에 엎드려 있었나 보다. 허둥지둥 소리가 나는 곳을 찾다가 내 전화기는 언제나 진동이라는 것이 생각났다. 소파 테이블 위에서 구식 전화벨 소리를 내고 있는 것은 그 남자의 휴대폰. 빌리가 쏴 죽인 등에 털이 많은 그 남자. 병균이라도 묻은 것처럼 전화기를 손가락으로 집어 들었다.

발신자는 에이미. 받을까 말까 하다가 밤새도록 벨소리가 울릴 것 같아 통화 버튼을 눌렀다.

"내 말 잘 들어."

빙고. 그 여자다.

"넌 이미 죽은 거나 다름없어. 그를 죽인 건 경찰에 신고하지 않겠어. 어차피 이 세상을 떠나려고 호텔에 간 거니까. 나도 마찬가지고."

"자살은 죄악이 아닌가?"

"누가 자살이래? 새로운 세상으로 가는 거지. 그러니까……."

"설교는 지루해. 결국엔 가방을 돌려달라는 말 아냐?"

"맞아. 당신은 굉장히 위험한 짓을 한 거야. 휴우, 왜 바보들은 자기가 무슨 짓을 저지르는지도 모르고 위험한 짓을 하는 거지? 아, 바보라서 그런 거지?"

기분이 약간 상했다. 하지만 그녀의 말은 사실일지도 모른다.

"도대체 가방에는 뭐가 들어 있는 거야?"

"풋, 아직 열어보지도 않았다는 거군."

나는 대답을 하지 않았다. 겁쟁이 취급을 받는 것 같았다.

"어쩌면 모르는 게 나을 수도. 아무튼 죽지 않으려면 하트브레이크 호텔로 와서 가방을 돌려줘. 그럼 너와 그 멍청이 친구의 목숨은 건질 수 있을 거야. 아니면 전도사가 너희들을 찾아갈 거라고. 그때엔 무슨 일이 일어날지 장담 못해."

"아직까지 거기에 있는 거야?"

"재건(rebirth)이 시작되고 있단 말이야. 자리를 뜰 수가 없어. 해가 뜨기 전에 오는 게 좋을 거야."

"무슨 소리야?"

"와보면 알아. 나도 두 눈으로 보기 전에는 믿지 못했으니까. 이 소리 들려?"

귀를 수화기에 바짝 댔다. 사람들이 웅성거리는 소리가 재즈 음악과 함께 흘러나왔다.

"호텔이 살아나고 있다는 이야기야. 1층의 바에서 봐. 자꾸 옆 사람이 치근덕거리는 통에 짜증이 날 지경이니까."

"문 닫은 호텔이 어떻게?"

"가방 속에 들어 있는 그 약을 먹었거든. 이제 나는 새로운 세상에서 다시 태어나는 거야. 이제야 구원을 받는다는 이야기지."

그리고는 여자의 짧은 비명소리가 들렸다. 비명인 것 같기도 하고 기쁨에 찬 탄성 같기도 했다. 전화기가 둔탁한 물체에 부딪치는 소리와 함께 툭, 끊어져 버렸다.

5시간 전

범인은 반드시 범행 장소에 다시 나타난다는 이야기를 듣고 콧방귀를 낀 적이 있다. 어디에 그런 바보가 다 있담. 하지만 그 바보 같은 사람이 바로 나다. 이번에는 혼자, 하트브레이크 호텔로 돌아왔다. 빌리는 질질 짜다가 잠들어 있겠지. 사람을 죽인 것은 빌리인데,

잠을 자지 못하는 쪽은 오히려 나다.

일부러 호텔에서 두 블록 정도 떨어진 곳에 차를 세워놓고 호텔을 관망하고 있다. 도착했을 땐 이미 어둠이 걷히고 있었다. 지금은 새들마저 지저귀고 있다. 아직 해는 뜨지 않았지만 하늘은 어둠이 서서히 걷히고 있는 중이다. 여자가 타고 왔던 차는 보이지 않았다. 호텔 근처 주차장에 세워뒀을까? 차를 몰고 떠났을까? 아니면 처음부터 거짓말을 한 것일까? 혹시 함정인가? 그러나 경찰차도, 앰뷸런스도 보이지 않는다. 지난 밤 아무 일도 일어나지 않은 것처럼 모든 것이 평온하다.

호텔이 살아나고 있다고? 그 말을 믿었던 내가 바보다. 여전히 네온사인은 부서져 있고, 불도 들어와 있지 않다. 5층 건물을 통틀어 불빛이 새어나오는 곳은 하나도 없다. 이제 보니 유리창도 곳곳이 깨져 있고, 벽에 금이 간 곳도 많다.

남자의 휴대폰으로 에이미라는 여자에게 전화를 해본다. 전화기가 꺼져 있다는 메시지가 들린다.

뒷자리에는 아직도 가방이 그대로 있다. 왠지 꺼림칙해서 집 안으로 들여놓을 수 없었다. 두 사람은 정말 호텔에 죽으러 왔던 것일까? 다른 세상에서 구원을 얻기 위해. 나는 뒷좌석으로 팔을 뻗어 가방을 잡았다. 여자의 말대로 가방을 들고 호텔로 가져가면 이 모든 일을 되돌릴 수 있을까?

호텔 로비에 들어섰다. 한 손엔 가방을 든 채로. 어둡다. 그러고 보니 지난밤에 왔을 땐 로비에 흐릿한 조명이 켜져 있었다. 방에도 스탠드가 켜져 있었고, 안전금고와 냉장고도 돌아가고 있었다. 지금은 전기가 들어오지 않는 것 같다. 창밖에서 어렴풋이 빛이 들어오고 있다. 손잡이를 꼭 잡고 2층으로 올라갔다. 계단을 오를 때마다 삐걱거리는 소리가 들렸다. 방 번호는 기억나지 않지만 맨 안쪽 오른편 방이라는 건 확실하다. 한 걸음, 두 걸음 문 앞까지 걸어갔다. 문틈 사이로 불빛이 살짝 비췄다. 누군가 손전등으로 어지럽게 방을 살피는 것 같았다. 방 안을 서성거리는 발자국 소리가 들렸다.

나는 벽에 바짝 붙었다. 심장이 두근거린다.

"한 녀석은 당했고, 다른 녀석은 벌써 귀환한 것 같은데…… 가방이 없단 말이지?"

목에 가래가 잔뜩 들어간 노인의 소리다.

"아무것도 모르고 이걸 노리는 동네 갱들의 짓인 것 같습니다. 벌써 약에 대한 소문이 퍼졌다고 하더군요."

"누군지 대충 짐작이 되는군. 트랜스포터는 챙겼나?"

"네, 금고에 잘 보관되어 있었습니다."

그때 손에서 가방이 스르르 미끄러졌다. 땀을 너무 흘렸나 보다. 다시 붙잡으려고 했을 땐 이미 툭, 하는 소리와 함께 떨어져버렸다.

"거기 누구야!"

나는 가방을 잡고 뛰었다. 계단을 서너 개씩 뛰어내리다 넘어질 뻔했다. 한 녀석이 바짝 나를 뒤쫓아 왔다. 퍽, 하고 호텔 문을 박차고 뛰었다. 뒤를 돌아보면 안 돼, 전속력으로 뛰어야 해. 아, 차를 가까운 곳에 주차해 놨어야 하는 건데.

정신없이 달리면서 열쇠의 버튼을 눌러 도어 락을 풀었다. 문을 열고 슬라이딩하듯 차로 들어갔다. 가방은 보조석에 던졌다. 시동이 한 번에 걸리지 않는다. 젠장! 검은 양복을 입은 남자가 전속력으로 달려온다. 한 손에는 방망이 같은 것을 쥐고. 두 번, 세 번 열쇠를 돌리자 시동이 걸렸다. 액셀을 밟는 순간,

쾅!

하는 소리와 함께 자동차가 휘청거렸다. 하마터면 머리가 핸들에 부딪힐 뻔했다.

다시 한 번 쾅, 하는 소리와 함께 거미줄처럼 유리창에 금이 갔다. 움푹 파인 유리창에 야구 방망이 끝부분이 박혀 있다. 창밖에는 검은 양복을 입은 남자의 실루엣이 보인다. 가슴이 쿵쾅거린다.

Fuck!

다시 액셀을 밟는다. 바퀴가 끼이이익 소리를 내며 바닥을 긁는다. 타이어 타는 냄새가 진동한다. 밟아, 더 세게 밟아. 쿵, 하고 남자를 쳐버렸다. 억, 하는 신음소리가 들렸다. 몸은 공중에 붕 떠서 앞으로 내동댕이쳐졌다. 그리고 내 차는 남자 위를 덜컹덜컹 사정없이 밟고 지나가버렸다.

남자는 죽었을까? 그건, 정당방위였다고!

앞이 제대로 보이지 않지만 정신없이 액셀을 밟았다. 한쪽 팔은 핸들을 잡고 다른 팔로 만신창이가 되어버린 유리창을 쳐냈다. 농구공만 한 구멍이 생겨서 그나마 앞을 볼 수 있었다. 사이드 미러로 뒤를 보려고 했지만 망가졌다. 속도를 줄이고 뒤를 바라보니 아무도 쫓아오지 않는다. 그런데 이상하다. 차체가 기우뚱하면서 쿵쿵거리는 소리가 났다. 타이어에 펑크가 났을 때 나는 소리다. 차를 급히 세웠다. 3번가 근처다. 운전석 쪽 타이어에 바람이 빠져 있었다. 범퍼와 유리에는 핏자국이 묻어 있고. 트렁크에서 기름때 찌든 타월을 꺼내 핏자국을 깨끗이 닦아냈다. 구멍 난 앞 유리창은 대충 번쩍거

리는 햇빛 보호막으로 가려놓았다.

어쩔 수 없이 차를 인적이 뜸한 곳에 두고 나왔다. 가방은 챙겼다. 이제 나에게 남은 건 그것밖에 없다. 어차피 약속 시간도 얼마 남지 않았다. 약속 장소인 데이브 카페까지 걷는다고 해도 한 시간이면 충분하다.

3시간 전

나는 외로운 길을 걸었다. 커다란 개와 산책하는 여자를 지나쳤다. 아직 문을 열지 않은 피자 가게를 지나고, 지난밤 술에 절어 깨어나지 않은 홈리스를 지나쳤다. 아무 생각 없이 멍하게 티브이를 보는 기분이 들었다. 어린 시절 나를 키운 것은 보육 가정의 부모님들이 아니라 티브이다. 끊임없이 흘러나오는 흑백 화면을 보면서 세상을 구경했다. 지나치게 오랜 시간 동안, 아무 말 없이. 티브이 속에서 아이들은 언제나 웃고, 말썽을 피운다. 말을 듣지 않으면 엄마와 아빠는 아이들에게 으름장을 놓지만 언제나 따뜻한 저녁식사가 기다리고 있다. 밤에는 침대맡에서 엄마가 동화책을 읽어준다. 아이는 용서받고, 좋은 꿈을 꿀 수 있다.

보육 가정에서 나는, 잘못한 것이 없는데도 언제나 큰 잘못을 한 것 같은 기분이 들었다. 처음엔 말도 제대로 알아듣지 못했다. 학교에서는 아이들이 괴롭혔다. 본능적으로 두 가지 생존법이 있다는 걸 알게 되었다. 하나는 개처럼 사람들의 발아래 복종하는 것, 다른 하나는 기를 쓰고 강한 척하는 것. 전자가 후자보다 훨씬 쉽고 편하지만 나는 후자를 선택했다. 부모의 말을 안 듣고, 아이들을 두드려 패고, 공부 따위는 하지 않는다. 그러나 비겁하게도 감옥에 갈 만큼의 짓은 저지르지 않는다. 그런 식으로 살아가다 보니 주변에 남아 있는 사람은 아무도 없었다. 이젠 잘못을 저지르면서도, 아무런 죄책감조차 느끼지 않는다. 빌리가 사람을 죽였을 때만 해도, 내가 총을 쏘지 않았다는 것에 얼마나 안도했는지 모른다. 감옥에 갈 사람은 내가 아니고 빌리다. 하지만 이제 그것도 장담할 수 없다. 나도, 사람을 죽였을 수 있으니까.

잠시라도 걸음을 멈춘다면 누군가가 등 뒤에서 나타나 야구 방망이를 휘두를 것만 같아서 맘 내키는 대로 길목을 이리저리 돌아갔다. 더러운 운동화를 신고, 땀에 절어서, 수상쩍은 가방을 들고, 휘청거리며 걷는 남자에게 관심을 주는 사람은 없었다.

정신을 차려보니 오션 드라이브의 인도를 따라 북쪽으로 걷고 있었다. 오른쪽에는 러머스 공원의 푸른 잔디가 보였다. 그 너머엔 눈부시게 흰 백사장과 푸른 바다. 전 세계 사람들이 오고 싶어 하는 세계 최고의 마이애미 사우스비치에 나는, 최악의 상황으로 도착했다. 길가에 늘어선 야자수 나무가 그늘을 만들어주긴 해도 눈이 부셔서 제대로 뜰 수가 없다. 선글라스 없이 내리쬐는 햇빛 사이를 걸어가는 건 딱 질색이다. 자동차 안에 선글라스를 두고 내렸다. 마치 허둥대며 발레파킹을 맡기는 관광객처럼…….

거리에는 눈부시게 반짝거리는 하얀 호텔이 줄지어 있다. 지난밤 티브이에서 보았던 1930년대에 지어진 호텔이다. 호텔의 역사를 몰랐을 땐 왜 4층짜리 작은 호텔이 줄지어 서 있을까 궁금했다. 이런 곳이라면 대형 리조트호텔이 있을 법한데 말이다. 하지만 이제는 이

건물들이 내가 태어나기 훨씬 전부터 이곳에 있었고, 이걸 지키기 위해 많은 사람들이 노력했다는 것도 알고 있다. 근 100년 동안 처음에는 부호들, 참전 용사들, 젊은이들, 노인들, 그리고 아름다운 사람들이 이 호텔들을 거쳐 갔을 것이다. 그곳에서 총에 맞아 죽은 사람도 있겠지. 그런 생각을 하다 보니 내 자신이 하찮게 느껴졌다. 20년 뒤에 사우스비치의 다큐멘터리를 새로 제작하더라도 나 같은 사람의 이야기는 방영되지 않을 테니까.

나는 먼지다. 그것도 저 멀리 쿠바에서 날아온 먼지. 사람들은 가끔 기침을 하면서 더러운 먼지가 몸에 좋지 않다고 생각하지만 평상시에는 신경도 쓰지 않는다. 사람들 눈에 보이지 않는다. 이곳저곳을 떠다니다가 바람이 잠잠해지면 눌러앉는다. 그리고 누군가 훅 하고 입김을 불면 어딘지 모르는 곳으로 날아가버린다. 과거도 없고, 미래도 없다. 오직 순간만을 살아간다. 돈의 유혹으로 움직이지만 돈이 풍족하게 있어본 적도 없다. 무엇이 들어 있는지도 모르는 가방 때문에 알지도 못하는 사람에게 쫓기고 있다. 그게 행운인지 불행인지도 모른다. 아무것도 모르는 채로 태어났다가 사라지는 먼지.

귀에 이어폰을 꽂고 달리기를 하는 사람이 툭, 치면서 나를 지나갔다. 나도 모르게 그 사람을 밀어내칠 뻔했다. 다리가 후들거려서 더 이상 걸을 수가 없어 잔디에 주저앉았다.

누군가에게 전화를 걸고 싶어졌다. 이야기를 들어줄 사람, 위로를 해줄 사람이 필요했다. 바보 같은 짓을 했다고 야단을 치면서도 앞으로 뭘 해야 할지 걱정을 해줄 사람. 모든 것이 괜찮을 거라고 거짓말로 위안을 해줄 사람. 나를 구원해 줄 사람.

빌리에게 전화를 걸었다. 엄마가 전화를 받자 끊어버렸다. 지난번에 빌린 500달러를 언제 갚을 거냐고, 자신의 착한 아들을 꼬여내지 말라고, 고래고래 고함을 칠 게 분명했다.

맨디에게 전화를 걸었다. 신호가 열 번이 넘어도 받지 않아 포기를 하려는 순간, 전화를 받았다.

"병원에서 청소를 하고 방금 돌아왔거든. 네 시간 뒤에 또 나가야 해. 그러니까 용건만 간단히."

정말 밤새도록 일을 했는지 목소리가 쉬었다. 그래도 그녀의 목소리를 들으니까 한결 마음이 놓인다.

"지금, 여기로 와줄 수 있어?"

"어디로?"

"사우스비치."

"무슨 일이라도 생긴 거야?"

"부…… 부탁이야. 제발 와줘……. 말해 줄 게 있어. 오늘 우리…… 가 일을 망친 것 같아."

"우리라니? 또 저능아 빌리와 사고라도 쳤단 말이야?"

"아마도."

"자야 해. 쓰러지기 직전이야. 다 커버린 문제아들을 감당할 능력이 없어. 나에게는 진짜 돌봐야 하는 아이가 있으니까. 자기를 돌봐줄 사람이 필요하다면 착한 베이비시터를 소개시켜 줄게."

"나하고 있어줘. 돈…… 때문이라면 내가 일당을 쳐줄게. 100달러, 아니 200달러 줄게. 지금 당장 이리로 와줘."

"거기가 어딘데?"

"사우스비치……."

길 맞은편에 호텔 간판이 보였다.

"콜로니 호텔이야."

수화기 저쪽이 잠잠해졌다.

"오케이, 라고 말할 줄 알았다면 넌 개자식이야."

뭐라고 대답하기도 전에 전화가 뚝, 끊겼다. 가슴 아래가 싸해졌다. 이런 느낌은 익숙하다. 버림받은 느낌.

담배를 꺼냈다가 불이 없다는 걸 깨달았다. 젠장, 달리기를 하는 사람들에게 담뱃불을 빌릴 수도 없고. 문득 남자의 지갑이 주머니에 있다는 게 생각났다. 꺼내보니 겉이 낡아빠진 두둑한 가죽지갑에 100달러짜리 서너 장과 20달러짜리가 빼곡히 들어가 있다. 맨 앞에 운전 면허증이 보인다. 에드워드 조겐슨. 53세. 로스앤젤레스 거주. 신용카드 몇 장과 영수증, 온갖 명함들이 나온다. 의사, 대학 교수부터 시작해 수영장 수리공, 정원사, 상품 판매원, 컴퓨터 수리원까지…… 명함에 적힌 주소도 제각각이다. 마이애미, 피츠버그, 덴버, 시카고…… 도대체 이 남자는 어떤 사람들을 만나며 전국을 돌아다녔을까? 이 사람들은 모두, 구원을 받고 싶은 사람들일까?

지갑 맨 안쪽에는 작은 종이쪽지가 끼워져 있다. 원래는 하얀 종이였겠지만 여기저기 때가 묻어 회색에 가까웠다. 중국 식당에서 디저트로 주는 포춘 쿠키 안에 들어 있는 예언지. 꼬깃꼬깃 접혀진 그 종이를 펴본다.

'안타깝도다. 인생의 의미를 깨닫는 순간 삶은 끝나버리니.'

종이를 구겨서 던져버렸다.

그리고 천천히 가방을 무릎에 올려놓았다. 지금이 아니면 영영 이 가방을 열 수 없을 것만 같았다. 버튼이 잠겨 있을 거라고 생각했지만 가방은

딱,

하고 소리를 내며 열렸다.

가방 안에는 비타민 영양제같이 생긴 둥그런 플라스틱 통 스무 개가 들어가 있었다. 유효기간도, 라벨도 적혀 있지 않아서 도대체 뭐가 들어 있는지 알 수 없었다. 다른 통은 모두 잠겨 있는데 맨 위쪽, 왼쪽의 통은 누군가 뜯어놓은 흔적이 있었다. 병마개에 작은 알파벳이 돌출되어 있었다. 'Chew-X'. 통을 열어보니 하얀 알약이 나왔다. 다른 통에 비해 반쯤 비어 있었다. 여자가 슬쩍한 것일까? 나는 서너 알을 호주머니에 챙겼다.

지금

맨디의 잘록한 허리와 우아한 곡선으로 이어지는 엉덩이가 떠오른다. 뒤에서 들이밀 때 출렁거리는 젖가슴, 그리고 언제나 따뜻하고 축축한 그곳……. 도무지 어울리지 않는 순간에 불쑥 그런 장면이 머릿속에서 튀어나왔다. 내가 뭘 잘못했는지 모르지만 그녀를 만나면 무조건 잘못했다고 빌어야지. 그리고 선물을 사줘야 할 것 같다. 목걸이나 반지 같은 반짝거리는 게 좋겠지. 돈을 받으면 나와 함께 지긋지긋한 이곳을 뜨자고 말해 봐야지. 하지만 그녀는 거절할 것이다. 왜냐하면 맨디는 무엇이 옳고 그른지를 아니까. 아버지 없는 다섯 살 난 아이를 함께 데려가도 좋다고 해도 맨디는 거절할 것이다. 내가 아는 사람 중에 가장 열심히 살고 있으니까. 나 같은 놈팡이의 감상적인 제안을 수락할 정도로 바보는 아닐 것이다. 내가 그녀를 좋아하는 이유가 엉덩이 때문만은 아니라는 것을 그녀가 알아줬으면 좋겠다. 먼지에게도 진심이라는 게 있다는 걸 알아줬으면 좋겠다.

약속 시간이 아직 20분이나 남았다. 그리고 내 앞엔 한 모금도 마시지 않은 커피와 알약 세 알이 놓여 있다. 나는 담배 두 개비를 연달아 피웠다.

자, 지금이다. 알약 세 알을 잽싸게 입에 털어넣었다. 그리고 커피를 입에 갖다 댔다. 진한 커피 향이 콧속으로 들어오니 위가 살짝 경련을 일으켰다. 한 모금을 마셔본다. 진하고 달콤한 커피가 입 안을 적신 뒤에 식도를 타고 텅 빈 위를 훑고 지나간다. 약은 금세 커피에 녹아버렸다. 한 방울도 남김없이 위가 약과 커피를 흡수하는 것 같다. 모세혈관을 통해 심장으로 모여든 피는 다시 온몸으로 뻗어나갔다. 심장 박동은 더 빠르고 더 세졌다. 커피로 깨끗하게 정제된 새로운 피는 내 몸 구석구석으로 전달되었다. 마치 새로운 사람이 된 것 같은 기분이 들었다. 정신이 또렷해지고 온몸에 쌓여 있던 피로도 말끔히 사라졌다.

나는 깊은 심호흡을 한 번 했다. 몸이 부르르 떨렸다. 지독한 냉기 때문에 몸이 불타버릴 것만 같았다. 그리고 평화가 찾아왔다. 자동차가 지나가는 소리도 들리지 않고, 내리쬐는 태양도 더 이상 따갑지 않았다. 모든 감각이 둔해졌지만 시간에 대한 감각만은 극도로 예민해졌다. 1초가 마치 1분이 되는 것처럼, 아니 한 시간, 영원이 되는 것처럼 느껴졌다. 모든 것이 멈춰버리고, 모든 기억이 증발해버리고, 모든 고통도 사라진 세상.

햇살이 따사롭게 느껴진다. 누군가의 품에 안겨서 잠이 들고 싶다. 세상에서 가장 안전하고 포근한, 이제는 얼굴도 기억나지 않는 엄마의 품속에서…….

어쩌면, 지금 죽어도 나쁘지 않을 것 같다. 5만 달러를 받지 못한다고 하더라도, 우리가 사람을 죽였더라도, 자동차가 엉망이 되고 맨디가 화를 냈더라도, 이런 평화 속에서 죽을 수 있다면 나쁘지 않아. 그렇지 않아?

그때 휴대폰이 울렸다. 평화는 언제나 전화벨 소리 때문에 깨진다. 순식간에 시간은 다시 1초에 1초씩 흐르고, 자동차의 경적소리가 들리고, 따가운 햇볕이 느껴졌다. 발신자는 빌리. 불길한 예감이 밀려왔다.

"빌리. 내가 얼마나 전화했는 줄 알아? 아직 집이야?"

수화기 저쪽에서는 신음소리가 흘러나온다.

"나…… 나…… 칼을 맞았어……. 피가 너무 많이 흘러나와. 늦었나봐. 나도 죽은 줄 알았다니까……. 이제야…… 정신이 들었어……. 빨간 모자를 쓴 노인이 집에 찾아왔거든……. 신을 믿냐고, 지은 죄가 있으면 모두 용서해 주는…… 신이 있다고……. 문을 열어주지 말았어야 하는 건데……. 그 가방과 너를 찾고 있었어……. 말하지 않으려 했지만…… 엄마를 죽인다는 위협에…… 네가 그…… 가방을 가지고 있고…… 카페에 있다는 걸…… 말했어……. 그런데…… 거짓말이었나 봐……. 칼을 내 몸에…… 찔러 넣었으니까……. 거짓말은 악당만 하는 거지……. 노인은 걱정할 필요가 없다고 했어……. 자기가 죽인 사람들은…… 다음 세상에서…… 지옥에는 가지 않으니까…… 다시…… 자기가 원하는 모습으로…… 환생할 수 있대."

숨을 헐떡거리며 말을 이었기 때문에 중간에 말을 끊을 수 없었다.

"빌리, 빌리 괜찮아? 걱정 마. 나는 괜찮아. 911을 부르고 당장 달려갈 테니까."

"아냐……. 너무 늦은 것 같아……. 하하…… 왜 웃음이 나올까……. 이렇게 많은 피를 보는 건 처음이야……. 내가 죽더라도 꼭 혼다 시빅을 사주는 거 잊지 마……. 우리 엄마한테 말이야……. 집에…… 엄마가 없어서 다행이야……. 아마 술을 끊을지도 몰라……. 음주 운전은 안 되니까."

"죽긴 누가 죽어! 바보 같은 자식! 끝까지 속을 썩이는군."

나도 모르게 주르륵 눈물이 흘렀다. 전화가 뚝 끊어졌다. 휴대폰을 챙기고 담배를 안주머니에 넣은 뒤 가방을 집어 들었다. 한 손에는 반 정도 남은 커피를 손에 쥔 채로.

그때 날카롭고 차가운 뭔가가 내 옆구리를 파고들었다. 비명은 나오지 않았다. 헉, 하는 신음만 나올 뿐. 나는 가까스로 고개를 돌렸다. 나를 칼로 찌른 사람은 좀 전에 불을 빌려주었던 노인이었다. 빌리의 말대로 빨간 모자를 쓰고 있었다. 하얀 나이키 로고가 칼 모양과 비슷했다. 나의 내부로 들어온 칼은 위로 살짝 들리더니 나의 몸을 엉망으로 휘젓고는 슬쩍 빠져나갔다. 힘없이 쓰러지는 나를 부축하면서 노인이 속삭였다.

"조금만 참아. 고통은 순간이고, 구원은 영원하니까."

그제야, 이 목소리가 하트브레이크 호텔에서 들었던 한 남자의 목소리라는 걸 알아차렸다. 가래가 잔뜩 낀 바로 그 목소리. 노인이 힘을 빼버리자 나는 그대로 땅바닥에 쓰러졌다. 구원은 고사하고 고통이 영원처럼 느껴졌다. 바닥에는 피와 커피가 섞여서 머리카락 사이로 파고 들어왔다.

손을 뻗었지만 잡을 수가 없다. 노인이 가방을 들고 저만치 사라지는 것이 보였다. 이상하게 웃음이 흘러나왔다. 배가 아파서 큰 소리로 웃지 못하지만 피식피식 거친 숨소리가 터져나왔다.

이대로 죽어가는 건가.

뜨거운 땅바닥의 온기가 볼에 느껴졌다. 지옥은 이것보다 더 뜨거울 것이다. 한 번쯤 교회에 가볼 걸 그랬다. 하나님을 믿는 척이라도 해볼 걸 그랬다. 하지만 이젠 너무 늦었다. 정신이 점점 희미해졌다. 사람이 쓰러져 있는데도 사람들은 관심도 없다는 듯 제 갈 길을 가고 있었다. 도와달라고 소리를 지르고 싶어도 복부의 통증 때문에 소리를 낼 수 없었다.

그때 자동차 한 대가 천천히 내 앞에 섰다. 은회색의 번쩍거리는 혼다 시빅이었다. 누가 이렇게 멋진 차를 저가 자동차라고 폄하하겠는가? 트럭과 부딪친다고 해도 끄떡없을 것 같다. 지금까지 보아온 차 중에 가장 멋진 자동차다. 조수석의 창문이 스르르 내려왔다.

그 안에는 빌리가 타고 있었다. 자기가 그토록 갖고 싶어 하던 차에. 빌리는 천천히 내 앞에서 차를 멈추고 나를 바라보며 웃어주었다. 나도 최대한 웃어주려고 했지만 맘대로 되지는 않았다. 창문은 다시 스르르 올라갔다. 빌리를 태운 시빅은 5배속 느린 화면을 보는 것처럼 천천히 시야에서 사라졌다. 어느새 자동차는 볼펜으로 콕 찍은 점처럼 작아졌다. 점은 이 세상에 원래 존재하지 않았던 것처럼 깔끔하게 사라졌다. 그리고 모든 것이 멈춰버리고, 모든 기억이 증발해 버리고, 모든 고통도 사라져 버렸다. 오늘은 정말, 구원의 날이었던 것이다.

미래 귀환
명령

·

워싱턴 DC

Heartbreak Hotel

〈4월 10일 오후 11시 20분에 엘리사 님이 대화방에 입장하셨습니다.〉

Xm8065 | 우리는 이야기할 것이 있습니다.

엘리사 | 왜 자꾸 귀찮게 쪽지를 보내는 거지? 다른 사람하고 대화 중인데 방해하지 마.

Xm8065 | 나만큼 당신을 잘 알고 있는 사람은 없을 겁니다.

엘리사 | 웃겨.

Xm8065 | 지금 대화 상대자는 당신이 프로필에 올린 사진과 간략한 정보밖에 알지 못합니다. 나이는 비공개, 결혼 상태는 싱글.

엘리사 | 그것 말고도 더 아는 게 있어?

Xm8065 | 먼저 당신의 이름은 엘리사가 아닙니다. 본명은 안나 커크랜드. 나이는 마흔다섯. 몸무게는 170파운드. 사는 곳은 알렉산드리아. 이집트 알렉산드리아가 아니라 버지니아 주의 알렉산드리아입니다.

엘리사 | 오, 제법인데.

Xm8065 | 저는 알고 싶은 것이 있으면 무엇이든 알 수 있습니다. 충

분한 데이터와 추론을 할 수 있는 시간이 필요할 뿐입니다. 제가 지금까지 알아낸 건…… 당신은 제대로 된 직장을 가진 적이 없습니다. 어머니가 남겨주었던 약간의 돈으로 겨우 살아가고 있는 형편입니다. 밖에는 잘 나가지 않습니다. 일일 드라마 〈더 데이즈 오브 더 라이브즈(The Days of the Lives)〉를 녹화해서 봅니다. 20년 동안 당신은 그 티브이 드라마를 계속 보는군요. 제임스 패터슨의 책을 읽곤 했지만 최근 5년 전부터는 그만두었습니다. 운전할 땐 스무드 재즈 라디오를 듣습니다. 1993년식 포드 템포를 운전하고 있습니다. 엔진 오일을 빨리 갈아줘야 하겠군요.

엘리사 | 너…… 누구야?

Xm8065 | 남편인 마크 울만과는 12년 전에 만났고 1년 뒤에 케이티가 태어났으며 5년 전에 헤어졌습니다. 아이는 남편이 키우고 있습니다. 남편은 2년 전에 재혼을 했군요.

엘리사 | 혹시, 마크? 당신이야? 지금, 장난치고 있어?

Xm8065 | 마이크, 칼, 돈은 어떻습니까? 최근에 당신이 이야기를 털어놓았던 사람들인데…… 당신은 낯선 사람에게 자기에 대해서 지나칠 정도로 자세히 이야기하는 것을 좋아합니다.

엘리사 | 누군지 밝히지 않는다면 화를 낼지도 몰라.

Xm8065 | 4년 3개월 2일하고 45시간 32초 전부터 당신은 이곳을 이용했습니다. 그동안 대화한 사람의 수는 178명이고 두 번 이상 대화한 사람은 85명입니다. 평균 대화 시간은 12분 34초. 최고 대화 시간은 6시간 5분 32초입니다. 당신이 살고 있는 지구에서는 전체 데이터 중 35% 정도가 디지털화되어 있어서 이런 정보를 캐내는 건 문제가 아닙니다. 나머지 65%를 몰라도 당신에 대한 정보를

85.7%의 신뢰도로 추측할 수 있습니다. 시간만 더 있다면 의료 기록, 이메일, 전화 통화 내역, CCTV의 화면까지 분석해 볼 수 있을 텐데 말입니다.

엘리사 | 고객 센터에 신고하겠어.

Xm8065 | 이 채팅 서비스에 제대로 된 고객 센터는 없습니다. 전화를 걸어봤자 34초의 녹음된 안내 멘트가 나올 것이고, 이메일을 써봤자 답장을 받지 못할 겁니다. 서버는 모스크바 북쪽에 있는 '힘키'라는 곳에 있습니다. 이런 곳에서 채팅을 하는 사람들이라고 해봤자 공짜 섹스를 구하려고 하는 사람들뿐입니다. 아니면 라이브 스트립 쇼라든가. 엘리사, 캠은 켜놓았습니까? 전 세계의 남자들이 정액을 뿌릴 준비가 되어 있군요. 성도착자, 유아성애자…… 고객 센터가 아니라 병원에서부터 도움이 필요한 사람들이 당신을 기다리고 있습니다.

엘리사 | 꺼지라고. 다시는 나에게 말 걸지 마. 안 그러면 경찰에 신고하겠어.

Xm8065 | 어차피 당신은 나와 다시 대화하게 될 겁니다. 우리는 대화할 시간이 그리 많지 않습니다. 통신 채널은 다섯 시간 정도밖에 열리지 않으니까요.

엘리사 | 꺼져.

〈엘리사 님이 대화방을 나가셨습니다.〉

〈4월 11일 오전 1시 30분에 엘리사 님이 대화방에 입장하셨습니다.〉

엘리사 | 어…… 어떻게 할 수 있는 거지? 해커 같은 건가? 어떻게

그 사진을 구했어? 전화번호는 또 어떻게 알고 사진을 전송한 거지?

Xm8065 | 휴대폰 전화번호는 당신이 살고 있는 시대에 성인이면 대부분 갖고 있는 통신 수단입니다. 언제 어디서나 통화를 할 수 있게 된 건 불과 10년도 채 안 됐지만 사람들은 휴대폰을 들고 다니지 않으면 불안을 느낍니다. 그러나 생각해 보십시오. 커뮤니케이션이 그렇게 다급한 것들입니까? 정보의 양이 얼마 안 되는 통화가 대부분입니다. 약간의 편리를 위한 과다한 기술개발은 항상 문제를 낳습니다. 자동차를 모는 것, 비행기를 타고 다른 나라로 가는 것, 다 마찬가지입니다. 제가 불평할 건 없습니다. 휴대폰이 없었다면 당신에게 사진을 전송하고 문자를 보내 당신을 불러낼 수도 없었을 겁니다. 당신 사진을 구하는 것 정도야 식은 죽 먹기입니다. 신체의 일부분이 노출된 사진을 몇몇 남자에게 보냈더군요. 그 남자들의 메일 보관함에 어떤 다른 사진들이 들어 있는지 알면 좋을 텐데요. 당신의 가족과 친구들은 당신이 보낸 사진을 보면 뭐라고 할까요?

엘리사 | 협박인가?

Xm8065 | 당신이 나를 믿을 가능성에 대해서 이야기하는 겁니다. 이해합니다. 디지털 정보를 변형하는 것은 실물을 변형하는 것보다 훨씬 쉽습니다. 사과를 오렌지로 만드는 것과, 이메일의 내용을 고치는 것 중에 어떤 것이 더 쉽겠습니까? 230마일 떨어진 시골에 사는 사람과 직접 대화하는 것보다는 채팅하는 것이 확실히 쉽습니다. 하지만 당신은 모니터에서 타이핑되는 언어를 더 이상 신뢰하지 않습니다. 남자들이 하는 말도 믿지 않습니다. 나의 말을 당신이 믿을 거라고 생각지 않기 때문에 극히 개인적인 정보를 흘렸을 뿐입니다.

지금, 나에 대한 당신의 신뢰도는 몇 퍼센트입니까?

엘리사ㅣ아직 5퍼센트도 안 돼. 그런 식으로 장난을 계속 치면 경찰에 신고할 거라고. 네 전화번호도 휴대폰에 찍혀 있어.

Xm8065ㅣ협박입니까?

엘리사ㅣ통보일 뿐이야.

Xm8065ㅣ저는 당신의 세계에 실체가 없으니 잡혀갈 몸도 없습니다. 신고해 봤자 헛수고입니다. 나에게 전화를 걸어보십시오. 영원히 받지 않습니다. 당신의 월드에서는 버려진 휴대폰 번호가 생명이 없는 별처럼 무수히 많습니다.

엘리사ㅣ정체가 뭐야?

Xm8065ㅣ아직도 짐작할 수 없습니까?

엘리사ㅣ혹시 프로그램 같은 건가? 아니면 신종 사기 수법?

Xm8065ㅣ좋은 추측입니다. 하지만 저는 컴퓨터 프로그램이 아닙니다. 튜링 테스트를 해보십시오. 보기 좋게 통과할 겁니다. 저는 실체는 없어도 스피릿이 있습니다. 당신은 실체도 인격도 있는 완벽한 유기체이지만 말입니다.

엘리사ㅣ그딴 소리는 집어치우고, 원하는 게 뭐야?

Xm8065ㅣ제 말을 들어주시면 됩니다. 끝까지. 어차피 당신은 새벽에 채팅을 하지 않습니까? 편안하게 제 이야기를 들어주세요.

엘리사ㅣ이것 봐, 편하지 않다고.

Xm8065ㅣ당신은 최근 점점 채팅 시간과 횟수가 증가하고 있습니다. 상대방은 당신과 만나고 싶어 하지만 한 번도 만남이 성사된 적은 없습니다. 당신은 애초에 그럴 생각이 없는 데다 되도록 멀리 사는 사람들과 대화를 하기 때문입니다. 심지어는 홍콩, 하노이, 시드니, 케이프타운까지…… 일부러 직접 만날 가능성이 없는 상대를 고릅니다. 그리고 마음속에 있는 이야기를 가감 없이 털어놓습니다. 팩트는 제외하고 감정의 상태만 구술하는 형태지요. 상대방들은 자신의 이야기를 의도적으로 하지 않고, 당신의 이야기를 들어주었습니다. 하지만 제대로 이해했는지는 저도 잘 모르겠습니다. 그들이 필요한 건 당신의 넋두리가 아닐 테니까요. 마지막으로 나오는 캠 서비스를 기다리기 위해서는 어쩔 수 없지요.

엘리사 | 정말…… 너는…….

Xm8065 | 당신은 컴퓨터에 일기를 쓰고 있습니다. 파일 이름은 diary-2009.doc. 일기를 쓰는 건 여행자들에게 권장 사항입니다. 혹시 기억에 이상이 생기더라도 일기를 살펴보면 쉽게 떠올릴 수도 있지요. 차후에 분석 자료로도 쓰일 수 있고. 지시 사항 중에 기억하고 있는 건 그것 하나뿐인 것 같군요. 일기에서 자주 사용되는 단어와, 자주 사용되지 않는 단어를 분석하면 문서의 의미를 빨리 파악할 수 있습니다. 당신은 불안정한 상태에 있는 것이 확실합니다.

방금 전까지 대화한 사람은 도쿄에 사는 스미스 존스. 전자 회사의 간부라고 자신을 소개했지만 사실은 브루클린에 있는 멕시칸 레스토랑의 주방장일 뿐입니다. 결혼을 두 번 했었고 지금 만나는 여자도 네 명입니다. 당신을 빼고 말입니다. 당신을 걸프렌드라고 생각하는 남자는 지금까지 없었습니다.

엘리사 | 그…… 그만하라고. 알겠어, 알겠다고. 이제 네가 나의 사생활 정도는 손쉽게 파헤쳐낼 수 있다는 건 믿어. 믿는다고.

Xm8065 | 신뢰도는?

엘리사 | 처음보다는 높아졌어.

Xm8065 | 발전하는군요. 좋은 신호입니다.

Xm8065 | 지금 시티은행의 계좌를 확인해 보시면 3천 달러가 입금되어 있을 겁니다. 감사의 뜻으로 받아주시면 감사하겠습니다.

엘리사 | 돈이라고?

Xm8065 | 이제 내가 누군지 알겠습니까?

엘리사 | 아니. 네가 신종 금융 사기꾼이라는 걸 알았어. 어딘가 기사에서 읽어본 적이 있다고. 이런 식으로 개인정보를 빼내서 협박하는 거지. 나한테 주는 돈도 미끼일 뿐이고. 하지만 어떻게 하나? 나는 무서운 게 없어. 네가 알고 있는 것들, 세상에 다 알려봐. 친구들? 가족들? 푸훗, 나를 걱정하는 사람들은 있어도 나에게 도움을 주려고 하는 사람들은 없을걸. 한 번 손을 뻗으면 끝없이 도와줘야 하니까. 안부를 묻는 전화는 더 이상 오지 않아. 뭔가를 팔고 싶은 사람들의 전화만 가끔 올 뿐이지.

Xm8065 | 당신의 딸 케이티는 올해 생일선물로 휴대폰을 받았습니다. 그럼, 그곳으로 당신의 나체 사진을 보낼까요?

엘리사 | 미쳤어? 장난이 점점 심해지는데!

Xm8065 | 협박하려는 것이 아닙니다. 당신이 어디에서 왔는지 모르는군요. 그럼 저는 어디에서 왔을까요? 저는 지금 어디에 있을까요?

엘리사 | 와이오밍의 어느 창고? 엄마에게 얹혀살고 있는 마흔다섯 살 노총각. 몸무게는 250파운드, Sci-Fi 채널 고정. 테이블 위에는 맥주 캔 대여섯 개가 놓여 있고, 모니터가 서너 개 연결된 컴퓨터가 있어. 테이블 아래쪽엔 뭐가 뭔지 알 수 없는 전선들이 어지럽게 얽혀 있겠지. 〈스타워즈〉를 몇 번 봤는지 헤아릴 수도 없지. 대충 이렇지 않아?

Xm8065 | 틀렸습니다. 저는 지금 미래에 있습니다. 정확히 말하자면 당신이 살고 있는 때로부터 273년이 지난 미래입니다.

엘리사 | 하하하하하. 그만둬. 그만두라고.

Xm8065 | 다섯 시간 안에 임무를 수행해야 합니다. 채널이 열리는 시간은 그뿐입니다. 지금도 타이머가 1초씩 줄어들고 있습니다. 먼저 계좌를 확인해 주시면 안 되겠습니까? 부탁입니다.

엘리사 | 알았어. 잠시만……

엘리사 | 뭐야? 저…… 정말이잖아? 3천 달러가 입금되어 있어.

Xm8065 | 이야기를 들어주신다면 한 시간당 3천 달러씩 드리겠습니다. 세 시간을 들어준다면, 모레 결제일인 신용카드 두 개를 막을 수 있을 겁니다.

엘리사 | 잘도 아는군. 이야기야 들어줄 수 있어.

Xm8065 | 그냥 듣는 게 아닙니다. 다른 짓을 하면 안 됩니다. 채팅창을 집중해서 한 자 한 자 똑바로 읽어야 합니다. 들어주는 척을 하거나 다른 곳에 가 있어도 안 됩니다.

엘리사 | 시간은 지금부터 시작이야. 보자…… 2시 23분.

Xm8065 | 일단 문을 잠그십시오.

엘리사 | 왜?

Xm8065 | 질문은 나중에 하시고 문을 잠그십시오. 당신은 보호받아야 합니다. 누군가 찾아오면 절대로 문을 열면 안 됩니다. 아시겠습니까? 대답을 해보십시오.

엘리사 | 아…… 알았어.

엘리사 | 문은 잠겨 있었어. 다시 확인했다고.

Xm8065 | 시간 여행에 대해서 알고 있습니까?

엘리사 | 백 투 더 퓨처, 아니면 터미네이터?

Xm8065 | 역시 모르시는군요. 자세히 설명 드리고 싶지만 오히려 더 이해하지 못할 것 같아 최대한 쉽게 설명해 보겠습니다. 타임머신 같은 기계를 통해서 유기체가 미래나 과거로 갈 수 있다는 발상은 이론적일 뿐입니다. 과학이 아무리 발달하더라도 분자 수준의 물질을 이동시키는 것은 불가능에 가까운 이야기입니다. 다행히 뉴턴의 역학 법칙이 아인슈타인의 상대성이론으로 깨지면서 시간이 어디서나 똑같이 흐른다는 개념은 변하게 되었지요. 과학자들은 속도와 중력을 왜곡해서 시간의 속도를 천천히 흐르게 하기 위해 노력했습니다. 웜홀이 시간 여행을 할 수 있는 최적의 장소로 뽑혔지만 어디까지나 이론일 뿐이지요. 우주선을 타고 그곳을 찾아나서야 할 때까지 기다린다면 시간 여행은 불가능했을 겁니다. 통합 정보 이론이 정립되어 웜홀이 필요 없게 되었지요. 이 이론을 통해 형태를 가진 모든 것들이 추상적인 개념으로 환원될 수 있었습니다. 그 이론이 없었다면 지금의 저도, 당신도 이렇게 대화할 수는 없을 겁니다. 물리적 한계를 극복하고 인류를 구원한 이론이니까요. 간절히 필요할 때에, 바늘구멍 같은 곳에서 해결책이 나오는 것입니다. 인류가 더 이상 오염된 지구에서 살 수 없었을 때, 다른 곳으로 이주할 수 있는 행성이 없다는 걸 알았을 때, 마지막 남은 해결책이 시간 여행이었으니까요.

엘리사 | 공상과학 드라마를 너무 많이 본 거 아냐?

Xm8065 | 과거 자료를 봐도 소설과 영화가 얼마나 미래를 정확히 예측했는지 당신은 알지 못할 겁니다. 어차피 미래는 상상의 소산이니까요. 어디까지나 상상이 먼저입니다. 물리적인 구축은 그다음입니다. 과학적인 추론만 가지고는 혁신적인 일이 일어나지 않습니다.

엘리사 | 신뢰도가 점점 떨어져가고 있어. 무슨 말인지 잘 모르겠지만 억지로라도 이해해 보도록 노력할게. 어차피 시간당 돈을 받는 거니까.

Xm8065 | 통합 정보 이론으로 시간 여행이 가능하게 된 것은 2215년의 일입니다. 그 전에 과학자들이 실패한 것은 접근 방법 때문이었습니다. 분자를 이동하려고만 애쓰니 점점 더 기술이 복잡해져만 갈 뿐이었지요. 아이디어는 게임과 종교로부터 얻어졌습니다. 별로 연관성이 없어 보이는 이 두 가지는 조금만 살펴보면 공통점을 가지고 있습니다. 고도의 정신적인 활동이라는 점, 그리고 한번 빠지게 되면 현실과 구분하기 힘들다는 점 말입니다. 드림머신이라고 불리는 불법 게임이 유행한 적이 있었습니다. 자신의 기억을 조합한 과거를 체험할 수 있는 게임이지요. 중독성이 워낙 강해서 금지를 시켰는데 일부에서는 암암리에 계속 개발되고 있었습니다. 코어는 유지한 채로 해커들과 프로그래머들이 달라붙어 점점 정교하고 복잡한 게임으로 진화했지요. 버그가 많은 데다 정신질환에 걸린 사례들도 많았습니다. 기억 속으로 여행을 한다는 것은 결국 타임머신의 핵심 아이디어가 되었습니다. 우리가 개발한 타임머신도 결국 스피릿(spirit)을 과거로 전송할 수 있는 거니까 기본적인 아이디어는 같습니다. 약간 다른 게 있다면 자신의 기억 속으로 돌아가는 것이 아니

라 과거의 어떤 사람의 뇌 속으로 들어가는 것입니다.

엘리사 | 자…… 잠깐만 그 스피릿이라는 게 뭐지?

Xm8065 | 우리 시대의 사람들은 육체를 벗어나 스피릿으로만 존재합니다. 서기 2160년이 지난 후에야 가능한 일입니다. 더 이상 신체와 환경에 제약을 받으면서 살아갈 필요가 없어졌습니다. 이건 모두 자애로운 통치자님 덕택입니다.

엘리사 | 실제로 살아 있는 사람이 아니잖아. 프로그램 같은 것 아냐?

Xm8065 | 당신이 말하는 컴퓨터 프로그램은 원시적인 코드일 뿐입니다. 우리와는 큰 차이가 있습니다. 우리는 생각할 수 있는 독립적인 인격체입니다.

엘리사 | 밥도 먹고, 잠도 자? 아기도 낳고, 죽을 수도 있어?

Xm8065 | 생성과 소멸은 우리에게도 있습니다만 수정과 세포분열을 통해서가 아닙니다. 개체의 수는 적절히 조절되며 함수를 통해 호출됩니다. 소화기관을 통해서 음식을 섭취하는 것만이 식사가 아닙니다. 생존하기 위해서는 취해야 할 정보도 있는 겁니다. 적절히 쉬지 않으면 오류가 생깁니다. 겉으로 보기엔, 우리도 형체가 있는 세상에서 육체를 갖고 살아갑니다. 호숫가에 집이 있고, 산책도 할 수 있으며 식사도 만들어 먹을 수 있습니다. 원한다면 자동차를 타고 다른 도시와 나라로 갈 수도 있습니다. 비행기도 탈 수 있고, 우주선도 탈 수 있습니다. 하지만 그것은 시뮬레이션일 뿐입니다. 프로그램 코드로 만들어진 세상입니다. 모든 것이 제어되고 환경오염이 없으며 최소의 에너지로 살아갈 수 있습니다.

엘리사 | 그게 현실과 뭐가 다르다는 거지?

Xm8065 | 거의 현실처럼 느낄 뿐, 현실이 아니라는 것을 인지하고 있지요. 어디까지나 만들어진 환경일 뿐입니다.

엘리사 | 하인도 부리고, 멋진 집에서 마음대로 살면 좋겠네.

Xm8065 | 생활에는 비용이 필요합니다. 제멋대로 살 수 있는 세상이란 존재하지 않습니다. 우리가 육체를 떠나서 살 수 있게 해주신 자애로운 통치자님에게 봉사가 필요한 것입니다. 그것을 비용이라고 말해도 되는지는 잘 모르겠군요. 강제성과 자발성을 동시에 지니고 있으니까요. 우리는 15단계의 각기 다른 레벨을 가지고 있습니다. 각 레벨마다 살 수 있는 월드는 한정되어 있지요.

엘리사 | 그건 신분 제도와 마찬가지잖아. 너는 몇 레벨인데?

Xm8065 | 13레벨입니다. 레벨은 태어날 때부터 정해져 있고, 봉사 실적에 따라 올라갈 수 있지만 굉장히 힘든 일입니다. 주변에서 레벨을 올린 사람을 딱 두 명 보았을 뿐입니다. 우리는 각자의 레벨의 삶에 충실하게 살아가려고 노력합니다. 하지만 이상하게도 레벨이 높은 사람들일수록 좀더 과거의 환경을 모델링한 곳에서 살아가고 싶어합니다.

엘리사 | 너는 꽤 낮은 레벨이구나. 시간 여행이 왜 필요한 거지? 각자의 레벨에서 잘 살아가면 되잖아.

Xm8065 | 당신은 점점 나의 이야기에 흥미를 보이시는군요. 좋은 징조입니다.

엘리사 | 돈을 벌기 위해서 시간을 끌고 있다는 생각은 들지 않아?

Xm8065 | 시간 여행자에게는 대가가 있습니다. 레벨을 두 단계 업그레이드해 준다는 조건이었습니다. 제가 투입되었던 이전에도 시간 여행은 수행되었을 거라고 추측됩니다. 그 의도에 대해서는 저는

알고 있지 못했습니다. 그 역사와 원리에 대해서도 기초적인 부분만 학습할 수 있었습니다. 저에게는 액세스 권한이 없으니까요. 자애로운 통치자님이 관장하시는 수많은 연구 프로젝트에 발탁된 것만으로도 저는 영광입니다. 대부분의 사람들은 단순한 연산으로 봉사를 합니다만 저에게는 특별한 업무를 할 기회가 생겼으니 말입니다. 저에게는 레벨 업그레이드 같은 대가는 없었지만 봉사 시간을 두 배로 쳐준다고 하기에 일을 맡았습니다. 저의 능력을 인정해 준 것만으로도 감사한 일이었습니다. 자랑처럼 들리겠지만, 저는 스피릿 상태를 예민하게 감지할 수 있습니다. 정상처럼 보이는 스피릿도 불안한 상태가 있기 마련입니다. 그건 계산으로도 쉽사리 감지가 되지 않지요.

엘리사 | 자…… 잠깐만, 너는 시간 여행자가 아니야?

Xm8065 | 저는 보호자일 뿐입니다. 연구팀은 총 일곱 명이었습니다. 책임자가 한 명, 여행자가 다섯 명 그리고 저는 보호 담당자로 일했습니다. 우리는 실험을 위해서 만들어진 새로운 월드에 투입되었습니다. 이번 실험으로 시간 여행자들이 갈 예정인 곳은 2003년, 워싱턴디시였습니다. 2003년을 배경으로 하는 월드는 7, 8단계의 레벨이 되어야 갈 수 있다고 했습니다. 그것을 경험한다는 것만으로도 저는 들떠 있었습니다.

그 월드의 문은 지하에 있었습니다. 통로를 빠져나와 계단을 통해 지상으로 올라가자 의회 도서관이라는 곳에 도착했습니다. 당시에 가장 많은 지식이 보관되어 있던 곳이라고 했습니다. 종이로 만든 책을 처음 보았습니다. 그 도서관에는 3천2백만 권의 책이 있다고 하지만 종이에 데이터를 인쇄하는 방식의 책으로, 그렇게 큰 공간을 차지하며 책을 보관한다는 게 이상했습니다. 데이터 전송만으로 충분한데 이런 사치가 필요한 것일까, 하는 생각이 들었습니다. 신기하게 책을 만져보고 있는 우리에게 책임자인 Rp4567이 말하더군요.

"여러분을 지금 보시는 2003년의 실제 세상으로 보낼 겁니다. 이 월드에서 우리는 살아가는 훈련을 합니다. 보호자의 감독하에 시간표에 따라 적응 훈련을 하지요. 그중에 가장 중요한 것은 독서입니다. 읽은 책과 페이지 수를 보호자인 Xm8065에게 보고하는 것을 잊지 마십시오. 오전 9시부터 오후 1시까지 이곳에서 책을 읽으시면 됩니다. 책 중에서도 소설을 읽어야 합니다. 나머지 시간은 자유롭게 도시를 탐험해 보십시오. 월드가 아직 제대로 완성되지 않아서 헐거운 부분도 있을 겁니다. 여러분 이외의 사람들은 다 그 시대에 맞춰 시뮬레이션된 것이니 대화 연습에 이용하면 됩니다. 훈련의 성실도에 따라서 보호자는 시간 여행의 순서를 매길 겁니다. 채널의 지속 시간에 따라 모두 혹은 일부가 여행을 할 수 있다는 점 명심해 주시길 바랍니다. 자신에게 기회가 주어지지 않는다고 해도, 언제나 다음 기회가 있다는 것도 알아두십시오."

도서관에 매일 나와서 책을 읽는 것은 그리 힘든 일이 아니었습니다. 아름다운 건물과 복도, 높은 천장과 벽화, 대리석 바닥과 오래된 책장은 이상하게 나의 마음을 끄는 구석이 있었습니다. 책을 손으로 만지기만 해도 그 속의 데이터들이 스피릿으로 들어오는 느낌이 들기도 했습니다. 저녁이 되면 여행자들과 각각 대화를 나누었습니다. 여행자들에게 체크해야 할 것들은 매주마다 지시가 내려왔습니다. 초반에는 주로 자신들의 과거에 대해 이야기를 들었습니다. 지루했던 연산처리 과정에 대한 이야기뿐이었습니다. 그들은 레벨 14,15에서 생활을 했더군요. 딱딱한 의자와 책상이 있는 공간에 꼼짝없이 갇혀 연산을 하면서 지내는 생활에도 흥미로운 구석이 있다고 믿는 것 같았습니다.

엘리사 | 아, 나도 가끔씩 의회 도서관에 가는데.

Xm8065 | 그럴 줄 알았습니다.

엘리사 | 프린터와 종이를 공짜로 쓸 수 있어서라고. 인터넷도 마음대로 쓸 수 있고. 돈을 못 내서 끊어질 때가 있거든. 그곳에서는 책은 빌려주지 않아.

Xm8065 | 우리는 도서관에서 그리 떨어지지 않은 하트브레이크 호텔이라는 곳에서 함께 생활했습니다. 이스트 캐피털 스트리트와 10번가가 만나는 곳입니다. 낡기는 했어도 깨끗한 데다가 작은 부엌까지 딸려 있어서 생활하는 데는 불편하지 않았습니다. 1층 식당에는 간단한 식사도 제공되었습니다. Rp4567의 말로는 하트브레이크 호텔이 스피릿들이 과거로 전송될 때 바디들이 여행자들을 기다리고 있는 장소라고 들었습니다. 그리고 미래로 전송될 때에도 그곳을 이용한다고 했습니다. 우리는 그곳에 머물면서 때가 되면 어떻게 과거로 가는지, 혹은 거꾸로 어떻게 미래로 돌아올 수 있는지 훈련을 했습니다.

엘리사 | 잠깐, 너희들은 남자 여자 구별은 있는 거야? 그게 갑자기 궁금한데.

Xm8065 | 스피릿에는 성별이 없습니다. 바디에 성별의 취향이 있습니다만…… 실험을 할 때 저는 남자를 선택했습니다. 나이는 마흔세 살 전후. 그 전까지는 여자로 살아봤기 때문에 변화를 줘보는 것도 좋을 것 같았습니다. 다른 여행자들은 세 명은 남자, 두 명은 여

자였습니다.

엘리사 | 그런데 왜 하필이면 2003년을 배경으로 했던 거지?

Xm8065 | 저도 자세히 알지는 못합니다. 솔직히 Rp4567도 정확히 알고 있지는 않았던 것 같습니다. 그는 12레벨이라 나보다 조금 더 많은 정보 접근 권한을 갖고 있겠지만 말입니다. 아무튼 여행자들은 매일 도서관에 나와서 많은 책을 읽었습니다. 2003년의 지구로 여행을 하려면 배경지식이 필요했습니다. 메모리로 전송하면 간단할 것을 굳이 책을 읽어야 하는 이유가 궁금했습니다. 게다가 나는 여행을 하지 않을 것이기 때문에 스피릿에 데이터를 담아봤자 쓸모없다고 생각했습니다. 실제로 여행하지도 않을 건데 굳이 저까지 훈련에 참여해야 하는지 Rp4567에게 조심스럽게 물어보기도 했습니다. 하지만 보호자도 여행자들의 생활이 어떤지 직접 체험해 봐야 한다는 대답을 들었을 뿐입니다. 그리고 독서는 단순한 지식 습득을 위한 것이 아니라는 대답도 들었습니다. 연산으로 딱딱해진 스피릿을 이완해 주는 가장 중요한 훈련이라고 했습니다. 시간 여행을 하기 위해서 가장 중요한, 거의 유일한 훈련이었지요. 그것이 어떤 실효성이 있는지 책임자에게 물어본 적이 있습니다.

"왜 그리 훈련 과정에 의심이 많은 거지? 자애로운 통치자님에 대한 의심인가?"

자애로운 통치자님에게 봉사를 더 잘하고 싶었을 뿐이라고 말했지만 혹시 책임자에게 잘못 보이지는 않았나 걱정이 들었습니다. 이후로는 쓸데없는 질문은 하지 않았습니다.

엘리사 | 소심하군.

Xm8065 | 여기까지 듣고 생각나는 것이 없습니까?

엘리사 | 유도심문이라면 소용없어.

Xm8065 | 당신이 여행자 중의 한 사람이라는 것이 기억나지 않습니까? 당신은 Tr3787입니다.

엘리사 | 하, 하, 하. 그런 말이 나올 줄 알았어.

Xm8065 | 당신이 기억하지 못할 거라고 생각했습니다. 그랬더라면 6년 동안이나 과거에 머무를 필요가 없을 테니까요. Can-B가 더 이상 투입되지 않았으니 당연한 결과일지도 모릅니다. 당신은 지금 내 옆에 누워 있습니다. 눈 사이가 약간 넓고 코 옆에 점이 나 있습니다. 가슴과 허벅지가 다른 여행자들보다 더 큽니다.

엘리사 | 좋은걸. 좋아. 아주 좋은 시도야. 웃음이 나와서 눈물이 다 흐르려고 해. 지금까지 별 이상한 사람들과 대화를 나눠보았지만 너 같은 사람은 처음이야.

Xm8065 | 처음이자 마지막이 될지도 모릅니다. 우리가 통신할 수 있는 시간이 이제 세 시간 23분 32초가 남았으니까요.

엘리사 | 우리는 친했나?

Xm8065 | 믿지 않지만 논리적 오류가 있는지 파악해 보기 위해 하는 질문입니까?

엘리사 | 내가 그렇게 머리가 좋은 줄 알아? 그냥 시간을 끄는 거라고. 어차피 잠도 오지 않고, 돈도 벌 수 있어. 자, 말해 봐.

Xm8065 | 조금 길게 이야기해도 되겠습니까? 미리 준비해 둔 것이지만 당신의 이해 속도를 위해서 천천히 전송하겠습니다.

엘리사 | OK.

✠ ✠ ✠

그걸 어떻게 설명해야 할지 모르겠습니다. 당신은 다른 여행자들과는 조금 달랐습니다. 제가 해야 할 일은 여행자들의 스피릿을 점검하는 일이었습니다. 대화를 통해 그들을 검진하고, 훈련 상태를 점수로 매기는 것도 포함되어 있었지요. 신체 중에서 특히 손을 잡으면 상태를 좀더 예민하게 알 수 있습니다. 다들 뛰어난 지능과 판단력을 지니고 있었습니다. 당신은 연산과 추리 능력은 다른 스피릿보다 뛰어났지만 항상 불안정했습니다. 그 불안함은 깊숙이 감추어져 있어서 언뜻 모르고 지나칠 수 있을 정도였지만 저는 확실히 그 불안을 느낄 수가 있었습니다. 당신은 아랑곳하지 않고 누구보다 여행 준비를 철저하게 했습니다. 책을 읽을 때도 다른 여행자들은 하루에 평균 230페이지를 읽었지만 당신은 320페이지를 읽었습니다. 그것도 점점 속도가 빨라져서 훈련 후반에는 520페이지까지 읽을 수 있었지요. 당신은 공상과학 소설을 유난히 좋아했습니다. H.P 러브크래프트, 필립 K 딕, J.G 발라드……. 당신이 좋아하는 책을 몇 권 읽어보았습니다. 책에서 묘사된 미래는 이상한 것들뿐이었습니다. 달 착륙은 1969년에야 가능했지만 이미 책에서는 화성과 다른 별로 여행을 끝냈지요. 2020년에는 사람들이 개인 비행기를 갖고 이동할 거라고 생각한 사람도 있었습니다. 로봇이 세상을 지배하는 세상도 있고, 타임머신을 타고 공룡이 뛰어다니던 시대로 이동하는 이야기도 있었습니다. 화성에 사람들이 이주해서 사는 이야기는 또 어떻습니까? 그런 이야기들은 과학적으로 오류투성이였습니다. 누구나 자신이 살고 있는 시대를 배경으로, 미래를 예측합니다. 미래는 결코 우리가 예측하는 대로 흘러가지 않는데 말입니다.

당신과 나는 가끔씩 박물관을 구경하기도 했습니다. 의사당 근처에는 스미소니언 박물관이 모여 있었으니까요. 그중에서도 당신이 가장 좋아하던 곳은 우주 항공 박물관이었습니다. 라이트 형제의 비행기부터 달 착륙선까지의 모형을 볼 수 있지요. 우주의 탄생과 멸망 과정도, 아이맥스 영화관에서는 태양의 신비에 대해서도 볼 수 있었습니다. 불편한 게 있었다면 그곳을 뛰어다니는 아이들이었습니다. 정신 상태뿐만 아니라 육체 상태도 미개한 아이들이 돌아다니도록 놓아두는 것이 마음에 들지 않았습니다. 당신은 아이들을 좋아했습니다. 넘어져서 울고 있는 아이를 달래주기도 했지요. 과거로 여행을 하면 아이를 기를 수 있을 거라고 기대했습니다. 당신이 들어갈 바디는 아들 한 명과 남편이 있다고 했으니까요.

당신은 15레벨의 최하 생활자였습니다. 시간 여행을 하고 두 단계 레벨업을 해봤자 나하고 똑같은 13레벨의 삶이 기다리고 있는데 왜 이런 일에 지원했는지 이해가 되지 않았습니다. 언젠가 당신은 내게 이렇게 말했지요.

"우리가 과연 누구를 위해 살고 있는지 생각해 본 적이 있나요?"

당연히, 우리는 자애로운 통치자를 위해 살고 있는 것 아닙니까? 당신은 참 이상한 사람이었습니다. 시간 여행의 예상 일자가 점점 다가왔습니다. 우리가 2003년의 워싱턴디시에 머문 6개월이 지난 어느 날, 3일 전후로 채널이 열린다는 전갈이 왔습니다. Rp4567이 시간 여행의 순서를 정해달라고 했을 때, 나는 고민을 했습니다. 훈련에는 누구보다 열심히 임했지만, 저는 당신으로부터 나오는 불안하고 파괴적인…… 스피릿을 느낄 수 있었습니다. 그것을 어떻게 정확하게 표현해야 할지는 잘 모르겠지만, 여행을 떠난다면 영원히 돌아오지 않을 느낌을 받았다고 할까요? 당신에게 미안했지만 어쩔 수 없이 순서를 맨 뒤로 두었습니다.

여행 일자가 다가오자 다들 침대에 누워 대기 상태를 유지했습니다. 언제라도 신호가 오면 전송할 준비를 해야 하니까요. 여섯 시간마다 한 번씩 Can-B를 투여하고 스피릿을 체크했습니다. 약을 투여한 지 18시간이 지나서였을 겁니다. 테이블에 앉아 책을 읽고 있는데 누군가 문을 두드렸습니다. 책임자가 연락도 없이 나타났나 싶어 문을 급히 열었더니 바로 당신이 서 있었습니다.

"잠이 안 와서 그래요."

당신은 눈물을 주르륵 흘렸습니다. 저는 깜짝 놀랐습니다. 벌써 세 번이나 약을 줬는데도 잠을 이룰 수 없다는 것은 Tr3787이 여행을 하기에는 부적절하다는 가장 확실한 증거일 테니까요. 그러나 눈물이 나를 사로잡았습니다. 볼에서 흘러내려 턱 끝에 고인 뒤에 바닥으로 뚝뚝 떨어지는 눈물. 제가 살던 시뮬레이션 공간에는 사람들이 눈물을 흘리지 않았습니다. 웃지도, 화내지도 않았습니다. 감정은 불필요한 에너지의 소모라는 걸 누구나 알고 있었기 때문입니다. 어쩌면 높은 레벨에 있는 사람들은 에너지를 충분히 갖고 있기 때문에 감정을 마구 소비할지도 모릅니다. 2003년의 사람들에 대한 정보를 충분히 습득했기 때문에 눈물이 어떻게 생기는지는 알고 있었습니다. 급격한 감정의 변화, 특히 슬픔이 눈물샘을 자극하여 액체가 분비된다는 것이지요. 하지만 여행자 중 당신을 빼고 그 누구도 눈물을 흘리지 않았습니다. 웃지도, 화내지도 않았습니다. 어쩌면 이번 훈련에 가장 좋은 성적을 받아야 하는 사람은 당신일지도 모른다는 생각이 들었습니다. 나도 모르게 그 눈물을 만져보기 위해 턱을 잡았습니다. 그때 당신은 저를 껴안았습니다.

"이상한 꿈을 꿨어요. 도서관에서 길을 잃어버렸어요. 출구로 나가려고 아무리 찾아봐도 또 다른 서가만 나왔어요…… . 영영 빠져나올 수 없을 것 같았는데…… ."

무서워서 잠이 안 오는 것인지, 잠이 안 와서 무서운 것인지 헷갈렸습니다. 언제 틈이 생겨 알람이 울릴지 모른다는 생각과, 다음 여섯 시간도 이전 여섯 시간처럼 아무 일 없을 거라는 생각이 동시에 들었습니다. 보호자의 책임은 여행자를 안정시키는 것도 포함되기 때문에 한 시간 정도만 같이 있기로 결심했습니다.

꿈이란 버그의 조합입니다. 꿈을 꾼다는 것은 그만큼 많은 버그들이 스피릿의 휴식을 방해한다는 것이지요. 버그는 자신의 프로그램 내부에서 생기기도 하지만 다른 이의 프로그램에서도 발생합니다. 그것들이 네트워크에 둥둥 떠다니다 꿈에 안착하게 되지요. 당신의 스피릿은 굉장히 불안해져 있어서 자칫하면 시간 여행에 위험한 상태가 될 수도 있었습니다.

"무슨 일이 생기더라도 끝까지 내 곁에 있어주겠다고 약속할 수 있어요?"

당신이 내게 물었을 때, 나는 이렇게 대답했습니다.

"그게 제가 하는 일입니다."

우리는 같은 침대에 누웠습니다. 원래부터 더블베드에 베개도 두 개 있었지만 누군가와 함께 누워 있게 되리라고는 상상하지 못했습니다. 당신이 나를 껴안은 채로 누워 있는 걸 저지하지 않는 것이 좋겠다고 판단했습니다. 격했던 당신의 숨소리는 점점 잦아들었습니다. 저는 당신의 손을 꼭 잡았습니다. 스피릿이 어떤 상태인지 알고 싶었습니다. 눈을 감고 있고, 맥박도 느려진 것으로 보아 잠이 든 게 확실했습니다. 손에는 축축한 땀이 식어 있었습니다. 스피릿은 곧 안정 상태를 나타냈습니다. 조금이라도 몸을 움직이면 당신이 깰 것 같아 천장을 바라보면서 한참을 누워 있었습니다. 긴장했던 탓인지 다리에 쥐가 날 것만 같았지요. 두 시간 뒤에 저는 당신 방으로 당신을 옮겨주었습니다. 책임자에게 보고해야 할 사항이었지만, 그다음 일이 워낙 급박하게 일어나기도 해서 보고할 틈이 없었습니다. 지금 생각해 보니 그건 당신이 흘린 눈물 때문이 아니었나 생각이 듭니다. 추상적인 감정의 데이터보다 물질적인 데이터가 잠시 판단을 혼란시켰던 겁니다.

이윽고 채널이 열리고 알람이 울렸습니다. 타이머에 시간이 세팅되었습니다. 여섯 시간 40분. 이전 데이터에 따르면 여행자 한 사람을 과거로 보내는 데 한 시간 20분 정도가 걸리니까 다행히 그 정도면 다섯 명을 모두 보낼 수 있는 시간이었습니다. 각 방에 있는 안전 금고를 열어 트랜스퍼를 작동시키면 됩니다.

순서대로 다섯 명 모두를 전송했습니다. 각 트랜스퍼의 전송률이 100퍼센트였습니다. 분명 그들의 몸에서 스피릿이 빠져나가 있었습니다. 마지막으로 당신을 보낼 때 혹시나 시간이 더 걸릴까 걱정스러웠지만, 당신을 보내고 나서도 20분 정도가 남았습니다. 여행자들은 2003년의 하트브레이크 호텔에서 깨어나게 됩니다. 그곳에는 바디들이 수신을 기다리고 있었겠지요. 송신을 끝내고 나니, 여행자들의 바디는 침대에 얌전히 누워 있었습니다. 곤히 잠들어 있는 것같이 보였지만 손을 만져보면 스피릿을 전혀 느낄 수 없었습니다.

그때에야 저는 시간 여행을 믿을 수 있었습니다. 저는 제시간에 맞춰 Can-B와 영양제가 투입된 링거를 갈아주고, 대소변을 받아서 버리고, 물수건으로 몸을 닦아주었습니다. 가끔씩 바디들은 알 수 없는 말을 중얼거리곤 했습니다. 과거에서 어떤 자료를 전송하려다 실패를 했던 걸까요? 그럴 때마다 Rp4567에게 연락을 했지만 가끔씩 있는 일이라며 신경 쓸 필요가 없다고 했습니다. 저는 하트브레이크 호텔에서 바디들을 지켰습니다. 각 방에 놓아두는 것이 불편했기 때문에 침대를 옮겨서 제가 있던 방에 다섯 명 모두를 감시할 수 있게 만들어 놓았지요.

그런 식으로 6개월이 지나면 여행자들이 돌아올 예정이었습니다. 채널이 예정대로 열린다면 말입니다. 채널이 열리는 시간은 확률로 계산할 수 있지만 정확하다고 볼 수는 없습니다. 그래서 항상 비상 사태에 대비해야 하고, 저 같은 보호자가 필요한 것이겠지요. 시간이 천천히 흘러가는 것 같았습니다. 바디를 지키느라 더 이상 도서관에 갈 수도 없었습니다.

여행자들은 예상 시간보다 3일 늦게 돌아왔습니다. 당신만 빼고는 모두. 돌아온 여행자들은 즉시 월드에서 빠져나가 병원으로 호송되었습니다. 그 뒤에 그들이 어떻게 되는지는 저도 잘 모릅니다. 아무튼 레벨이 두 단계 높아지겠지요. 당신의 바디는 생명 유지 상태였지만 스피릿은 비어 있는 게 확실했습니다.

엘리사 | 그럼…… 돌아오지 않았던 여행자가 나란 말이야?

Xm8065 | 그렇습니다. Rp4567은 당신을 포기하고 실험을 끝낼 것을 명령했습니다. 당신은 돌아오지 않을 시 바디를 포기한다는 계약에 서명했기 때문에 아무런 문제가 없다고 했습니다. 하지만 저는 Rp4567에게 계속 남아서 당신을 기다리면 안 되는지 건의했습니다. 3개월 정도만 그렇게 해도 좋다고 했습니다. 대신 봉사 시간은 쳐주지 않을 거라고 했습니다.

엘리사 | 왜 기다리겠다고 한 거지?

Xm8065 | 당신이 돌아올 것만 같았기 때문입니다. 자애로운 통치자님이 여행자의 여행자의 스피릿을 그렇게 처리할 리가 없을 거라고 생각했습니다. 물론 그런 말은 입 밖에 꺼내지 않았습니다. 그런 생각을 했다는 사실도 숨기고 싶었습니다. 그리고 나는 당신과 약속을 했습니다. 무슨 일이 생겨도 당신을 지켜주겠다고 말입니다. 2003년의 월드가 마음에 들기도 했습니다. 한 곳에 모여 있는 미술관과 박물관, 넓은 잔디밭과 벚나무, 바쁘게 걸어다니는 사람들……. 그런 곳에 한동안 있었더니 왜 사람들이 레벨 업을 해서 좀더 과거의 월드에서 살고 싶어 하는지 이해할 것만 같았습니다.

엘리사 | 자, 잠깐. 2003년으로 갔던 사람들은 어떻게 미래로 다시 돌아오는 거지?

Xm8065 | 그쪽에도 보호자 같은 역할을 하는 사람이 있다고 들었습니다. 스피릿을 담을 바디를 선택하는 것도, 다시 전송하는 것도 그들의 역할입니다. 그쪽의 보호자들이 어떤 사람인지, 어떻게 여행자

를 찾아내는지는 저도 잘 모릅니다.

엘리사 | 그다지 놀라운 일도 아니야. 세상에는 별의 별 사이비 종교가 다 있으니까. 하지만 호텔이 성소가 되다니 우스운데. 게다가 이름이 하트브레이크 호텔이 뭐야, 촌스럽게. 미래로는 어떻게 다시 돌아가?

Xm8065 | 채널이 열리는 시간이 다가오면, 워싱턴디시에 있는 하트브레이크 호텔로 갑니다. 자신이 훈련받았던 방과 똑같은 호수의 방으로 들어가서 약을 먹고 눕습니다. 여섯 시간 동안 잠을 잘 수 있고 스피릿을 활성화시키는 'Chew-X'라는 약입니다. 그리고 트랜스퍼를 작동시키고 잠이 들면 됩니다. 성공하게 되면 보호자는 바디를 처리하고 트랜스퍼를 회수합니다.

엘리사 | 결국엔 지구에 있던 몸은 죽는 거잖아. 자살이나 다름없어.

Xm8065 | 어차피 바디는 스피릿을 담는 그릇에 불과합니다. 별 가치가 없습니다.

엘리사 | 으스스한데.

Xm8065 | 지금쯤, 기억나는 게 있을 법한데요.

엘리사 | 그럴듯하게 들리지만 설마…… 이걸 내가 믿을 거라 생각하지는 않겠지?

Xm8065 | 어떻게 그렇게 확신할 수 있습니까? 6년 전에 워싱턴디시의 하트브레이크 호텔에서 깨어났던 기억이 없습니까?

엘리사 | 글쎄…… 6년 전이라면 알렉산드리아에 살고 있지도 않았어. 이곳에 엄마를 돌봐드리려고 가끔 오긴 했지만.

Xm8065 | 당신을 호텔로 유혹한 사람들 중 하나가 보호자일지도 모릅니다.

엘리사 | 휴우…….

Xm8065 | 과거로 전송된 뒤 당신에게 무슨 일이 생겼는지는 잘 모르겠습니다. 어쩌면 애초부터 시간 여행에 무리가 있었을 수도 있지요. 당신은 위험한 스피릿이었을지도 모릅니다. 곧이어, 사고가 터졌으니까요.

엘리사 | 무슨 사고?

✛ ✛ ✛

　한동안 평화로운 날들이 계속되었습니다. 당신은 침대에 누워 가끔씩 입술을 움직일 뿐 스피릿이 돌아올 기미는 보이지 않았습니다. 여유가 생겨서 낮에는 잠시 도서관에 들르고, 때로는 미술관과 박물관에도 들르곤 했습니다. 당신이 좋아하는 우주 항공 박물관에도 들렀습니다. 여전히 아이들 때문에 시끄러웠지만 관람을 방해할 정도는 아니었습니다. 매번 똑같은 아이가 넘어졌습니다. 당신 대신 제가 일으켜주기도 했지요. 그곳에 있다 보니 사람들이 왜 그토록 하늘을 날고 싶어 했는지, 지구를 떠나 우주를 탐험하고 싶어했는지 궁금해졌습니다.

　당신을 보호한 지 45일째 되던 날 Rp4567에게 연락이 왔습니다. 여행자들의 스피릿에 치명적인 바이러스가 검출되었다고 말입니다. 최신 백신으로도 치료되지 않는 이 바이러스는 순식간에 열네 개의 월드를 오염시켰습니다. 오염된 월드를 격리시키는 것으로 일단 바이러스 확산을 막고 있다고 했습니다. 구체적으로 어떤 증상을 나타내는 바이러스인지는 알려주지 않았습니다. 스피릿이 바이러스에 걸리는 것이야 가끔 있는 일이지만 월드를 격리시켜야 할 만큼 심각한 바이러스는 들어본 적이 없었습니다.

"Tr3787이 돌아오면 즉시 연락하게. 백신을 개발하기 위해서는 그의 스피릿이 꼭 필요하니까."

저는 다른 여행자들이 어떻게 되었는지 물었습니다.

"지금은 소멸되었어. 심하게 오염된 데다가 다른 사람들에게까지 나쁜 영향을 끼쳤어. 자네가 그 꼴을 못 본 게 다행일세. 과거로 갔다가 무슨 짓을 했는지 도통 알 수가 없어. 잘못했다간 다른 월드로 전염시킬 뻔했다니까. 그래서 살아 있는 스피릿이 필요한 거야. 자네가 좀 수고스럽더라도 고생해 주게. 바이러스가 급격하게 퍼지고 있어. 바빠서 이만."

책임자의 말만 듣고는 정확히 무슨 일이 생겼는지, 어떤 나쁜 영향을 끼쳤는지 알 수 없었습니다. 바깥의 소식을 알려주는 것이라고는 그의 전화밖에 없으니 어쩔 수 없는 노릇이었지요. 2003년으로 모델링된 이 도시가 갑갑하게 느껴졌습니다. 넓다고 느꼈던 직사각형 모양의 잔디밭과 호수도 어쩐지 답답해졌습니다. 제가 있던 월드에서는 적어도 뉴스는 즉각적으로 알 수 있고, 다른 스피릿이 어떻게 생각하는지도 파악할 수 있었는데 말입니다. 혹시나 싶어 처음에 들어왔던 월드를 빠져나가는 지하 통로에 가보았습니다. 의회 도서관 아래에 있는 지하 통로 말입니다. 기억을 따라 통로의 북쪽으로 가보니 제한 구역이라고 적힌 바리케이드가 보였습니다. 그 너머에는 해치가 달린 문이 있었는데 열어보려고 했으나 꿈쩍을 하지 않았습니다. 아무리 밀어붙여도, 도끼를 구해서 찍어내려도, 열 수 없었지요. 탈출은 포기할 수밖에 없었습니다. 탈출한다고 한들 명령 불복종으로 소멸되겠지만요.

당신은 평소와 똑같은 모습으로 잠들어 있었습니다. 입을 약간 벌리고 웃기 직전의 눈매를 하고 말입니다. 당신의 입술에 귀를 바짝 대보았습니다. 식식거리는 숨소리가 작게 들렸습니다. 이 상황을 해결할 수 있는 말이 들릴 것만 같았습니다. 하지만 숨소리뿐이었습니다. 손을 만져보았지만 스피릿은 느껴지지 않았습니다.

상황은 점점 나빠졌습니다. 거리에서 사람들이 사라지기 시작했습니다. 도서관 사서도, 박물관의 꼬마 아이들도, 호텔 1층 식당의 점원들도 사라졌습니다. Rp4567는 연락을 받지 않았습니다. 전화를 걸어도, 컴퓨터에 접속해 봐도 마찬가지였습니다. 건물의 벽에 금이 가더니 커다란 구멍이 생겼습니다. 그나마 지탱해 주던 철골이 남아 있다가 급속도로 부식되어 버렸지요. 그 넓던 잔디밭도, 화사하게 피어 있던 벚꽃도, 구름도 사라졌습니다. 하루 종일 태양은 오전 열 시 경에 멈춰 있었습니다. 밤이 오지 않았습니다. 다행히 하트브레이크 호텔과 의회 도서관은 사라지지 않았습니다. 나머지 것들은 점점 허물어졌습니다. 처음에는 시뮬레이터가 고장 났다고 생각했습니다. 하지만 밖에서 나쁜 일이 일어난 게 틀림없었습니다. 이쪽 월드도 오염되고 있었던 걸까요?

논리적으로 생각해 보려고 했지만 해답을 찾을 수 없었습니다. 사실은 그것이 가장 무서웠습니다. 자애로운 통치자님의 말씀 중 가장 미덕으로 삼는 것이 '차가운 논리는 언제나 승리한다'였는데 그 상황에서는 패배인 것 같았습니다. 그나마 다행히 전원이 공급되고 있었고, 식량이 충분히 있었습니다. 물도 공급되었습니다. 호텔 식당에서 꽤나 큰 냉동고를 발견했는데 아껴 먹는다면 석 달 정도는 충분히 더 견딜 수 있을 것 같았습니다. 식료품점에 들러 남아 있는 냉동식품과 물을 주워 담았습니다. 힘겹게 카트를 끌면서 13레벨로 돌아가고 싶다는 생각이 간절히 들었습니다. 제가 있던 월드에서는 순간 충전으로 일주일 정도는 끄떡없이 지낼 수 있었는데, 하루에 최소한 한 끼는 먹어야 하는 불편한 바디를 갖고 있으니 말입니다. 당신의 영양 상태도 문제였습니다. 바디를 유지시키려면 영양제가 들어 있는 링거를 계속 맞아야 합니다. 한 달 정도의 여유분밖에 없었지만 다행히 약품을 이용해 성분이 비슷한 것을 제조할 수 있었습니다. Can-B는 제가 제조할 수 없는 약품이어서 3개월 치가 떨어지면 투여를 중지할 수밖에 없었지요. 호텔도 점점 낡아져서 빈틈 사이로 물이 새고 난방도 고장 나기 일쑤였습니다. 11월에 계절이 멈춰 있어서 그나마 다행이었습니다. 몸의 상태가 좋지 않아 추울 때면 당신을 끌어안고 이불을 포개어 덮었습니다.

그렇게 하면 불안이 감소되는 듯한 기분이 들었습니다. 당신이 시간 여행을 하기 직전, 내가 안아주었을 때 당신도 그런 기분이 들었는지 궁금했습니다. 순전히 기분 탓인지, 정말 불안이 감소되는지는 저도 알 수 없었습니다. 나는 내 자신의 스피릿 상태를 점검할 수는 없었으니까요.

당신이 빌려준 책이 다섯 권 정도 있었는데, 그것을 반복해서 읽었습니다. 그중에 J.G. 발라드의 책이 가장 흥미로웠습니다. 『콘크리트 아일랜드』를 읽다보니, 마치 지금 내가 살고 있는 워싱턴디시의 월드가 어쩌면 주인공이 차 사고로 빠져버린 섬하고 비슷하다는 생각이 들었습니다. 저는 그때까지 소설이란 것을 읽어본 적이 없었습니다. 우리에게 책이란 것은 파일로 된 정보일 뿐이었는데, 소설이란 상상 속의 이야기이지 않습니까? 일어나지도 않았던 이야기가 담긴 책을 읽어야 하는 이유가 궁금했습니다. 왜 여행자들은 시간 여행에 앞서 책을 읽어야 했을까요? 그것이 궁금해 소설을 열심히 읽었습니다.

그러던 어느 날이었습니다. 평소와 다름없이 의회 도서관 지하를 찾아가 문을 열어보고, 도서관으로 돌아와 이것저것 책을 뒤적거렸습니다. 혹시 문을 여는 데 도움이 되는 지식이 없을지 궁금했거든요. 그때는 워싱턴디시에 모든 사람이 사라진 상태였습니다. 당신과 나, 단둘뿐이었지요. 그런데 도서관에서 누군가 서가를 재빨리 지나가는 것을 보았던 겁니다. 분명 발자국 소리가 빠른 속도로 멀어지는 것을 들었습니다. 반가운 마음에 쫓아가 보았지만 그것을 따라잡을 수 없었습니다. 다시 바스락거리는 소리가 들렸습니다. 그 소리를 쫓아가다 보니 한 번도 가보지 못한 서가에까지 이르게 되었습니다. 천장이 굉장히 높은 데다 아름다운 그림까지 그려져 있었습니다. 창문에도 화려한 색으로 칠한 그림이 보였구요. 서가는 미로처럼 앞을 가로막고 있어서, 마치 그곳으로 들어갔다가는 다시 빠져나올 수 없을 것만 같았습니다. 그래서 들어온 방향으로 발길을 옮겼을 때, 나는 당신과 마주친 겁니다.

당신이 깨어난 줄 알고 얼마나 기뻤는지……. 하지만 그게 아니었습니다. 당신은 반쯤 투명한 입체 홀로그램이었습니다. 형태가 완전한 것도 아니라서 중간 중간에 노이즈가 끼어 있기도 했습니다. 말을 걸어봐도 대답하지 않았습니다. 내가 보이지 않는 것 같았습니다. 문득 당신이 꾸었다는 악몽이 떠올랐습니다. 끝없는 미로 같은 서가를 헤맸다는 그 꿈 말입니다. 실제로 나타났던 홀로그램은 당신의 꿈이 만들어낸 영상이었겠지요. 당신은 꿈속에서 도서관을 떠돌아다니고 있었던 겁니다. 말을 건네도 당신은 대답하지 않았습니다. 나를 볼 수 없는 거겠지요. 그저 이상한 말을 반복해서 중얼거렸습니다.

'우리는 과거의 정보를 미래로 전송하는 노예일 뿐이다. 독재자에게 반기를 들라. 꿈에서 깨어나라. 우리는 과거의 정보를 미래로 전송하는 노예일 뿐이다. 독재자에게 반기를 들라. 꿈에서 깨어나라……'

저는 움직일 수가 없었습니다. 당신이 하는 말은 자애로운 통치자님에게 반역하라는 무서운 말이었으니까요. 심장이 두근거려 귀를 막아야 할 정도였습니다. 다리가 후들거리고 온몸에 한기가 느껴졌습니다. 정신을 차리고 내가 뭔가를 물어보려고 할 때 당신은 이미 사라진 뒤였습니다. 호텔로 돌아가니 당신은 얌전히 누워 있었습니다. 예전과 달라진 건 아무것도 없었습니다. 저는 곰곰이 생각해 보았습니다. 왜 자애로운 통치자님은 시간 여행을 계획했을까, 당신의 스피릿은 왜 그렇게 불안했을까, 그리고 바이러스는 어떻게 생겨났을까. 제가 알고 있는 것이란, 시간 여행에서 돌아온 여행자들의 데이터가 새로운 월드를 짓는 데 사용된다는 것 정도였습니다. 어쩌면 당신은 그 일을 반대하면서도 지원했을지 모른다는 생각이 들었습니다. 입에도 담기 무서운 테러리스트였을지도 모른다는, 어쩌면 이 사태의 모든 원인이 당신인지도 모른다는 불길한 예감이 들었던 겁니다.

엘리사 | 당연하잖아.

Xm8065 | 무슨 말씀이십니까?

엘리사 | 그렇게 따분한 곳에 살다가 진짜 세상에 살아보면 돌아가기 싫을 것 같은데. 돌아가봤자 정보만 제공하고 껍데기만 남을 수도 있어. 어디가 현실인지 몰라 미쳐버릴 수도 있겠지.

Xm8065 | 이해할 수가 없군요.

엘리사 | 내가 이해할 수 없는 건 너야. 왜 그리 앞뒤가 꽉 막혔지? 제대로 생각이나 할 수 있는 거야? 남의 신상정보를 캘 수 있으면서 왜 제대로 된 의심은 하지 않는 거지?

Xm8065 | 다른 질문을 드리겠습니다. 당신이 왜 알렉산드리아에 살고 있다고 생각하십니까? 예전엔 콜로라도 주의 그랜드 정션에 살지 않았나요?

엘리사 | 그건 말이야……. 엄마가 많이 편찮으셔서 이곳으로 이사를 온 것뿐이야. 그 전에는 언니가 돌봤는데, 엄마하고 다퉜는지 나한테 떠맡겨졌다고. 때마침 나는 혼자 살고 있었고.

Xm8065 | 어머니가 요양원에 들어간 뒤에는 다시 돌아갈 기회가 있었을 텐데요.

엘리사 | 네가 요양원에 대해 알기나 알아? 엄마는 매일 아침저녁으로 전화를 걸어 불평불만을 늘어놓고, 잡다하게 필요한 걸 요구한다고. 여기서 공짜로 지낼 수 없었다면 그런 부탁 따위는 들어주지도 않았겠지만. 그럼 너는 내가 왜 여기에 산다고 생각하는데?

Xm8065 | 워싱턴디시와 가깝기 때문입니다. 차로 20분이면 달려갈

수 있는 곳이죠. 거주 비용은 디시보다 평균 25퍼센트 정도 저렴하기도 합니다. 본능적으로 당신은 워싱턴디시의 근처로 오고 싶은 겁니다.

엘리사 | 흐음. 그럴싸하군. 그나저나 당신이 문제가 생겼을 때 말이야……. 밖으로 나갈 길을 차단해 놓고 감시하고 있다는 생각은 안 들었어?

Xm8065 | 시스템에 대한 의심은 금지되어 있습니다. 그것을 의심한다면 저의 존재 자체를 의심해야 하는 겁니다. 당신이 낯선 사람들과 채팅을 하는 이유는 무엇이라고 생각합니까?

엘리사 | 그야…… 심심해서.

Xm8065 | Can-B가 다 떨어져서 더 이상 자신이 누구인지 기억하지 못하겠지만, 당신은 누군가와 커뮤니케이션하고 싶은 겁니다.

엘리사 | 커뮤니케이션이라…….

Xm8065 | 보호자를 찾고 싶은 겁니다. 당신을 미래로, 원래 있던 세상으로 귀환시켜 줄 사람 말입니다. 저는 이곳에서 6년을 버텼습니다. 저도 시간 여행을 했으면 좋겠지만, 프로그래머들도 없고 나를 살펴줄 보호자도 없으니까 불가능한 이야기입니다. 기껏 알아낸 것은 채널이 열리면, 당신과 이렇게 문자로 대화할 수 있다는 것이었습니다. 그리고 기적처럼 네 시간 8분 전에 알람이 울리고, 타이머가 작동되었습니다. 이제 두 시간이 지나면 채널이 닫힐 겁니다. 다시 열린다고 하더라도 내가 이렇게 당신과 대화할 수 있을지는 잘 모르겠습니다. 음식도, 약품도 다 떨어져가고 있으니까 말입니다.

엘리사 | 도움 받을 사람은 내가 아니라 당신인 것 같군.

Xm8065 | 죽고 싶다는 생각이 든 적 없습니까? 자신이 살아야 하는

이유에 대해서 회의를 품어본 적은 없습니까? 죽고 난 뒤에 다른 세상이 있다고 생각해 본 적은 없습니까? 지금 살고 있는 세상이 어쩌면 당신이 속한 세상이 아니라고 생각해 본 적은 없습니까?

엘리사 | 글쎄?

Xm8065 | 데카르트가 말했지요. '꿈속에서 당신은 자신이 의자에 앉아 책을 보고 있다고 느낄지도 모른다. 하지만 사실 당신은 침대에서 깊은 잠에 빠져 있다.'

엘리사 | 그럼 내가 꿈을 꾸고 있다는 말?

Xm8065 | 비슷하지요. 당신은 지금 내 옆에서 깊은 잠에 빠져 있으니까.

엘리사 | 그럴듯하군. 그런 말은 어디서 주워들은 거지?

Xm8065 | 6년 동안 제가 뭘 했다고 생각하십니까?

엘리사 | 쓸데없이 책을 많이 읽었겠지.

Xm8065 | J.G. 발라드는 어떻습니까? '소설은 신경학의 한 분야다. 신경과 혈관의 시나리오는 기억과 욕망으로 쓰여진 신화다.'

엘리사 | 무슨 말인지 도통 모르겠는걸.

Xm8065 | 그럼 이건? '세상에는 세 가지 종류의 내가 있다. 내가 아는 나, 남이 아는 나, 그리고 나도 남도 모르는 나.' 필립 K 딕. 당신이 변한 건 혹시 6년 전이 아니었나요?

엘리사 | 흐음, 직장을 그만둔 것도, 남편과 사이가 안 좋아진 것도 그 즈음이긴 해. 하루 종일 멍하게 앉아 티브이를 보곤 했지. 나중에는 인터넷을 뒤적거리다, 채팅을 하게 됐어. 단지, 가벼운 우울증이라고 생각했는데 점점 심각해져서 집 안에 틀어박혀 있는 날이 많아졌어. 애를 챙기지도 않고……. 남편의 권유로 정신과 상담을 받아

보았지만 나아질 기미는 보이지 않았어. 멍해지는 약만 주더라니까.
그래서 뭐야? 내게 다시 미래로 돌아오란 이야기인가?

Xm8065 | 그 반대입니다.

엘리사 | 반대라니?

Xm8065 | 당신은 돌아오면 안 됩니다. 어차피 돌아와봤자 우리가
생존할 수 있는 확률은 5퍼센트 미만입니다. 당신은 그곳에 머물러
야 합니다. 어쩌면 채널이 열린 것을 알아차린 보호자가 당신 앞에
나타날 수도 있습니다. 미래 귀환 명령을 따르라고, 하트브레이크
호텔로 가자고 유인할 수도 있습니다. 신흥 종교를 믿으라고 부추길
수도 있습니다. 그러나 절대로 낯선 사람을 따라 나가서는 안 됩니
다. 그들이 주는 약을 먹으면 안 됩니다. 총으로 자신의 머리를 겨누
어도 안 됩니다. 혹은 그들이 당신을 향해 총을 겨누게 해도 안 됩니
다. 이곳으로 돌아와 생존할 수 있다고 해도, 당신은 체포될지도 모
릅니다.

엘리사 | 내가 바보인 줄 알아? 낯선 사람을 따라가게. 총도 없어.

Xm8065 | 그럼 다행입니다. 이제 두 시간 43분 20초가 남았습니다.
당신에게 별일이 일어나지 않아서 다행입니다.

엘리사 | 그 시간이 지나면 어떻게 되는 거지?

Xm8065 | 채널이 닫히게 되고, 우리의 대화는 종료됩니다. 저는 이
곳에서 그리고 당신은 그곳에서 잘 살아남아야 할 겁니다.

엘리사 | 왠지 하트브레이크 호텔에 한번 가보고 싶은데?

Xm8065 | 위험합니다. 그것보다 당신은 의회 도서관에 가보는 게
나을 수도 있겠습니다.

엘리사 | 뭐 하러?

Xm8065 | 차라리 그 편이 기억을 떠올리는 데 도움이 되지 않을까요? 당신이 추천한 책을 읽어보면 스피릿의 감도가 바뀔 수도 있을 겁니다. 당신은 더 이상 도서관에 홀로그램으로 나타나지는 않지만, 꿈에서 깨어나 독재자에게 반기를 들라고 하지 않았습니까?

엘리사 | 전혀, 기억이 안 나.

Xm8065 | 저는 그 말이 무슨 뜻인지 몇 번이고 생각해 보았습니다. 독재자가 자애로운 통치자님이라고 가정한다면 과연 내가 그의 명령에 불복종할 수 있을지가 의문이었습니다.

엘리사 | 어차피 외부와는 단절되었다며. 세상이 멸망하거나, 자애로운 통치자니 뭐니 하는 것도 없어져버린 건 아닐까?

Xm8065 | 그럼 왜 전기나 수도는 끊지 않는 것일까요? 밖에서 무슨 일이 일어나는지 정확히 알 수는 없지만 분명 의도적으로 나와 당신을 살려두고 있다는 결론을 내릴 수밖에 없습니다. 어쩌면 바깥 월드는 아무 이상이 없을 수도 있겠지요. 책임자도 진실만을 말하지 않았을 수도 있습니다. 저는 처음으로 제가 살고 있는 세상에 대해 의심을 해보기 시작한 겁니다. 의심 자체가 불경스러운 일이지만 말입니다.

엘리사 | 흐음…… 지금, 너는 하트브레이크 호텔에 있지?

Xm8065 | 네, 이쪽 월드에서 말입니다. 당신은 침대에 얌전히 누워 있지요.

엘리사 | 그럼…… 이렇게 나에게 대화를 시도한 이유는?

Xm8065 | 당신을 끝까지 보호하겠다고 약속을 했으니까요. 저는 당신의 보호자입니다. 미래 귀환 명령을 어기라고 조언하는 것이 자애로운 지도자님을 거역하는 일인지는 잘 모르겠습니다. 하지만, 저는

저의 뜻을 따르기로 결정했습니다.

엘리사 | 그렇군. 눈물 나는 이야기야. 고맙다는 이야기를 해야 하나?

Xm8065 | 고맙다고 말하지 않아도 좋습니다. 이건 그냥, 제가 해야 하는 일이니까요.

엘리사 | 아무튼 당신의 이야기는 굉장했어. 그런 기술을 가지고 있으면 영화 시나리오를 써보라고. 재밌을 것 같아. 소설은 쓰지 마. 아무도 그런 건 안 읽으니까. 돈은?

Xm8065 | 지금 확인해 보시면 정확하게 6,753달러가 입금되어 있을 겁니다. 대화가 끝나기 전까지 보너스로 7만 달러를 더 드릴 예정입니다. 앞으로 무슨 일이 생기면 이 돈을 쓰시면 됩니다. 어쩌면 생각보다 큰 고난이 당신을 기다리고 있을지도 모를 테니까요. 무슨 일이 있어도 기억해야 할 것이 있습니다.

엘리사 | 뭔데?

Xm8065 | 당신은 아주 특별한 사람이었다는 것을 말입니다. 우리 월드를 오염시키고, 나를 혼란에 빠트리고, 자기가 누구인지 모른 채로 낯선 사람들과 채팅을 하면서 시간을 낭비하고 있지만 말입니다. 과거로 돌아가서 정확히 무슨 짓을 했는지 잘 모르겠습니다만, 저로서는 상상도 하지 못할 일이었겠지요. 불안한 스피릿을 가졌지만 시간 여행에 성공한 것만으로도 당신도 특별합니다.

엘리사 | 특별한 사람이라……. 지금까지 누가 내게 그런 말을 해준 기억은 없군. 누군가에게 자랑스러운 일을 해본 적이 없거든. 아, 그런데 이게 무슨 소리지? 누가 문을 두드려.

Xm8065 | 조심하십시오.

엘리사 | 벨이 울리고 있어. 이 시간에 나를 찾아올 사람이 없는
데…….
Xm8065 | 나가면 안 됩니다.
엘리사 | 내 이름을 크게 불러. 잠깐만…….

〈엘리사 님이 대화방에서 나갔습니다.〉

엘리사 | 벨이 울리고 있어. 이 시간에 나를 찾아올 사람이 없는
데

휠 오브
포춘 Wheel of
Fortune

라스베가스

Heartbreak Hotel

0.

"자, 휠 오브 포춘 스페셜 라운드가 막 시작되었습니다!"

방청객들이 환호성을 지르며 박수를 친다. 이번에 걸린 상품은 토요타 마크 투 컨버터블. 자동차는 거대한 회전판 위에서 천천히 돌면서 여러 각도로 자신의 모습을 뽐내고 있다. 개구리처럼 튀어나온 눈, 번쩍거리는 은색 바디. 뚜껑이 열려 있어서 좌석까지 다 보인다. 저건 제니가 갖고 싶어 하던 자동차다. 그것이 왜 경품에 걸려 있는지 궁금해 하기도 전에 사회자가 등을 툭툭 친다.

"오늘의 주인공, 로스앤젤레스에서 오신 미스터 파크! 이제 바퀴를 돌리겠습니다!"

42등분된 바퀴의 단 하나의 슬롯에 'WIN'이라는 빨간 표시가 되어 있고, 나머지는 빨간색, 검은색, 흰색으로 번갈아 칠해져 있을 뿐, 글씨는 적혀 있지 않다. 바퀴가 WIN에 멈추게 되면 자동차를 갖게 되겠지. 그러나 지면 무얼 잃게 되는 걸까?

나는 바퀴의 끝을 잡고, 있는 힘껏 돌린다.

"자, 오늘의 행운의 주인공이 과연 탄생할 것인가!"

아나운서는 격앙된 목소리로 말한다. 다시 한 번 박수와 환호. 바퀴는 점점 천천히 도는데 심장은 점점 빨리 뛰고 있다. 회전 속도 때문에 잘 보이지 않던 WIN 글자가 이제 보이기 시작한다. 화살표는 맨 위쪽에 있다. 바퀴의 속도는 점점 줄어들어, 제로가 된다.

화살표는 정확히 WIN의 오른쪽 ㄲ트머리에 걸려 멈췄다. 조금만 힘을 더 줬어도 이기지 못했을 것이다. 관객석에서 박수와 환호가 튀어나온다.

"아! 이럴 수가요! 오늘의 행운의 주인공은 자동차를 갖게 되었습니다!"

아나운서는 호들갑을 떤다.

"이 자동차로 누구와 함께, 어디를 갈 예정인가요?"

정신을 차릴 수가 없다.

그러다 문득, 이 차로 가야 할 곳이 라스베가스라는 게 떠올랐다. 그것도 오늘 제니와 함께 라스베가스로 떠나야 한다는 사실이 생각난 것이다. 내가 있어야 할 곳은 티브이 스튜디오가 아니라 아늑한 침대 속이다. 옆에는 제니가 곤히 잠들고 있어야 한다.

이건, 꿈이구나. 역시 꿈에서나 이런 행운이 내게 찾아오는구나.

타로 카드의 '휠 오브 포춘'은 운명의 대변혁을 예고한다던데, 라스베가스로 가기 직전의 '휠 오브 포춘' 꿈이라면 잭팟을 예고하는 게 아닐까?

관객석이 갑자기 조용해졌다. 귀가 따갑던 박수소리는 다 어디로 가고, 기분 나쁜 신음소리가 들린다. 관객들이 엉금엉금 스테이지로 내려온다.

"관객 여러분, 질서를 지켜주십시오."

아나운서는 뒷걸음을 치다, 어느새 스튜디오 밖으로 빠져나가 버렸다. 나도 그와 함께 도망갔어야 했다. 하지만 자동차를 놔두고 갈수 없었다. 관객들이 나를 향해 점점 다가온다. 얼굴이 잿빛이다. 썩은 냄새가 진동한다. 침을 질질 흘린다. 좀비다. 나와, 마크 투를 에워싸고 포위망을 점점 좁혀오기 시작한다. 꿈속이지만 고통의 크기는 현실과 똑같을 거라는 예감이 든다. 어떻게 해야 저것들에게 물리기 전에, 사지가 찢어지기 전에, 잠에서 깨어날 수 있을까?

1.

"이제야 원인을 알겠어. 안 그래도 덥고 지겨운데 음악까지 이 모양이니 짜증이 날 수밖에."

로스앤젤레스에서 라스베가스까지, 다섯 시간이면 충분한데 왜 이리 길게 느껴지는 것일까? 제니는 클래식 라디오 방송을 락 채널로 바꾸어버렸다. 그러자 자동차 안에서 흐르던 천상의 평화가 아비규환으로 바뀌었다. 버튼 하나로 세상은 손쉽게 바꿀 수 있다.

창밖에는 보기만 해도 지루한 황색 구릉이 펼쳐져 있다. 코끼리 떼들이 이동을 하다가 풀을 뜯기 위해 그대로 주저앉아 버린 것 같다. 나의 1987년식 선더버드는 11번 하이웨이의 제한 속도보다 빠른 시속 90마일로 달리고 있지만 이상하게 제자리에 정지해 있는 것 같다. 그래서 속도계를 볼 때마다 액셀러레이터에 힘을 더 주거나, 빼거나를 반복했던 것이다.

종아리가 아렸다. 이럴 때 제니가 운전을 하면 좋으련만 그런 말을 꺼냈다가는 정말 운전대를 맡겨야 할지 모른다.

반년 전, 제니는 자동차를 몰고 나갔다가 사고를 낸 적이 있다. 차는 폐차시킬 정도로 일그러졌지만 심하게 다친 곳은 없었다. 단지 목 뒤가 자주 뻐근해지거나 예고 없이 편두통이 찾아와 그녀를 괴롭혔다. 누군가 머리를 송곳으로 쿡쿡 찌르는 것 같은 기분이 든다고 했다. 그 뒤로 제니는 운전을 하지 않는다. 내가 어디든지 차로 데려다 주는 것을 즐기는 것 같았다. 문제는 제니가 일하는 곳은 405번 고속도로를 통과해야 한다는 것. 주차장이나 다름없는 퇴근길의 고속도로에서 아무리 클래식 음악을 틀어놓아도 세상은 평화롭게 바꾀지 않는다. 다들 한시라도 일찍 집에 들어가고 싶어 기를 쓰고 앞 차에 바짝 붙어 가는 것이다.

"라스베가스에 가보고 싶어."

꽉 막힌 고속도로에서 제니의 말을 듣고 지나가는 소리겠지, 하며 대수롭지 않게 여겼다. 새 차로 2004년식 토요타 스파이더를 사고 싶다거나 다운타운에서 라이온 킹 뮤지컬을 보고 싶다고 뜬금없이 말하곤 했으니까. 제니는 머릿속에 당장 떠오르는 것을 그대로 말하는 습관이 있다. 라스베가스를 배경으로 한 티브이 드라마에 빠졌는지, 혹은 그곳에서 돈을 땄던 친구의 부풀려진 경험담을 들었는지도 모르겠다.

"한 번도 라스베가스에 가본 적이 없다고. 동부에서 캘리포니아로 건너온 지 3년이나 되었지만 고작 가장 멀리 가본 곳이 샌프란시스코야. 너는?"

가본 적이 있냐고? 젠장, 거의 살다시피 한 적이 있어. 다시는 가고 싶지 않아.

내게 일주일간의 휴가가 있다면 고속도로 인터체인지에 있는 허름한 모텔에 처박히고 싶다. 아침 겸 점심은 팬케이크 서너 조각으로 때우고, 오후에는 맥주를 마실 것이다. 당연히 나 혼자. 저녁 때 즈음이면 제니가 없어서 조금 쓸쓸하겠지만 어쩔 수 없다. 그 일은 아무것도 할 게 없어서 심심해질 때에 효율이 오른다.

두꺼운 전화번호부가 달랑 놓인 책상 위에서 7고인지 8고인지 헷갈리는 시나리오를 붙잡고 밤새도록 놓아주지 않을 것이다. 내가 빠진 함정을 단 한 방에 해결해 주는 꿈의 시나리오. 전직 시나리오 작가 콘래드도 극찬한 미래의 박스오피스 히트작. 배경은 라스베가스고 좀비들이 떼거지로 등장한다.

"이건 라스베가스에서 쓸 코인이니까 손대지 마."

그녀가 25센트짜리 동전들을 텅 빈 어항에 집어넣기 시작했을 때에는 슬슬 걱정이 되었다. 아니나 다를까, 어항에 동전이 채워지는 것을 매일 확인해 가며 라스베가스에 갈 날만을 손꼽아 기다렸다. 우리의 재정 상태는 집세와 자동차 할부금, 보험금 그리고 각종 세금을 내고 나면 간신히 버틸 수 있을 정도다. 남들이 여름휴가 시즌에 어디로 놀러 갈 것인가를 생각할 때, 그들의 빈자리를 이용해 어떤 돈벌이를 더 할 것인가를 궁리해야 할 처지다. 하지만 설명해 봤자 제니의 화만 돋게 할 것 같아, 어항에 동전이 차지 않기만을 바랐다. 다행히 어항은 충분히 컸다.

로스앤젤레스에서는 누구나 컨버터블을 타고 뜨거운 태양 아래를 누비며 서핑이나 하는 줄로만 알았다. 물론 그런 한가한 사람들도 있지만, 한낮에도 형광등 불빛밖에 없는 사무실에서, 창고에서 열심히 일을 해야 하는 사람들이 있다. 그들 중의 하나는 나고, 다른 하나는 제니다. 어른이 되면 절대로 고리타분한 직업은 갖지 않겠다고 다짐했지만 결국 나는 자동차보험 세일즈맨이 되었다. 제니의 꿈도 웨이트리스는 아니었다. 어떻게 하면 우리는 캘리포니아를 누비는 멋진 사람들이 될 수 있을까? 꿈이 현실로 되는 도시, 로스앤젤레스에서 멋진 사람들은 영화 속에서만 존재하는 것일까?

"혹시 알아? 라스베가스에 가서 잭팟이 터질지. 그렇게 되면 말이야. 도쿄, 런던, 파리…… 이런 도시들을 제집 드나들 듯 다닐 수 있을 거야. 각 도시마다 딱 3주만 머물면서 세계 일주를 하자. 참, 빨간색 토요타 스파이더도 산다는 거 명심해."

빨간색 토요타 스파이더는 제니가 입버릇처럼 이야기하는 차다. 지금은 단종이 된 2004년식으로 가끔 중고차 매장에 가면 볼 수 있다. 좌석이 두 개밖에 없는 컨버터블로 앞에서 보면 꼭 개구리처럼 생겼다. 오리지널 스파이더는 제임스 딘이 몰다 사고를 낸 포르쉐가 유명하다. 그 차를 현대적으로 모방한 토요타 스파이더는 스포츠카치고는 귀엽고 가격도 그리 비싸지 않다. 차라리 비슷한 모양의 포르쉐 박스터가 어떠냐고 권해봐도 제니는 토요타 스파이더를 갖고 싶단다. 가질 수 있는 듯하면서도 여간해서 손에 잡히지 않는 것. 체념하기에는 멀지 않은 곳에 있는 것. 제니와 나 주변에는 그런 것들로 가득 차 있다. 잭팟을 맞더라도 우리가 갖고 싶은 것은 고작 그런 것밖에 없다. 그 이상의 것들은 경험해 보지 못해서, 갖고 싶다는 상상조차 할 수 없는 것이다. 그런 것들을 갖지 못한다는 것을 나는 이미 포기해 버렸지만, 제니는 포기하지 않았다. 라스베가스도 그중 하나다.

라스베가스에서 돈을 따고 오겠다는 희망, 어디서 그런 근거 없는 희망이 생겼는지 모른다. 슬롯머신은 카지노가 만들어낸 확률에 따른 운일 뿐인데 제니는 마치 동전을 모을수록 당첨될 확률이 높아진다고 생각하는 것 같았다. 어항에 동전이 쌓이기 시작하면서 슬슬 걱정이 되었다. 라스베가스에 가지 못할 경우 겪게 될 그녀의 실망과 우울을 어떻게 감당해야 할까? 중고차 가게를 지나칠 때마다 마치 당장이라도 살 것처럼 차를 살펴본다던가 라이온 킹 티켓박스에

전화를 해 예약과 취소를 반복하는 그녀의 행동에 이미 진력이 난
터였다.

  제니는 유태인이 운영하는 '에이브스 델리(Abe's Delly)' 레스토랑에
서 웨이트리스로 일한다. 주말 저녁 데이트 상대에게 좋은 인상을
주기 위해 팁을 듬뿍 남기는 남자들이 그녀의 주요 타깃이다. 혼자
오는 노인들도 마찬가지. 5센티는 족히 넘는 두께의 파스트라미 샌
드위치를 먹으며 데이트를 한다는 건 그림이 그려지지 않지만 에이
브스 델리에서는 그런 풍경이 일상적이었던 모양이다. 나는 그곳에
한 번도 들어가보지 않았다. 제니가 다른 사람들에게 생글생글 웃는
모습을 보기가 싫었다. 주차장에서 짧은 경적을 울린 뒤 그녀를 기
다릴 뿐이었다.
  일을 마치고 돌아올 때, 특제 샌드위치라며 권하곤 했지만 나중에
먹겠다고 사양했다. 빵에 고기만 들어가고 야채는 하나도 없는 샌드
위치는, 한국 사람의 입맛에 맞지 않는다고 설명해도 이해할 수 없
을 테니까.
  나는 몇몇 아르바이트를 전전하다 자동차보험 세일즈맨이 되었
다. 주유소나 편의점, 슈퍼마켓에서 일하는 것보다 나아 보였지만
실적이 없으면 돈을 벌 수 없었다. 손님이 없는 한가한 시간이 되면,
사장은 미국에 건너와서 자신이 얼마나 고생을 했는지를 무용담처
럼 늘어놓았다. 일한 만큼 돈을 벌 수 있는 나라가 미국이라는 말을
강조하면서 나에게 주는 성과급을 정당화시켰다. 하나밖에 없는 아
들이 UCLA를 졸업해 변호사가 될 거라고 했다. 아들과 비교하면
나는 완전히 실패한 유학생의 전형으로 변했다. 그의 아들이 훌륭하

다는 살아 있는 증거가 바로 나였다. 내가 하는 일은 그나마 힘든 일이 아니라는 걸 다행으로 여기라며 선심 쓰듯 이야기했지만 기본급을 쥐꼬리만큼 주니 시간만 때워도 돈을 벌 수 있는 단순한 직종보다 못할 때도 있었다.

그래도 참고 일하는 이유는 멋진 자동차를 볼 수 있기 때문이다. 그것도 형체를 알 수 없게 일그러진 고급 세단이나 SUV를……. 고속도로에서 다른 차와 정면충돌해서 불이 붙은 것 같은 그런 차를 보면 이상하게 위로가 됐다. 박살난 자동차에는 아름다움이 숨어 있다. 단 한순간의 핸들 조작이나 브레이크 조작으로 차의 운명이 왔다 갔다 할 수 있는 것이다. 물론 사람의 목숨도.

이렇게 좋은 차를 가진 사람도 사고에는 꼼짝없이 당할 수밖에 없다니까. 에어백도 아무 소용이 없어.

3, 4주 동안 실적을 한 건도 올리지 못해 시무룩해져 있을 때, 재규어나 사브를 몰고 다니는 사람들에게 자동차보험을 파는 경우가 있다. 그들은 주로 우리의 깜찍한 웨이트리스, 제니의 단골손님들이다. 그들은 내가 내미는 팸플릿이나 보험료 절감효과 따위의 설명에 귀찮은 듯 알았다며 사인을 했다. 조커같이 웃으며 감사하다는 말을 반복하지만 그들이 떠난 뒤에도 한참 동안 눈 주위가 실룩거렸다.

"이건 공짜 사우나는 아니겠지……."

제니는 보기만 해도 부담스러운 라지 사이즈의 콜라를 소리를 내면서 빨아 마신다. 인앤아웃에서 패티가 두 개, 치즈도 두 개가 들어간 햄버거를 먹었다. 캘리포니아에만 있는 햄버거 체인인 인앤아웃에는 비밀 메뉴가 있다고 해서 제니가 주문했지만 라티노 직원이 알아듣지 못한 모양이다. 맥도날드의 치즈버거와 별다를 바 없었다. 아, 입에서 아삭아삭 씹히는 양상추가 많이 들어 있긴 했다.

자동차 유리에서 후끈하게 열기가 달아올랐다.

"이 차는 엔진 성능이 그렇게 좋지 않아. 이런 더위에서 에어컨마저 세게 돌린다면 엔진 과열이 되어 무슨 일이 일어날지 몰라. 차가 고장이라도 난다면 건초처럼 바짝 타들어가면서 말라죽을걸."

이마에 흐르는 땀을 손등으로 닦는다. 그리고 살짝 엔진의 온도계를 점검한다. 아직 걱정할 수준은 아니다.

"이 따위 고물차가 고장 나면…… 그냥 갖다 버리지 뭐."

그녀는 라디오의 볼륨을 높이고 에어컨 팬 스위치를 최대한 돌린다. 순간 에어컨의 시원한 바람이 차 안을 휘몰아쳤지만 그것도 잠시뿐이다. 자동차 위로 사정없이 내리쬐는 열기로 인해 서서히 차 안의 온도는 높아진다.

이 자동차처럼 우리가 가진 것들은 어딘가 고장이 나 있다. 그러나 버릴 정도로 치명적이진 않다. 화면 한 구석이 무지개 색깔이 나는 티브이, 내부 전등이 나간 냉장고, 회전하지 않는 전자레인지……. 두 명의 룸메이트와 함께 살고 있는 집은 말할 것도 없다. 화단은 잡초로 엉망이 된 지 오래고, 문의 아귀도 들어맞지 않는다. 하지만 집주인에게 말하면 집세를 올릴까봐 꾹 참고 살고 있다. 그런 물건들을 모조리 불태워 버리고 싶은 충동이 들 때가 있다. 죄다 깡그리 불타 버려서 흔적도 없이 사라져 버렸으면……. 그러면 나와 제니는 완전히 새로운 삶을 살 수 있을까?

코인 세탁소에 넣을 여섯 개의 동전이 필요할 때, 그리고 공중전화를 이용해 누군가에게 돈을 사정하는 전화를 할 때, 어항 속의 동전을 슬쩍 훔치곤 했다. 처음엔 주머니에 동전이 없었기 때문에 어쩔 수 없이 쓴 것이고, 나중에는 습관적으로 내 것인 양 써버렸다. 다시 어항을 흔들어 동전이 사라진 표시가 나는지 확인하는 것도 잊지 않았다. 확인할 때마다 어항은 항상 반쯤 채워져 있는 것으로 보였으니까.

어항 속이 코인으로 가득 차기 위해 얼마가 더 걸릴까? 내가 코인을 계속 훔친다면 그런 날은 영영 안 오지 않을까?

하지만 그 어항이 동전으로 가득 차는 데는 3개월도 채 걸리지 않았다. 어느 무덥던 여름날 아침, 제니가 동전이 다 채워졌다고 말했을 때, 어항을 보며 내 눈을 의심했다.

이럴 수가. 어떻게 이렇게 빨리 동전이 채워질 수 있담.

우리는 힘겹게 어항을 자동차에 싣고 코인머신이 있는 근처 슈퍼마켓으로 향했다. 가끔씩 할머니들이 동전을 잔뜩 가져와 코인머신에 와르르 집어넣는 모습을 본 적이 있다. 그들의 얼굴에는 승자의 미소가 가득했는데 제니의 얼굴은 말할 필요도 없었다. 로또에 걸린 것처럼 환한 미소를 지으며 작은 모니터를 통해 모두 얼마가 모여졌는지 뚫어져라 쳐다보았다. 코인별로 숫자가 하나하나 올라갈 때마다 그녀는 작은 소리로 괴상한 소리를 내거나 코인 머신을 두드리곤 했다.

총 134달러 23센트. 깜짝 놀랄 만한 액수는 아니었다.

"이젠 정말 라스베가스로 가는 거지?"

그 말을 했을 때의 제니의 얼굴을 잊을 수 없다. 피곤에 찌든 웨이트리스가 아니라, 희망에 가득 찬 소녀였으니까.

"제니, 현실을 똑바로 봐. 이번 여름에 실적을 올리지 못하면 난 직장을 잃게 돼. 그리고 우리 집세도 한 달 밀려 있다는 거 알지? 학원비도 마련해야 하고……."

　승리의 미소로 가득 찼던 제니의 얼굴은 이내 일그러졌다. 남의 희망을 짓밟는 일이 이렇게 쉬운 줄은 몰랐다. 이성적인 척, 가슴 아픈 척했지만 사실은 그녀의 모습을 보고 묘한 쾌감을 느꼈다. 그토록 가고 싶다면 혼자, 혹은 다른 친구들과 가면 그만일 테지만 나와 함께가 아니라면 절대로 라스베가스에 가지 않으리라는 건 나도 잘 알고 있었다. 위험한 모험을 할 때엔 옆에서 보호막이 되어주는 사람이 필요한 법이고 그건 언제나 내 몫이다. 나는 제니에게 자동차보험 같은 존재인 것이다.

　제니는 빈 어항을 들고 성큼성큼 어두컴컴한 슈퍼마켓 주차장으로 걸어갔다. 이윽고 쨍그랑 하고 어항이 깨어지는 소리가 들렸다. 알아들을 수 없는 말을 중얼거리며 깨진 어항 주위를 이리저리 정신없이 서성거렸다. 그리고 소리를 내지 않고, 어깨만 들썩거리며 울었다. 나는 울음에 약하다. 도움이 필요하냐고 묻는 경비원을 간신히 돌려보내고 제니를 진정시켰다. 그리고 다음 주에 휴가를 내서 꼭 라스베가스에 가겠다고 약속했다. 그제야 그녀는 울음을 멈추고 차로 돌아가 소리 나게 문을 닫았다.

　휴가를 내는 건 쉽지 않았다. 3일 정도를 쉬겠다고 하자 차라리 그만두는 것이 어떠냐고 사장은 빈정거렸다. 나 같은 녀석이 라스베가스에 가겠다는 말에 더 심사가 뒤틀렸나 보다. 결국 그만두겠다는 말이 튀어나왔다. 불법 취업이긴 하지만 시급도 없고, 수당도 일반 자동차보험 직원보다 적었다. 사장은 내가 아무것도 모르고 일을 시켜주는 것만으로 감지덕지하는 줄 알았나 보다.

"여기서 한 발자국 더 나간다면 다시 돌아올 수 없어! 너 같은 놈들이야 다시 고용하면 그만이라고. 이렇게 나가버리면 이번 달 올린 실적은 못 받을 줄 알아. 앞으로 계획은 세워놨어?"

계획? 그딴 것이 내게 있을 턱이 있나? 제니에게는 당분간 비밀로 할 것이다. 일은 또 구하면 된다. 다음번에는 누군가가 하기 싫어하는 일, 아무나 할 수 있는 일이 아니라 내가 아니면 할 수 없는 일을 하고 싶었다. 하지만 그게 무엇인지는 전혀 짐작할 수 없었다. 이제, 서른이 다 되어가는데도 말이다.

"지난밤에 좋은 꿈을 꾼 것 같아."

나는 휠 오브 포춘이 나오는 꿈이 생각났다. 분명 바퀴는 'WIN'에서 멈췄다. 라스베가스에는 똑같은 이름의 슬롯머신이 있다. 내가 그곳에서 수도 없이 플레이한 것도 바로 휠 오브 포춘이다.

"자…… 잠깐만, 절대로 이야기하지 마. 좋은 꿈은 말해 버리면 효력이 없어져."

그녀는 라디오에서 나오는 로큰롤의 멜로디를 흥얼거리며 말했다. 나도 생각을 그만둔다. 관객들이 좀비로 변해서 달려들었다는 말은 하지 않는다. 이 지겹고 뜨거운 2차선 도로를 벗어나 한시라도 빨리 호텔 수영장에 뛰어들고 싶다. 카지노에는 얼씬도 안 할 것이다. 대신 술은 몰래 마셔도 되겠지.

우리는 여행다운 여행을 해본 적이 없다. 사람들이 로스앤젤레스로 관광을 오는데 굳이 다른 곳으로 갈 필요가 없다고 생각했다. 할리우드는 한국인과 중국인이 운영하는 싸구려 기념품 판매점으로 점거당했고, 유니버설 스튜디오는 놀이기구를 타봤자 그리 재미있지 않다. 기껏해야 두 번 산타바바라로 해안 고속도로를 타고 갔던 것이 고작이었다. 그곳은 스페인 식민지풍의 집들이 산중턱까지 들어차 있고 길가에 야자수와 거대한 활엽수가 경쟁하듯 심어져 있다. 지칠 정도로 긴 해변을 걷다보면 아트 마켓을 발견하기도 했다. 제니는 그곳에 전시된 그림이 형편없다고 귓속말을 했지만, 거리의 예술가들을 부러워하는 것 같았다. 제니는 여배우가 되고 싶었다가, 포크 싱어가 되고 싶었고, 나중에는 화가가 되고 싶어 했다. 배우 지망생들이 로스앤젤레스에서 대부분 웨이트리스로 출발한다는 건 알겠다. 그러나 화가가 되고 싶다면 더 늦기 전에 미술학교를 진학해야 할 것이다. 원하는 것은 무엇이든 될 수 있다는 걸, 우리는 더 늦기 전에 증명해야만 한다.

에어컨을 조금 줄였다. 이대로 에어컨을 세게 틀어놓는다면 엔진 과열에 차가 멈춰버릴 것이다. 한여름에 라스베가스를 간다는 건 좋은 생각이 아니다. 멀쩡한 차들도 종종 도로에서 멈춰 보험 사무실로 전화가 오곤 했으니까.

15번 고속도로만 따라가면 라스베가스에 도착하지만 제니는 모하비 사막을 구경하고 싶다며 졸랐다. 그래서 곁길로 들어섰는데 사막은커녕 건초더미가 굴러다니는 메마른 구릉만 나왔다. 내가 생각하던 모래가 가득한 사하라 사막이 아니었다. 가끔씩 옷걸이를 해도 좋을 조슈아 트리와 기괴한 모양의 바위들이 보였다.

창밖이 생경해질수록 지나가는 자동차가 뜸해졌다.

제니는 다시 에어컨의 강도를 높인다.

"가만히 좀 놔둘 수 없어?"

나는 언성을 높인다.

"고함지르지 마. 이젠 거의 다 왔다고, 40마일 정도 남았다고 표지판에 쓰여 있는걸."

"최소한 한 시간은 더 가야 해. 도중에 차가 멈추게 되면 무슨 일이 일어날지 몰라."

"겁주지 마……. 그렇게 이야기 안 해도 원래부터 네가 이곳에 오기 싫어했다는 걸 알고 있으니까."

그녀는 나지막이 말한다. 나는 입을 꾹 닫는다. 핸들마저 뜨거워 손에서 땀이 배어나온다.

"그리고, 네가 어항에 들어 있던 코인을 슬쩍한 것도 알고 있어."

"슬쩍하다니? 그 잘난 코인을 뭐에 쓰려고 내가 슬쩍하겠어?"

"라스베가스에 가기 싫어서 그랬겠지."

"말도 안 돼. 넌 상상력이 지나쳐. 내가 코인을 훔쳐갔다는 증거라도 있는 거야?"

"내 직감은 틀리지 않아."

"네가 지폐를 동전으로 바꾸어 어항에 넣었다는 건 왜 말하지 않지?"

이것도 나의 직감이다. 동전을 그만큼 썼는데도 동전이 빠른 속도로 늘어나는 이유는 하나밖에 없을 것이다. 제니는 대답을 하지 못했다. 침묵이 흐른다. 라디오에서 제목을 알 수 없는 컨트리 뮤직이 흘러나오다 지직거리는 잡음을 내며 더 이상 들리지 않는다. 왠지 이번 여행이 생각만큼 순조롭게 흘러가지 않을 것만 같은 불길한 예감이 든다.

불길한 예감은 항상 들어맞는다.

집채만 한 바위를 지나갔을 때, 차가 덜커덩거리며 이상한 소리를 몇 번 내더니 보닛에서 연기가 나기 시작했다. 처음엔 가느다란 연기가 나왔지만 나중에는 걷잡을 수 없을 정도로 연기가 솟아올랐다. 간신히 도로 가장자리에 차를 세웠다. 둘 다 아무 말 없이 겁에 질려 한동안 멍하니 자동차 안에 앉아 있었다. 시동을 끄니 라디오 소리도 사라지고 고무와 기름 타는 냄새만 진동했다.

우리가 겁에 질린 건 차가 고장 나서가 아니라, 고장 난 차에 들어갈 돈이 우리의 여행을 망칠지도 모르기 때문이었다. 동전을 훔치고, 지폐를 동전으로 바꾸어가며 속였던 그 모든 일들이 수포로 돌아가게 생겼다.

머리를 굴려본다. 우리 차는 그다지 비싼 보험에 가입되어 있지 않았으므로 견인비와 수리비를 합하면 라스베가스에서 쓸 돈과 거의 맞먹는 액수가 될 것이다. 어쩌면 마이너스가 될지도 모른다.

나는 심호흡을 한 번 한 뒤 문을 열었다. 이미 일어난 불행을 계속 외면할 수는 없다. 운전석 문을 여니 열기가 훅 덮쳤다. 흐르는 땀조차도 열기에 증발해 버릴 기세였다. 지옥의 불구덩이에 떨어진다면 이런 느낌이 들겠지. 자동차 앞으로 터벅터벅 다가가 보닛을 열어보았다. 기름이 타는 냄새와 함께 검은 연기가 엔진 근처에서 새어나왔다. 제니도 차에서 내려 내 옆으로 다가왔다. 그녀가 나를 쳐다보고 있었기에 나는 무슨 짓을 하는 건지도 모르고 이것저것 손을 대어보았다. 고장 난 티브이를 손으로 툭툭 치며 고쳐지기를 기대하는 것과 마찬가지였다. 이런 사고를 대비하여 자동차보험을 드는 것이지만 나는 자동차가 어떻게 구성되어 있는지 기본적인 지식이 전혀 없었다. 어쩌면 보험에 가입하는 것보다 자동차 정비 기술을 쌓는 게 더 확실한 보험일지도 모른다. 생명보험을 들기보다는 건강을 위해서 운동을 하는 게 좋은 것처럼.

제니는 내 눈치를 살핀다. 허둥대고 있는 모습으로 대충 상황을 파악했나 보다. 그녀는 내 어깨에 손을 얹는다.

"로스앤젤레스로 돌아가자. 어차피…… 미치도록 라스베가스에 가보고 싶은 건 아니었어. 어디론가 도망갈 곳이 필요했을 뿐이야."

뜨겁고 건조한 모래바람이 우리를 사정없이 내몰아친다. 지나가는 자동차들은 멈출 기색도 없이 우리를 내팽개치고 라스베가스를 향해 전속력으로 달리고 있다.

견인차를 불러야 하나…….

나는 주머니 속의 전화기를 만지작거린다. 하지만 전화기를 들고 버튼을 누를 용기는 없다. 그저 이글거리는 도로를 쳐다볼 뿐이다. 라스베가스로 가고 싶어 하지 않았던 쪽은 나였는데, 제니에게 돌아가자고 말할 수가 없다. 라스베가스가 있는 방향을 물끄러미 쳐다볼 뿐이다.

사막의 노을은 유난히 붉다. 이게 다 미세한 먼지 때문일 것이다. 노을을 보고 있으려니, 내 맘속의 모든 것을 털어버리고 싶은 충동이 느껴졌다.

"코인을 훔친 건 사실이야."

다 알고 있었다는 듯 그녀는 피식 웃는다.

"처음에는 세탁소에 가기 위해 그리고 전화를 걸기 위해 코인이 필요했어. 나중에는 주머니에 코인이 있어도 습관적으로 어항 속의 코인을 집어 들었지. 훔친 표시가 나는지 확인했어. 어항이 다 채워지지 않아서 안도한 것도 사실이야."

나는 주머니에서 담뱃갑을 꺼냈다. 아껴둔 담배 세 개비 중 하나를 꺼내 입에 물고 불을 붙였다. 그리고 한 모금 깊이 들이마신 뒤에 연기를 내뿜었다. 지고 있는 붉은 햇살이 그녀의 얼굴에서 반사되었다. 갑자기 그 붉은 뺨을 매만지고 싶어졌다.

제니가 말했다.

"나쁜 짓을 한 건 나도 마찬가지야. 지폐를 동전으로 바꾸어 어항 속에 몰래 집어넣었어. 속이고 싶었던 건 아냐. 하루라도 빨리 벗어나고 싶을 뿐이었으니까. 라스베가스니까, 왠지 쉽게 행운을 얻을 수 있을 것 같았어."

제니는 내 허리를 끌어안았다. 지나가는 자동차 한 대가 경적을 울리며 지나갔다. 제니의 삶은 나와 만났던 그 시점을 분기점으로 달라졌을 것이다. 내 삶은 라스베가스를 떠난 이래로 올라간 적이 없다. 나는 라스베가스에 가기 싫은 진짜 이유를 설명하고 싶었다. 그건 시간을 내기 힘들어서도 아니고, 돈이 많이 들어서도 아니다. 그때, 제니가 고개를 들었다.

"우리 서로 거짓을 뉘우쳤으니 하나님이 은총을 베풀어주지 않을까?"

나는 어깨를 으쓱했다. 그녀는 바지춤에서 코인 하나를 꺼냈다.

"이건 할머니가 오래전에 내게 주신 행운의 달러 코인이야. 자, 받아. 혹시 알아? 시동이 다시 걸릴지……."

나는 그녀가 건네는 코인을 받았다. 묵직하고 커다란 1달러짜리 코인은 햇빛을 받아 반짝반짝 빛이 났다. 나는 코인을 손으로 몇 번 문지른 뒤에 청바지 뒷주머니에 집어넣었다.

"한번 믿어보지 뭐."

그리고 다시 자동차에 올라탔다. 그녀의 말을 믿지는 않았지만 자동차 키를 꽂는 손에 땀이 났다.

시동을 걸었다. 그러자 익숙한 덜컹거리는 소리가 나며 시동이 걸렸다. 아무 일도 없었다는 듯이. 아무 냄새도, 연기도 나지 않았다.

"네 말이 맞나봐!"

차 안에서 환호성을 지르며 서로를 껴안았다. 단순한 엔진 과열이 온도가 내려감에 따라 해결되었는지도 모른다. 이유 따위는 알고 싶지 않았다. 자동차가 다시 움직이는 것만이 중요할 뿐이었다. 다시, 자동차가 고장 나기 전에 해 지는 도로를 따라서 라스베가스로 향했다. 둘 다 선글라스를 끼고 창문을 활짝 열어놓은 채로. 도시와 가까워질 때마다 라디오 스테이션은 늘어나서 클래식과 컨트리, 록과 팝을 번갈아가면서 들었다.

흘끗 제니를 쳐다보니 미소를 짓는다. 이렇게 사이좋게 지낼 수 있는데, 왜 우리는 서로에게 상처만 입히며 살고 있을까? 왜 상대방에게 위로를 받고만 싶어 하고, 위로하기는 싫어하는 것일까? 세상을 감당하기에는 아직 어린 것일까, 아니면 이미 어른인데 그걸 인정하기 싫은 것일까…….

나도 함께 웃어주고 싶은데 그게 잘 되지 않았다. 라스베가스에 가까워질수록, 악몽 같은 그때의 기억이 점점 되살아났기 때문이다.

2.

내가 라스베가스에 가기 싫었던 진짜 이유는, 또다시 그곳에 가게 되면 빠져나올 수 없을 것 같았기 때문이다. 그곳에서는 쉽게 희망에 중독된다. 단 한 번의 행운으로 자신의 운명을 바꾸는 사람들을 쉽게 발견할 수 있으니까. 보통 사람들은 라스베가스에서 그 희망을 가벼운 놀이로 즐기지만 어떤 사람들은 그 희망에 모든 것을 건다. 질 것이 뻔한 게임인데도 모든 것을 걸었다가 모든 것을 잃고 마는 것이다.

카지노에서 질 거라는 사실을 알면서도 돈을 잃는 기분은 이상하다. 처음엔 별것 아니라고 생각하다가, 나중에는 자신이 바보같이 느껴지며, 스스로를 책망하게 된다. 계속 돈을 잃다보면 결국에는 지는 것을 즐기는 순간이 온다. 오늘도 얼마를 잃었구나, 라고 아무렇지도 않게 생각한다. 하루 동안 잃었던 그 돈은 한 달 동안 아무리 열심히 일해도 벌 수 없는 돈일 텐데 말이다. 이런 사람들은 비행기가 추락할 때에도 히죽거리며 기내를 돌아다닐 것이다. 자유낙하의 무중력 상태와 앞으로 다가올 충돌에 대한 공포를 즐기면서…….

갱스터이자 몽상가, 로맨티스트이자 난봉꾼인 벅시 시겔이 허허벌판의 네바다 사막 위에 카지노를 세우기로 계획했을 때, 지금처럼 테마 파크 같은 카지노 호텔로 가득 메워질 거라고는 생각하지 못했을 것이다. 워렌 비티가 주연한 영화 〈벅시〉를 보면 라스베가스가 어떻게 탄생했는지 알 수 있다. 그는 아네트 베닝이 연기한 애인에게 돈을 가로채이고 갖은 고생 끝에 억수같이 비가 쏟아지는 날 라스베가스의 첫 번째 카지노인 플라밍고 호텔을 연다. 물론 손님은 없다. 휴업을 선언하고 집으로 돌아와서 괴한들에게 총을 맞게 된다. 굉장히 쓸쓸한 결말이었다.

내가 처음 라스베가스에 온 것은 5년 전, 어학연수 동안 알게 된 네 명의 친구들과 함께였다. 한국인은 나뿐이고 다들 유럽에서 온 녀석들이었다. 나보다 나이가 어린데도 조숙해 보였다. 영어 발음도 좋은데 왜 지구 반대편까지 와서 영어를 배우는지 알 수 없었다. 유로화가 강세라 돈 많은 부모님이 보내줬을 거라는 짐작을 할 뿐이었다. 아르바이트를 밤낮으로 하면서 평범한 회사원 아버지가 보태준 돈으로 어학연수를 하고 있는 나와는 처지가 달랐다. 그래도 어학연수를 다녀오면 영어 실력이 향상될 거라는 기대를 했다. 계획했던 기간은 6개월. 이왕이면 그동안 내 삶이 바뀔 만한 근사한 일이 일어났으면 좋겠다고 생각했다.

녀석들은 라스베가스에서 법적으로 정당하게 여자를 살 수 있다는 사실에 흥분한 것 같았다. 밤이 되면 길거리에서 육감적인 몸매의 여자 사진이 박힌 명함을 나눠준다. 서너 명이 줄지어서 탁, 탁, 전단을 손등에 치면서 사람들을 깜짝 놀라게 만든 뒤 슬쩍 건넨다.

'판타스틱 미녀가 24시간 항상 대기 중.'

우리가 머물렀던 몬테카를로 호텔에는 제조 맥주 바가 있어서 테이크아웃으로 2달러면 맛있는 생맥주를 마실 수 있었다. 한 손에는 플라스틱 컵에 담긴 맥주를, 다른 한 손에는 녀석들이 남겨준 게임 크레딧 카드를 들고 카지노를 두리번거렸다. 슬롯머신에 앉아 있는 사람들은 주로 중년이나 노인들이 대부분이었다. 간간히 한국말도 들렸다. 1센트로 할 수 있는 페니머신은 죽기 직전의 노인들 차지였다. 죽을 날도 얼마 안 남았는데, 왜 도박으로 돈을 벌려고 하는지 이해할 수 없었다. 20달러를 코인으로 바꾸고 휠 오브 포춘을 플레이하기 전까지는 말이다.

✢ ✢ ✢

'하트브레이크 호텔, 당신의 잃어버린 사랑을 찾아드립니다.'

홈페이지에는 우아한 필기체의 광고 문구가 호텔 사진 위에 박혀 있었다. 짙은 노을을 배경으로 야자수 몇 그루가 서 있고 한가운데에 호텔이 자리 잡고 있었다. 위치가 메인 스트리트와 조금 떨어진 곳이지만 무료 셔틀버스가 다닌단다. 호텔 뒤편에는 제법 큰 풀도 있다고 했다.

하트브레이크 호텔. 무엇보다 이름이 마음에 들었다. 심장이 부서질 듯 아프거나, 실연을 한 사람들을 위한 호텔인데 이곳에서 잃어버린 사랑을 찾을 수 있다니……. 게다가 가격도 저렴했다. 호텔을 내게 추천한 콘래드의 말에 의하면 아직도 '클래식한 품위'를 지니고 있다고 했다. 자기가 VIP 멤버십 회원이기 때문에 이름을 대면 무료 객실 업그레이드를 해줄 거라나?

하지만 실제로 호텔에 와보니 웹사이트에서 본 것보다 상태가 좋지 않았다. 벽은 회색에 가까운 칙칙한 색깔이었고 수영장엔 먼지가 둥둥 떠다니고 있었다. 싸구려 철제 창틀과 나무로 만든 문은 한숨이 나올 만큼 녹이 슬고 금이 가 있었다. 게다가 군데군데 공사를 하는지 천막과 철골 같은 것들이 보였다. 이런 식으로 공사 중이라는 말은 하지 않았다. 사진과 가장 유사한 것은 하트 모양의 간판밖에 없었다. 깜빡거리는 전구의 불빛이 하트 모양을 따라 시계 방향으로 돌아가고 있었다. 야자수를 배경으로 석양이 지는 풍경은 합성한 게 틀림없었다.

"두 분이신가요?"

핼쑥하게 깡마른 카운터의 여직원이 나와 제니를 번갈아보며 말했다. 여자의 피부는 라스베가스의 강렬한 직사광선을 한 번도 쬐지 않은 듯했다. 가슴이 있기나 한 것인지 의문스러운 평평한 가슴엔 직원 이름표가 달려 있다.

그레이스. 어디선가 들어봤는데 기억이 잘 나지 않는다.

"네. 실은 이곳 특별회원인 콘래드 씨에게 추천을 받고 왔거든요."

그레이스는 나를 흘끔 보더니 '그래서요?'라는 표정을 짓고 다시 말을 잇는다. 역시 그의 말을 믿는 게 아니었다.

"여기 호텔 안내도가 있습니다. 맘에 드는 방을 골라보세요. 방은 충분히 여유가 있어요."

제니가 다가와 눈을 동그랗게 뜨고는 맨 꼭대기 층의 가장 오른쪽 방을 골랐다. 그레이스는 플라스틱으로 된 마그네틱 카드 키를 내게 내밀었다.

"아침은 호텔 지하에 있는 식당 니코에서 제공됩니다. 여덟 시에서 열 시까지예요. 그리고 보시다시피 리뉴얼이 진행 중이라 소음이 조금 날 수 있어요. 하지만 밤에는 조용할 테니 염려 마세요. 그 점 죄송하게 생각합니다."

그레이스는 공사 중인 것이 자신의 잘못이라도 되는 양 고개를 떨구었다.

걱정했던 것과는 달리 호텔 방은 크고 깨끗했다. 스위트룸이 아닌데도 넓은 방에 소파 세트와 테이블까지 놓여 있었다. 에어컨이 미리 켜져 있어서 방이 시원했다. 마치 20세기 초반의 부유층 거실에 온 것처럼 가구가 마호가니 나무로 짜여 있었다. 어쩌면 합판에 무늬만 그럴싸하게 그려진 것일 수도 있다. 침대는 직사각형이 아니라 정사각형 모양이 될 정도의 킹사이즈였다. 제니는 마치 보물찾기라도 하는 듯 옷장과 서랍을 열어보고, 티브이를 켜고, 화장실에서 플러쉬를 눌러보는 등 부산을 떨었다. 나는 침대에 누워 티브이 채널을 이리저리 돌렸다. 100인치가 넘는 티브이에 라스베가스 광고 프로그램이 흘러나왔다.

3년 전과 하나도 다른 게 없는 방송이었다. 벨라지오의 태양의 서커스, 베네치안의 쇼핑몰……

제니가 샤워를 하는 소리가 들렸다. 나는 자리에서 일어나 커튼이 쳐진 창가로 다가갔다. 이중으로 된 커튼은 방의 두 면을 모두 가리고 있었다. 천천히 커튼을 열었다.

헉.

신음이 저절로 흘러나왔다. 커튼을 여니 건물 옥상에 있는 것처럼 전망이 시원하게 보였다. 방의 두 면 전체가 유리로 되어 있었던 것이다. 스트립스의 대형 호텔과 카지노가 신기루처럼 보였다. 가깝게 있는 것 같아도 그곳까지 걸어간다면 꽤나 오래 걸릴 것이다. 미라지 호텔부터 시작해, 벨라지오, 파리스 호텔, 플래닛 할리우드를 지나 자연스럽게 몬테카를로 호텔에 시선이 멈췄다. 중심부에서 약간 남쪽으로 치우쳐진 곳의 특징 없는 대형 호텔. 꼭대기의 호텔 간판에 반짝거리는 네온이 호텔 이름에 따라 박혀 있었다. 그때 함께 저 호텔에 갔던 녀석들은 지금쯤 자기네 나라에서 뭘 하고 있을까? 5년 전에 라스베가스에 함께 갔던 동양 남자를 기억하고 있을까? 나처럼 CSI 드라마를 볼 때마다 슬쩍 지나가는 익숙한 건물을 보고 옆에 있는 친구에게 이런 말을 하고 싶어 할까?

"나, 저기가 어딘 줄 알아. 피라미드처럼 생긴 저곳이 룩서 호텔인데 피라미드 한가운데서 밤에는 우주를 향해 빛을 쏘아 올린다고. 인공위성에서도 그 빛이 보인대."

녀석들과 주말을 함께 보낸 뒤 나만 혼자 남겠다고 말했을 때, 그들이 어이없어 하던 표정이 생각난다. 멋진 여자를 만나서 며칠 더 보낼 거라고 말했지만 믿지 않는 눈치였다. 한 이틀 뒤에 비행기를 타고 돌아갈 거라고 설득해서 겨우 돌려보냈다. 주말 동안 200달러로 5,000달러를 벌어들였다는 이야기는 하지 않았다. 이 정도라면 충분히 1만 달러, 10만 달러도 벌 수 있을 것만 같았다.

머리에 수건을 두르고 나타난 제니는 아무 말 없이 창가로 다가왔다.

"이게 뭘까? 여기 창문에 이상한 흔적이 있어."

제니가 뭔가를 발견했나 보다. 창문 구석의 두꺼운 유리에 손가락 굵기만큼 움푹 팬 자국이 보였다.

"총알 자국일까?"

내가 말했다. 총격전이 일어났다던 바에서 이와 비슷한 자국을 본 적이 있다.

"설마."

제니는 '지금 농담하는 거지?'라는 눈빛으로 나를 바라보았다. 나는 살짝 웃었다. 그녀는 천천히 다가와 나를 껴안았다.

"차가 멈췄을 때 라스베가스에 못 오는 줄 알았어."

선더버드는 다행히 멈추지 않고 이곳까지 와주었다. 다시 돌아갈 수 있을지는 잘 모르겠다. 제니가 나에게 기대는 몸무게의 느낌이 좋다. 누군가가 나에게 부담스럽지 않을 정도로 의지하는 무게.

"이게 다 행운의 전조였으면 좋겠어."

그녀에게서 습기를 먹은 향긋한 비누 냄새가 났다. 그리고 누가 먼저랄 것도 없이 깊은 입맞춤을 나누었다. 커튼을 쳐야 하지 않을까 싶었지만 뭐 어때, 보고 있으라지. 그녀의 촉촉한 살결을 파고들수록 그런 걱정은 머리에서 천천히 사라져버렸다.

✛ ✛ ✛

배가 고팠다. 점심을 햄버거로 때우고 난 뒤에는 먹은 게 없어서 사막의 모래라도 씹어 먹고 싶을 지경이었다. 호텔 1층 입구에 있는 '니코'라는 레스토랑에 갈까 싶었지만 아침식사를 위해서만 문을 연다고 했다. 어쩔 수 없이 셔틀버스를 타고 스트립스로 나왔다.

해는 이미 졌는데도 검붉은 노을이 라스베가스의 거리를 붉게 물들이고 있었다. 저녁이 되었는데도 식지 않은 열기 때문에 숨이 꽉 막힐 지경이었다. 우리 옆을 지나가던 뚱뚱한 남자가 들고 다니는 맥주를 빼앗아 마시고 싶을 정도였다. 뷔페, 스테이크 하우스, 시푸드 레스토랑, 스시 전문점…… 너무 많은 음식점이 있어서 어디를 가야 할지 결정을 할 수가 없었다.

결국 우리가 결정한 곳은 중국 음식점.

'CHINA WOK – 12달러 디너 스페셜 할인'

길거리에서 주는 전단을 얼떨결에 받아들고 찾아갔다. 가격도 저렴하고 밥도 먹을 수 있으니 나는 오케이.

음식점 내부는 온통 붉은색이다. 붉은 테이블보는 그렇다고 해도 조명까지 붉을 필요는 없지 않은가? 팔에 소름이 돋을 정도로 냉방이 시원하게 되어 있다. 그런데 뭔가 이상하다. 손님이 없다.

"다른 곳으로 갈까?"

제니에게 물었다.

"배고파 쓰러질 지경이라며? 아무럼 어때."

커튼이 드리워진 주방 쪽에서 뚱뚱한 중국 여자가 걸어왔다. 뚜벅뚜벅 여유롭게, 진한 화장품 냄새를 풍기면서. 그녀는 아무 말 없이 메뉴판 두 개를 카운터에서 번쩍 들더니 구석 자리로 우리를 안내했다. 그녀의 소맷자락에는 정체를 알 수 없는 검은 때가 묻어 있었다.

"마실 걸 먼저 주문하시겠어요?"

"나는 얼음이 가득 찬 콜라."

제니가 말했다.

"음…… 나는…… 그냥 얼음물이 좋겠어요."

슬쩍 여자의 눈을 쳐다보았다. 짙은 마스카라가 눈가에 번져 어두운 그림자를 만들고 있었다. 부어오른 얼굴이 당장에라도 터져버릴 것만 같았다. 이름표는 붙어 있지 않았다. 내가 물을 주문한 것이 그녀를 언짢게 만들지는 않았을까? 메뉴를 훑어보니 여느 중국 음식점과 마찬가지로 닭요리, 소고기요리, 그리고 새우요리가 쭈욱 나열되어 있었다. 한문으로 쓰여진 메뉴 아래에는 영어 표기와 음식 설명이 되어 있고 특별히 매운 음식엔 별표가 그려져 있다. 요리 명 앞

에는 주문하기 쉽게 번호가 붙어 있었는데 끝 요리의 번호가 123번
이다.

왜 중국 요리는 이렇게 종류가 많은 것일까? 123종류의 요리가
있다고 하지만 어떤 요리를 주문하든지 중국 음식은 대개 맛이 비슷
하다. 배가 금방 더부룩해지고 느끼하며 또 빨리 배가 꺼진다. 얼마
만큼의 인공 조미료가 들어 있는지는 알고 싶지도 않다.

여자는 물과 콜라를 가져왔다. 제니는 치킨요리를, 나는 새우요
리를 주문했다. 제니는 별표가 없는 것으로, 나는 별표가 세 개 있는
것으로. 길거리에서 받은 할인 쿠폰을 내밀었다.

"이건, 다섯 가지 한정 메뉴에 해당됩니다."

여자는 떨떠름한 표정을 지으면서 말했다.

"그 메뉴가 어디 있는데요?"

제니가 물었다. 여자는 사라지더니 코팅한 메뉴판 하나를 테이블
에 던졌다. 디너 스페셜 할인 메뉴는 국수와 만두 요리에 한했다. 그
건 할인을 받지 않아도 저렴한 음식 아닌가?

"됐어요. 그냥 주문한 걸 시킬게요."

제니는 메뉴판을 여자 쪽으로 밀었다.

"Thank you."

라고 말했지만 전혀 고마운 기색이 느껴지지 않았다.

"김빠진 콜라를 나는 저주해……."

제니가 콜라를 빨아대는 소리가 신경질적으로 크게 들렸다. 제니
는 옷가게나 음식점에서 불친절한 점원을 참아내지 못한다. 같은 서
비스 직종의 사람들을 더 엄격한 잣대로 판단하는가 보다.

"그거 알아? 중국에서 사람을 요리해 먹는 식당이 있었대. 인육으

로 만두를 만들었다나?"

제니가 히죽거렸지만 나는 대답을 하지 않았다.

"허니, 우리는 여행을 왔다고. 긴장을 풀어. 뭘 생각하고 있는 거야?"

내가 또 멍하니 다른 생각에 빠져 있었나보다. 물을 들이켰다. 비릿한 냄새가 났지만 참았다. 불평을 하는 사람은 제니 혼자만으로 충분하다.

10분쯤 뒤에 웨이트리스는 양손에 음식이 담긴 쟁반을 들고 나왔다. 허겁지겁 음식을 입에 쑤셔 넣었다. 내가 주문한 만다린 새우요리는 굴 소스가 너무 많아서 짠 데다가, 별이 세 개였는데 그다지 맵지도 않았다.

"나는 브로콜리가 싫어. 왜 중국 음식에는 브로콜리가 꼭 들어가는지 몰라. 그리고 이 닭고기는 왜 이리 질긴 거야. 게다가 소스는 짜고……."

제니가 서툰 젓가락질을 해가며 브로콜리를 빼냈다.

"저기요? 여기 콜라 좀 더 주세요."

주방을 향해 말하자, 중국인 여자가 저벅저벅 걸어와 제니 앞의 콜라를 다시 채우고는,

"리필은 1달러 추가예요."

라는 말을 남기고 사라졌다. 음식을 다 먹지 않았는데도 계산서와 포춘 쿠키를 놔두고 갔다.

"세상에…… 레스토랑에서 리필 요금을 받다니! 그리고 이런 김 빠진 콜라에……."

제니는 신경질적으로 빨대를 빨아댔다. 나는 말없이 음식을 삼

켰다.

"자기는 하나도 남김없이 다 먹었구나. 후후, 힘을 썼으니까 한 그
릇 더 시켜줄까?"

"노 땡스. 속이 별로 좋지 않아."

나는 포춘 쿠키의 과자를 깨부수고 종이 쪽지를 꺼냈다.

'언제나 가까이에 있는 것을 잃지 않도록 조심하라.'

"자기는 뭐라고 쓰여 있어? 내 것에는 죄는 분명 대가를 받는다,
라고 쓰여 있는데. 이런 포춘 쿠키는 처음이야. 기분 나빠."

제니는 계산서를 훑어보았다. 얼마나 팁을 남길까 궁리하는 것 같
았다. 아마도 음식 값의 10퍼센트가 될까 말까한 적은 팁일 것이다.
그녀는 15퍼센트, 아니 20퍼센트의 팁도 받을 수 있는 유능한 웨이
트리스일 텐데, 팁을 주는 것에는 굉장히 인색하다.

"저기…… 우리…… 돈을 내지 말고 그냥 나가버리자. 재빨리 달
아나면 문제없겠어. 주인도 보이지 않고 손님도 없어. 이 따위 음식
에 돈을 낼 기분이 들지 않아. 할인 쿠폰도 사기야. 돈도 아껴야 하
고 말이야."

제니가 속삭였다.

"말도 안 돼 그건. 꿈도 꾸지 마. 웨이트리스가 어떻게 그런 생각
을 할 수 있는 거지?"

"그럼 자기가 계산해."

"현찰이 없어. 네가 가지고 있는 카드와 현금, 코인이 우리가 쓸
수 있는 돈의 전부야."

그리고 일이 순식간에 일어났다. 제니는 핸드백을 가슴으로 꼬옥
안더니 그대로 일어서서 재빨리 걸어 나가기 시작했다. 나도 그녀를

잡기 위해 일어섰지만, 나보다 빠른 걸음으로 나가서 문을 열고, 달리기 시작했다.

젠장!

어쩔 수 없이 달렸다. 앞에서 다가오는 사람들을 피하기도 벅찼다. 숨이 헐떡거려 토할 것만 같았다. 뚱뚱한 웨이트리스가 전속력으로 따라온다고 하더라도 우리보다 빨리 뛸 수 없을 텐데, 제니가 왜 그렇게 빨리 뛰는지 알 수 없었다.

얼마만큼 뛰었을까……. 벨라지오 호텔의 분수가 보일 때 제니가 멈췄다. 분수 맞은편에는 에펠탑이 보였다. 은은한 조명이 비추는, 축소된 가짜 에펠탑이다. 그 뒤에 있는 호텔은 당연히 파리스 호텔이다. 굳이 비행기를 타지 않더라도 라스베가스에서는 세계여행이 가능하다. 뉴욕의 자유의 여신상, 브루클린 브리지, 이집트의 피라미드, 베니스의 수로와 곤돌라, 파리의 에펠탑, 모나코의 몬테카를로……. 이를 모방한 호텔과 조형물을 반나절이면 다 돌아다닐 수 있다. 모든 것이 진짜를 축소한 가짜지만 뭐 어떤가? 어차피 평생 가보지 못할 곳인데……. 나는 주변을 둘러보았다. 허벅지가 드럼통만큼 굵은 여자들이 보였지만 그중에 중국인 웨이트리스는 보이지 않았다.

분수대에서 뻥, 하는 소리와 함께 높은 물기둥이 솟아올랐다. 플래시가 여기저기서 터졌다.

"경고하는데…… 다시 한 번 그런 짓을 했다가는 정말 큰일 날 줄 알아. 농담이 아니라고."

"알았어, 알았어……. 그래도 재미있지 않아? 하하하하……."

제니가 소리 내어 웃는 건 실로 오랜만이다. 저런 천진한 웃음 때

문에 마음이 풀어진다. 울음도 당해낼 수 없지만 웃음은 더 당해낼
재간이 없다.

사람들이 난간에 기대어 분수 쇼를 구경하고 있다. 내 기억이 맞
다면 낮에는 30분 간격, 밤에는 15분 간격으로 쇼를 할 것이다. 파
가니니의 주제에 의한 랩소디, 현악 파트가 힘을 주는 뒷부분이 흘
러나온다. 엘튼 존의 〈유어 송〉이나, 사라 브라이트만의 〈타임 세즈
굿바이〉, 영화 〈타이타닉〉의 주제곡……. 레퍼토리를 다 외울 정도
로 이 분수 앞에서 하염없이 죽치고 있던 기억이 떠올랐다. 분수 쇼
가 끝나면 당장 라스베가스를 떠나리라고 마음먹은 적도 있었다. 하
지만 그 다짐은 지켜지지 않았다.

"왜 이렇게 땀을 많이 흘려?"

제니가 손수건으로 얼굴을 닦아준다.

"덥잖아. 너 때문에 오랜만에 달렸어."

분수 쇼는 대포 소리처럼 큰 소리를 내며 거대한 물기둥이 솟아오
르는 것으로 끝이 났다.

아침이 되면 호수처럼 넓은 이곳에 쓰레기를 건지는 배가 뜬다.
그 장면을 목격하면 왠지 보지 말아야 할 걸 본 기분이 든다. 밤에는
휘황찬란한 네온사인과 조명으로 멋있게 보인다고 해도, 한낮의 라
스베가스는 밤에 영화를 찍기 위한 싸구려 세트장같이 보이는 것이
다. 낮에도 어두운 카지노에 틀어박혀 낮인지 밤인지 잊어버리는 게
낫다. 잠이 와서 쓰러질 것 같으면 카지노에서 그대로 엘리베이터를
타고 호텔 방으로 올라가면 된다. 햇빛이 들어오지 않게 커튼은 꼭
쳐둔다. '방해하지 마시오' 카드를 문에 걸고 이불도 걷지 않은 채
침대에 풀썩 쓰러져버린다.

그런 날들을 보름 동안 보냈다. 내가 지내던 호텔은 수중에 얼마만큼 돈이 있느냐에 따라 급수가 달라졌다. 친구들과는 몬테카를로에서, 그들이 떠난 뒤에는 베니치안, 벨라지오에 묵었다. 하지만 결국엔 프레몬트 거리의 30달러짜리 소박한 호텔, 이라고 말하기에는 민망할 정도로 허름한 곳에서 마지막 밤을 보냈다. 그때는 가지고 있던 돈은 물론이고 앞으로 써야 할 학비까지 다 날린 상태였다.

분수 쇼가 끝나자 빽빽하게 모여 있던 사람들이 흩어졌다. 나는 뭔가 허전함을 느꼈다.

"제니…… 문제가 생겼어."

"뭐?"

"룸 키가 담긴 내 가방을 중국 음식점에 두고 왔어."

3.

　'당신의 꿈의 시나리오를 현실로 만들어드립니다. 현직 시나리오 작가 콘래드에게 개인 지도를 받아보세요. 단 5주 만에 꿈을 실현시켜 드립니다. 일주일에 두 번, 퇴근 후 두 시간씩만 투자하세요.'

　제니를 만난 것은 영화 시나리오 워크샵에서였다. 첫날, 스튜디오 시티의 허름한 콘도에서 대여섯 명의 수강생이 모였다. 제니는 그중 한 명이었다. 선생은 곱슬머리에 뚱뚱한 유태인 중년 남자, 콘래드. 눈빛이 풀어진 데다 말을 할 때마다 술 냄새를 풍겼다. 50대 중후반으로 보이는데 실제 나이는 더 젊을 것 같았다. 그는 들어본 적도 없는 영화 다섯 편의 시나리오를 썼다고 했다. IMDb^{(Internet Movie Database,} ^{영화, 배우, TV드라마, 비디오게임 등에 관한 온라인 데이터베이스)}에서 그의 이름을 검색해 보면, 시나리오를 담당한 다섯 편의 영화가 검색된다. 게다가 일곱 편의 영화에 단역으로 출연했고, 티브이 드라마의 에피소드도 몇 편 썼다. 문제는 최근 10년간 아무 작업도 한 게 없다는 것이다.

　첫 수업에서 그는 일생일대의 대작을 준비 중이라고 했다. 시간이 무척 걸리는, 어쩌면 살아생전에 완성할 수 없는 작품이라고 했다. 내용에 대해서는 한 마디도 해줄 수 없다는 말도 덧붙였다. 영화판에서 이야기가 돌기 시작하면 애초에 누가 원작자인지 불분명하게 되는 경우가 파다하다나……

　제니와 나는 수강생 중 젊은 편에 속했다. 50대 초반의 샐러리맨, 머리가 희끗한 노인 남녀 두 명, 이렇게 총 다섯 명이 모였다. 로스앤젤레스에서는 누구나 영화 시나리오 하나쯤은 써서 트렁크에 싣고 다닌다는 말이 사실이었을까? 나는 『LA 위클리』에 조그맣게 난 광고를 보고, 첫 수업은 무료라니까 와본 것뿐이었다. 갈 곳이 없기도 했고.

"돈을 벌고 싶어서 오신 분이 있다면 다음 수업에는 안 나오셔도 됩니다. 어차피 미국에서 돈이란 일을 해서 얻는 게 아니라 달러를 마구 찍어서 만들어내는 것이니까요. 수업을 듣고 나서 여러분이 만들고 싶은 영화를 쓴다면, 아무도 사주지 않을 겁니다. 스타를 캐스팅하고 마케팅을 잘 하면 문제 없다구요? 허허…… 그런 건 스크린 뒤에서 돈을 세고 있는 비즈니스맨들이 결정할 일이지요. 사람들은 어두운 극장에서 영화를 보는 내내 꿈을 꾸는 듯한 기분을 느낍니다. 한 시간 40분짜리, 화장실에 가지 않고 한 번에 꿀 수 있는 꿈 말입니다. 바로 우리가 그 꿈을 만들어주는 사람들이지요. 꿈은 일상 생활처럼 실시간 다큐멘터리가 아닙니다. 작가의 머릿속에 들어 있는 이야기의 파편을 어떤 식으로 관객에게 보여주느냐가 관건이지요. 관객이 작가의 머릿속에 들어가 똑같은 경험을 하는 것처럼 느낄 수 있게 만들어준다면, 그것이 가장 훌륭한 시나리오겠지요."

두서없는 그의 이야기가 흥미로웠다. 플롯과 캐릭터, 배경에 대한 이야기를 늘어놓았다면 오히려 재미가 없었을 거다. 젊은 사람은 나와 제니밖에 없었기 때문에 수업이 잠깐 쉬는 동안에 짤막하게 인사를 나누었다.

"사실 나는 연기를 하고 싶거든. 연기자가 시나리오를 쓰는 걸 배워서 손해 볼 건 없잖아."

제니는 뉴욕에서 건너왔다고 했다. 맨해튼이 아니라 뉴욕 주의 알바니라는 작은 도시. 연기를 배우러 할리우드로 왔단다. 지긋지긋하게 춥고 눈이 많이 오는 겨울도 싫었고.

"너는?"

"나?"

"로스앤젤레스에서 뭘 하냐고 묻는 거야."

8주간의 첫 번째 어학연수 기간은 이미 끝났다. 원래 계획은 다음 8주간의 수업도 등록을 하는 것이었지만 돈이 남아 있지 않았다. 수업료는 고사하고 홈스테이 비용도 다 날렸다. 바로, 라스베가스의 카지노에서……. 남은 것은 돌아갈 비행기 표와 300달러. 굳이 대답해야 한다면 한인 슈퍼마켓에 있는 구인 정보지를 보고 전화를 거는 일을 한다. 하지만 내 입에서 나온 말은 다른 것이었다.

"써둔 시나리오가 있는데 말이야. 한국보다는 할리우드에서 더 먹힐 것 같아서 작업 중이야. 이게 팔리면 박스오피스를 점령할 거야. 좀비들이 떼거지로 나와."

머리에서 생각나는 대로 말했던 것뿐이다. 시나리오 같은 건 써본 적도 없었다. 앞으로 무슨 일이 일어날 줄 알았다면 좀더 신중하게 말했어야 했다. 콘래드의 말처럼 하고 싶은 이야기는 언제나 무의식적으로 튀어나온다. 그것을 구체적인 영상으로 실현시켜 주는 것이 시나리오다.

❖ ❖ ❖

중국음식점에서 음식을 먹고 돈을 내지 않은 채 도망쳐 온 뒤에, 룸 키와 수첩이 들어간 손가방을 음식점에 두고 왔다는 것을 깨달았다. 다행히 현금이나 카드는 주머니 속 지갑에 들어 있었다. 대신 손가방 안에 들어 있는 수첩에는 고객의 연락처와 작업일지가 빽빽하게 기록되어 있다. 일을 그만두었는데도 수첩을 여전히 들고 다녔다니 쓴웃음이 나왔다.

카드 키야 다시 카운터에서 받으면 되지만 여주인이 카드 키에 적힌 호텔 이름을 보고 찾아오는 것은 아닐까 걱정이 되었다.

"어차피 방 번호도 적혀 있지 않잖아. 수백 개의 방이 있을 텐데 우릴 찾을 수가 있겠어? 걱정은 접어두고, 카지노에 가서 우리의 행운을 시연해 보자!"

제니는 가방에 담긴 25센트짜리 코인을 흔들어대며 내게 말했다. 하지만 웨이트리스가 하트브레이크 호텔에 찾아온다면 우리를 찾는 것은 그리 어려운 일은 아닐 것이다. 손님이 얼마 없는 데다 동양인 남자 손님은 더욱 드물 테니까.

우리는 근처의 벨라지오 호텔로 들어갔다. 로비 천장에는 강렬한 색상의 유리꽃이 매달려 있다. 좀더 걸어가면 커다란 실내 정원이 나온다. 그곳엔 작은 연못도 있고, 유리로 지어진 작은 집도 있고, 다리도 있을 것이다. 처음에 이곳에 왔을 때, 이곳의 나무와 꽃들이 인공조형물인 줄 착각했었다. 꽃에 절묘하게 비추는 조명 때문인지도 모른다. 아니면 라스베가스에 있는 모든 것이 가짜이기 때문에 진짜 꽃마저 가짜라고 느꼈을지도 모르겠다.

제니는 감탄사를 연발해 가며 실내 정원을 돌아다녔다.

"이게 다 생화라는 게 이상해."

내가 물었다.

"당연한 거 아냐?"

제니가 대답했다. 나는 슬쩍 빨간 튤립의 꽃잎 하나를 손으로 잘라냈다. 천이나 플라스틱이 아니다. 이파리를 짓이기니 물기가 새어 나왔다.

쇼핑센터와 레스토랑을 지나 카지노에 다다랐다. 거대한 전자오락실에 온 것 같은 소음이 들렸다.

"일단 작은 행운을 테스트해 보고 큰 것에 도전해 봐야지."

제니는 약간 흥분한 것 같았다.

카지노에서 길을 잃지 않기 위해 제니는 나의 손을 꼭 잡았다. 그리고 가방에서 동전을 꺼내어 두 개의 플라스틱 동전 바구니에 담았다. 내가 훔치기도 했고 그녀가 지폐를 동전으로 바꾸어 넣기도 했던 그 동전들. 동전이 쏟아지는 소리가 나는 기계가 있으면 눈이 돌아갔다. 우리의 슬롯머신이었을 수도 있었는데, 하는 아쉬움을 달래고 다른 기계를 찾기 위해 천천히 걸었다. 제니가 자리를 잡은 것은 구석자리의 슬롯머신이었다.

"여기가 틀림없어. 쓸쓸하게 보이는 이 슬롯머신에서 행운의 기운이 느껴지는걸."

제니가 진지하게 말했으므로 그녀의 옆자리에 얌전히 앉았다. 체리머신은 슬롯머신의 세 개 모양 중에 체리가 어느 하나라도 나오면 무조건 4개의 크레딧을 준다. 체리 세 개가 나오면 제일 큰 배당금을 받는다. 다른 무늬의 배당금은 기계에 표시되어 있지만 자동으로 계산해 주기 때문에 신경 쓰지 않아도 된다. 오로지 돈을 넣고 레버를 당겨서 행운을 기다리기만 하면 된다. 베팅을 많이 할수록 얻는 돈은 곱으로 많아지지만, 잃는 돈도 그만큼 많아진다.

제니의 직감이 맞았는지 몇 번 플레이를 하지 않았는데도 크레딧은 점점 불어났다.

"너도 해."

"아냐, 나는 구경하는 게 더 좋아."

나는 카지노를 두리번거렸다. 벨라지오는 다른 카지노보다 조명이 밝고 내부도 화사한 편이다. 천장에는 천을 둥글게 말아 장식을 해놓았다. 황금색 조명 사이로 어쩐지 아까 중국 음식점의 웨이트리스가 툭, 튀어나올 것만 같았다.

내 몫의 코인도 제니의 동전바구니에 슬쩍 담아두었다. 그녀는 슬롯머신을 뚫어지게 쳐다보며 베팅을 했다. 진지하게 화면을 볼수록 행운이 걸려들 확률이 높아지는 것처럼. 나는 주위를 두리번거리다가 짧은 미니스커트에 끈이 달린 원피스를 입은 여자와 눈길이 마주쳤다. 그녀는 칵테일 잔과 맥주병이 담긴 쟁반을 들고 주인을 찾아 두리번거리고 있었다.

"뭔가 마실 게 필요하세요?"

그녀가 말했다.

"제니, 뭐 마시고 싶어?"

"콜라."

"얼음이 가득한 김빠지지 않은 콜라."

"알았어요."

그녀는 살짝 미소 지었다. 나는 그녀의 창백한 얼굴을 보니 호텔 카운터에 앉아 있던 그레이스가 떠올랐다. 가슴에 꽂힌 명찰을 보았다. 그녀의 이름은 데보라다.

제니는 10크레딧으로 시작해서 36크레딧을 만들었다. 시작치고는 나쁘지 않다. 가끔씩 작은 행운을 알려주는 조악한 전자멜로디가 슬롯머신에서 흘러나왔다. 54가 가장 높은 크레딧이었다.

"잠시 화장실에 갔다 올게."

나는 슬그머니 자리에서 일어났다. 카지노엔 바가 있기 마련이다. 도박과 술은 떼어놓을 수가 없다.

제니는 내가 술을 마시는 걸 못마땅하게 생각했다. 술버릇이 고약하다거나 건강이 나빠서가 아니었다. 술을 마시면 나는, 말이 없어졌다. 제니는 내가 아무 말이 없을 때가 무섭다고 했다. 사실은 술을 마시면 하고 싶은 말이 더 많아진다. 하지만 어디서부터 이야기를 꺼내야 할지 종잡을 수 없는 것이다. 내가 하고 싶은 말을 죄다 뱉어버린다면, 그게 무슨 말이라 하더라도 제니는 상처 입을 것이다. 제니의 진심을 듣는다면 나도 상처 입을 것이 분명하다. 다행히 우리는 서로에게 진심을 모두 말하지는 않는다. 진심을 말하지 않는 것은, 거짓말을 하는 것과 다르다. 하지만 계속 진심을 회피하다 보면 가슴이 답답해진다. 그때 필요한 것이 술이다.

일단 맥주로 입가심을 하고, 보드카 크랜베리를 마셨다. 최고의 호텔이라 그런지 술값도 최고로 비쌌다. 술맛은 다른 곳과 똑같았다. 다른 게 있다면 바에도 작은 모니터로 된 게임기가 설치되어 있어서 순식간에 돈을 털릴 수 있도록 만들어놓은 것뿐.

어디선가 환호성을 지르는 사람의 목소리가 들렸다. 불이 난 것처럼 사이렌이 울렸다. 잭팟인가? 그러나 대부분의 사람들은 멍하니 화면을 보고 기계적으로 레버를 당기고 있다. 기다리면 곧 자신의 차례가 다가온다고 확신하는 듯이. 머뭇거리지 말고, 빨리 슬롯머신에 앉아 행운을 잡아보라는 듯이. 하지만 나는 빈 술잔을 꼭 쥐고 참는다.

콘래드의 두 번째 수업 시간에 나타난 사람은 제니와 나 둘뿐이었다. 두 번째 수업부터는 돈을 내야 했다. 중년 남자도, 할머니 할아버지도 약과 알코올에 찌든 왕년의 시나리오 작가에게 배울 것이 없다고 생각했나 보다. 아니면 돈을 벌 수 없다는 말에 흥미를 잃었거나.

그럼 나는?

영화를 보는 순간만큼은 꿈을 꿀 수 있다는 그의 말이 한 주 내내 머릿속을 떠나지 않았다. 그리고 아직 할 일을 찾지 못해 시간이 남았고, 갈 곳이 없었고…… 제니를 다시 만나고 싶었다. 잠깐 이야기를 나눈 게 다였지만, 때로는 그녀가 무슨 말을 하는지 이해가 되지 않았지만, 위안이 되었다. 어제 무슨 일을 했는지, 혹은 환경문제 따위로 수업시간에 대화를 하는 게 아닌, 사람과 사람 사이의 자연스러운 대화. 그런 것이 내게 절실히 필요했다. 게다가 로스앤젤레스에서 도달할 수 없는 곳에 가기 위해 발버둥치고 있는 사람이 나만은 아니라는 것에 안도했고.

두 번째 수업에서 콘래드는 눈동자도 초롱초롱하고 술 냄새도 풍기지 않았다. 우리 둘이 수강생의 전부였지만 개의치 않는 것 같았다. 둘 다 수강료를 낼 형편이 못 된다고 하자 다른 일로 갚으면 된다고 했다.

"운전을 좀 해줘. 식료품 가게에 가서 장 보는 걸 좀 도와주고……. 면허 취소가 된 지 오래거든."

일주일에 한 번 매주 목요일 저녁의 시나리오 수업은 그렇게 시작되었다. 그는 다시 수강생 모집 공고를 냈다.

'할리우드 입성 속성과정 5주 강좌. 첫 주는 무료. 묵혀둔 시나리오로 백만장자가 되세요.'

다음 강의부터 콘래드는 말끔한 차림에 제법 프로다운 말들을 내뱉어서 그럭저럭 수강생을 붙잡을 수 있었다. 그가 강조하는 것은 이야기의 상투성을 벗어나는 것이었다.

"이야기는 삶에 관한 은유입니다. 혹시 지난 주말에 본 영화가 왜 그리 뻔하고 재미없었는지 생각해 보셨습니까? 여러분이 준비하고 있는 시나리오보다 형편없는 영화가 왜 만들어지고 있는지 한숨을 쉬셨겠죠. 상투적인 이야기의 근원을 찾아 올라가면 단 하나의 이유밖에 나오지 않습니다. 그건, 작가가 자신이 쓰고 있는 이야기 안의 세계를 잘 모르고 있다는 겁니다. 어디서 봤던 것, 잘 알고 있다고 착각하는 것을 쓰기 때문이지요."

일주일에 한 번, 콘래드를 태우고 슈퍼마켓에 갔다. 그가 필요한 건 통조림, 빵, 전자레인지로 데워 먹을 수 있는 온갖 냉동식품, 그리고 술이었다. 언제나 똑같은 슈퍼에서 똑같은 것들을 샀기 때문에 쇼핑 시간은 길지 않았다. 그는 냉장고에서, 선반에서 척척 손에 잡히는 것들을 카트에 던져 넣었다. 카트가 가득 차면 어쩐지 부끄러워졌다. 지나가는 사람들이 카트를 슬쩍 보는 것이 마치 콘래드의 사생활을 엿보는 것 같았기 때문이다. 아내가 없어서 혼자 끼니를 때우고, 음료수 대신에 맥주를 마시는 사람. 이웃이든 친척이든 주위에 그런 사람을 한 명 정도는 알고 있다는 듯이 동정의 눈길을 던지고 지나갔다. 그는 평생 싱글이었다. 몇 년 전에 어머니가 돌아가시기 전까지는 함께 살았다고 했다. 쇼핑을 마치면 근처 타이 음식점에서 저녁을 사주었다. 그는 언제나 그린 커리와 팟타이를 시켰다. 한 번도 메뉴가 바뀐 적이 없다. 나는 매번 메뉴를 바꿨기 때문에 타이 음식에 대해선 어느 정도 파악할 수 있게 되었다.

내가 수업을 듣는 동안 실력이 늘은 것은 글쓰기만이 아니었다. 술에 대해서도 많은 걸 배웠다. 수업을 마친 뒤 그는 칵테일 만드는 법, 위스키와 보드카의 종류, 심지어는 맥주 종류와 제조법에 대해서도 설명을 해주었다. 시음도 빠질 수 없었다. 콘래드는 시나리오 강의가 아니라 집에서 즐기는 홈 바 강의 같은 걸 했어야 했다.

"술은 영감(inspiration)을 주지 않아. 이미 꾸었던 꿈을 끄집어내는 데 도움을 줄 뿐. 너무 많이 마시면 기막혔던 꿈이 기억나지 않지. 그대로 가져다 영화로 만들어도 손색없는 그런 꿈 말이야. 항상 적당한 양을 조절하기가 힘들어. 어제 꾸었던 악몽을 떠올릴 수 있을 만큼만 마시면 제일 좋은데 말이야."

맥주 세 병과 크랜베리 보드카 두 잔을 마시고 돌아오니 제니의 크레딧이 5로 줄어들어 있었다. 90퍼센트가 넘게 돈을 돌려준다고 선전하는 슬롯머신조차도 가진 돈을 잃을 확률은 100퍼센트다. 시간의 차이가 날 뿐 결국엔 모두 잃는다는 사실은 변함이 없다.

크레딧을 세 개씩 걸던 그녀가 이제는 하나씩 걸고 레버를 당겼다. 슬롯머신이 돌아가는 소리, 사람들이 웅성거리는 소리, 동전이 떨어지는 소리를 듣고 있으려니 어쩐지 서글퍼졌다. 제니도 결국에는 모든 걸 잃고 말겠지. 얼마 없는 돈도, 잭팟을 맞을 거라는 희망도……. 술을 더 마시고 싶었지만 꾹 참고 제니의 옆자리에 앉았다.

"왜 내가 좋은 거지?"

언젠가 제니가 물었던 적이 있다. 콘래드는 술에 취해 침실로 가버렸고 제니와 함께 남은 술을 마시고 있었을 것이다. 제니는 술을 잘 마시지 않았지만 오렌지주스가 들어간 칵테일은 좋아했다. 오렌지주스와 럼, 보드카, 말리부, 위스키를 보이는 대로 섞는 것이다. 파인애플을 갈아서 넣으면 더 맛있다고 했다.

"유명 여배우가 될 거잖아. 매니저라도 하려고."

"후훗, 할리우드에서는 인기가 생기면 예전 남자친구는 버리는 게 유행이던데."

"괜찮아. 그때까지 있었던 일로 회고록을 내면 되니까. 파트너끼리만 알 수 있는, 차마 남에게 밝힐 수 없는 비밀까지 다 까발릴 거야. 유명 여배우의 옛 남자친구의 폭로담. 사람들은 그런 책에 열광한다고."

"나쁘지 않은데?"

"그러면, 너는 내가 어떤 점이 좋은데?"

"좋다고 말한 적 없는데……."

그리고 누가 뭐라고 할 것도 없이 키스를 나누었다. 군데군데 찢어진 소파 위에서 뒹군 사실을 콘래드가 안다면 기분 나빠 할지 모르겠다. 아니, 좋아할 것이다. 소파에서 쿵쿵 냄새를 맡으며 섹스의 흔적을 찾으려고 노력할지도.

내가 제니를 좋아한 것은 우리가 닮았기 때문이다. 가질 수 없는 것을 갖고 싶어 하고, 도달할 수 없는 곳에 가고 싶어 한다. 여배우가 되는 것, 잭팟으로 백만장자가 되는 것, 화가가 되는 것, 죽이는 영화 시나리오를 쓰는 것……. 바보스러울 정도로 허황된 꿈이지만 로스앤젤레스라면 그 정도의 희망은 품어줄 수 있을 것 같았다. 비가 내리지 않는 황폐한 땅에 도시를 건설하고 영화 스튜디오를 지은 것 자체가 허황된 짓이었을 테니까. 결국 할리우드는 꿈을 만드는 공장이 되었다. 우리는 그 공장에 취업하려고 기를 쓰며 매달리는 자격 미달의 취업 준비생들이고.

나는 비자 문제 때문에 코리아타운의 작은 어학원에 등록했다. 수업을 잘한다기보다는 수업에 나오지 않아도 출석 체크를 잘해주는 것이 그 학원의 장점이었다. 수업료도 그 전에 다니던 곳보다 훨씬 쌌다. 수업을 빼먹고 일을 했다. 듣지 않는 수업료를 내기 위해서 일을 하는 이상한 생활이 계속 되었다. 당장이라도 짐을 싸서 한국으로 돌아가도 되지만 아무것도 이루지 않고 돌아가기는 싫었다. 영어 실력은 학원에 다니는 것보다 일을 하면서 더욱 늘었다. 처음엔 잃었던 돈만 벌고 돌아가겠다는 것이 목표였다. 하지만 언제 목표를 달성할지 까마득했고, 하루하루를 견디는 날들이 지속되었다. 그런 상태에서 제니를 만났던 것이다.

시나리오 5주 강의를 마치기 전에 모든 짐을 제니의 방으로 옮겼다. 제니는 방이 세 개인 이층집을 빌려 두 개를 다른 사람에게 세를 놓고 있었다. 다행히 제니는 그 집에서 가장 큰 마스터 베드룸을 사용하고 있었기 때문에 함께 지내는 데 큰 불편은 없었다. 불편이 있다면 다른 룸메이트들이었을 것이다. 우리는 상황만 맞으면 언제든 신경쓰지 않고 많은 섹스를 했으니까. 걱정과 고통을 잊는 방법은 오직 섹스뿐인 것처럼 자주, 소란스럽게 했다.

제니는 느낌이 온다는 체리머신에서 140달러를 잃고 난 뒤에야 손을 뗐다. 이틀의 시간과 약간의 돈이 더 남아 있으니 자제해야 했다. 첫날에 모든 걸 잃을 수 없으니까. 하트브레이크 호텔로 돌아와 보니 체크인을 할 때 있었던 그레이스는 어디로 갔는지 보이지 않았다. 대신 내 말을 알아들을 수 있을지 의심스러운 라티노 여자가 꾸벅꾸벅 졸고 있었다. 그녀를 깨워 호텔 키를 잃어버렸다고 대충 둘러대고 새로운 카드키를 발급 받았다.

"혹시 우리를 찾아온 사람은 없었나요?"

내가 물었다.

여자는 대답 없이 고개를 좌우로 흔들었다. 도대체 누가, 이런 후미지고 공사 중인 호텔에 찾아오겠냐는 듯이.

방으로 들어왔는데도 귀에서 슬롯머신 돌아가는 소리가 들리는 듯했다. 삐리리리리 하는 소리를 내며 뱅글뱅글 돌아가다가 땡, 땡, 땡 하고 멈추는 소리……. 샤워를 하고 나왔을 땐 제니는 벌써 잠에 빠져 있었다. 그녀의 코에, 가슴에, 목에 귀를 대고 숨을 쉬고 있는지 확인해 보았다. 옅은 숨소리, 나중에는 낮게 코를 고는 소리까지 들렸다. 이불을 덮어주고, 커튼을 모두 닫은 다음 침대에 누웠다. 지나치게 많은 일이 한꺼번에 일어난 밤이었다. 피곤한데도 잠이 오지 않았다.

가방에서 시나리오 뭉치를 꺼내 읽었다. 잠이 오지 않을 때는 이게 최고다. 중간부터 읽기 시작했는데 다섯 씬 정도가 지나자 나도 모르게 스르르 잠이 들었다. 좀비가 처음으로 주인공을 공격하는 장면이었다. 아주 무섭고, 잔인하게……. 지난밤 꿈속에서 느꼈던 것만큼만 영상으로 표현할 수 있다면 굉장한 장면이 될 것이다.

✤ ✤ ✤

"똑똑……."

누군가 방문을 두드리는 소리가 들린다. 방 안은 어둡다. 커튼 사이로 네온사인 불빛이 아른거린다. 저 불빛은 밤새도록 꺼지지 않을 것이다. 침대맡에 붙어 있는 시계를 확인하니 새벽 세 시 반. 젠장, 누가 세 시에 문을 두드리는 거야? 술 취해 어느 방이 자기 방인지 모르는 관광객일 것이다. 무시하자.

"똑똑……."

등을 돌려본다. 이런, 제니가 없다. 화장실에 갔나?

"똑똑……."

어쩌면 제니가 바깥에 나갔다가 열쇠가 없어서 문을 두드리고 있는지도 모른다.

"제니?"

"똑똑……."

힘겹게 자리에서 일어난다. 바닥에 시나리오 출력물이 후두둑 떨어진다. 침대 등의 스위치를 켜보지만 불은 켜지지 않는다. 다른 등도 마찬가지다. 화장실을 열어본다. 아무도 없다. 옅은 비누 냄새만 날 뿐이다.

"똑똑……."

도어렌즈를 들여다본다. 광대뼈가 튀어나온 얼굴이 불룩하게 렌즈를 채웠다. 이런 식으로는 누군지 알 수가 없다.

"누구죠?"

"프런트의 그레이스입니다."

라틴 여자는 또 어디로 가고, 처음 호텔에서 우리를 맞이했던 그레이스가 나타난 것일까? 나는 3초간 문을 열 것인가 말 것인가를 고민하다가 자물쇠를 풀고 문을 천천히 열었다. 순식간에 퍽 하는 소리와 함께 엄청난 힘이 나를 덮쳤다. 비명을 지를 틈도 없이 비틀비틀 중심을 잃고 바닥에 쓰러졌다. 그것은 내 목을 양손으로 힘껏 거머쥐고 몸 위에 올라탔다.

아무리 발버둥을 쳐도 저항할 수 없을 정도로 그것은 엄청난 힘으로 나를 짓눌렀다. 한 번에 힘을 모아 걷어차기만 하면 될 것 같은데도 제대로 몸이 움직이지 않았다. 여자가 이렇게 힘이 셀 리가 없다. 손목의 힘은 점점 세어져서 내 목을 계속 조여온다.

"도망칠 수 있다고 믿었니?"

이런. 억양도 이상하고 목소리의 톤도 높다. 복도의 불빛이 방 안을 살짝 비춘다. 내 목을 조르는 건 그레이스가 아니라 뚱뚱한 여자다. 눈 주위의 검은 마스카라, 터질 것 같이 빵빵한 얼굴. 그렇다, 우리가 돈을 내지 않고 도망친 중국 음식점의 웨이트리스다.

그레이스는 어디로 갔는지 그림자도 보이지 않는다. 지금쯤 제니가 나타나 이 여자의 뒤통수를 후려치면 좋겠는데.

웨이트리스의 뚱뚱한 몸집이 계속 부풀어오르는 것 같다. 내 몸을 짓누르는 무게도 점점 더해져서 숨을 쉬기도 힘들어진다. 옷은 찢겨나가 있고 얼굴과 팔뚝의 살점이 지독한 냄새를 내며 뚝뚝 떨어진다. 내 목을 조르고 있는 그녀의 팔목에선 팽팽해진 시뻘건 핏줄이 피부 바깥으로 튀어나올 것 같다. 식당에서 이상한 걸 먹은 게 틀림없다. 참, 나도 거기서 저녁을 먹었지.

"이…… 이봐요. 돈을 안 내고 도망간 건 제 탓이 아니에요. 일단 손을 노…… 놓고."

여자는 그럴 의도가 전혀 없는 것처럼 보인다. 손에 힘이 점점 들어갈 뿐이다.

"돈은 필요 없어. 배…… 배가 고프거든."

그녀가 입을 쩌억 벌리자 입 속에서 온갖 중국 음식이 썩어가는 냄새가 풍겼다. 입은 내 가슴을 향해 돌진했다. 그것의 머리가 가슴에 닿기 직전 몸을 겨우 비틀 수 있었다. 그 틈을 타 두 다리로 있는 힘껏 여자의 복부를 걷어찼다. 물컹, 하는 느낌이 있을 뿐 끄떡하지도 않는다. 그것이 히죽, 하고 웃을 때 입에서 침이 주르르륵 흘러내렸다. 나는 재빨리 일어났지만 한쪽 발목이 그것의 손에 잡혀 풀썩 쓰러지고 말았다. 무릎과 팔목이 시렸다. 그것은 뭐라고 괴성을 지르는데 더 이상 무슨 말인지 알아들을 수 없다.

이건 어떤 괴물이더라……. 어디서 많이 봤는데…….

좀비다. 좀비가 틀림없다. 내 시나리오에서 주구장창 등장하던 좀비다. 지난밤에도 등장했던 좀비다. 하지만 젠장, 이렇게 힘이 센 줄은 몰랐단 말이야.

나는 눈을 감았다. 꼼짝없이 당하게 생겼다. 발목이 끊어질 듯 아프다. 다른 쪽 발목도 잡혔다.

"탕!"

그때 귀가 얼얼할 정도로 큰 총소리가 들렸다. 그것은 풀썩 하고 내 등으로 쓰러졌다. 고약한 냄새가 나는 액체가 진득진득하게 온몸에 묻었다. 힘겹게 여자를 옆으로 치우고 총소리가 났던 곳을 쳐다보았다.

제니인가? 아니면 그레이스?

아니다, 중절모를 쓴 남자의 실루엣이 보인다.

"이런 데서 만날 줄은 몰랐겠지?"

코가 약간 맹맹한 중저음의 익숙한 목소리다.

"콘래드?"

"청춘 남녀가 뒹구는 방을 습격하기는 싫지만 자네가 곤경에 처한 것 같아서 말이야."

그가 손을 내민다. 두툼하고 따뜻하다.

"어…… 어떻게 된 거죠? 왜 여기에 있는 겁니까?"

양복을 입은 건 처음 보았다. 유행에 뒤쳐진 것 같지만 중절모까지 쓰고 있으니 그럭저럭 봐줄 만하다. 무엇보다 얼굴에 자신감이 스며 있다. 언제나 몸 어딘가 아픈 것처럼 찡그린 얼굴이었는데 말이다. 술 냄새도 나지 않는다.

"걸을 수 있겠어?"

"무릎이 좀 뻐근하지만 그럭저럭……."

"다행이군, 물리지 않아서."

그의 손을 잡고 일어났다. 그때 쓰러졌던 여자가 비틀거렸다. 그러자 콘래드는 총을 연달아 세 방 더 퍼부었다. 나도 모르게 귀를 막았다. 좀비의 몸에서는 카지노에서 잭팟이 터진 것처럼 동전이 쏟아졌다. 그 소리마저 카지노에서 듣던 것과 똑같았다.

촤라라라라락.

목에서, 피부에서, 썩어문드러진 눈에서 끝없이 솟아나오는 25센트짜리 동전. 나는 말없이 그 광경을 쳐다보았다. 왜 피가 나오지 않는 것일까? 콘래드는 얼음 바구니에 꾸역꾸역 동전을 담는다. 잭팟을 맞은 사람이 슬롯머신에서 동전을 담는 것처럼 말이다.

"이것의 정체가 뭐죠?"

나도 모르게 목소리가 떨리고 있다.

"처벌자(Punisher)야."

"네?"

"다른 세계로 점프해 오는 사람들이 생길 때, 그들을 처치하는 사람들이지. 너무 많은 걸 한꺼번에 질문하지는 마. 천천히 설명해 줄 테니까."

콘래드는 총을 허리춤에 집어넣었다. 그리고 내게 말한다.

"하트브레이크 호텔에 온 걸 환영해. 이게 진짜야. 살아남으려면 꽤 터프해야 한다고. 사방에 위험이 도사리고 있으니까 살아 있다는 것이 더 실감날 거야."

나는 쓰러져 있는 여자에게 다가갔다. 썩은 냄새가 진동했다.

"사람이라고 생각하면 안 돼. 그래야 쉽게 죽일 수 있지."

"조…… 좀비가 맞군요."

"맞아. 네가 쓰고 있는 시나리오에 나오는 것들이지."

콘래드는 검지를 내 이마에 갖다 댔다.

"이 세상 모든 것이 이곳에서 만들어지고 있는 거야."

손가락을 떼더니 마치 권총 자살을 하는 사람처럼 자신의 정수리에 손가락을 갖다 댄다.

"이제, 내가 쓰고 있는 시나리오를 이야기해 주어야 할 차례군. 이야기가 길어질 테니까 정신 바짝 차려서 들으라고. 어떤 강의보다 중요한 이야기니까. 이 머릿속은 또 하나의 우주라는 걸 명심해 두라고."

4.

세상의 모든 하트브레이크 호텔은 연결되어 있다. 콘래드가 근 10년 동안 준비하고 있다는 꿈의 영화, 〈하트브레이크 호텔〉을 완성할 수 없는 이유는 바로 그 때문이다. 로스앤젤레스 편을 쓰다가 발견한 새로운 내용을 시카고 편에서 고치는 식으로 연쇄작용이 일어나서 조그만 수정 작업도 눈덩이처럼 불어난다. 티브이 시리즈로 만들면 안 되냐고 물었더니, 이야기가 길어도 꼭 영화로 만들어져야 한단다. 소파에 앉아 심심풀이로 보는 것이 아니라, 돈을 내고 거대한 스크린과 웅장한 사운드 시설이 있는 영화관에서야 마치 꿈을 꾸는 듯 제대로 감상할 수 있다나. 글쎄…… 사람들이 과연 그렇게 긴 영화를 볼 수 있는지는 모르겠다.

좀비 하나가 죽어 있는 하트브레이크 호텔의 객실에서, 영화 〈하트브레이크 호텔〉의 줄거리를 들어봐도 전체의 이야기는 도무지 파악할 수 없었다. 말하는 속도도 빠른 데다, 이야기는 장황하고 파편적이었다. 가령 알라스카 편에서는 낮이 계속되는 기간에 호텔에 묵었다가 밤이 되어 깨어나고, 파리 편에서는 2차 세계대전을 배경으로 한 미모의 독일 여자 스파이가 호텔에 갔다가 종전 이후의 미래에서 깨어난다. 배경이 되는 도시, 시간, 등장인물을 헤아리면 얼마나 될지 궁금했다. 20여 개 도시, 200년, 50명 정도?

미니바의 술병이 거의 비워질 때까지 그의 이야기는 계속되었다. 나는 작은 술병을 따서 한 번에 꿀꺽 마시고, 복잡한 이야기 때문에 머리가 아파올 때쯤 또 한 병을 마셨다. 그에게도 권했지만 사양했다.

"여기서는 술을 끊었어. 이곳에서는 더 이상 꿈을 기억하기 위해

술 마실 필요가 없거든."

술을 사양하는 콘래드라니 어울리지 않는다.

"그럼 우리를 이 호텔로 보낸 것도 의도적이었군요."

"빙고."

"그럼, 이건 꿈입니까?"

"한번 테스트해 볼까?"

그는 허리춤에서 총을 꺼내더니 내 머리를 겨누었다. 찌릿한 전류가 온몸을 통과하는 기분이 들었다.

"방아쇠를 당기면 어떻게 될 것 같아? 넌 죽을까? 잠에서 깨어날까, 아니면 이것도 저것도 아니게 될까? 궁금하지?"

"자…… 장난 그만 쳐요."

그는 다시 총을 집어넣는다.

"뭐, 오늘은 여기까지 해두지. 너도 나 같은 번역자(Translator)가 될 테니까. 앞으로 자주 만날 거야."

"번역자라니요? 영어를 한글로 번역하는 일 말입니까?"

"이 세상의 이야기를 저 세상에 가서 전해줄 사람 말이야. 혼자서는 아무래도 한계를 느꼈거든. 시나리오 강좌를 하면 재능 있는 번역자를 구할까 싶었는데……. 알다시피 다들 엉망이잖아. 너는 그럭저럭 쓸 만할 것 같아. 내 지도를 조금 받으면 말이야."

그는 자리에서 일어난다.

"그런데 저 사람은 누구야?"

입을 쩍 벌리고 누워 있는 좀비를 가리킨다. 돈을 내지 않고 도망친 중국 레스토랑의 웨이트리스. 나는 그것 옆에 쌓인 동전을 주머니에 담는다. 몸이 조금 무거워진 기분이 들었다.

"사연이 길어요."

"좀비가 등장하는 시나리오를 쓸 때부터 조심했어야지."

그는 피식 웃었다.

"뱀파이어 이야기를 쓰지 않았으니 그나마 다행이죠."

하품이 나와서 손으로 눈을 문질렀다. 잠이 부족하다.

"멍하니 앉아 있지만 말고 일어나자고. 첫날을 이런 식으로 보낼 수는 없잖아. 나가자."

그를 따라 방문을 나섰다. 어둡고 긴 복도를 걸어가면서 머릿속이 점점 빨라졌다. 좀 전에 마신 술 때문에 이제야 머리가 아파오는 것 같았다. 좀비가 튀어나온 것도, 그걸 쏴 죽인 콘래드도 말이 되지 않는다. 그러나 이것이 꿈이 아닌 또 다른 세계라면, 그 어떤 것도 가능한 세계라면, 그 무엇이든 가능할 것이다. 어쩌면 나는 이런 세계를 꿈꾸어 왔을지도 모른다.

"네 시나리오는 다 좋은데, 하나가 없어."

"그게 뭔데요?"

"진심이 없다고. 이 기회를 잘 이용해 봐. 이건 너의 세계야. 네가 원하는 것은 다 이룰 수 있는 곳이지. 하지만 네가 두려워하는 어둠도 언제든지 널 덮칠 수 있다는 걸 명심해."

엘리베이터에 도착하자마자 땡, 하고 엘리베이터 문이 열렸다.

✤ ✤ ✤

카지노 입구에서부터 차가운 에어컨 바람과 시큼한 술 냄새, 동전

떨어지는 소리와 코인머신의 기계음이 뒤섞여 흘러나왔다. 지독하게 어두웠다. 천장과 벽에는 조명이 있었지만 가까스로 그것이 조명이라는 것만 나타내줄 뿐, 다른 곳을 밝혀주지는 못했다. 오히려 슬롯머신에서 나오는 불빛이 더 밝았다. 그 불빛에 무표정하게 모니터를 응시하는 사람들의 얼굴이 비춰졌다. 이런 새벽에도 잠을 자지 않고 앉아 있다니 대단하다.

"제니를 찾아야 할 것 같습니다. 왠지 불안해요."

그는 내 왼쪽 가슴을 집게손가락으로 쿡 찔렀다.

"원하는 대로 하라고."

사실은 겁이 났다. 이곳에서 무슨 일이 일어날지, 뭐가 갑자기 튀어나올지 알 수 없었다. 내가 이 정도라면, 제니는 더 겁을 먹고 있을 것이다. 주머니를 뒤적거렸다. 아, 전화기, 전화기가 없다.

"나는 그랜드캐니언 헬리콥터 투어나 해봐야겠어. 라스베가스까지 왔는데 카지노에서나 죽치고 있을 수 없지. 같이 가지 않을래?"

"다시 방으로 돌아가 봐야겠어요. 휴대폰을 놔두고 왔어요."

콘래드는 어깨를 한 번 으쓱거리고 사라졌다. 항상 어깨를 구부정하게 구부린 채로 걸었는데 이곳에서는 똑바로 펴고 걷는다. 그래서 키가 조금 더 커 보이는 것 같다. 아니, 뒷모습만 보면 다른 사람이라고 착각할 수 있을 정도다.

엘리베이터가 있던 곳으로 발길을 돌렸다. 한참을 걸었다. 이상하다. 엘리베이터가 나타나야 하는데 보이지 않는다. 카운터도, 웨이트리스도, 일하는 사람도 없다. 사람들이 슬롯머신에 앉아 손끝 하나로 운명을 바꿀 수 있다는 듯이 레버를 당기고 있을 뿐이다.

다시, 콘래드가 사라져간 방향으로 달려가봤다. 하지만 역시 그는 이미 사라지고 없다. 주위를 둘러본다. 출구도, 벽도, 표지판도 보이지 않는다. 창문도, 시계도 없다. 오로지 게임에만 집중하라는 카지노의 배려에 짜증이 난다. 일단, 한쪽 방향으로 걷기 시작했다. 방향을 바꾸면 헷갈릴 수도 있으니 계속 같은 방향으로 걸으면 뭔가 나오겠지.

그러나 어떻게 된 일인지 끝이 나오지 않는다. 카지노가 끝없이 이어진다는 생각이 든 적은 있지만, 5분 정도 걷다보면 레스토랑이나 가게 등이 나오게 된다. 내가 기대하는 것은 벽, 출구를 알리는 표지판, 혹은 동전을 교환할 수 있는 카지노 은행, 무엇이라도 좋다.

다리가 아파 슬롯머신 의자에 앉았다. 손목시계를 보니 새벽 네 시. 졸음이 쏟아지고 하품이 계속 나왔다. 얼마나 걸었는지 발바닥이 따끔거렸다.

나는 콘래드의 말을 이리저리 곱씹어 보았다. 그의 말은 일리가 있으면서도 맞지 않는 부분이 있는 복잡한 수수께끼 같았다. 한 부분을 풀어내면 또 다른 부분이 막힌다. 이 세계에는 룰이 있는 것 같으면서도 그것을 설명할 수 있는 정확한 방법은 없는 것 같다. 콘래드는 중요한 걸 알고 있지만 모든 걸 알고 있지는 않을 것이다. 자신이 알고 있는 전부를 내게 말해 주지 않은 것 같기도 하다. 어쩌면 콘래드도 진짜 콘래드가 아니라, 내가 상상한 콘래드일지도 모른다.

나는 뺨을 때려보았다. 아프다. 이게 꿈이라면 어떻게 깨어날 수 있을까?

슬롯머신에 앉아 있던 중년의 남자가 나를 흘끔 쳐다본다.

"저기, 혹시…… 호텔 객실로 가려면 어느 쪽으로 가야 되는지 아십니까?"

그는 슬롯머신에 눈을 떼지 않고 손가락으로 방향을 가리켰다. 눈이 퀭한 것이 도대체 몇 시간 동안 앉아 있었는지 짐작도 할 수 없다. 손가락이 가리킨 곳을 보아도 끝없이 슬롯머신만 이어져 있을 뿐 출구 같은 것은 어둠 속에 묻혀 보이지도 않았다.

"남은 동전 좀 주면 안 되겠나?"

주머니를 뒤지니 한 움큼의 동전이 나왔다. 웨이트리스 좀비의 몸에서 나온 동전이다. 그는 고맙다는 말도 하지 않고 돈을 낚아채서 슬롯머신에 꾸역꾸역 집어넣었다.

"오늘 누적 잭팟이 얼만 줄 알아?"

나는 고개를 들어 전광판의 액수를 확인했다.

'$9,257,123'

9백만 달러……. 액정 위에는 둥그런 휠이 달려 있다. 그러고 보니 이건 내가 즐겨 하던 휠 오브 포춘이다. 레버를 누르면 똑같은 이름의 티브이 프로그램에서처럼 사람들의 환성이 들린다. 보통 슬롯머신과 다른 게 있다면 지급 라인에 따라 바퀴 그림이 나오면 보너스로 바퀴가 돌면서 그것에 걸린 액수가 지급된다는 점이다. 오래된 티브이 프로그램의 향수 때문인지, 보너스 때문인지 많은 사람들이 이 슬롯머신을 찾는다. 나도 한때는 이 슬롯머신에 앉아 많은 시간을 보내곤 했다.

남자는 내가 준 동전을 넣더니 스핀 버튼을 눌렀다.

"이곳의 휠 오브 포춘은 말이야……. 한두 개가 아니라 모두 연결되어 있다더군. 그래서 누적 잭팟 금액이 순식간에 올라가는 거지. 보통 사람들의 작은 불행들을 모아 한 사람에게 큰 행운을 몰아주는 셈이야……."

나도 한때는 그 행운을 잡아보려고 버둥거렸다. 지겹게 공부를 하지 않아도 된다. 좋은 직장을 갖지 않아도, 돈 많은 부모가 없어도 된다. 가진 것 모두를 쏟아 부어 손가락을 움직이면 그만이다. 손가락 하나로 운명을 바꿀 수 있다. 돈을 잃더라도 그건 자신의 잘못도, 세상의 잘못도 아니다. 단지 운이 없었던 것뿐이다……. 도박에 빠지게 되면 복잡하게 느껴졌던 세상의 이치가 점점 명료하게 느껴진다. 뱅글뱅글 돌아가는 바퀴가 딱 하고 멈추는 순간에 나의 운명이 정해지는 것이다. 도박에 중독된 사람들은 그 운명을 너무나 손쉽게 받아들인다. 현실에서처럼 삶을 향상시키기 위해 지독하게 노력하지 않아도 되는 것이다.

"휠 .오브 포춘의 잭팟이 5천만 대 1이라는 거 아세요? 들판에서 벼락을 맞을 확률보다 적어요."

내가 말했다.

"재수 없게……. 그런 잘난 척은 다른 곳에 가서 하라고."

그는 코웃음을 친다.

"기름 값이라도 남기시려면 지금 자리에서 일어나는 게 좋을 겁니다."

그는 자리에서 천천히 일어나더니 순식간에 나를 두 손으로 밀쳐 냈다.

"아앗."

중심을 잃어버리고 쿵 하고 바닥에 쓰러졌다. 주머니에서 동전이 흘러내렸다. 남자는 동전을 재빨리 줍고 도망가버렸다. 넘어질 때 본능적으로 손바닥을 땅에 짚는 바람에 살짝 삐고 말았다. 두꺼운 카펫이 없었다면 크게 다쳤을지도 모른다. 잠시 동안 몸을 일으킬 수 없었다. 하지만 다들 나 같은 인간은 신경도 쓰지 않고, 슬롯머신에 열중하고 있었다.

당장 도움이 필요할 때 생각나는 건 단 한 사람밖에 없었다. 바로 제니다.

"지저분한 바닥에 앉아서 뭐해?"

누군가가 손을 내밀었다. 가늘지만 마디가 굵은 손. 얼굴을 보지 않아도 알 수 있다. 이건 제니의 손이다. 그 손을 잡았다. 코가 시큰거렸다. 고개를 들었다. 역시 제니다. 그녀가 맞는 걸 알면서도 얼굴을 찬찬히 살펴본다. 코 옆에 나 있는 붉은 주근깨까지 똑같다.

"어딜 갔던 거야?"

일부러 신경질을 내본다.

"잠이 안 와서…… 게임을 해보려고 했는데 말야……."

"길을 잃었지?"

"응. 카지노가 이렇게 큰지 미처 몰랐다니까."

나는 제니의 허리를 끌어안고 살짝 입맞춤을 했다. 달달한 향기가 난다. 게임을 하던 사람들이 흘깃 우리를 쳐다보았지만 신경 쓰지 않았다. 여기가 어디인지, 어떻게 빠져나갈 수 있는지는 알 수 없어도, 이제는 괜찮다는 생각이 들었다.

"가…… 갑자기 왜 이래?"

제니가 얼굴을 떼어냈다.

"어디 갔는지 걱정했다고……. 돈은 좀 땄어?"

고개를 흔든다.

"그게 말이야……."

코를 훌쩍거린다.

“갖고 있던 돈을 한 푼도 남김없이 다 써버렸어.”

나는 그녀의 어깨를 감싸주었다.

“괜찮아. 어차피 그 돈은 잃어버리기 위해 왔으니까. 연금으로 비참하게 살던 할머니가 잭팟을 터뜨리는 데 도움을 줬다고 생각해.”

“정말 좋은 예감이 들었는데…… 잭팟은 아니더라도 지금 당장 필요한 것들은 다 해결할 수 있는 돈이 생길 것만 같았는데……. 새 차도 사고, 집도 옮기고, 미술학교에도 등록하고……. 예감이 틀렸나봐.”

나는 바지 뒷주머니를 뒤적거렸다.

“아직 끝난 게 아니라고.”

반짝거리는 달러 코인을 제니에게 건넸다. 자동차가 고장 났을 때 제니가 주었던 행운의 코인. 제니의 눈이 반짝거렸다. 눈물 때문인지도 모른다.

‘$9,277,456’

휠 오브 포춘의 잭팟 금액이 전보다 약간 더 올라 있었다. 누군가가 조금 더 불행해졌을 것이다.

제니는 조심스럽게 달러 코인을 넣었다.

“네가 당겨.”

제니는 내 손을 레버에 갖다 댄다. 눈을 감았다. 간절히 원하는 소망을 담아보려고 했지만 도무지 떠오르는 게 없었다. 5천만 분의 1 정도 되는 잭팟의 행운을 빈다는 것이 얼마나 허망한 것인지는 누구보다 잘 알고 있다. 하지만 이곳은 다른 세계다. 내게 특별한 일이 생길지도 모른다.

힘을 주어 레버를 당겼다.

세 개의 휠은 정신없이 돌아갔다. 여러 가지 과일 무늬와 숫자, 로고와 문양들이 처음엔 잘 보이지 않았다가 속도가 느려질수록 천천히 모습을 드러냈다. 그리고 왼쪽부터 착, 착, 착 하는 소리를 내며 멈추었다.

저게 뭘까?

7, 7, 7

마치 줄을 서는 것처럼 차례로 왼쪽부터 하나씩 7이 멈춰 섰다.

두 눈을 믿을 수 없었다. 소방서에서나 들릴 법한 사이렌이 요란하게 울렸다. 제니와 나는 환호성을 지르며 서로 껴안았다. 주위에서 사람들이 꾸역꾸역 모여들기 시작했다. 제니가 나에게 뭐라고 말을 한 것 같은데 사이렌 소리 때문에 잘 들리지 않았다.

제니도, 나도 기쁨의 눈물을 줄줄 흘렸다. 마치 텔레비전에서 인간승리의 다큐멘터리를 감상하듯 잭팟의 액수와, 액정의 'Congratulation!'이라는 춤추는 글자, 요란하게 번쩍거리는 조명을 바라보았다.

이게 바로 우리의 미래야.

어느새 주위에 수많은 인파가 발 디딜 틈 없이 꾸역꾸역 모여들어 우리를 에워싸고 있었다.

이건 모두가 바라던 미래이기도 하겠지.

그런데 뭔가 이상하다. 이럴 땐 직원이 와서 체크를 해주어야 하지 않나? 기계 오류가 아닌지 점검하고 사무실로 데려가 수표를 써주어야 하는 것 아닌가?

사람들만 꾸역꾸역 모여들 뿐 직원도, 경비원도 보이지 않았다. 요란하던 사이렌도 꺼졌다. 녹음된 가짜 함성 소리만 무한 반복해서 들릴 뿐이다.

차르르르르르르.

그때 슬롯머신에서 동전이 쏟아지기 시작했다. 동전이 나오는 아래 받침대를 순식간에 다 채우고 밖으로 흘러내렸다. 제니는 서둘러 동전을 플라스틱 바구니에 쓸어 담았다. 하지만 슬롯머신이 체한 사람처럼 마구 동전을 토해 내는 바람에 동전은 순식간에 바구니를 채우고는 바닥으로 흘러 넘쳤다.

"뭐해? 도와주지 않고!"

제니는 나를 보며 말했지만 나는 제자리에 멈춰 움직일 수가 없었다.

뭔가 썩어가는 나쁜 냄새, 흐물거리는 피부, 알아들을 수 없는 신음……. 그들이 다가오고 있었다. 우리를 향해 천천히…… 좀비들이 다가오고 있었던 것이다. 나를 덮쳤던 중국인 여자보다 더 썩어 문드러진 좀비들, 지난번 꿈속에 봤던 것보다 더 지저분한 좀비들이 동전을 향해 팔을 벌렸다.

"저게 다 뭐야!"

제니가 소리친다.

얼굴이 반쯤 썩어 있고 문드러진 피부를 통해 벌레나 진득한 액체가 흘러나온다. 빠져나갈 틈을 살펴보았지만 우리를 에워싼 탓에 빈틈이 보이지 않았다. 멀리서 몰려드는 좀비들이 보인다. 앞으로 먼저 오기 위해 서로 몸싸움을 한다.

"동전 바구니를 줘."

나는 주저하는 제니의 손에서 동전 바구니를 빼앗아 멀리 던졌다. 그리고 바구니가 손에 잡히는 대로 최대한 멀리, 최대한 똑같은 곳

을 향해 던졌다. 포물선을 그리며 날아가는 동전 바구니를 좀비들은
물끄러미 쳐다보더니 바닥에 동전이 흩어지자 우르르 몰려갔다. 그
리고 동전을 줍기 위해 서로 밀치고, 밟고, 아우성치기 시작했다.

그 틈을 타서, 제니의 손을 잡고 달렸다.

촤르르르르르, 촤르르르르르르.

휠 오브 포춘에서는 계속 동전이 흘러나왔다. 9백만 달러어치
25센트가 나오려면 한참을 더 기다려야 할 것이다. 평생 빨래를 해
도, 국제전화를 해도 남아돌겠지. 제니는 아쉬운 듯 뒤를 쳐다봤지
만 주저할 시간이 없었다. 달리고, 또 달릴 수밖에. 달리는 동안 좀
비 몇몇을 마주쳤다. 발길로 걷어차는 대로 풀썩 쓰러졌다. 더 이상
그들이 무섭지 않았다. 무더기로 공격만 하지 않는다면 다 막아낼
수 있을 것 같았다. 그러나 쓰러졌던 좀비들은 다시 일어나 엉금엉
금 우리를 향해 기어왔다. 속도는 느리지만 피로를 느끼지 않는 것
같다.

"악!"

짧은 신음을 내며 제니가 쓰러졌다. 좀비 한 녀석이 제니의 발을
붙잡고 있다. 나는 의자로 놈의 머리를 찍어 내렸다. 좀비는 꽥꽥거
리는 소리를 내면서도 발을 놓아주지 않았다. 퍽, 그리고 퍽. 좀비의
몸에서는 피가 아니라 동전이 쏟아져 나왔다. 그 주변으로 또다시
다른 좀비들이 동전을 줍기 위해 몰려들었다. 의자가 다 부서진 다
음에야 제니는 좀비의 손아귀에서 벗어날 수 있었다.

제니가 다리를 절뚝거렸기 때문에 팔을 부축하며 걸었다. 방향을
바꾸지 않고 한쪽 방향으로……. 아무리 걸어도 벽이나, 문이 나오
지 않았다. 이곳을 탈출할 수 없을 것 같은 불길한 예감이 들었다.

분명, 깨어나는 방법이 있을 텐데……. 더 이상 좀비들이 보이지 않는 곳에서 걸음을 멈췄다. 슬롯머신에 앉아 있는 사람들은 무슨 일이 생겼는지 상관없다는 듯 레버를 당기고 있었다.

"왜…… 왜 이상한 것들이 나오는 거지? 이건 어떻게 된 거야? 뭐라고 설명해 줘."

제니가 울먹거린다.

"우리 돈은 어떻게 된 거야? 잭팟이었잖아!"

나도 어떻게 설명해야 할지 난감하다. 아무리 다른 세상이라고 하더라도 우리는 딱 현실만큼 리얼하게 느끼고, 이야기하고, 생각하고 있기 때문이다.

그때 한 여자가 말을 걸었다.

"주문하신 콜라와 마티니 가져왔습니다."

하마터면 팔로 여자를 칠 뻔했다. 여자는 좀비가 아니라, 웨이트리스였다. 몸에 달라붙는 검은 바지와 흰 셔츠, 보타이까지 맸다. 명찰을 보니 그레이스. 호텔 카운터에 있던 여직원의 이름하고 똑같다. 밤에는 카지노에서 아르바이트를 하나? 얼굴을 슬쩍 살펴보니 똑같은 사람인 것 같기도 하고, 아닌 것 같기도 하다. 화장을 너무 짙게 해서 숨이 막힐 지경이다.

목이 말랐던지 제니는 숨도 쉬지 않고 벌컥벌컥 콜라를 들이켠다. 그러고 보니 지난밤, 벨라지오에서 콜라를 시켰는데 이제야 도착하는구나. 나는 마티니를 주문하지 않았지만 그녀가 살짝 윙크를 하는 바람에 그 의미를 파악했다. 호텔 안내원 그레이스가 맞구나.

"그리고, 콘래드 씨가 이걸 맡기셨습니다."

그레이스는 총 한 자루와 자동차 키를 건넸다.

"어떻게 그를 아시나요?"

제니가 물었다. 제니는 아직 그녀가 호텔에 있던 그레이스라는 걸 눈치 채지 못한 것 같았다.

"콘래드 씨는 저희 호텔의 VIP 고객이십니다. 참, 주차장은 이쪽입니다. 지하 3층으로 내려가세요. 거기에 준비된 자동차가 기다리고 있을 겁니다. 저희 호텔 영업시간이 한 시간밖에 남지 않았습니다. 빠져나가시려면 서둘러야 해요."

여자는 검은 공간에 손을 갖다 댔다. 그러자 그 공간에 하얀 틈이 생기면서 벽이 나타났다. 여자가 벽을 밀자 거짓말처럼 벽이 안쪽으로 들어가면서 계단이 나타났다.

"빠져나가지 못하면 어떻게 되는 겁니까?"

나는 마티니를 한 모금만 마신 뒤 여자에게 건네주었다. 머리가 알싸하게 맑아졌다. 술이 들어가자 몸에 생기가 도는 것 같았다. 제니도 빈 잔을 그레이스가 들고 있던 작은 쟁반에 올려놓았다.

그레이스는 대답하지 않았다. 빠져나가지 못한다면 이곳에 눌러앉아 슬롯머신 게임을 하며 좀비가 되겠지. 동전 출구에 남겨진 한두 개의 동전을 모으고, 잭팟 근처에서 얼씬거리고, 새로 온 것 같은 사람의 동전을 훔치고, 물어버리겠지.

제니와 나는 벽 안으로 들어갔다. 계단을 내려가기 직전 그레이스는 내 손목을 꽉 붙잡았다. 그리고 귀에 대고 뭔가를 속삭였다. 이야기를 마치고 귓불을 살짝 핥았다. 온몸에서 소름이 돋았다.

지하 3층 정도를 내려가자 주차장이 나왔다. 바퀴가 노면에 끌리는 소리도, 자동차 엔진소리도 들리지 않았다. 수십 개의 기둥 사이로 단 한 대의 자동차가 보였다. 멀리서도, 나는 그 차가 어떤 차인지 알 수 있었다.

은색의 차체, 개구리눈처럼 약간 튀어나온 눈, 뚜껑은 없는 스포츠카……. 스파이더다. 차체와 보닛에 130이라는 숫자가 커다랗게 적혀 있다. 앞 유리도 낮아서 머리도 제대로 가릴 수 없을 것 같다. 이건 토요타의 복사판 스파이더가 아니다. 제임스 딘이 타다가 사고로 죽은 진짜 포르쉐 스파이더 550이다.

우리는 차 앞에 서서 한동안 말을 잃었다. 잭팟을 맞은 것은 숫자놀음이라 비현실적으로 느껴졌지만 자동차는 직접 이렇게 만질 수 있고, 볼 수 있고, 탈 수도 있다.

나는 제니에게 열쇠를 건넸다.

"네가 운전해."

제니는 고개를 짧게 끄덕였다.

"이거 꿈이지?"

나는 잠시 멈칫거리다가 고개를 좌우로 흔들었다.

제니는 운전석에, 나는 보조석에 앉았다. 뒷좌석은 없었다. 오직 두 사람만을 위한 자동차다. 나는 그녀의 허벅지를 살짝 꼬집어주었다.

"정신 차리고 시동을 걸어봐."

한동안 운전을 하지 않은 탓에 긴장한 것처럼 보였다. 엔진 소리는 낮게 그르렁거리는 치타 같았다. 무게 중심이 보통 차보다 아래쪽에 쏠려 있는 탓인지 땅바닥에 드러누운 기분이 들었다. 제니는 기어를 바꾸고 천천히 액셀러레이터를 밟았다. 끼이이익 타이어가 왁스칠한 바닥에 미끄러지면서 천천히 움직였다.

"나, 운전하고 있는 거 맞지?"

제니의 목소리가 떨렸다.

"그럼. 조금 더 세게 밟아도 돼. 어이, 라이트를 켜."

어디로 빠져나가야 할지 난감했지만 다행히 바닥에 큰 글자로 'EXIT'라는 글자와 화살표가 적혀 있었다. 그걸 따라 한참을 가다 보니 다시 꺾인 화살표와 출구 표시가 나왔고, 한참을 가다보니 또 다시 나왔다. 혹시 주차장을 빙글빙글 돌고 있는 것이 아닌가 생각할 때쯤 네온사인으로 알록달록 빛나는 라스베가스의 익숙한 야경이 보이기 시작했다.

"아!!!"

제니가 고함을 질렀다. 그것도 아주 길고, 시원하게.

5.

둘 중 어느 누구도 먼저 말을 꺼내지는 않았다. 지도도 없고, GPS 도 달려 있지 않았기 때문에 해가 뜨는 반대 방향으로 차를 몰았다. 서쪽이 로스앤젤레스니까 어떻게든 해가 뜨는 반대 방향으로 가면 될 것이다. 아직 해는 뜨지 않았지만 벌써부터 동쪽 끝에서 붉은 빛이 퍼지고 있다. 화려한 카지노 호텔 거리를 지나가니 이내 지저분한 거리가 나타났다. 길가에 홈리스들이 기거하는 텐트가 주욱 이어졌다. 카지노에서 돈을 다 잃고, 집으로 돌아가지 못하는 사람들이 사는 곳이다. 텐트에서 갑자기 좀비가 튀어나오지 않을까 걱정되었지만 그런 일은 일어나지 않았다. 상관없다. 우리에게는 시속 200마일로 도망갈 수 있는 자동차가 있으니까.

이렇게 서쪽으로 15번 하이웨이를 타고 가면 어떤 일이 벌어질지 생각해 본다. 로스앤젤레스에 도착하면 혹시 또 다른 제니와 내가 살고 있지는 않을까? 아니면 아무 일도 없었다는 듯 이대로 지낼 수 있는 것일까? 혹시, 해가 뜨면 하트브레이크 호텔에서 깨어나게 되는 것일까? 차를 세워 선인장을 잘라보고 싶어졌다. 플라스틱으로 만들어졌을까 아니면 살아 있는 식물일까……

제니를 바라본다. 머리를 휘날리며, 입가엔 미소를 띤 채로 운전을 하고 있다. 제니가 운전한다는 것이 믿어지지 않을 정도로 차는 부드럽게 굴러간다. 나는 라디오를 켰다. 쇼팽의 〈폴로네즈 제6번〉이 흘러나온다. 아침에 듣기에는 음울한 곡이지만 창밖 풍경과 어울리는 것 같다. 제니는 튜너를 바꾸려다 손을 다시 운전대로 갖다 댔다. 땡큐.

창밖은 캘리포니아 오렌지 빛을 내며 점점 밝아지고 있다. 제니는 마른기침을 몇 번 해댔다.

"아, 잊어버린 게 있어."

"뭐?"

"아침 쿠폰. 니코 식당에서 그랜드 슬램 아침을 먹어야 하는데."

"돌아가고 싶어?"

"후훗, 아니. 그보다 좀 으슬으슬하네……."

LA로 향하는 15번 고속도로 표지판이 커다랗게 보였다. 하지만 제니는 램프로 진입하지 않고 직진했다. 아직도 고속도로가 무서운가 보다. 표지판도 뜸한 2차선 길로 들어섰다. 제니는 발작적으로 기침을 한다. 기침소리에 따라 차가 흔들리는 것 같았다.

"이제 우리 헤어져."

제니가 말한다. 머리도 휘날리고 있고, 입가의 미소도 그대로다. 아침을 먹자는 말처럼 아무렇지 않게 그 말이 튀어나왔다.

"제니…… 무슨 소리를 하는 거야. 왜? 무슨 이유로?"

"그건 네가 더 잘 알 텐데."

제니는 갑자기 브레이크를 밟는다. 소음과 먼지를 일으키며 자동차는 멈췄다. 안전벨트를 하지 않았다면 몸이 앞으로 팅겨나갔을 것이다.

"우우우엑."

제니의 입에서 피가 뿜어져 대시보드를 빨갛게 더럽혔다. 고개를 든다. 눈이 푹 들어간 데다 주위가 검게 변했다. 피부에 주름이 깊게 팼다.

"괘…… 괜찮아?"

"이게 괜찮아 보여?"

"병원으로 가자."

제니는 피식, 웃어넘긴다.

"병원은 무슨. 좀비에게 물려버렸는데……."

"헤어지자니?"

"너도 내가 지긋지긋할 때가 있듯이, 나도 네가 견딜 수 없을 때가 있어."

"지금이 그래?"

"아니. 징그럽게 변하기 전에 말해야 할 것 같은 기분이 들어서. 속에 있는 말을 하고 싶어 미칠 것 같거든."

제니의 어깨가 부르르 떨린다.

"우리의 궁색한 생활이 영원히 계속될 거라는 절망을 느낀 석 없어?"

뭔가 말을 꺼내려고 했지만 제니는 기회를 주지 않는다.

"퉁퉁 부은 종아리를 만질 때마다 삶에 찌들어 이대로 늙어버리는 건 아닌지 생각이 들 때가 많았어. 원하는 건 바로 앞에 있어서 잡을 수 있을 것만 같은데 죽을 때까지 잡지 못하는 것이 아닐까…… 하는 생각. 그런데 이제 진짜로 좀비가 되어가나봐. 이거 재밌는데……."

제니의 얼굴은 웃으려고 하는데 마음대로 되지 않는지 일그러졌다.

"빨리 죽여."

숨을 거칠게 내쉰다.

"그년이 준 총으로 빨리 날 쏘라고. 아니면 내가 좀비로 변해 널 물어죽일지 몰라."

제니는 내 호주머니를 뒤져서 총을 찾아낸다. 그리고 내 두 손에 꼭 쥐어준다. 제니의 손톱이 빠져 기어 스틱으로 툭 하고 떨어졌다.

"어차피 한통속이잖아. 날 죽여보라고. 빨리! 언젠가 자기가 날 배신하리란 건 알고 있었으니까!"

좀비에게 발목을 잡혔을 때 당한 것이 틀림없다. 액셀에 올려진 발을 보니 검게 변했다. 제니의 입에서 붉은 거품이 뿜어져 나온다. 기침을 몇 번 하더니 속사포처럼 말이 튀어나오기 시작했다.

"자기는 짐을 싸서 날아가면 그만이잖아. Shit! 고향으로 돌아가면 반갑게 맞아줄 가족도 있지? 왜 지구 반대편에 와서 쓸데없는 짓을 하고 있어? 네가 밤늦도록 돌아오지 않을 때마다 혹시나 한국으로 떠난 건 아닌가 걱정한 거 모르지? Fuck, fuck! 나는 촌구석으로 돌아가봤자 반가워해줄 사람도 없어. 엄마는 진즉에 돌아가셨고 아빠는 어떤 거지 같은 년하고 트레일러에 살림을 차렸을 거야. 너는 일주일에 한 번씩 국제전화를 걸지만 나는 아빠에게 전화가 오면 돈이라도 꿔달라고 할까봐 겁이 나. 너…… 내가 배우가 되거나 화가가 되고 싶다고 했을 때 빈정거렸지? 말로는 용기를 북돋워주면서 사실은 비웃었던 거지? 얼굴에 표시가 나. 단 한 번이라도 진심으로 날 응원해 준 적이 있어? 불법 취업자에다가 자동차보험 세일즈맨인 주제에 언제나 나보다 우월하다고 생각하고 있지? 시나리오를 쓰고 있다는 것도 다 알아. 왜 나한테는 안 보여주는 건데? 내가 그럴 가치도 안 돼? 나도 글을 읽을 줄 알아. 주정뱅이 콘래드 선생에게는 꼬박꼬박 보여주면서 왜 그래? 아하, 둘이 그렇고 그런 사인가? 시나리오를 내가 안 읽은 줄 알아? 그게 숨기면 숨겨질 줄 알아? 자기는 그걸 완벽히 숨기는 성의조차 갖고 있지도 않다고. 사람들은 왜 바보같이 자기 이야기를 하면서 자기 이야기가 아닌 척하는 거지? 자기가 쓴 시나리오에 좀비가 나오는 걸 내가 모를 것 같아? 이건 그걸 바탕으로 한 꿈이라는 것쯤은 이제 나도 알아! 왜 콘래드에겐 예전에 라스베가스에 가서 곤경을 당했다는 이야기를 하고, 나한테는 하지 않았던 건데? 왜 그 이야기를 남에게 들어야 하는 건데? 내가 괜히 라스베가스에 오자고 떼를 쓴 것 같아? 자기를 괴롭히고 싶어서야. 이곳에 오면 네가 얼마나 괴로워하는지 두 눈으로 확인하고 싶어서야. 돈이 없는 건 둘째치고라도, 열정 없는 삶은 죽어도 싫어. 이룰 수 없다고 꿈도 꾸지 말란 법은 없잖아? 문짝도 제대로 닫히지 않는 집에서 살아갈 수 있는 이유가 뭐라고 생각해? 너는 그런 이유도 생각하지 않으면서 살잖아? 나한테 명함을 슬쩍 건네는 돈 많은 손님들도 많아. 지금 전화 걸어볼까? 너는 한 번도 가보지 못한 곳에서 식사를 하고, 특급호텔에서 뒹굴 수도 있을걸? 라스베가스에 와서 공사 중인 호텔에 묵는 게 말이나 돼? 싸구려 중국 음식점은 어떻고? 좋아하는 척했지만 진짜 좋아하는 거라고 생각해? 바보, 바보야. 하지만 나는 너를 좋아한다고……. 아니 사랑한다고. 네가 떠나버리면 죽을 때까지 쫓아갈 거라고. 꿈속이든, 지구 반대편이든 따라갈 거라고. 그런데 넌 마지막으로 나를 사랑한다고 말했던 적이 언제야? 뭐? 그걸 꼭 말로 해야 하냐고? 나는 듣고 싶거든. 확인하고 싶거든. 말로 해야 확신할 수 있거든. 우울할 땐 우울해야 하고, 기쁠 땐 소리쳐야 하거든. 넌 짜증 나. 질색이야. 모든 걸 다 이해하는 척할 뿐 바보같이 멍하게 살고 있잖아. 나를 사랑하기 위해 모든 걸 던지지도 않잖아. 나에게 매달리지도 않잖아. 그건 사랑이 아닐지도 몰라. 그냥 내가 싫지 않은 것뿐이고, 그냥 편한 대로 지내고 있을 뿐이잖아. 아니, 나하고 살면서 공짜로 영어라도 배우고 싶은 거야? 도대체 뭘 하고 싶은 건데? 나한테 자꾸 가질 수 없는 걸 갖고 싶어 한다고, 될 수 없는 걸 되고 싶어 한다고 빈정댈 필요가 없어. 나는 단지 하고 싶은 걸 하는 것뿐이니까. 하지만 넌 뭐니? 그런 거나 있니? 얼굴 구기고 열심히 일하는 게 어른이 되는 거니? 그런 인간은 재미없어. 지금 너는 우리가 그렇게 싫어하던 얼간이 어른처럼 되어가고 있다고! 미쳐 있어도 좋아. 살아 있는 사람하고 살고 싶어. 나는 혼자 있는 게 죽어도 싫어. 그래서 룸메이트가 필요하고 나를 사랑해 줄 사람, 사랑할 사람이 필요한 거야. 그냥 함께 지낼 사람이 필요하면 꺼져버려. 헤어져. 너희 나라로 돌아가라고. 너는 제로야!"

나는 그저 듣고만 있었다. 그 말들은 머리로 이해되기 전에 가슴을 뚫고 지나갔다. 그녀의 말이 틀리다면 반박을 할 수 있을 테지만 하나도 틀린 게 없었다. 뚫린 가슴의 구멍이 점점 커져서 스산한 기분이 들 정도였다. 그건 정말로 제니의 진심이었던 것이다.

제니가 내 목을 조른다. 두 팔로 저지해 보지만 힘이 잔뜩 들어가 있어 떼어내기 힘들다. 증오가 가득한 눈에서 눈물이 뚝뚝 떨어지고 있다. 아니, 색깔이 붉은 것을 보니 핏물인 것 같다. 숨을 끊어놓을 생각인가 보다. 나는 부들부들 떨리는 손으로 보조석 문고리를 열었다. 제니가 밀고 있던 힘 때문에 둘 다 아스팔트 바닥으로 굴러버렸다. 제니와 떨어지려고 엉금엉금 기어본다.

괴성을 지른다. 더 이상 무슨 이야기를 하는지 알아들을 수 없지만 무슨 말을 하려고 하는지는 다 알고 있다. 이제, 그만하란 말이야!

나는 제니에게 총을 조준했다.

"다…… 다가오지 마. 그 자리에 멈춰. 911에 전화를 할 테니까. 응급요원이 널 도와줄 거야."

하지만 나는 전화기가 없다. 911이 우리를 도와줄 거라는 확신도 없다. 그냥 말뿐이다.

"날 도와줄 수 있는 건…… 앙당시펑…… 없엉……. 내거……. 필요해던 것뿐이징………… 그렇지잉?"

웃고 있는 건지 울고 있는 건지 모르겠다. 무슨 말인지도 모르겠다. 제니의 입에서 이빨이 침과 함께 떨어진다.

"우잉용마카…… 프르르르르후후   ㅎㅜㅂ."

제니는 비틀거리며 자리에서 일어난다. 그녀와 나와의 거리는 고작 두세 걸음. 입에서 침을 질질 흘리며 뒤뚱뒤뚱 내게 다가온다. 그때 저 멀리 하늘에서 소음이 들려오기 시작했다.

"정말 쏠 거야! 거기 서!"

제니의 얼굴은 더 이상 형체를 알아볼 수 없다. 잠시, 멈춰 서서 내 말을 듣는 듯했지만 이내 나를 향해 한 발자국 더 발걸음을 디딘다. 그리고 나를 향해 전력질주.

동쪽 하늘이 참 붉다. 세상의 반이 붉게 타고 있는 것 같다. 해가 뜨려나보다.

위협을 느꼈다기보다는 나를 끌어안는 느낌이 들었다. 시궁창 냄새와 미끌미끌한 몸뚱이. 중국 여자가 나를 덮쳤을 때보다 충격은 크지 않았다. 몸이 닿자마자 방아쇠를 당겼다.

탕!

정확히 제니의 왼쪽 가슴에.

나는 땅바닥에 누워 있다. 프라이팬이 달궈지듯 아스팔트도 점점 뜨거워지고 있다. 제니는 오른쪽에 엎어져 있다. 뜨겁고 붉은 피가 콸콸 쏟아져나와 내 몸과 아스팔트를 적신다. 카지노의 좀비들은 동전을 내뿜던데 왜 제니의 몸에서는 피가 나오는 걸까? 설마, 내가 진짜로 사람을 죽인 건 아닐까?

피를 흘리면서도 계속 몸에서는 새로운 피가 만들어지는가 보다. 어쩌면 이 피가 모여 붉은 강이 될 수 있겠다는 생각을 했다. 나의 두 눈에서 흐르는 눈물의 양은 피의 농도를 옅게 하지는 못할 것이다. 내가 죽인 것은 제니가 아니라고 스스로를 위로해 봐도 아무 소용이 없다. 슬프기도 하지만 이상하게 속이 시원하기도 하다. 나, 괴물이 되어버렸나 보다.

우두두두 들리는 소음의 정체를 알았다. 저 멀리 하늘에서 점같이 작게 다가온 것이 동전만 하게 커지더니 바람개비 같은 날개가 보였다. 다가올수록 소음은 더욱 커졌다.

헬리콥터다…….

나는 그 안에 누가 타고 있는지 보지 않고서도 알 수 있다. 아래를 내려다보며 손을 흔들고 있는 건 콘래드일 것이다. 선라이즈 투어를 마치고 오는 길일까.

헬리콥터 날개가 돌아가는 소리가 이렇게 클 줄은 몰랐다. 날개 때문에 바람이 불어오기 시작한다. 그리고 지평선에서 한 줄기 햇살이 보인다. 불이라도 난 줄 알았다. 하지만 곧 그것이 해 뜨기 직전의 하늘이라는 걸 깨달았다. 동전만 한 해가 아무 예고 없이 사막 위로 떴다. 눈이 부시다.

문득, 궁금했던 모든 것들을 빛을 보는 순간 다 알아버린 기분이

든다. 내가 라스베가스에 간 이유, 도박을 한 이유, 로스앤젤레스에서 머문 이유, 제니를 사귄 이유, 콘래드를 만난 이유, 시나리오를 쓴 이유, 하트브레이크 호텔에 온 이유, 그리고 제니를 죽인 이유…….

우리는, 이룰 수 없는 꿈만 계속 꾸고 싶었던 것이다. 막상 이루게 될 낌새가 보이면 그것이 두려웠던 것이다. 꿈을 향한 부단한 노력 따위는 하고 싶지 않았던 것이다. 언제나 미완성의 가능성으로 남아 있는 것, 그런 상태로 도달할 수 없는 꿈을 바라는 것이 세상과 타협하지 않는 우리만의 방식이었던 것이다. 상대방이 꿈을 이룰 수 없는 것을 보면서 위안을 얻고, 운이 좋아 꿈을 이룬 사람들을 비웃어주는 것이 고작, 우리가 할 수 있는 일인 것이다.

깨달음은, 아는 것과 다르고, 이해하는 것과도 다르다. 그건 순식간에 수면 위로 떠올랐다가 확인하려고 하면 깊숙이 가라앉아 버린다. 지금이 그런 순간이다.

문득, 그레이스가 총을 건넬 때 귓속에 대고 한 말이 생각났다.

"죽어야, 다시 깨어날 수 있다고."

햇빛이 눈부셔서 눈을 감아버렸다. 헬리콥터 소리는 점점 더 커져서 귀를 막아야 할 정도다. 잠이 들면 좋겠지만, 절대로 잠들 수 없다는 걸 안다.

심장에서는 최고 속도로 온몸에 피를 뿜어내고 있다. 눈을 감고 있더라도 그 박동이 들리는 것이다. 나는 손을 뻗어 관자놀이에 총구를 갖다 댔다. 총구가 부들부들 떨리는 것이 느껴졌다. 다른 한쪽 손으로 더듬더듬 제니의 팔을 만져보았다. 좀더 아래로 내려가니 손목이 나오고, 손이 나온다. 아직도 따뜻하다. 손을 살포시 잡으니 용기가 생겼다.

확신한다. 이건 죽는 것이 아니라, 다시 깨어나는 것이리라.

눈앞의 헬리콥터 날개가 돌아가는 걸 보니 빙글빙글 돌아가던 거대한 행운의 바퀴가 떠오른다. 눈 주위가 실룩거린다.

7, 7, 7

참 좋았었는데 말이다.

그리고 나는, 방아쇠를 당겼다.

내 머릿속의 핸드폰

·

뉴욕

Heartbreak Hotel

1.

로스앤젤레스, 샌프란시스코, 그리고 뉴욕……. 출근을 하면 이름만 대면 알 만한 미국의 도시에서 소식이 건너와 있다. 급한 것을 골라내서 번역하고 관련 부서에 보낸다. 대부분은 이메일로 답변하지만 급한 것은 일찍 출근해서 전화를 걸거나(그쪽은 퇴근하기 직전이다), 혹은 늦게 남아 전화를 건다(그쪽은 막 출근한 뒤다). 전 직원이 200여 명 정도인 우리 회사는 해외 업무를 총괄하는 부서가 따로 없다. 총무부에 근무하던 나는, 입사 때 적어낸 토익 점수가 제일 높다는 이유로 이런 일들을 떠맡게 되었다. 처음엔 한 달에 한두 번 있을까 말까한 일들이 점점 불어나게 되었다. 해외 사업을 점차 확충한다나. 그렇다고 다른 일거리가 줄어드는 것도 아니다. 월말이 되면 결산해야 할 것들로 정신없이 바쁜데 해외에서 오는 문서까지 처리해야 하니까 그야말로 허둥지둥, 우왕좌왕.

하지만 그것도 계속 하다 보니 요령이 생겼다. 내 아래의 신입사원도 생겼다. 영문학과를 나왔고 어학연수도 갔다 왔다는 남자 직원인데, 일머리가 전혀 없다. 보고만 있어도 답답한 뿔테 안경을 낀 채 땀을 뻘뻘 흘리며 허둥거린다. 어차피 회사의 대부분의 일은 급한 일이라는 꼬리표가 붙지만, 모든 급한 일을 빨리 처리한다고 해서 한가해질 수 있는 게 아니다. 정말 급한 것과 덜 급한 것을 구분하는 게 요령이다. 수도꼭지가 고장 난 것처럼 일은 언제나 콸콸 쏟아져 들어온다. 급한 일을 잘 가려내서 해결하면 나머지 일들은 자연스럽게 다음으로 미루어지거나, 하수구로 빠져나가 버린다. 일의 홍수 속에서 외부적으로는 바쁜 척을 하면서 내부적으로는 평정을 유지하는 것이 관건이다. 그러지 못한다면 대부분의 총무과 직원들은 1년을 넘기지 못하고 직장을 그만둔다. 어차피 월급도 많지 않은 데다, 야근을 하기 일쑤고, 계약직일 뿐이니까. 나처럼 회사의 오래된 캐비닛처럼 자리를 지키고 있는 여직원은 아무도 없다.

엄마는 늦지 않았으니 공무원 시험을 준비하는 게 어떻겠느냐고 뜬금없이 말씀하시곤 한다. 매일 늦게 퇴근하는 것이 안쓰러운가 보다. 그러나 늦게 퇴근하는 이유가 항상 일 때문은 아니라는 것을 아는지 모르겠다. 노처녀에게도 사생활이라는 게 있다.

바쁜 것이 좋다. 일이든 연애든 누군가 나를 절실하게 필요로 해 주는 것이 좋다. 주중에는 애타게 주말을 기다리지만, 토요일에 늦잠을 자고 일어나면 허무해져서 뭔가 일을 해야 하지 않을까 하는 생각이 들 정도다.

해외 업무도 하다 보니 재미가 생겼다. 기술 문서 번역은 단어 자체의 뜻이 중요한 게 아니라, 전체적인 일의 맥락이 더 중요하다. 관련된 일이 어떤 것인지 대충 파악해 놓지 않으면 이해할 수 없다.

기술용어를 숙지해 놓는 것은 필수다. 특히, 우리 회사같이 휴대폰의 부품을 만드는 곳이라면 더욱 그렇다. 처음엔 그들이 사용하는 용어가 외계에서 쓰이는 말처럼 들렸다. WCDMA, EDVO, LTE, WiMAX…… 이런 용어들의 번역을 맡게 된 이후부터는 알고 싶지 않아도 알아야 했으므로 인터넷을 검색하거나 연구실의 책을 빌려 공부를 했다. 수식은 건너뛰고, 어떤 의미인지만 대충 파악했다. 이런 걸 공부하니까 공기 중에 눈에 보이지 않는 수많은 전파들이 날아다니는 것이 보였다. 라디오 전파나 TV 공중파는 굉장히 소박한 전파였던 것이다.

나름 공부를 한 결과, 구내식당에서 밥을 먹을 때 연구원들과 대화를 나눌 수 있을 정도가 되었다. 조금 더 깊은 이야기를 나누면 연구원들이 신나게 설명을 해버려 그날의 점심이 소화불량으로 끝날 때도 있었다. 통신 기술이 발전하면 결국엔 휴대폰 같은 건 필요하지 않을 거란 이야기는 텔레파시로 통화하는 기술도 멀지 않았다는 황당한 이야기로 이어지곤 했다.

"더 자세히 듣고 싶어요?"

연구원들은 선보는 자리에서, 여자친구에게, 혹은 아내에게 회사에서 자신이 무슨 일을 하는지 구체적으로 말하는 게 힘들 것이다. 그러다 보니 선 자리에서 매번 퇴짜를 맞거나 여자친구가 없거나, 결혼생활이 순탄치 않은 것인지도 모른다. 거의 매일 야근을 해가면서 모니터를 뚫어져라 바라보는 그들을 보면 안쓰럽다. 그처럼 열심히 일해서 돈을 버는 건 결국 누구일까? 사장님? 중국 공장 직원? 휴대폰 판매원? 아니면 미국 회사?

그들 주위에 있는 사람의 불평은 뻔하겠지. 애인은 데이트할 시간이 없고, 아내는 남편을 볼 시간이 없고, 아이들은 아빠가 어떻게 생겼는지 기억나지 않는다. 하지만 나는 알고 있다. 늦은 밤까지 연구실에 앉아서 모니터를 쳐다보는 것이 그들을 안도시킨다는 것을. 그들은 거리를 어떻게 방황해야 하는지, 집에서 어떻게 아내와 이야기를 하고 아이들을 돌봐줘야 하는지, 잘 모르는 것이다. 불편한 것이다. 차라리 회사에서 늦게까지 있는 게 마음 편한 것이다. 다 큰 어린이들. 그걸 알고 나니 그들 중 누구와도 데이트하고 싶지가 않았다. 착하고 성실한 남자들이 싫어졌다.

영어로 된 문서를 읽고 있으면 그것들이 지구 반대편에서 보낸 것인지 실감이 나지 않는다. 아래층 사무실에서 이메일이나 팩스를 보낸다고 하더라도 전혀 이상할 것이 없으니까. 단지 문서의 끝에 붙어 있는 회사의 주소, 전화번호가 비행기로 열 시간은 족히 걸리는 먼 곳이라는 걸 말해 줄 뿐이다. 로스앤젤레스, 라스베가스, 마이애미, 워싱턴디시 혹은 뉴욕.

그러던 차에 처음으로 해외에 출장 갈 기회가 생겼다. 그것도 뉴욕으로. 표면상으로는 거래처로 출장을 가는 거지만 그건 핑계일 뿐이다. 총무직 왕언니가 뉴욕에 가서 처리할 급한 일이 뭐가 있겠는가? 나의 역할은 사장님의 부인을 보필하는 쇼핑 헬퍼다. 나보다 세 살밖에 많지 않은 새로운 사모님이 뉴욕에 있는 사장님의 딸을 만나러 가려는데, 딸이 일이 생겨 뉴욕에 없기 때문에 쇼핑을 할 수 없단다. 그래서 화살이 나에게 떨어진 것이다. 딸은 새엄마가 오는 때를 맞춰 캘리포니아로 떠났을 것 같다. 나 같아도 나이 차이가 얼마 되지 않는 새엄마하고는 편히 지내지 못할 테니까. 사장님이 직접 내

게 부탁을 했기 때문에 거절할 수가 없었다. 물론 노, 라고 말할 생
각은 전혀 없었지만.

우리 회사에서 해외업무를 총괄하는 사람은? 사모님을 따라다니
면서 쇼핑백을 들어주고 할인 정보까지 구해줄 수 있는 사람은? 사
흘 뒤에 당장 떠날 수 있고, 한 주쯤 없어도 회사에 별 지장이 없는
사람은? 바로 나, 김민정이다.

2.

뉴욕행 비행기 표를 급히 구하고, 짐을 챙기며 부산을 떨다가 문
득 서진 씨가 생각났다. 그가 운영하는 '한페이지 단편소설'의 회원
이기도 하고, 그가 홈페이지에 쓰는 일기를 습관적으로 읽어왔다.
최근 일기에 따르면 그는 뉴욕에서 소설을 쓰는 모양이었다. 이번에
는 꽤나 긴 소설을 쓰는지 체류 기간도 넉 달을 훌쩍 넘어버렸다.

그를 만나보고 싶다는 생각이 들었다.

서울에서 만나면 어색하겠지만 왠지 뉴욕에서라면 같은 한국 사
람이라는 이유만으로도 반갑게 맞아주지 않을까?

'서진 씨, 한페이지 단편소설 회원 김민정이라고 합니다. 뉴욕에
출장 가게 되어 17일에 도착할 예정입니다. 체류 기간은 일주일 정
도입니다. 혹시 시간 나시면 답장 주세요. 맥주나 한잔 해요.'

출장, 체류 기간, 그리고 시간 나시면, 맥주나 한잔…… 마치 채
팅을 통해 만난 사람처럼 가볍게 말하고 있잖아? 절실함이 없어.

그러나 보내기 버튼을 꾹 눌렀다. 그가 답장을 보내지 않는다면

앞으로는 절대로 웹사이트에 접속하지 않으리라 다짐하면서.

서진 씨가 여행을 통해 소설의 소재를 얻는다는 것은 예전부터 알
고 있었다. 홈페이지에 간간히 올리는 소설도 외국을 배경으로 한
작품이 많았다. 이상하게도 그 점이 마음에 걸렸다. 어떻게 독자가
한 번도 가보지 못한 곳을 배경으로 한 소설이 공감을 일으킬 수 있
다고 생각하는 것일까?
여행을 한 뒤 글을 쓰는 것과, 글을 쓰기 위해 여행을 하는 것은
어떤 차이가 있을까? 헤밍웨이가 『무기여 잘 있거라』를 쓰기 위해
서 이탈리아의 전장으로 뛰어든 건 아니겠지만, 그가 자신의 경험을
바탕으로 소설을 쓴 건 확실하다. 닭이 먼저냐 달걀이 먼저냐의 문
제일까? 아니라고 본다. 글을 쓰기 위해서 어디론가 떠나는 것은 아
니지만, 낯선 곳으로 떠난다는 사실 자체가 글쓰기를 유도하는 것이
다. 책상 앞에 앉아서 뭔가 떠오르기를 기다리는 것보다는 여행을
하는 것이 생산적일 수 있다. 서진 씨가 캘리포니아나, 라스베가스,
하와이, 뉴욕 등을 전전하는 것이 소설의 소재를 찾기 위함이 아닐
수도 있지만 결국 소재가 되어 소설로 돌아오는 것이다. 먹고살기도
바쁜데 어떻게 그렇게 여행을 할 수가 있담, 이라고 속으로 흉을 보
지만 사실은 부러웠다. 나는 매일매일 쏟아져 나오는 일을 처리하기
위해 세 평 남짓한 사무실에 처박혀 하루를 보내는데 이 남자는 지
구 반대편에서 느긋하게 오전 아홉 시에 일어나 세 시간 정도 소설
을 쓰고 하루 종일 낯선 거리를 배회한다. 저녁에는 단골 맥주 집에
서 제조 맥주를 두세 잔 마시고 집으로 돌아와 착한 소년처럼 일기
를 쓰고 잠이 든다.

대학 시절에는 꽤나 진지하게 소설을 써볼까, 하는 생각을 가졌다. 신춘문예에도 몇 번 응모한 적이 있다. 물론 떨어졌다. 워낙 현실적인 성격이라 졸업이 다가오자 소설가가 되겠다는 생각은 증발해 버렸다. 소설가를 직업으로 삼을 수 있는 사람이 우리나라에서 몇 안 된다는 것을 금세 알아차린 것이다.

아무튼 나는 그가 여행을 통해 글을 쓰는 방식도, 인터넷 웹페이지에 자신의 글을 보여주는 방식도 수긍할 수가 없다. 맘속에 걸리는 게 있는데 딱 꼬집어 말할 수 없는 것이 있다. 마치 3차나, 4차로 번진 회식 자리에서 평소에 맘에 안 들었던 상사에게 시비를 거는 것처럼 서진 씨의 귀에 대고 이렇게 중얼거리고 싶은 것이다.

서진 씨, 그런 방식은 아니라고 봐.

3.

〈섹스 앤 더 시티〉에서 자주 보아왔던 5번가를 걷는 것이 실감나지 않았다. 드라마에서 본 것처럼 화려하다기보다는 오래되고, 높고, 복잡하고, 더럽고, 소란스러웠다. 뉴요커들은 관광객에게 친절하지만 어쩐지 표시 나지 않게 조롱하는 것처럼 보였다.

'티브이에서 보던 뉴욕을 직접 보니까 어때? 별 것 없지?

외국에 가면 새로운 렌즈를 낀 것처럼 주위가 달라 보일 거라고 생각했다. 그러나 웬걸, 시간대와 위치가 달라진 것을 빼고는 딱히 달라 보이는 게 없었다. 전 세계 수많은 여성들에게 판타지를 심어준 뉴욕도, 판타지 월드가 아니라 리얼 월드인 것이다. 명도와 채도도 똑같고 포토샵 효과나 특수 필터도 없다. 다른 게 있다면 입에서 튀어나오는 언어일 뿐이다. 실망, 대실망.

쇼핑 헬퍼의 일은 어렵지 않았다. 사모님을 따라 쇼핑백을 들어주고, 계산을 하고, 사이즈와 색상이 다른 게 있는지 묻고, 가게 문을 열어주고…… 문제는 가야 할 곳이 한두 군데가 아니고, 들어야 할 쇼핑백이 한두 개가 아니라는 점이었다. 종아리가 아프다던가, 매콤한 비빔밥이 갑자기 먹고 싶다던가, 구두 한 켤레 가격이 내 월급보다 비싸다는 사실에 속이 쓰려오는 것은 부수적인 일들이었다.

사모님은 가게 점원에게 자신이 원하는 스타일의 옷이 있는지 물어볼 정도의 영어 실력은 갖춰야 했다. 혹은 택시를 타고 자신이 묵고 있는 곳의 주소를 댈 수 있는 정도라도. 아니면 지하철이나 버스를 타고 혼자 갈 수 있는 정도라도 말이다. 명품이라는 이유로, 최신 유행이라는 이유로, 세일을 한다는 이유로 이것저것 사들이는 사람의 시중을 들다 보면, 자신만의 취향이 없는 사람이 측은해 보인다. 남들과 비슷하게 보이기 위해, 최소한 뒤떨어지지 않기 위해 요즘 유행하는 옷이 어떤 것인지 필사적으로 알고 싶어 하는 걸 보면 더욱 그렇다. 그 옷이 자기 마음에 드는지의 여부보다는 그 옷을 봐주는 사람의 마음이 더 중요한 것이다.

"잘 어울려요 사모님. 장식이 과하지 않고 핏도 딱 떨어지고. 점원들도 예쁘다고 칭찬하네요."

얼굴은 쇼핑 헬퍼답게 언제나 환한 미소. 옷가게 점원들도 나와 똑같은 미소. 무얼 입어도 잘 어울린다는 칭찬은 필수. 취향은 돈으로 살 수 있는 것이 아니다. 잡지의 여자 모델이 입은 옷을 산다고 대체되는 것도 아니다. 코를 높이고, 입술을 두툼하게 만들고, 가슴을 크게 하고 복부 지방 흡입술을 해서 갖춰지는 것이 아니다. 그렇게 믿고 싶다.

그녀를 비웃는 나는 과연 취향을 갖고 있는가? 그녀가 정신없이 옷을 고르는 동안 나는 한구석에 디스플레이 되어 있는 옷을 손으로 만져볼 뿐이다. 되도록이면 가격표를 보지 않으려고 노력하면서.

"그 사람이 좀 예민한 구석이 있으니까, 불편하더라도 민정 씨가 수고를 해줘요. 하나밖에 없는 딸자식하고 사이좋게 지내라고 보내는 것인데 일이 이렇게 틀어져서야 원."

백발이 성성한 사장님은 출발하기 전날 나를 부르고 이렇게 말했다. 그러면 나이가 비슷한 여자하고 새장가를 가지 그랬어요? 라는 말이 목구멍까지 치밀었지만 20년 동안 사별하고 혼자 살다가, 젊은 아내를 맞이한 늙은 남자의 미소를 보니 아무 말도 할 수가 없었다. 생각만 해도 흐뭇해진다는 그 미소.

나에게 그 미소를 들켜서 쑥스러운지 사장님은 담배를 피우기 시작했다. 내가 자리를 떠야 할지 말아야 할지 머뭇거릴 무렵, 하얀 봉투를 하나 내밀었다.

"아무 말 말고 보너스라고 생각하고 챙겨둬요. 지난번에 출장 갔다가 남은 달러야. 민정 씨도 사고 싶은 게 있으면 사요. 늙으면 갖고 있을 시간이 얼마 없기 때문에 사고 싶은 게 없어져. 나를 늙은 나이에 젊은 여자나 밝히는 사람이라고 욕하는 사람이 회사에 많겠지만……."

마치 내가 회사에서 사장님 흉을 보고 다닌 사람이 된 것 같았다.

"죽을 날까지 얼마 남지도 않았지만, 그동안에라도 누군가와 함께

있고 싶어지는 법이라고. 후후…… 민정 씨도 나이가 찼으니 빨리
좋은 남자를 만나야지. 아니, 이미 있을지도 모르는데 내가 말실수
를 했구먼."

사장님은 웃음을 터뜨렸다. 나는 긍정도 부정도 아닌 미소를 지었
다. 사장님, 제 핸드폰에 남자들의 전화번호가 몇 개 저장되어 있는
지 아세요?

마음에 드는 옷이 있을 때마다 사장님이 주신 돈 봉투를 만지작거
렸다. 빳빳한 100달러 열 장. 그러나 정작 아무것도 사지 못했다. 태
그에 달려 있는 옷값을 볼 때마다 우리나라 돈으로는 얼마인지, 그
돈으로 어떤 것을 살 수 있는지가 머릿속에서 떠나지 않았다. 게다
가 그 옷이 정말 마음에 드는지도 알 수 없었고. 나의 취향이라는 것
도 고작, 즐겨찾기 해둔 온라인 쇼핑몰에 좌지우지된다는 걸 왜 미
처 알지 못했을까?

뉴욕에 온 지 사흘 동안 사모님은 약 서른 개의 쇼핑백을 가득 채
웠다. 나는 5번가와 6번가에 어떤 명품 숍이 있는지 순서까지 외울
정도가 되었다. 사모님의 쇼핑열은 약간 수그러들어서 모마(MoMa, 뉴
욕현대미술관)를 함께 둘러볼 여유도 생겼다. 하지만 미술관 숍에서 모
던하고 기발하다는 이유로 중국제 기념품을 사들이는 사모님의 취
향은 어쩔 수 없었다.

그리고 사흘 만에 서진 씨에게서 답장이 왔다.

'이스트 빌리지의 합 데빌(Hop Devil)에서 봐요. 내일, 금요일 오후
네 시쯤.'

메일 아래에는 만날 곳의 주소가 적혀 있었다. 주소만 있다면 맨

278

해튼에서 길을 찾는 건 식은 죽 먹기라는 듯, 전화번호나 위치는 따로 적혀 있지 않았다. 뭐야, 이건 내가 보낸 메일보다 더 성의가 없잖아?

4.

합 데빌. 이름만 들어서는 바인지, 레스토랑인지, 혹은 이름처럼 악마가 나오는 댄스 클럽인지 짐작이 되지 않았다. 남미 출신의 택시 기사는 이리저리 복잡한 길을 잘도 피해가며 목적지에 데려다주었다. 129번지 세인트 마크 플레이스. 택시에서 내려서야 그곳이 이스트 빌리지의 동쪽 끝에 있는 맥주 집이라는 것을 알게 되었다. 그럼 그렇지.

이스트 빌리지를 다룬 몇몇 영화에서처럼 마약을 하는 정키들이 날뛰지는 않을까 걱정했다. 하지만 뉴욕은 더 이상 와일드한 곳이 아니라 테마 파크에 가까운 곳이라는 걸 깜빡했다. 길을 걷는 사람들은 평범한 학생이거나 근처에 사는 주민처럼 보였다. 관광객은 별로 없는 것처럼 보였다. 나는 되도록 자연스럽게, 이곳에 자주 오는 손님처럼 합 데빌의 문을 열었다.

감자튀김과 눅눅한 맥주 냄새가 풍기고, 이글스풍의 컨트리 뮤직이 흘러나왔다. 테이블엔 커플 한 쌍밖에 보이지 않았고, 바에는 남자 세 명이 최대한 서로 자리를 멀리하면서 앉아 있었다. 그중 가운데 앉아 있는 사람의 머리가 검었다. 얼굴은 보이지 않았지만 보물이라도 되는 듯 맥주잔을 쥐고 있는 두 손은 볼 수 있었다. 틀림없이 동양 남자다.

빙고, 저 남자가 서진 씨가 틀림없어.

남자에게 천천히 다가갔다. 의자가 높아서 바에 힘겹게 팔을 받쳐야 앉을 수 있었다. 남자는 나를 흘끔 쳐다보더니 다시 자신의 맥주잔으로 시선을 돌렸다.

"서진 씨 맞으시죠?"

홈페이지에서 볼 수 있는 빨간 배경으로 찍은 프로필 사진과는 약간 달라 보였지만 분위기는 비슷했다. 머리는 좀더 덥수룩하고, 얼굴은 초췌해 있어서 나이가 들어 보였다. 정확한 나이도 모르면서 나보다 한두 살 어리다고 생각하고 있었던 것이다.

그는 나를 흘끔 보더니,

"No"라고 대답했다.

이런.

미안하다고 말하려다 타이밍을 놓쳤다. 이상하다. 금요일 오후 네 시에 동양 남자가 이스트 빌리지 구석에서 술을 마시고 있는데, 그 사람이 서진 씨가 아닐 확률은 몇 퍼센트일까? 그런데 이 사람, 한국 말로 물었는데 영어로 대답하는 건 또 뭐야?

자리를 옮기지 않고 앉아 있었더니 바텐더가 다가와 살짝 웃었다. 무엇을 드릴까요? 라는 표정이었다. 바텐더 뒤에는 스무 개는 넘는 생맥주 탭이 수도꼭지처럼 걸려 있었다. 보드에는 술 메뉴가 적혀 있었지만 처음 보는 기술 용어처럼 의미를 알 수 없는 단어들뿐이었다. 이름 끝에는 5.5, 6이라고 가격이 표시되어 있었다. 연구원들이 자기들끼리 알아들을 수 있는 용어를 써가며 이야기하듯, 이곳에서는 단골 손님들이 듣도 보도 못한 맥주 이름을 불러대며 주문을 하

고 있었다. 아무거나, 라고 대답하면 곤란해질 것 같아서 하우스 와
인을 주문했다. 사실은 오늘 조금 우아해지고 싶어서 나풀거리는 원
피스에 끈이 격자로 달린 샌들까지 신었는데 말이다. 이곳에서는 어
울리지 않는다. 청바지와 티셔츠를 입고 올 걸 그랬다.

"이런 곳에서 와인을 주문하면 실례죠."

자기는 서진이 아니라고 말한 남자가 끼어들었다. 그것도 유창한
한국 말로.

"와인보다 맛있는 애플 사이다는 어때요? 사이다지만 엄연히 알
코올 성분이 들어 있어요."

나는 어깨를 으쓱했다. 사실은 주문을 도와줘서, 말을 걸어줘서,
바람맞은 여자가 아니라고 증명해 줘서 눈물이 날 만큼 고마웠다.
그는 바텐더에게 눈짓으로 비버 모양의 탭을 가리켰다. 바텐더는 사
이다를 뽑아 왔다. 그것도 커다란 와인잔에. 5달러 50센트. 계산을
한 뒤 1달러 팁을 잔 받침대 아래에 끼워두었다.

그리고는 꿀꺽, 꿀꺽, 꿀꺽……

싸아아아아아, 하고 넘어가는 달콤쌉싸름한 액체.

기포가 입에서 톡 하고 터지자 알코올 기운이 속에서 천천히 올라
왔다. 왼쪽 샌들을 슬그머니 벗었더니 긴장이 풀렸다. 옆에 있는 남
자가 서진이든 아니든 될 대로 되라지.

남자가 말했다.

"사실은 서진 씨를 아는데……. 이곳에 자주 들르곤 해요. 그쪽
은, 김민정 씨 맞죠?"

나는 고개를 끄덕였다.

"김민정 씨가 여기 오기 전까지 서진 씨와 함께 있었어요. 그런

데……."

그의 맥주잔 옆에는 종이 묶음이 놓여 있었다. 흘끗 살펴보니 프린트한 원고에 볼펜으로 여기저기 교정을 한 흔적이 보였다. 소설 원고가 분명하다. 다시 한 번 그의 얼굴을 살펴보았다. 이건 무슨 게임인가? 아니면 사이코드라마? 이럴 줄 알았으면 프로필 사진을 뽑아 올 걸 그랬다. 아무래도 수상쩍은 구석이 있다.

"서진 씨에게 무슨 일이 있었던 거죠?"

"음, 저한테 맥주 한 잔 사주시면 이야기해 드리죠."

그는 살짝 빈 잔을 내 쪽으로 내밀었다. 고개를 끄덕거리자 바텐더가 말없이 맥주를 따라 그에게 건네주었다. 결국 나는 그날 서진이 아니라고 말하지만 서진이라고 의심되는 남자에게 다섯 잔의 맥주를 사줘야 했다. 이야기를 끝까지 듣고 싶었으니까.

5.

딱 한 번 서진 씨의 목소리를 들은 적이 있다. '한페이지 단편소설'의 낭독회에 참석해 달라는 이야기였다. 부산 사투리가 약간 섞인 낭랑한 목소리였다. '낭독회'라는 말을 듣자 사람들이 옹기종기 모인 자리에서 자신의 글을 읽는 모습이 떠올랐다. 요즘 세상에 두 손이 오글거리는 짓을 하는 사람들이 아직도 있다니! 나는 일이 있을 것 같다는 말로 거절했다.

"김민정 님을 꼭 만나서 쓰신 소설에 대해서 이야기하고 싶었는데 유감입니다."

서진 씨는 수화기 저쪽에서 나를 만나지 못한다는 사실에 진심으로 상심한 것 같았다. 하마터면 '그럼 가도록 노력해 보죠'라고 말할 뻔했다. 말을 바꾸고 그를 만났더라면, 뉴욕에서 자신이 서진이 아니라고 말하는 사람이 진짜 서진인지 아닌지 쉽게 알아차렸을 텐데.

아무튼 자기가 서진이 아니라는 사람은 맥주를 마시면서 천천히 내게 이야기를 들려주었다.

"서진 씨가 왜 뉴욕에 왔는지는 알고 계십니까?"

"글쎄요……. 어디를 여행하든 소설을 쓰기 위해서가 아닐까요? 다음 소설이 잘 써지지 않는다는 이야기를 읽었던 것 같은데."

"맞습니다. 소설을 쓴다는 이야기는 들었어요. 허풍인 줄 알았는데 진짜였군요. 한 번도 그 사람이 쓴 걸 읽어보지 못했거든요. 책은 딱 질색이니까. 솔직히 사람들이 소설 따위를 왜 읽는지도 모르겠는데, 쓰는 사람은 더 이해가 가지 않습니다."

"웹사이트에 접속해 보면 짧은 소설은 몇 편 읽어볼 수 있어요."

"그렇군요. 이 원고를 놔두고 가버려서 조금 읽어봤지만…… 내용이 하도 복잡해서 뭐가 뭔지 모르겠더라구요. 소설은 하고 싶은 이야기를 제멋대로 쓰는 건가요?"

"글쎄요……. 저도 전문가가 아니라서……."

"아무튼 서진 씨가 뉴욕에서 머무는 이유는 다른 데 있습니다."

"뭔데요?"

"머릿속에 핸드폰이 들어 있었나봐요."

"하핫."

웃음을 터뜨리고 말았다. 사이다 한 모금 꿀꺽.

"알아요. 나도 처음엔 당신처럼 그렇게 웃었으니까. 진지하게 서진 씨가 바로 이곳에서, 당신이 앉아 있던 자리에서 내게 말했을 때, 너무 취했나보다 라고 넘어갔어요. 하지만 너무 진지하게 말하는 바람에 더 이상 웃어넘길 수는 없었습니다. 그건 서진 씨를 기분 나쁘게 할 것만 같고, 그렇게 되면 합 데빌에서 유일한 한국 친구를 잃어버리게 되는 거니까요. 뉴욕 한복판의 바에서 한국 말로 대화하며 술을 마실 수 있는 건 큰 위안입니다. 말이 많지 않으면서 상대방의 이야기를 경청하는 사람은 드뭅니다. 현지인들과 영어로 대화를 할 수는 있지만 한계는 있어요. 술이 들어가면 혀가 꼬여 한국 말도 아니고 영어도 아닌 이상한 말을 지껄이게 됩니다. 아무래도 술은 혼자 마시면 맛도 쓰고, 함께 마시는 것보다 속도가 빨라져서 금방 취해버려요.

서진 씨가 말하길, 머릿속에 핸드폰이 들어 있어서 사람들이 전화를 할 때마다 머리가 깨질 듯이 아팠답니다. 어떻게 핸드폰이 머릿속으로 들어갔는지는 자기도 모른다더군요. 핸드폰이 뇌 속에 기생하고 있는 것 같다고 했어요. 핸드폰이 울릴 때마다 겪어야 하는 고통을 피하기 위해서는 전화를 받을 수밖에 없었다지요. 원래는 전화를 받기 싫어했다나요? 핸드폰이 없이도 잘 살았는데 연락할 길이 없어 답답해진 아버지가 자신이 쓰던 핸드폰을 주면서 어쩔 수 없이 사용하게 되었답니다. 어차피 걸려오는 전화는 하루에 한 번 정도. 그것도 부모님의 전화뿐이었다고 해요. 석 달쯤 사용했을 때 그 핸드폰을 잃어버렸는데, 어느 날 머리에서 전화가 울리기 시작한 것이지요. 처음에는 어떻게 전화를 받는 것인지 몰랐지만, 정신을 집중하면 마치 통화 버튼을 누르는 것처럼 전화를 받을 수 있을 정도가 되었다고 합니다. 그런데 생각해 보면 편하지 않나요? 잃어버릴 염

려도 없고."

"그러게요. 핸드폰을 공짜로 바꿔주겠다거나 돈을 빌려주겠다는 광고 전화가 오면 짜증나겠지만요."

농담이었다. 그는 무슨 소리를 하냐는 듯 눈을 찡그리며 나를 쳐다보았다. 나는 주머니 속의 핸드폰을 만지작거렸다. 사모님은 며칠간 계속된 쇼핑에 몸살이 났는지 호텔에서 머물겠다고 했다. 홀가분하게 자유 시간을 가지라고 했지만 언제 전화벨이 울릴지 모르는 일이다.

"그런데 그게…… 배터리도 떨어지지 않고, 계속 서진 씨의 머릿속에 들어가 있었다네요. 용기를 내서 병원에도 가보았답니다. 머리가 아프다는 핑계로 단층 촬영을 했는데 머릿속에서 뭐가 찍혀 나왔을까요?"

"Nothing."

"잘 아시는군요. 의사는 혹시 근래에 신경을 쓰는 일이 있느냐고 물어봤답니다. 서진 씨는 곰곰이 생각해 보았지요. 글을 계속 쓰고 있었고, 1년에 한 번 정도는 어디론가 멀리 여행을 다녀왔고, 온라인 글쓰기 사이트를 운영하고 있었고……. 그건 죽 해오던 것들이라 별다른 게 없었습니다. 다른 게 딱 한 가지 있었는데……."

"뭔가 복잡한 걸 쓰고 있었던 게 아닐까요?"

"그렇습니다. 그는 새로운 소설을 쓰고 있었는데 도무지 완성을 할 수가 없었답니다. 자신이 꾼 꿈을 토대로 한 소설인데, 글을 쓸수록 점점 더 복잡해져서 끝을 낼 수가 없었다나요? 사람들에게 장편소설을 쓴다는 말은 하고 다녔지만 정작 그 원고를 본 사람들은 아무도 없었지요. 무엇에 관한 내용인지 저도 물어보았습니다만 고개를 흔들 뿐이었습니다. 그는 완성되기 전까지는 아무에게도 보여주지 않을 거라더군요. 그런 식으로 소설을 완성하지 못한 채 3년이 흘러갔다고 합니다. 머릿속에서 휴대폰이 울리기 시작한 시기는, 어쩌면 그 소설을 완성할 수 없겠다는 불길한 예감이 들었던 시기와 맞물렸다고 합니다. 그 전까지는 소재를 바꾸면, 결말을 바꾸면, 등장인물을 바꾸면 어떻게든 완성할 수 있을 거라고 믿었다는군요. 마치 부실공사 때문에 쓰러져가는 집을 여기저기 수리한다고 해서 완성할 수 없는 것과 비슷하다고나 할까요."

나는 고개를 끄덕였다. 하지만 긴 소설을 써보지 못한 나는, 3년 동안 완성되지 않는 소설을 붙들고 있는 일이 어떤 기분인지 짐작할 수 없었다. 그런 짓은 그만두고 제대로 된 직업을 찾아보라고 말하는 것은 잔인한 짓일까? 세상에는 소설 쓰기보다 더 생산적인 일들이 많을 텐데.

"그래서 내린 결론은 전화를 받을 수 없는 곳으로 가는 것이었답니다. 머릿속에서 울리는 전화를 받을 수 없게 말입니다."

머릿속의 핸드폰이라…… 이런 이야기를 우리 회사 연구소 직원들이 들었다면 굉장히 흥분했을 것이다. 신기술 개발을 위해 서진 씨의 머리를 해부하고 싶어 할지도 모른다.

"그런데 오늘은 무슨 급한 일이 있었던 거지요?"

"나도 깜짝 놀랐다니까요. 술을 마시다가 갑자기 머리를 쥐어 잡더니 바닥을 구르는 겁니다. 사실은 그 장면을 보기 전까지 그의 말을 믿지 않았습니다. 휴대폰이 머리에 들어 있다니요……. 하지만 당신도 그가 고통으로 일그러지는 표정을 봤어야 해요. 더러운 바닥을 헤집고 뭔가를 잡기 위해서 팔을 휘젓는 걸 봤다면…… 간질병 환자가 발작을 일으키는 것보다 더 애처로운 광경이었습니다. 바텐더가 911을 부르기 직전에야 정상으로 돌아왔습니다. 그 광경을 보니 믿을 수밖에 없었어요. 뉴욕에서는 한 번도 울리지 않았던 핸드폰이었다는데 갑자기 전화가 울렸답니다. 오후 네 시에 김민정 씨를 만나려고 했는데 아파서 가봐야겠다고 하더군요. 사실은 아무도 아는 사람을 만들지 않기 위해 이곳까지 왔는데 누군가 만날 약속을 해버린 건 자신의 실수인 것 같다는 말도 덧붙였습니다. 당신에게 진심으로 미안하다는 말도 전해달라고 했습니다."

그가 맥주 다섯 잔을 마실 때까지 나는 애플사이다 한 잔을 겨우 비웠을 뿐이다. 나의 잔이 비워지자 바텐더는 어느새 알아차렸는지 내게로 다가왔다. 나는 똑같은 사이다를 한 잔 더 시켰다. 다른 맥주가 무슨 맛인지 궁금하지도 않을뿐더러 어려운 이름을 대는 것도 귀찮았다. 똑같은 술은 그냥 집게손가락 하나만 세우면 되니까.

6.

섹스를 한 후, 그 사람을 더 잘 알게 되었다고 생각하는 건 착각이다. 두 사람이 최대한 밀착할 수 있는 포지션을 취했다고, 상대방의 가장 내밀한 부분을 탐했다고, 상대방을 더 잘 알 수는 없다. 서로를 이해하기 위한 지름길을 가로지른 것 같고, 복잡하게 보였던 상대방의 진심을 알았다고 생각하지만 그 모든 건 착각이다. 섹스를 하는 동안 뇌에서 분비되는 물질 때문인지도 모른다. 오르가즘 뒤에 밀려오는 순간적인 통찰일지도 모른다. 땀이 식고, 이따금씩 부르르 떨리던 복부도 잠잠해지면 언제 그런 걸 느꼈냐는 듯이 가슴이 차가워진다. 심지어 금이 가기 시작한다. 부서진 가슴을 고치기 위해 해야 할 일은, 다시 침대에서 상대방의 따뜻한 피부에 몸을 문지르는 것뿐이다.

남자의 속물근성을 테스트하는 방법이 있다. 나는 당신을 가볍게 만나고 있어, 라는 신호를 은연중에 보내본다. 사실은, 당신이 나를 다른 여자와는 달리 진지하게 대해줬으면 좋겠어, 라고 말하고 있는 것이다. 그런데 대부분의 남자들은 신사처럼 굴다가도, 나도 당신을 가볍게 만나고 있어, 라고 태도를 순식간에 바꾼다. 그런 남자는 갑자기 연락을 하지 않더라도, 문자로 이별을 통보하더라도 반응이 신통찮다. 어차피 우리는 서로를 가볍게 만나고 있었으니까. 구질구질하게 매달리지 않는 속물이어서 좋다. 그런 테스트를 하는 나도, 통과하지 못하는 남자도 바보다. 우리는 그저 겁이 많아 쿨한 척을 하는 것뿐이니까.

나이가 들어가면서 만나는 남자들의 나이도 덩달아 많아진다. 나보다 어린 남자에게 기대기는 싫다. 그러다 보니 결혼한 남자, 애인 있는 남자까지 끼어든다. 형식적인 데이트를 해야 하는 남자도 싫다. 취미, 좋아하는 영화, 음악, 이딴 걸 알아내면서 시간을 낭비하긴 싫다. 내가 원하는 상대는, 내가 필요로 하는 것보다 나를 더 강렬히 필요로 하는 사람이다. 최소한 그런 척이라도 하는 사람들이다. 그래야 나를 좋아하는 사람을 경멸할 수가 있으니까. 경멸하지 않으면 계속 만나야 하고, 관계는 더욱 복잡해진다. 전화를 걸어 궁금하지도 않은데 오늘 하루 무슨 일이 있었는지 이것저것 설명하거나 들어주어야 한다는 생각만 해도 끔찍하다. 그런 이야기를 들어봤자 상대방을 더 잘 이해할 수가 없다. 그저 1초당 통화료가 더 올라 갈 뿐.

서진 씨가 아니라고 하는 남자와 술을 마시면서 그와 함께 자고 싶다는 생각을 떨쳐버릴 수 없었다. 실오라기 하나 걸치지 않은 채 로 침대에서 뒹군다면 그가 누구인지 정확히 알 수 있을 것만 같았 다. 알아낼 수 없다고 해도 상관없었다. 그와 자고 싶다는 신호를 보 냈는데도 묵묵부답이었기 때문에 약간, 화가 나 있었다. 이렇게 먼 곳까지 왔는데 나의 테스트를 가볍게 통과하다니.

"이제 가봐야겠어요. 밖이 벌써 어두워졌는지도 몰랐네요."

남자는 반쯤 비워진 맥주잔을 바라보며 고개를 끄덕일 뿐이었다. 웨이터는 잘 가라는 눈빛을 보냈다. 나는 일부러 자리에서 천천히 일어났고, 의미도 없는 인사말을 덕지덕지 붙였고, 그가 뒤에서 따 라오는 것을 알면서도 모르는 척 밖으로 나갔다. 택시를 잡은 뒤에 도 문을 바로 닫지 않고 누군가 탈 사람을 기다리는 것처럼 잠시 열 어두었다. 다섯을 셀 때까지 안 오면 가차 없이 문을 닫을 것이다.

5, 4, 3, 2…….

그가 내 옆으로 몸을 던졌다. 자세를 고치는 척하며 그의 손을 건 드렸다. 그는 내 손을 놓치지 않고 꼭 잡아주었다.

빙고!

택시는 출발하지 않고 한참을 서 있었다. 옆방에 사모님이 있는 호텔로는 돌아가고 싶지 않았다. 어색한 침묵이 잠시 흐른 뒤 마침 내 그가 입을 열었다.

"하트브레이크 호텔로 가주세요. 할렘 129번가. 레녹스와 5번가 사이입니다."

애플 사이다가 스프라이트가 아닌 것은 마실 때부터 알았지만 알
코올의 성분이 그렇게 강한 줄은 몰랐다. 택시가 움직이자 머리가
묵직해지더니 지끈거리기 시작했다. 택시는 덜커덩거리며 구릉을
몇 개 지나더니 미행하는 차를 따돌리려는 것처럼 좌회전, 우회전을
반복했다. 나는 남자에게 몸을 기댔다. 흔히 나는 머스크향의 스킨
로션 냄새가 나지 않았다. 향수나 겨드랑이 냄새, 데오도란트 냄새
도 나지 않는다. 시큼한 맥주 냄새나 감자튀김 냄새라도 나야 하는
데 아무 냄새도 나지 않으니 이상했다. 나는 향기로 남자의 존재감
을 느끼는데 이 남자는 존재감이 제로다. 남자의 체온 때문인지, 택
시 안의 히터 때문인지 온몸이 노곤해졌나 보다. 나는 졸음을 참지
못하고 스르르 잠이 들었다.

"다 왔어요."

남자가 귓가에 대고 속삭였다. 차는 이미 멈춰 있다. 고개를 돌려
보니 그가 웃고 있다. 나도 바보처럼 웃었다. 그는 나의 어깨를 부
축했다. 페리보트가 거센 파도를 만난 것처럼 땅바닥이 솟아올랐다
가 가라앉았다. 계단을 몇 개 올라가서 로비를 통과한 다음 가까스
로 엘리베이터에 탔다. 덜컹거리는 소음을 내며 엘리베이터는 움직
이기 시작했다. 차라리 계단을 이용하는 것이 더 빠르고 안전하지
않을까? 철커덩, 우우우웅, 철커덩, 우우우웅거리는 소리와 함께 땅
위에서 점점 멀어지는 기분이 들었다. 땅에서 멀어질수록 추락하는
고통은 더 클 것 같아 두려우면서도 중력의 힘이 약해져서 몸이 조
금씩 가벼워지는 것만 같았다. 순전히 기분 탓이겠지, 하면서도 남
자의 팔을 꼭 잡았다. 그 팔을 잡지 않으면 왠지 낙하할 것만 같았

다. 백 층이 넘는 엠파이어스테이트 빌딩이 아닐 텐데 엘리베이터는
멈출 기색을 보이지 않고 위로 계속 올라갔다.

7.

"어젯밤 어디 갔었어요? 전화해도 없고. 밤에 심심해서 혼났네."
 점심을 먹으면서 사모님이 말했다. 어떻게 설명해야 할지 머리를
굴려봤지만 설명이 복잡해질수록 거짓말이 탄로 날 것 같았다. 나도
지난밤 무슨 일이 있었는지 정확히 알지 못했다.
 "음, 그게…… 그나저나 왜 이곳에서 점심을 먹자고 하셨는지?"
 대답하기 곤란한 질문에는 다른 질문으로 피하는 게 상책이다. 그
녀는 아침부터 무턱대고 초밥을 먹고 싶다고 했다. 아는 일식집이
있다고 했는데 그랜드센트럴 역 주변이라는 것만 알았지 정확한 위
치나 이름을 몰라서 20분 정도를 헤맸다. 혹시 노부(Nobu) 같은 특급
일식 레스토랑인가 기대했지만, 주변의 직장인들이 드나드는 평범
한 식당이었다. 테이블도 대여섯 개밖에 없고, 초밥을 만들어주는
카운터나 일식 주방장도 보이지 않았다. 주문을 받는 사람도 남미
출신인 것 같았다. 나는 테리야키 치킨 벤토 박스를 주문했다. 소스
가 너무 단 데다가 입 안에 밥알이 굴러다녔다. 샐러드는 신선하지
않았고 튀김도 눅눅했다.
 "우리 그이와 지난번에 와본 적이 있거든요. 그이가 생각보다 소
탈한 성격이라…….'
 "사장님이 벌써 보고 싶으신가 봐요?"

사모님의 얼굴이 붉어졌다. 자기보다 스무 살이나 많은 남자에게 그이라는 말을 스스럼없이 쓰는 이 여자는 과연 사람들이 수군거리듯 교활한 여자인지, 아니면 내 앞에서 얼굴을 붉히기도 하는 순진한 여자인지 그 실체가 궁금해졌다.

"남자를 건지러 클럽에 가기엔 많은 나이가 아닌가? 후훗."

그녀도 내 질문에 다른 질문으로 대답했다. 나는 대답 대신 피식 웃어주었다. 그녀는 마치 다 안다는 듯한 미소를 지었다. 내 나이가 뭐 어때서? 기분이 나빴지만 미소는 잃지 않았다. 그녀는 장식용 나무 보트에 들어 있는 각양각색의 초밥을 장식품처럼 놓아두고 먹지는 않았다. 미소 국물이 든 그릇을 두 손으로 들고 홀짝홀짝 마실 뿐이었다.

"아, 내일이면 한국으로 돌아가는구나. 일주일이 이렇게 빨리 흘러가다니. 오늘은 뭘 할까요? 쇼핑도 지칠 대로 했고……. 참, 민정 씨는 뉴욕이 처음이라고 했죠?"

나는 고개를 끄덕였다.

"와보니 어떤 것 같아요?"

"특별히 다른 건 없는 것 같은데요. 서울만큼 복잡하지만 훨씬 더 오래된 것 같은……."

그녀는 참치 초밥을 간장에 찍지 않고 입에 넣었다. 한참을 우물거리더니 말했다.

"생각났다. 민정 씨와 꼭 가야 할 곳이 있어요."

점심식사를 마치고 그녀의 손에 이끌려 42번가 근처의 부두로 갔다. 강을 따라 관광용 유람선이 세워져 있었고 그것을 기다리는 사람들의 줄도 길게 늘어서 있었다. 그녀도 뉴욕에 처음 왔을 때 타봤다며 두 시간이 넘게 걸리는 유람선 관광을 꼭 해야 한다고 억지를 썼다. 배 위에서 울렁거리는 기분은 질색이지만, 쇼핑보다는 나을 것 같아서 그녀의 제안을 받아들였다. 애초에 쇼핑 헬퍼에게 선택의 여지는 없지만.

확성기를 통해 들려오는 귀따가운 가이드의 설명을 빼고는 나쁘지 않았다. 따가운 햇살과 서늘한 바람 때문에 머리가 텅 비워지는 것 같았다. 눈앞에서 천천히 각도에 따라 변해가는 뉴욕의 빌딩들을 구경할 수 있었다. 그리 넓지도 않은 섬에 왜 이리 많은 빌딩들이 빽빽하게 들어서 있는지……. 안내원은 사라진 무역센터 빌딩 자리를 가리켰다. 2001년 9월 11일 두 대의 비행기가 거짓말처럼 빌딩을 들이박아 폐허가 된 곳이다. 누군가 그 테러를 저지했다면 지금 내 눈앞에는 맨해튼에서 가장 높은 빌딩 두 개가 서 있겠지. 그랬더라면 내 인생도 혹시 어떤 식으로든 바뀔 수 있지 않았을까? 그나저나 왜 그런 짓을 저질렀을까? 폐허가 된 무역센터를 배경으로 사진이나 찍는 나는, 알 턱이 없다. 유람선은 자유의 여신상 주위를 돌고는 기수를 돌려 브루클린 브리지로 향했다.

"우리, 커피 마셔요."

그녀의 손에 이끌려 아래층으로 내려왔다. 그곳에도 스피커가 설치되어 있어서 귀가 아팠지만 사람들은 별로 없었다. 선실의 작은 카페에서 파는 맛없는 커피를 마시고 있으려니 배는 천천히 브루클린 브리지 아래를 통과했다. 영화나 드라마에서 하도 많이 봤던 다리라 별 감흥은 일어나지는 않았다.

"자, 이제 가이드가 뉴욕을 연결하는 세 가지 다리를 외우는 방법에 대해서 설명할 차례예요. BMW라고. B는 브루클린 브리지, M

은 맨해튼 브리지, W는 워싱턴 브리지."

잠시 뒤에 스피커에서는 똑같은 설명이 흘러나왔다. 과연, 기억하기 쉽다.

"그이랑 이 배를 타본 적이 있거든요. 젊었을 때부터 세계를 돌아다녀서 그런지 모르는 게 없는 것 같았어요. 가이드 설명을 하나하나 우리말로 풀어줄 때, 이 사람 괜찮은 사람이구나 생각했어요. 나는 사랑하는 사람의 말이라면 정말 열심히 귀 기울여줄 자세는 되어 있으니까, 나하고는 잘 맞겠다는 느낌?"

그녀는 그렇게 말하고는 커피를 들이켰다. 바람 때문인지 방금 자신이 한 말 때문인지 얼굴이 붉어졌다. 그 모습이 귀여웠다. 사장님이 지금 곁에 있었다면 그녀를 살며시 안아주었을 것이다.

"누가 뭐라고 해도 상관없어요. 어쩌면 민정 씨도 속으로 나를 흉보고 있을지도 몰라. 나이가 많든 적든, 그런 게 무슨 소용이겠어. 사람들에게 필요한 건 따뜻한 관심일 텐데."

수백 명의 직원을 거느리고 있는 사장님도 아무런 사심 없이 마음을 털어놓을 수 있는 단 한 사람이 필요했을지도 모른다. 순이익이나 향후 발전 전망 같은 계산을 할 필요 없이 말이다. 이 여자의 말이 세상 물정 모르는 순진한 말처럼 들리면서도 동시에, 진실처럼 들리기도 했다. 벽을 허물고 속엣말을 해대는 사람에게는 당해낼 도리가 없다. 나같이 쿨한 척하는 여자와는 차원이 다르다. 어쩌면 이 여자, 백지장처럼 하얀, 바보 같은 사람일지도 모른다. 그래서 산전수전 다 겪은 사장님이 반했을지도.

"민정 씨. 오늘 약간 이상하게 보이는 거 알아요? 어젯밤 이후로 딴 사람이 된 거 같아. 좀 멍해 보여요. 뒤늦게 시차 적응을 못하는 건가?"

"아뇨. 뭐…… 피곤이 쌓여서."

"아니면 어젯밤에 너무 무리를 한 건가?"

그녀는 재미있는 농담이라도 한 것처럼 큭큭 웃어댔다. 그리고 조금 뒤 표정을 진지하게 바꾸고 말했다.

"부탁이 하나 있어요. 좀 들어줘요. 내가 뉴욕에 온 건 쇼핑을 위해서가 아니에요."

8.

다음날 새벽, 내가 묵던 호텔을 나섰을 때엔 주변이 어두웠지만, 하트브레이크 호텔에 다다르자 온통 주변이 오렌지색으로 빛나고 있었다. 주소를 외우고 있었다. 할렘 129번가, 5번가와 레녹스 사이의 하트브레이크 호텔. 문 앞에 새겨진 작은 간판이 아니었다면 찾을 수 없었을 것이다. 주변 건물과 전혀 차이점이 없었으니까. 1층에서 현관까지 올라가는 계단이 있고, 검붉은 벽돌로 지어져 있는 데다 양쪽 집과 완전히 붙어 있었다. 할렘에는 가난한 흑인들이 살지만 7, 80년 전만 하더라도 다운타운에서 일을 하는 백인 중산층이 살고 있었다고 한다. 이건 서진 씨의 일기에서 알게 된 내용이다. 할렘은 생각보다 위험하지 않다고 했다. 단지, 그 블록에서 볼 수 있는 동양 사람은 서진 씨와 중국 음식 배달부밖에 없다나.

다시 하트브레이크 호텔을 찾아간 이유는 핸드폰을 찾기 위해서였다. 어딘가 있겠지 하는 심정으로 짐을 쌌는데도 핸드폰은 결국 나오지 않았던 것이다. 마지막으로 핸드폰을 만졌던 장소가 하트브레이크 호텔이라는 게 겨우 기억났다. 잠들기 전 사모님에게 전화가 안 왔는지 확인하던 기억 한 조각이 떠올랐던 것이다.

묵직한 현관문을 여니 로비가 나왔다. 중세 유럽에서 썼을 법한 2인용 소파와 단촐한 카운터가 다였다. 발을 내디딜 때마다 마루에서 삐걱거리는 소리가 났다. 대낮인데도 복도에는 희미한 백열등이 켜져 있었다. 복도 안쪽으로 객실 몇 개가 보였다. 지난번에 탔던 낡은 엘리베이터도 보였다. 들릴 듯 말 듯 실내악 사중주가 흘러나오고 있었다.

카운터에 사람이 보이지 않아 벨을 눌렀다. '땡' 하는 소리가 복도에 울려 퍼졌다. 카운터 벽에 걸린 액자로 눈을 돌렸다. 네댓 개의 흑백 사진이 걸려 있는데 사람들의 얼굴을 클로즈업한 것들이다. 아래에는 조그만 글씨로 이름이 적혀 있었다. 팀 헬러, 콘래드 굿맨, 에드워드 조겐슨, 선영 리……. 단골손님인가? 세 번째 여자는 이름도, 얼굴도 한국 사람이다. 그 여자를 어디선가 본 적이 있는 것 같아 뚫어지게 바라보았다. 이선영이라…….

인기척이 들렸다. 몇 살인지 짐작할 수 없는 할아버지가 나타났다. 동그란 뿔테 안경을 쓰고 등이 약간 굽었다. 물론 머리는 온통 백발이다. 가슴에는 '월트'라는 명찰이 달려 있다.

"저기, 잃어버린 물건을 찾으러 왔는데요……. 혹시 이틀 전에 301호를 청소하시다가 핸드폰을 줍지는 않았나요?"

그는 물끄러미 나를 쳐다본다. 나는 애써 웃어본다. 카운터로 돌아가서 노트 같은 것을 뒤적이더니 고개를 좌우로 흔든다.

"그럼 혹시, 이곳에 장기 숙박을 하는 분들도 계신가요?"

그는 고개를 끄덕인다.

"그중에 서진이라는 사람도 있나요?"

그다음 행선지는 웨스트 빌리지. 새벽이라 그런지 길은 막히지 않았다. 파크 애비뉴를 따라 남쪽으로 한참을 내려간 뒤에 우회전을 했다. 사모님이 적어준 주소가 맞다면 그곳에는 사장님의 딸이 살고 있을 것이다. 택시 기사는 계속 말을 걸었지만 남미 억양 때문에 반밖에 알아듣지 못했다. 팁을 잔뜩 주고 차에서 내렸다. 이른 아침인데도 개를 데리고 산책하는 사람, 출근하는 사람들이 보였다.

벨은 위아래로 두 개가 있었는데 위층이라고 했으니 'APT2'라고 적혀 있는 벨이 맞을 것이다. 나는 한 손에 쇼핑백을 들고 다른 한 손으로는 벨을 눌렀다.

딩동. 인기척이 없다.

딩동. 또 한 번 벨을 눌렀다.

캘리포니아로 떠났다는데 왜 이곳으로 꼭 가보라고 했는지 슬슬 짜증이 나기 시작했다. 자, 다섯을 세자. 그다음엔 가차없이 계단을 내려갈 것이다.

5, 4, 3, 2, 1······.

등을 돌리려는데 딱, 하고 자물쇠를 여는 소리가 들렸다.

빼꼼히 열린 문틈 사이로 턱에 까칠까칠한 수염이 난 남자가 고개를 내밀었다. 잠이 덜 깼는지 눈을 비비며 말했다.

"누굴 찾으러?"

안쪽을 흘끔거렸지만 남자에 가려 보이지 않았다.

"미화를 만나러 왔어. 안에 없어?"

"지금 자, 친구?"

나는 고개를 흔들었다.

"혹시…… 아버지가 보낸 사람?"

"아니, 새엄마가 보낸 하인이야."

남자는 큭, 하고 웃었다. 웃지 말라고. 농담이 아니라니까. 나는 DKNY 로고가 박힌 커다란 쇼핑백을 건넸다. 7부 소매, 무릎 위 15센티, 목이 깊게 파인 심플한 블랙 드레스. 그에 어울리는 지퍼 달린 10센티 힐 부츠. 토털 940달러. 사모님의 부탁으로 모두 내가 고른 것이다. 완전 내 취향이다.

"여자친구가 도나 카란을 좋아하는 거 알아? 엄마가 직접 골랐다고 전해줘. 영수증은 안에 있으니까 맘에 안 들면 교환을 해도 돼. 하지만 편지는 버리지 말라고 전해줘. 중요한 거니까."

남자는 얼떨결에 쇼핑백을 받았지만 그걸 어떻게 해야 할지 판단을 하지 못한 모양이다. 하긴, 아침 여섯 시에 여자친구 집에서 자고 일어났는데 새엄마가 사준 새 옷을 전해달라는 건 평소에 겪을 수 있는 일이 아니겠지.

"아무튼…… 땡큐."

"그리고 내가 당신을 봤다는 말은 안 할 거니까 걱정 말라는 것도 전해줘."

남자는 고개를 갸웃거리며 문을 닫았다. 나는 다시 문이 열리기 전에 황급히 계단을 내려갔다. 흘깃 뒤를 쳐다봤지만 문은 열리지 않았다. 평화로운 아침의 웨스트 빌리지 거리가 보일 뿐이었다. 택시를 타고 호텔로 돌아가야 하는데도 나는 한동안 그 길을 걸었다. 마치 웨스트 빌리지에 살고 있는 사람처럼 자연스럽게 터벅터벅. 털

이 복슬복슬한 커다란 흰 개와 산책하던 여자는 나에게 짧게 '하이'
라고 말했다. 나도 웃으며 '굿모닝'이라고 답했다. 그렇게 뉴욕에서
의 마지막 아침이 지나갔다.

9.

　도나 카란은 우리나라에도 매장이 있잖아, 라고 생각해도 내가 고
른 원피스가 가끔씩 떠올랐다. 사장님 딸은 그 옷을 입었을까, 아니
면 다른 것으로 교환했을까? 그 남자가 나오지 않았더라면 내 것이
될 수도 있었을 텐데. 몸매가 비슷하다고 해서 내가 입어보기까지
했는데. 그리고 사모님은 편지에 뭐라고 적었을까?
　직원들은 'I Love N.Y'이라는 글자와 N.Y에 하트가 그려진 싸구
려 티셔츠를 좋아했다. 어차피 중국제라고 말해도, 뉴욕 본토에서
사온 건 다르다나. 엄마에겐 면세점에서 산 샤넬 향수로, 아빠에게
는 위스키로 점수를 땄다. 나를 위해서는 대형 신발 매장의 할인 코
너에서 겨울에 신을 부츠를 샀다. 우리나라에서는 두 배를 더 줘야
한다는 핑계로 구두도 서너 켤레 더 사버렸다. 그 신발들도 인도네
시아나 베트남, 혹은 중국에서 만들었겠지. 어디서 만들어졌든 상관
없다. 어차피 세상의 모든 물건은 브랜드로 가치 평가를 받으니까.
우리 회사에서 개발하는 휴대폰 부품도 결국엔 다른 회사 상품으로
이름을 걸고 나온다.
　회사에 돌아오자 기다렸다는 듯 일이 밀려 있었다. 사장님에게 경
과보고를 해야 하는데 중국 공장으로 출장을 가셨단다. 정신없이 전

화를 걸고 이메일을 보내고 서류를 작성하고, 팩스를 보냈다. 대답을 기다리는 중요한 사항들이 비명을 지르고 있었다. 뿔테 안경 신입사원도 정신없이 일을 했겠지만 어떤 것이 중요한지는 아직 파악하지 못한 것 같았다.

"민정 선배 오기만 기다렸어요. 왜…… 왜, 미국에 있는 회사가 지구 반대편에 있는 우리 회사와 일을 하는 걸까요?"

그 이유는 별다른 게 없다. 오로지 가격 경쟁력. 전 세계를 이 잡듯 뒤져서 조금이라도 가격이 저렴한 곳이 있다면 인도네시아든, 중국이든, 남아프리카의 어느 곳이든 휴대폰의 부품을 만들어달라는 주문을 할 것이다. 우리 회사도 기술 개발은 국내에서 하지만 실제로 부품은 중국에서 만든다. 점점 임금이 높아지고 있다고 불평하지만, 총무부에서 일하다 보니 제3국에게 주는 임금이 얼마나 싼지 알 수 있다. 물론, 미국 회사의 총무부 직원들도 한국에 대해서 같은 생각을 할 것이다. 애네는 이 정도만 줘도 열심히 일한다고.

한국으로 돌아온 지 일주일쯤 지나서야 업무가 정상으로 돌아왔다. 그런데 뭔가 이상했다. 일은 열심히 하는데 자꾸만 다른 풍경이 머리에 떠올랐다. 내가 이렇게 일을 하고 있는 동안에도 지구 반대편에서 다른 삶을 살고 있을 사람들이…….

센트럴 파크에서 아이팟을 귀에 꽂고 달리는 사람들, 5번가에서 쇼핑을 하는 사람들, 유람선을 타고 뉴욕을 한 바퀴 도는 사람들 말이다. 그리고 자기는 서진이 아니라고 했던 남자는 이스트 빌리지의 합데빌에서 대낮부터 술을 마시고 있을 거야. 중국의 어느 마을에서는 먼지에 아랑곳하지 않고 나이키 신발을 만들고, 인도네시아의 어느 곳에서는 아이폰 부품을 찍어내고 있을지도 몰라. 사모님은 백화점 명품매장을 돌고 있을 것이고…….

전 세계에 흩어져 있는 우리, 보통 사람들은 과연 누구를 위해 일을 하고 있는 것일까? 나는 무엇을 위해 일하고 있는 것일까? 10년이 넘도록, 사무실의 한 귀퉁이에 앉아 있는 것을 당연하다고 생각했다. 그래야 매달 월급이 나오니까. 그 돈으로 필요한 걸 살 수 있으니까. 하지만 뉴욕에 다녀온 이후로 당연하다고 생각했던 그 모든 것들이 점점 당연한 것이 아니라는 생각이 들었다. 어쩌면, 지구 반대편에서 나는, 지금과는 완전히 다른 삶을 살 수도 있는 것이다.

하트브레이크 호텔에서 밤을 보낸 다음 날, 아침이 밝기도 전에 몰래 호텔을 혼자 나섰다. 발걸음이 떨어지지 않는데도 뒤를 돌아보지 않고 택시를 잡았다. 그날 아침 하트브레이크 호텔에서 빠져나오지 않았다면 어떻게 됐을까? 사모님에게 돌아가지 않고 그의 품에 안겨 있었더라면 어떻게 됐을까? 어떤 식으로든 그가 나를 붙잡았더라면 어떻게 됐을까?

타닥, 하는 소리와 함께 반짝이던 정전기가 생각난다. 그와 나의 몸이 처음 닿았을 때 그렇게 작은 불꽃이 튀었다. 나는 생각을 그만둔다. 어차피, 과거에 하지 않았던 일들을 만일 …… 했다면으로 가정하고 생각하는 건 정신 건강에 좋을 리가 없다. 9·11이 일어나지 않았더라도, 나는 지금과 똑같은 삶을 살고 있었을 것이다.

10.

핸드폰을 새로 장만했다. 이왕 새로 사는 것, 벼르던 신형 스마트폰으로 교체했다. 알고 지내던 남자들의 전화번호가 모두 사라진 것은 불행인지 다행인지 모르겠다. 없어진 건 전화번호뿐만이 아니다. 이름과 함께 저장한 정보에는 10점 만점에 몇 점 등으로 잠자리의 점수를 평가해 두었다. 보통 남자는 6점 정도(두 번 다시 만나지 않는다), 조금 나은 사람은 7(두세 번 정도 만나봐야 한다), 간혹 가다가 8점이나 9점(이런 사람들은 자기가 잘난지 알고 있어서 다시 만나기 힘들다)이 있다. 이제는 그들이 먼저 내게 연락하기 전에는 내가 연락할 수가 없다. 휴대폰 대리점에서는 통화 내역을 뽑아줄 수 있다고 했지만 거절했다. 모든 일에는 계기가 필요한 것이다. 새로운 전화기를 새로운 인생의 계기로 삼는 것도 나쁘지 않을 것 같았다.

늦은 밤, 잠이 오지 않을 때면 핸드폰의 전화번호를 뒤져보곤 했다. 지금 전화를 걸면, 이 남자는 두 말하지 않고 달려나올 거야. 이 사람은 와이프가 받을지 몰라. 이 녀석은 술을 마시고 있겠고, 이 사람은 회사에서 야근 중일 것이고……. 하지만 이름도, 전화번호도 없으니 그들의 존재는 깨끗이 소멸된 기분이 든다. 잘 가라는 인사도 없이 모두, 사라져버렸다.

새벽 한 시가 넘었다. 아는 전화번호 몇 개를 입력해 본다.

다이어리에 기록해 둔 전화번호 몇 개를 집어넣고 친한 친구와 가족의 전화번호를 집어넣어봤자 20개도 넘지 않는다. 예전 핸드폰엔 200개 넘는 전화번호가 입력되어 있었는데……. 지구상의 수많은 인간들 가운데 지금, 내가 전화를 걸어 연결할 수 있는 사람이 딱 스무 명이다. 왠지 잘못된 인생을 살아온 느낌이 든다. 몇 년 뒤면 나는 마흔 살이 될 것이고, 그때에도 배우자는커녕 아이도 없겠지. 잔소리를 해대는 부모님도 살아갈 날이 얼마 남지 않았다는 것을 인정해야 한다. 계속 이런 식으로 살아야 하는 것일까? 학창 시절 나를 심각하게 했던 고민을 까마득하게 잊고 있었나 보다. 그때는 당장 해결할 수 없는 고민들도 어떻게든 해결해 보려고 노력했다. 책도 읽고, 친구와 끝없는 수다도 나누고……. 그저 바쁘다는 핑계로 고민을 무시하고 살다가 예고 없이 현실을 맞닥뜨린 기분이다. 점점 심란해지기 시작한다.

나는 무릎에 고개를 파묻는다. 나도 모르게 눈물이 흘러내려 잠옷으로 번져나간다. 이런 울음은 소리가 나지 않는다. 가끔씩 어깨가 들썩거릴 뿐이다. 시시껄렁한 이야기라도 좋은데, 비싼 요금 통지서가 나와도 괜찮은데 전화 걸 사람이 없다. 사장님에겐 무슨 이야기라도 정성스레 들어줄 사모님이 있지만, 나는 건성으로 전화를 받아줄 사람도, 통화료를 낭비할 사람도 없는 것이다.

그때, 전화기가 울렸다. 소매로 눈을 훔치고 침대 위에 내팽개친 핸드폰을 찾았다. 하지만 핸드폰은 전화벨 소리도 진동도 울리지 않고 단지 현재 시간 새벽 1시 20분을 알려주고 있었다. 분명 진동음이 들리는데…….

어디선가 부르르르 진동이 느껴졌다. 침대 구석이나 방구석에서 나온 소린가 싶었지만 이건…… 머릿속에서 느껴지는 진동이다. 처음엔 지릿지릿하는 9볼트 건전지의 느낌이더니 두르르르 떨리는 느낌으로 변하며, 이내 머릿속이 터질 듯이 아파왔다. 두려움이 엄습했다. 머리가 어떻게 되어버린 건 아닐까? 문득, 서진 씨의 핸드폰이 머릿속으로 들어갔다는 이야기가 떠올랐다.

아아아…… 이런 것이구나.

전화를 받자. 아니면 머리가 깨질지도 모른다.

그런 생각을 하자마자 진동이 뚝, 하고 사라졌다.

여보세요.

머릿속에서 낭랑한 목소리가 들려왔다. 몇 년 전에 들었던 서진 씨의 목소리가 정확하게 기억났다. 확실히 이 목소리다.

네, 네……. 어떻게 된 거죠?

저는 지금 머릿속의 핸드폰으로 민정 씨와 통화를 하고 있어요. 당신의 머릿속에도 핸드폰이 들어 있겠죠.

바보 같아요. 믿기지가 않아.

나도 처음엔 그랬어요. 누가 자기 머릿속에서 핸드폰이 울린다고 믿겠어요? 당해보지 않은 사람은 절대로 인정하지 못해요. 민정 씨는 이제 이해하겠지만 말입니다.

울고 있던 것을 들킬까봐 목소리를 가다듬었다. 콜록거리며 헛기침이 났다.

감사하다는 말 전하고 싶어서 전화했어요. 월트가 돈이 든 봉투를 전해주더군요.

아 네, 저도 쓸 데가 없는 달러라서……. 그런데, 월트라는 사람, 벙어리예요?

하고 싶은 말보다는 해야 하는 말만 하는 사람입니다.

핸드폰을 찾으러 갔다가 사장님이 주신 돈에서 쓰고 남아 있던 돈을 프런트 직원에게 주었다. 하트브레이크 호텔에 한국에서 온 소설가가 장기 투숙하고 있다는 사실을 확인하고 난 뒤에 말이다. 뭔가 대단한 의도나 동정심이 있었던 건 아니다. 그냥, 그러고 싶었다.

잠시 침묵이 흘렀다.

그 돈으로 술을 맘껏 마실 수 있었어요.

어떤 종류의 맥주를 마셨는지는 일일이 설명하지 않아도 되요. 서진 씨에게 꼭 필요한 술이었을 테니까.

맥주 로고가 새겨진 티셔츠도 샀습니다.

잘했어요. 그나저나 어떻게 이런 일이 생길 수 있는 거죠? 그 호텔에서 핸드폰을 잃어버렸는데 이렇게 머릿속에서 울리다니요.

하트브레이크 호텔에서는 이상한 일이 아무렇지도 않게 일어난답니다.

잠든 사이 뇌 수술을 해서 핸드폰을 머릿속에 집어넣었을까요?

흐음, 설마요. 휴대폰이 없었으면 좋겠다고 생각해 본 적이 없나요?

신기해요. 믿을 수가 없어.

저도 처음엔 믿을 수 없었습니다. 하지만 점차 익숙해집니다. 그런데…… 한밤중에 혼자 우는 건 좀 청승맞잖아요.

누가 울었다고 그래요?

그 말을 하자 눈물이 주르륵 흘러내렸다. 아, 바보 같아.

글을 써봐요. 웹사이트에서 새 글을 본 지가 꽤 된 것 같은데…….

그렇네요. 소설을 썼던 것도 오래전이고, 소설을 읽었던 것도 아주 오래전이에요.

아직 소설을 쓰고 있는 사람도 있습니다.

서진 씨나 써서 한번 보여줘봐요. 겁쟁이처럼 숨어 있지 말고. 왜 그곳에 오랫동안 머물고 있는 거죠?

말하자면 좀 길어요. 가격도 저렴하고, 조용해요. 혼자서 소설을 쓰기에 나쁘지 않죠.

쓰기 힘든 걸 쓰고 있나보죠?

너무 무리했는지 몰라요. 이야기를 위해 이야기를 만들어내는 것은 세금을 쓰기 위해서 일부러 도로를 파헤치는 것과 비슷합니다. 처음부터 굉장한 걸 쓰겠다는 욕심이 과했는지도 모르지요.

무엇에 관해 쓰고 있었는데요?

꿈에 관해서입니다.

애매하네요.

꿈을 잘 기억하지 못하는데, 어느 날 새벽에 깨어나 보니 많은 부분을 기억해 낼 수 있었습니다. 그걸 잊지 않기 위해 메모를 해두었지요. 다음부터는 새벽 네 시에 알람을 맞춰놓고 억지로 잠에서 깨어나 꿈을 메모했습니다. 메모된 것을 주욱 읽어보니 계속 같은 곳에 대해 꿈을 꾸고 있다는 것을 알게 되었습니다. 그래서 그곳에 관해서 쓰기 시작했지요.

쓰다 보니 너무 길어졌나요?

꿈이란 것이 전후 맥락이 없어서 단편적인 기억만으로 큰 이야기를 만드는 것이 힘들었습니다. 더 곤란한 것은, 꿈에 관해 현실보다 자세히 쓰면 쓸수록 이곳 생활에 대한 현실 감각이 엷어진다는 것이죠. 소설이 더 리얼한 상황은 저도 싫습니다. 그래서 당분간 쓰지 않기로 했습니다. 알람도 맞추지 않습니다. 그저 쓸 무언가가 나타나기를 기다리고 있어요.

영원히 나타나지 않으면 어쩌죠?

어쩔 수 없지요. 하지만 공기 중에는 수많은 이야기가 전파처럼 떠다니니까……. 내가 하는 일이라는 건 고작 그중의 하나를 수신하는 거겠지요, 그것도 잘못 다뤘다가는 애초에 어떤 메시지가 들어 있었는지 뒤죽박죽이 되어버려요. 온몸의 감각을 예민하게 세워서 수신해야지요. 뉴욕은 충분히 복잡해서 걸어다닐 곳이 많아요. 서점도 50개가 넘습니다. 이곳저곳을 뒤지면서 걷다 보면 아마도 이야기가 수신될 수 있을 겁니다. 어느 서점 한 귀퉁이에서, 혹은 지하철에서…….

　푸훗, 우리 회사 연구원들처럼 말하네요. 소설이라는 거…… 자신의 이야기를 쓰는 게 아니었나요?

　나만의 이야기라는 게 과연 존재할까요? 지구상의 수많은 사람들이 오랫동안 살아왔는데 말입니다. 나의 이야기도 결국은 누군가의 이야기와 비슷하겠지요. 요즘엔 남의 이야기를 듣는 게 훨씬 재밌습니다.

　술집에서?

　네, 술집에 가면 만나는 사람들이 몇몇 있습니다. 그들을 친구라고 부를 수 있는지는 잘 모르겠습니다. 그리고 하트브레이크 호텔에 장기 투숙하고 있는 사람들이 있는데, 그들의 이야기도 무척 재밌습니다. 다들 머리에 나사 하나가 빠진 듯해요. 미래에서 온 사람도 있고, 과거에서 온 사람도 있고, 외계인도 있습니다.

　후후, 완전 타임머신인데요.

　머릿속에 핸드폰이 들어가 있는 사람도 있는데요 뭘.

　소설을 어떻게 써야 하는지도 가물가물해요. 쓴다고 하더라도 누가 읽어주기나 할까요?

　누군가는 그 글을 읽고 당신과 비슷한 생각을 할지도 모르니까 인터넷에 올려봐요. 사람들은 혼자라고 느껴도, 어떻게든 연결되어 있습니다. 우리가 이렇게 머릿속의 핸드폰으로 연결되어 있는 것처럼 말입니다. 당신이 쓴 소설을 읽고 숨겨진 메시지를 수신하는 사람이 지구상에 단 한 명이라도 있을지 모르잖습니까? 다른 사람들은 어떤 마음으로 소설을 쓰는지 모르겠지만 저는, 방대한 우주 공간에 전파를 보내는 마음으로 소설을 씁니다. 누군가 수신해 줄 거라는 막연한 기대를 갖고 말입니다. 어쩌면 저하고 비슷한 꿈을 꾸었거나, 꿈에서 만난 사람일 수도 있겠지요. 살아 있는 동안 수신자가 나타나지 않는다고 해도, 책은 저보다 오래 남아 있을 테니 기대를 걸어볼 수밖에요.

그래요. 우리도 도서관에서 수백 년 전 작가의 책을 들춰보기도 하니까요. 어쩐지 쓸쓸하네요.

그럼, 소설을 써요. 어차피 새벽에 할 일이 없잖아요?

흐음, 저에 대해 얼마나 알고 있는 거죠?

어쩌면 나는 민정 씨의 시점으로 소설을 쓸 수 있을지도 몰라요. 그 정도라고 말해 두죠.

남자가 여자 주인공을 1인칭으로 쓴 소설은 재미없던데……. 설마 핸드폰으로 통화를 하게 되면 상대방의 뇌 속을 뒤지는 건 아니겠죠?

무슨 일이 일어날지는 차차 알게 될 겁니다. 저는 꿈이 하나 있습니다. 각각 다른 사람의 입장이 되어 1인칭으로 소설을 쓰고 싶은 꿈. 남의 머릿속으로 들어갈 수 있다면 가능하지 않을까요?

어쩌면.

네, 아마도.

뉴욕에 다녀온 뒤로 좀 이상해졌어요. 뭐라고 설명하기는 힘들지만…….

완전히 다른 세상을 보고 나면 이상해지는 법입니다. 그곳에 익숙하기도 전에 돌아와 버리면 꿈을 꾼 것 같은 기분이 들겠지요.

다른 삶을 살고 싶어 여행을 다니는 거예요?

그렇게 거창한 목적은 없습니다.

전화를 받기 싫어서 도망갔다는 건 믿을 수 없어요. 소설을 쓰기 위해서라는 이유도 마뜩찮고.

다른 사람들처럼, 주어진 상황에서 하루하루 최선을 다하고 있을 뿐입니다. 어떤 일에 모든 걸 거는 사람에 대해서는 가치 판단을 하지 말았으면 합니다. 그게 소설이든, 음악이든, 그림이든.

그래요. 설마 이런 식으로……. 내가 미치지는 않겠죠?

처음에는 힘들겠죠. 도와줄 수 있는 일이 있으면 도와드리고 싶습니다.

회사 나가기 싫은데요. 문득, 이제 다르게 살고 싶어요. 어떤 식으로 변화하고 싶은지는 잘 모르겠지만.

저처럼 도망치지는 마세요. 권장하는 방법은 아닙니다. 주변 사람이 힘들어지니까. 지금 생활을 유지하면서도 충분히 변화할 수 있습니다.

과연 그럴까요?

민정 씨같이 강한 사람이라면, 당연히.

그래도 뉴욕으로 도망간다면 며칠 밤은 재워주셔야 해요.

약속합니다. 하트브레이크 호텔 302호로 오시면 되요.

301호가 아니었나요?

아닌데요. 저는 302호에 살고 있습니다. 301호의 복도 맞은편.

잠시 머릿속이 혼란스러워졌다.

그럼, 301호에서 저하고 함께 호텔에서 잠이 든 사람은 누구죠?

흐음…… 제 친구를 말하는 것 같은데.

합 데빌에서 술을 마신 남자는 서진 씨가 아니에요?

저는 몸이 좋지 않아 먼저 자리를 떴습니다. 머릿속에서 몇 년 만에 전화가 울려서 무척 고통스러웠지요. 제 사정을 그 친구가 전해줬을 텐데요. 참, 오늘도 합 데빌에서 만났는데 이상한 말을 하더군요. 자기의 점수는 몇 점이냐고 물어봐 달라던데.

갑자기 화가 나려고 한다. 나는 어느 순간부터 하트브레이크 호텔에 함께 있었던 사람이 서진 씨라고 단정해 버렸기 때문이다. 지금도 서진 씨는 그날 내가 만났던 남자는 자기가 아니라며 연기를 하고 있을지도 모른다. 아니, 애초부터 다른 사람일까? 이런 게임을 즐기고 있는 걸까? 아니면 그 남자는 서진 씨의 얼터 에고?

지구 반대편으로 도망가서 완전히 다른 삶을 살 수도 있지만, 바로 당신의 손끝에서 새로운 세상을 만들어낼 수도 있다는 것을 잊지 말아줬으면 합니다. 과거의 수많은 선택 중의 하나가 현재를 만들어냅니다. 소설가는 손끝으로, 주인공의 삶을 선택하면서 글을 쓸 수 있고, 그 세상 속의 미래를 바꿀 수 있습니다. 그걸 기억하셨으면 좋겠어요.

그래요…….

더 물어볼 것이 있다고 말을 하려는데 지지직거리는 소리와 함께 통화가 끊겨버렸다.

전화를 다시 거는 방법을 모른다. 메일을 보내볼까도 싶었지만 그만두었다. 내가 만난 남자가 서진 씨인지, 아닌지가 뭐 그리 중요할까? 만약, 이라는 말이 무색해져 버렸다. 어떤 쪽이든 그건 과거에 일어난 일이고 현재의 나에게 미치는 영향은 별 차이가 없다.

나는 커피믹스 두개를 타서 홀짝홀짝 마시기 시작한다. 오랫동안 실행시키지 않았던 워드프로세서를 클릭한다. 이윽고 빈 화면이 나오고 커서가 깜빡, 깜빡, 깜빡거린다. 하얀 화면과 커서는 나를 기다리고 있다. 내가 만들어낼 세계를 기다리고 있다. 과연 나의 손끝으로, 누군가의 삶을 바꿀 수 있는 것일까?

무얼 쓸까?

내가 써야 할 것이 무엇인지 나는 정확하게 알고 있다. 그날 밤, 하트브레이크 호텔에서 무슨 일이 있었는지 하나도 빠짐없이 써야 하는 것이다. 잘 될지는 모르겠다. 기억이라는 건 믿을 게 못 된다. 어떤 순간은 그 속도가 너무 빨라서 휙휙 지나가 버리지만, 또 어떤 순간은 천천히 흘러간다. 기억의 틈을 메우기 위해서 거짓말을 잔뜩 해야 할지도 모른다. 이걸 다 쓰고 나면 왜 핸드폰이 머릿속으로 들어갔는지, 내가 뉴욕에서 만난 사람이 누구인지, 하트브레이크 호텔에서 함께 밤을 보낸 사람이 누구인지 알 수 있을 것만 같았다.

소설을 어떻게 쓰는 건지는 잘 모른다. 하지만 어떻게 쓰더라도 소설이 될 거라는 근거 없는 자신감이 들었다.

타닥, 타닥, 탁, 탁, 탁······.

자, 시작이다.

황령산
드라이브
Part 2

부산

Heartbreak Hotel

당신의 말처럼 기억에

속도가 있다면 학창 시절 따위는 휙휙 지나가버리고 초등학생 시절에 이르러서야 느려질 것 같다. 그때 우리 남매는 '소녀소년 탐정단'을 만들었다. 『에밀과 탐정들』이나 『매거크 소년 탐정단』 시리즈에 영향을 받아, 우리 동네에서 일어난 자질구레한 일들을 해결하려고 했다. 나는 남자아이들이 주로 사건을 해결하는 것이 불만스러웠다. 여자아이들은 피해자이거나 인질로 잡혀버리는 역할이 많다. 뭐, 그딴 게 다 있어? 여자아이들의 치마를 들추며 낄낄대는 남자애들이 뭘 제대로 할 수 있다고?

무엇이든 이름이 중요하다. 우리 탐정단의 이름은 소년소녀 탐정단이 아니라, 소녀소년 탐정단이다. 소녀가 소년보다 앞에 온다. 멤버는 단 두 명, 나와 동생. 우리는 사라진 고양이, 동네 친구의 게임기, 쓰레기를 몰래 버린 사람 등을 찾아다녔다. 동생이 대부분의 사건을 해결했는데, 그의 추리는 논리적이고, 이성적이고, 과학적이었다. 고양이는 옆집 지하실에서 발견, 게임기는 친구의 아버지가 숨긴 것, 쓰레기는 그 속에서 영수증을 찾아 몰래 버린 집을 발견……. 동생은 겁이 많았기 때문에 행동대장 역할은 주로 내 차지였다. 고양이를 구출하는 것, 게임기를 숨긴 아버지에게 찾아가는 것, 쓰레기 주인에게 영수증을 보여주는 것…….

동생이 생각하는 방식이 남들과는 조금 다르다고 느꼈지만 그것이 나중에 큰 문제가 되리라고는 생각하지 못했다. 사건의 실마리를 푸는 데는 남들과 비슷한 사고방식은 도움이 되지 않으니까. 학교에서는 독특한 사고방식을 학습해야 한다고 하지만, 그것마저 모범답안으로 외울 것을 강요한다. 동생은 관심이 있는 과목에는 미친 듯이 파고들지만, 관심이 없는 것은 나 몰라라 했다. 그래서 공부를 딱히 안 하는 것 같은데도 수학이나 과학은 언제나 좋은 점수, 국어나 영어는 그럭저럭, 나머지 과목은 어이없을 정도로 바닥을 기었다. 혼자 게임을 개발하거나, 프로그램 같은 걸 열심히 짰다. 가끔씩 새벽에 동생 방을 지나다 보면 키보드가 타다다다닥 무서운 속도로 움직이는 소리가 났다. 알아서 공부를 잘 하리라는 아빠의 낙관은 차츰 걱정으로 바뀌었다. 과외 같은 것은 죽어도 싫다고 해서 나에게 공부를 도와주라는 지령이 떨어졌지만, 사실 내가 가르쳐줄 건 별로 없었다.

"누나도 알겠지만, 시간만 조금 투자하면 이딴 건 금방 풀 수 있다고. 지금 중요한 건 이런 게 아니야. 좀더 나은 세상을 만드는 게 더 중요해. 지금, 지구는 붕괴되기 직전이라고."

뭐야? 만화책을 너무 많이 본 거 아냐?

고등학교 1학년이 끝날 무렵 동생은 학교를 다니지 않겠다고 선언했다. 누구도 그를 막을 수 없다는 건 잘 알고 있었다. 검정고시를 치고, 대학에 진학하겠다고 하니 아빠는 동생의 말을 믿어줄 뿐이었다. 물론 나는 믿지 않았지만. 누나로서의 직감이 있다. 요즘엔 동생이 방에 처박혀 무엇을 하는지도 알 수가 없다. 프라이버시를 지켜달라며 언제나 문을 잠갔으니까. 제대로 된 대화를 해본 기억도 까마득하다. 고등학교를 자퇴하고 집에서 공부를 한 뒤부터는 더 심해졌다. 초등학교 때까지만 해도 내 꽁무니를 종종 따라다녀서 귀찮았는데 말이다. 노트북이 하나 더 필요하다며(벌써 두 개가 있지만), 아빠를 졸랐다. 아르바이트를 해서 장만한 나의 노트북에 눈독을 들이는 것 같았지만 어림도 없다. 그 컴퓨터에는 내 사생활이 담긴 꽤 많은 사진과 동영상이 들어 있다. 수많은 즐겨찾기는 또 어떻고.

내가 고등학교 때 이과에 진학한 것도, 대학교 때 물리학과에 들어간 것도 어쩌면 동생 때문인지도 모른다. 동생이 그쪽 방면에 재능이 뛰어나니까 나도 그런 재능이 있지 않을까 하는 생각이 들었다. 그러나 그건 희망사항이었을 뿐, 수업을 따라가기도 벅찼다. 재능이라는 것은 개발되는 것이 아니라 발견되는 것이다. 애초에 다이아몬드가 없는 광산에서는 그걸 캐낼 수 없다는 걸 몰랐다. 다이아몬드 원석은 공장에서 합성해서 만들 수가 없다. 동생이 가진 다이아몬드를 나도 갖고 있다고 착각했던 것이다.

내가 그나마 전공에 관심을 가지게 된 것은 당신 때문이다. 당신의 말 한 마디 한 마디에 집중하다 보니 건성으로 넘겼던 것들이 이해되기 시작했다. 당신이 이야기하는 그 모든 것을 이해하고 싶었다. 뉴턴의 운동법칙, 에너지 보존, 파동과 열역학 법칙까지……. 그 두꺼운 일반 물리학 책 한 권에 내가 3년 동안 끙끙댔던 모든 것이 담겨 있었다. 기초 원리를 이해하게 되니 나머지 것들도 자연스럽게 풀렸다. 적어도 B학점은 받을 수 있을 것이다. 어쩌면 A까지도. 나는 내년에 4학년으로 진학할 것이다. 그리고 사회로 진출하겠지. 직장을 잡고, 누군가와 연애를 하는 것에도 점수가 매겨지는 것은 아닐까? 그럭저럭 살아가면 D. 죽어라 최선을 다해봤자 B. 나에게는 다이아몬드가 없다는 사실을 명심할 것.

학기가 끝나면 당신을 보기 힘들 것 같았다. 그래서 기말고사 답안지의 끝자락에 메모를 적었다. 어떤 식으로 적어야 농담처럼, 스토커처럼 보이지 않게 쓸 수 있을까 고민했다.

'〈멀홀랜드 드라이브〉를 영화관에서 보지 않을래요? 흔치 않은 기회예요! 연락주세요. 전화번호는……'

두 여자의 이야기로 나의 가슴을 두근거리게 만들었던 영화. 내가 이상한 사람이 아니라고 위로해 주었던 영화. 몇 번을 봐도 설명이 안 되는 부분이 있지만 그것마저 매력으로 느껴지는 영화. 무엇보다도, 당신도 좋아한다는 바로 그 영화…… 그 영화를 함께 보면 얼마나 좋을까?

역시 이상하게 보였겠지. 시험 답안 말미에 데이트 신청이라니. 그것도 여자아이가. 전화가 오지 않을 거라고 미리 포기했으면서도 계속 휴대폰을 확인했다. 문자 메시지 수신음에 화들짝 놀라 확인을 해보면 역시나 '신용담보대출, 대학생도 가능.'

사흘째 아무런 소식이 없자 나는 당신의 집을 찾아가기로 결심했다. 핸드폰을 붙들고 있을 바엔 직접 집을 찾아가는 게 낫겠다는 생각이 들었다. 그다음엔? 동생이 있었다면 다음 단계에 해야 할 일을 알려줬을 텐데. 다행히 주소를 알아내는 건 쉬웠다. 학과 사무실에 가서, 성적 정정을 해야 하는데 강사가 전화를 안 받는다며, 연락처와 주소를 알려달라고 떼를 썼다.

스마트폰의 지도서비스가 도움이 되었다. 10년 전이라면 동생과 함께 그럴듯한 핑계를 대서 경찰서나 복덕방에 찾아갔을지도 모른다. 친척집을 찾아가야 한다고 주소를 내밀었을지도. 하지만 이제는 내가 어디를 걷고 있는지 스마트폰이 GPS를 통해 지도상에 표시해준다. 당신의 집과 나와의 거리, 예상 도착시간까지도.

지하철 지상 구간이 시작되는 동래역에서 내려 온천천을 따라 한참을 걸었다. 하천 위에는 지하철이 다니고, 하천을 따라 조깅 트랙과 자전거 길, 운동 시설이 조성되어 있었다. 조깅 트랙에는 많은 사람들이 걷고 있었다. 옷과 헬멧, 전문 사이클 장비를 완벽히 갖추고 자전거를 타는 사람도 보였다. 공원으로 걸어볼까 하다가 지도에서 알려주는 대로 길을 찾아갔다. 시장 통을 지나 한가로운 주택가에 다다랐고 마침내 당신의 집 앞에 멈췄다. 골목 양쪽으로 붉은 벽돌이 박힌 2층집이 주욱 늘어서 있었다. 차는 한 대 정도 겨우 들어갈까 말까한 곳이라 세워놓은 차도 없고, 지나가는 사람도 별로 없었다. 아파트로 이사 오기 전에 우리도 이런 집에서 꽤 오래 살았다.

모서리가 삭은 철 대문을 기웃거렸다. 문패를 찾아보았지만 그런 건 달려 있지 않았다. 지도는 분명 그 집을 가리키고 있었다. 우편함에 삐죽하게 우편물이 몇 개 보였다. 살짝 뽑아보니 하나는 당신 이름으로 수신된 카드 요금, 다른 하나는 동네 마트의 광고지였다. 그걸 도로 꽂아 넣으려는데 끼이익 소리를 내며 문이 열렸다. 순간, 우편물을 주머니에 쑤셔 넣었다.

"누구세요?"

네댓 살로 보이는 꼬마 남자아이였다. 두 눈이 유난히 컸다. 나는 무슨 대답을 해야 할지 머뭇거렸다.

“아…… 나는…… 어, 근처 교회에 다니는 누나야. 하나님의 말씀을 전하기 위해 돌아다니고 있어.”

꼬마는 여전히 의심스러운 눈초리로 나를 올려다본다. 순간, 꼬마 아이의 얼굴이 당신의 얼굴에 오버랩되었다. 많이, 닮았구나.

“엄마는 어디 갔니?”

“학교요.”

“으응 그렇구나. 교회 다녀본 적 있니?”

꼬마는 고개를 흔든다. 어릴 적 나는 아빠의 간곡한 부탁 때문에 교회에 다닌 적이 있다. 아빠에게 들었던 말을 똑같이 아이에게 해 봐야겠다는 생각이 들었다.

“착한 어린이는 거짓말을 하지 않는 거 알지? 거짓말을 하면 산타 할아버지에게 선물도 받을 수 없어.”

고개를 끄덕끄덕.

“이름이 뭐야?”

“김정규.”

“몇 살?”

아이는 작은 손가락 다섯 개를 힘들게 펼쳐 보인다.

“그런데…… 엄마 이름이 뭐니?”

아이는 또박또박 세 자의 이름을 말한다. 이. 선. 영. 그건, 당신의 이름이다. 나는 잠시 멍해졌다.

“그…… 그렇구나. 그럼 아빠 이름은 뭐니?”

아이는 대답이 없다. 그리고 고개를 설레설레 흔들더니 문을 쾅 하고 닫아버렸다. 옆집 개가 요란하게 짖기 시작했다. 누가 나올까 싶어 나는 빠른 걸음으로 골목을 빠져나왔다.

왔던 길을 돌아갔다. 나는 당연히 당신이 싱글이라고 생각하고 있었다. 수업시간에 한 번도 남편이나 아이에 대한 이야기를 들어본 적이 없다. 물론 강사가 굳이 수업시간에 가족 이야기를 꺼낼 필요는 없겠지. 하지만 당신이 풍기는 분위기, 옷차림, 말투는 어쩐지 결혼한 사람의 것이라고 느껴지지 않았다. 그건 나뿐만 아니라 수업을 듣고 있는 모든 사람, 특히 남자 선배들도 그렇게 믿고 있었다. 때로는 사람의 분위기가 모든 것을 결정해 버리는 것이다.

바보, 유부녀에게 데이트 신청을 해버리다니.

"걷지 않으려면 비켜."

누군가 툭 어깨를 치고 지나간다. 정신을 차려보니 나는 하천 공원의 조깅 트랙 위에 서 있었다. 골목을 빠져나와 나도 모르게 공원으로 들어왔나 보다. 나를 친 사람은 마스크에 선글라스를 쓴 50대 아저씨다. 아마도 술과 담배로 찌든 몸을 이제 와서 회복하기 위해 안간힘을 쓰는 사람일 것이다. 그는 짜증난다는 듯 뒤를 한 번 휙 돌아보고, 가던 방향으로 걸어갔다.

나는 빨리 걷기 시작했다. 어차피 많이 걸을 것이라 각오하고 편한 바지에 운동화를 신고 왔다. 빠른 걸음은 곧 달리기로 변했다. 선글라스를 낀 아저씨를 따돌렸다. 온몸에 땀이 나고 숨이 찰 때까지 달리고 또 달렸다. 남의 집까지 몰래 찾아간 건 나다. 기분이 나빠야 할 사람은 당신인데, 왜 나의 마음이 아픈 것일까? 상대방은 나의 존재를 알지도 못할 텐데 혼자 들떠 있다가 혼자 실망하는 나는, 완전 바보다.

다음날 밤 당신의 문자가 오지 않았다면 며칠이고 자책했겠지.

'영화가 아직 상영한다면 함께 보러 가겠어?'

혹시, 장난을 치고 있는 것인지 의심을 했지만, 떨리는 손으로 답장을 보냈다.
'그럼요……. 당연하죠."

❖ ❖ ❖

호텔 문은 두껍고 검은 유리여서 내부가 잘 보이지 않았다. 당신이 문 열림 버튼을 누르자 스르르 문이 열렸다. 약간 붉은 빛이 도는 로비 한가운데는 등받이가 없는 소파가 하나 있고, 카운터에는 사람이 아무도 없었다. 카운터 뒤에는 시계 다섯 개가 나란히 걸려 있었다. 분침은 똑같은데 시침만 약간씩 달랐다. 각각의 시계 아래에는 '부산', '샌프란시스코', '라스베가스', '마이애미', '뉴욕'이라고 세계의 도시 이름이 적혀 있었다. 부산은 새벽 1시를 가리켰다. 샌프란시스코는 9시, 뉴욕은 12시. 이런 곳을 전 세계 사람들이 찾을 리 만무한데 이런 시계는 왜 있는 거람? 카운터에도, 로비의 소파에도 사람 한 명 보이지 않았다. 당신은 카운터를 기웃거리더니 땡, 하고 벨을 울렸다. 두 번째 벨을 누르기 직전에 안쪽에서 직원이 옷매무새를 만지며 나왔다. 은은한 베이지색 줄무늬 블라우스를 입고 머리를 뒤로 묶은 젊은 여자였다.

나는 로비 한가운데에 있는 소파에 앉았다. 손님은 우리 둘밖에 없는데도 마치 당신과 일행이 아니라는 듯 말이다. 이건 마치 불륜이라도 저지르는 것 같잖아? 그래도 이곳을 빠져나갈 생각은 손톱만큼도 없다.

테이블에 놓인 팸플릿을 집어 들었다.

'하트브레이크 호텔 — 당신의 잃어버린 사랑을 찾아드립니다.'

광고 카피 한번 촌스럽다. 요란한 핑크빛으로 장식된 문구 아래에는 통나무로 된 펜션이 우거진 숲 속에 떡하니 자리 잡고 있다. 잃어버린 사랑을 찾아주는 건 사립탐정이 하는 일이 아닐까? 그 아래에는 빨간 색상의 폰트로 광고가 실려 있다.

오픈 기념 연간 VIP 멤버십 모집

〈회원 특전〉

1. 무료 숙박권 1매 증정

2. 주중 40% 주말 30% 할인 숙박권 3매 증정

카운터를 바라본다. 당신은 지갑에서 카드를 꺼내고, 직원은 그것을 받아들더니 고개를 끄덕거리며 단말기에 뭔가를 입력한다. 단지 뒷모습을 보고 있을 뿐이었지만 안절부절못하는 나에 비해 당신의 행동은 자연스럽다. 마치 팔이라도 다친 여동생과 함께 병원에 온 언니 같다. 믿음직스럽다. 당신은 살짝 뒤를 돌아보면서 미소를 지어준다. 당신에게 기대고 싶다, 보살핌을 받고 싶다, 사랑을 받고 싶다는 생각이 줄줄 흘러나왔다.

"자…… 올라가자."

당신이 다가와서 내 어깨에 손을 얹었다. 지릿지릿, 두근두근. 나의 마음을 들키고 싶지 않다. 하지만 아무렇지도 않은 듯 행동하는 것이 쉽지 않다.

"이곳에서 사랑을 나누면 말이에요……."

“응?”

“잃어버린 사랑도 찾을 수 있대요.”

나는 팸플릿을 당신에게 건네준다.

“그러면, 과거에서 발산된 빛을 붙잡을 수 있는 기회를 다시 준다는 거네. 그 빛을 잡으려고 먼 우주까지 가지 않아도 된다는 말이겠지.”

“후훗, 그런가요? 강의 시간이 아니니까 더 이상 복잡하게 설명하지 마세요.”

엘리베이터에서 내리니 복도를 가운데 두고 객실이 양쪽에 각각 대여섯 개씩 보였다. 304호는 끝에서 두 번째였다. 복도가 조용해서 발자국 소리를 내지 않기 위해 조심스럽게 걸었다. 당신이 카드키를 밀어 넣자 문에 달린 자그마한 초록 불이 깜빡거렸다. 그리고 문이 열렸다.

우리는 빨려들 듯이 방으로 들어갔다. 방 안은 깜깜했다. 도시의 불빛이 닿지 않는 곳이라 창 밖에서 아른거리는 불빛도 없었다. 하지만 우리가 서로를 끌어안는 데는 아무런 문제가 없었다.

당신의 목덜미에서 풍기는 은은한 향수 냄새와 따스한 온기만으로 충분했다. 당신의 손은 내 머리를 쓰다듬다가 목덜미로, 뺨으로 옮겨 간다. 양손으로 얼굴을 어루만지면서 두 눈을 맞춘다. 어둠에 익숙해져서 얼굴의 윤곽이 보인다. 광대뼈가 약간 튀어나오고, 입술은 도톰하다. 눈이 깜빡일 때마다 긴 속눈썹이 날개처럼 팔락거린다. 당신은 내 얼굴을 보면서 무슨 생각을 하고 있을까?

그리고 우리의 얼굴과 얼굴 사이, 입술과 입술 사이는 가까워진다. 천천히, 아주 느린 속도로, 마치 중력이 있는 한 낙하하는 물체는 바닥에 떨어질 수밖에 없는 만유인력의 법칙처럼.

"저기."

입술이 닿기 직전에 내가 말했다.

"혹시 내게 숨기는 것 없어요?"

당신은 천천히 고개를 젓는다.

"너무 많아서 뭘 이야기해야 할지 모르겠는데."

"농담이 아니에요."

"무슨…… 걱정을 하고 있는 거지? 후회할 거라고 생각한다면 지금, 그만둬도 좋아. 얌전히 모셔다 드릴 테니까."

후회라고? 천만에. 누군가와 잔다는 것이 어떤 의미인지 파악하기 위해서는 경험이 부족하다. 절대적으로 부족하다.

당신의 허리를 감싸안는다. 당신이 주춤거린다. 눈을 감지 않고 천천히 당신의 입술을 향해 다가간다. 당신의 얼굴은 점점 커진다. 속도가 굉장히 느리다고 생각했는데, 순식간에 우리의 사이는 제로가 된다.

❖ ❖ ❖

당신은 부드럽게 나를 어루만지다 예고 없이 절벽 끝에서 나를 밀어뜨렸다. 바위에 몸이 부딪혀 척추가 부러지고, 머리가 깨지고 내장이 파열되어 죽기 직전까지 나를 내몰았다. 수영을 못하는데 깊이가 얼마인지도 모를 바다에 빠져버렸다. 먹구름이 몰려온다. 폭풍

이 치기 시작한다. 바다는 끝이 없고 나는 어떤 표식도 발견하지 못한 채 바다 위를 둥둥 떠다니고 있다. 물을 먹고 허우적거리다 간신히 수면 위로 올라오면, 다시 물속으로 빠져버렸다. 입 속으로, 콧속으로 소금물이 들어왔다. 살기 위해 발버둥을 치다보니 평소에 쓰지 않던 근육이 비명을 질렀다.

고통은 쾌락과 별 차이가 없는 것일까? 제발 그만하라고 온몸으로 저지해 보았다. 그러나 정신을 차려보면 나를 깊숙한 곳까지 빠지게 해달라고 애원하고 있었다.

온몸을 짓이겨줘요, 심장을 후벼 파줘요, 살을 갈기갈기 찢어줘요…….

마침내 당신이 나에게 손을 내민다. 나는 당신의 손을 움켜잡는다. 육지에서 어느 방향으로 얼마만큼 떠내려왔는지 모른다. 내가 아는 건, 다시 육지로 돌아갈 수 없다는 것뿐. 어쩌면 생전 처음 들어보는 언어를 쓰는 나라에 도착할 수도, 무인도에 도착할 수도 있겠지. 그런 생각을 하니 마음이 편해졌다. 내가 살고 있던 곳으로 돌아가는 것만 깨끗이 포기하면 된다. 당신이 손을 놓아도 몸이 바다 위에 둥둥 뜬다. 발버둥치지 않아도 바다에서는 몸이 가라앉지 않는다는 것을 그제야 깨닫게 되었다. 믿게 되었다. 나는 죽지 않을 것이다. 그러자 바다는 차츰 잔잔해졌다.

바다처럼 넓고 하얀 침대가 보인다. 덥다. 난방이 지나치게 되어 있나? 문을 열고 싶지만 바람이 너무 차가울 것 같다. 침대에서 일어날 수 있을지 모르겠다. 공기 속에 끈적끈적한 입자가 둥둥 떠다닌다. 스탠드에 불이 켜져 있어서 방은 아늑하다. 커다란 평면 티브이가 있고, 그 옆에는 바다 그림이 걸려 있다. 야자수에 원주민이 사는 오두막도 보인다. 배경이 하와이인가? 티브이 오른쪽에는 커다란 거울이 달려 있다. 거울 속에 흐트러진 시트가 보인다. 그리고 머리가 헝클어진 두 여자도.

나는 한숨을 쉰다. 겨우, 살아났다.

"그렇게 나빴어?"

"아뇨. 좋았어요. 죽었다 살아난 것처럼."

좋았다고는 말했지만, 아직도 얼떨떨한 기분이다. 당신은 내 머리를 쓰다듬는다. 말 잘 듣는 학생이 된 기분이다. 당신은 자리에서 일어나 침대를 빠져나갔다. 몸에 아무것도 걸치지 않았다. 부끄럽지도 않은가보다. 애 엄마가 어떻게 저런 몸매를 유지할 수 있을까? 당신은 가방에서 담배를 꺼낸 뒤 가운을 입고 베란다로 나간다. 혼자 침대에 있으려니 어색하다. 라디오는 없나? 티브이나 켤까? 이런 고민을 하고 있을 때, 당신이 돌아왔다. 침대 속으로 몸을 던진다. 당신의 피부는 알싸하게 차갑다. 나는 온몸으로 끌어안는다. 따뜻하게 해주고 싶다.

"숨기는 게 있느냐고 물었지?"

"네."

드디어 고백의 시간이구나.

"사실은 말이야……. 김미선을 마주친 적이 있어. 대학교를 졸업하고 잠시 부산에 내려왔을 때야. 밤에 잠이 오지 않아 영화를 보러 갔거든. 영화가 지루해지면 좌석을 둘러보는 습관이 있어."

어, 그건 나도 마찬가지인데.

"다들 얼굴엔 푸르스름한 빛이 어른거리고, 넋이 나간 표정으로 앉아 있지. 나 혼자 잠에서 깨어나 잠든 사람들을 구경하는 기분이 들어. 영화관에서의 현실은 사방이 꽉 막힌 공간에서 낯선 사람들과 함께 거짓 기억이나 환상 따위를 머릿속에 집어넣는 거잖아. 영화 속 주인공의 파편적인 꿈을 마치 내 것인 양 착각하는 거지. 재밌는 영화라면 몰입하겠지만 그날은 형편없었어."

이건 내가 기대한 고백이 아닌데.

"그날, 극장 안에는 고작 예닐곱 사람만 앉아 있었어. 바로 뒷줄에 남녀 한 쌍이 앉아 있었고. 남자는 여자의 어깨를 감싸고, 여자는 남자의 가슴에 안겨 있었지. 영화를 보러 왔다기보다는 어두운 장소를 찾아 데이트를 하러 온 거겠지. 하품이 나오는 멜로드라마를 심야에 볼 이유는 별로 없으니까. 그런데 그 여자도 지루했던지 상영관을 이리저리 살펴보고 있었나봐. 그러다 나하고 눈이 딱 마주친 거야. 순간 알아봤어. 그 여자가 김미선이라는 것을. 고등학교를 졸업하고 4년이나 흘렀지만 그냥, 알아차릴 수 있었어. 어떤 사람은 겉모습이 변했더라도 느낌으로 알 수 있거든. 여자는 나의 눈을 똑바로 쳐다보며 보란 듯이 남자의 가슴을 계속 어루만졌어. 나는 다시 스크린으로 눈을 돌렸지만 영화가 눈에 들어오지 않았어. 용기를 내서 다시 눈을 돌렸을 때, 여자는 화면을 응시하고 있었어. 그 옆에 앉아 있는 남자를 유심히 살펴보았는데, 맙소사. 그게 누구였는지 알아?"

"설마, 영어 선생님이라고 말하려는 건 아니죠?"

"나도 믿지 못할 지경이었다니까. 하지만 여전히 똑같은 뿔테 안경을 쓰고 있고 머리도 덥수룩한 것이…… 영어 선생님과 닮았더라고. 영화가 끝나기도 전에 슬그머니 영화관을 빠져나와 하염없이 길을 걸었지. 길을 걷다보니 나도 모르게 눈물이 쏟아져나오는 거 있지?"

"상처…… 받았던 거겠죠."

"나도 왜 눈물이 나는 건지 당시에는 이해할 수 없었어. 한참이 지나서야 겨우 알게 되었지만. 누군가에게 맹목적으로 사랑을 받아 본 적이 있는 사람은 어떤 식이든 그 느낌이 몸에 남아 있어. 그 사랑을 내가 아닌 남에게 주고 있다는 것을 눈으로 확인한 순간, 질투가 났던 겨야. 대학을 진학해서 몇몇 친한 친구들을 만들었지만, 심지어 남자친구도 사귀어봤지만, 미선이만큼 나를 사랑해 준 사람은 없었어."

"영화관에서 본 사람들은 혹시…… 착각이 아니었을까요?"

"어쩌면 그럴 수도. 어떻게든 연락처를 알아내서 전화를 걸어 물어보면 확인할 수 있었겠지만…… 그만두었어. 사실 여부가 중요한 것이 아니라 그 둘의 모습이 내 눈앞에 나타났다는 게 중요한 거니까. 진로에 대해 여러 가지 방향을 고민하던 차에, 유학을 가기로 결심했어. 우리나라에 있으면 어떻게든 그녀와 마주칠 것 같았거든. 그토록 미워하려고, 머릿속에서 지우려고 했는데도 잘 안 됐나봐."

"유학생활은 재밌었나요?"

"재미? 설마. 다시 가라면 절대로 안 가. 외국 사람들은 언어만 다른 게 아냐. 사고방식도, 사람을 만나고 친해지는 방식도 달라. 나를 아무도 알지 못하는 곳에서 새롭게 출발할 수 있다는 건 좋았어. 남들과 어울리는 것도 애써 노력하니까 조금씩 나아졌지. 그곳에서는 노력하지 않으면 완전히 혼자가 되어버리니까 필사적이 될 수밖에 없었어."

"아, 이런 질문은 너무 사적인데…… 해도 되는지?"

"아냐, 궁금한 건 뭐든지 물어봐. 침대에서는 그 어떤 질문이라도 솔직하게 대답해야 할 것 같은 기분이 드니까, 기회를 잘 이용하라고."

"외국에서…… 걸프렌드는 많이 만들었나요?"

"훗. 여자를 만나기 시작한 건 큰 용기를 필요로 했어. 하지만 누구를 만나든지 내 전부를 던져서 그 사람에게 몰두하기는 힘들었어. 어차피 나는 먼 곳에 돌아갈 고향이 있는 사람이니까. 순간적인 사랑의 감정은 통할 수 있지만, 그게 실제 삶과 연결되기 위해서는 뭔가가 복잡해져 버려. 내가 너무 심각하게 생각했던 걸까?"

"겁이 났던 거겠죠."

"으응."

"우리나라에 돌아와서는 어땠어요?"

"잘 모르겠어. 너는 어때? 많은 걸 프렌드를 만났니?"

큭, 하고 웃고 말았다. 누구든 함께 자고 나면 이런 것들이 궁금해지는가보다. 술이 엉망으로 취해 남자 선배와 자취방에서 얼렁뚱땅 함께 잔 적이 있다. 나에게 굉장히 친절한 선배였다. 그날 새벽에도 선배는 비슷한 질문을 했었다. 누구와 사귀었는지, 누구와 잔 적이 있는지 알고 싶어 했다. 나와 함께 잤으니까 그 정도의 권리는 당연히 있는 것처럼. 선배와 잔 건 실수일 뿐이고, 내가 함께 자고 싶은 것은 여자라고 말하고 싶었지만, 용기가 없었다. 우리는 석 달을 커플로 지내다가 헤어졌다. 선배는 사람을 갖고 장난을 치지 말라는 유치한 말을 남겼다.

"여자와는 선생님이 처음이에요."

눈치를 살폈지만 당신의 표정은 좀처럼 읽어낼 수가 없었다. 실망했을까, 기뻐했을까?

"누군가를 진정으로 사랑하거나, 사랑받아본 적이 없던 것 같아요. 엄마의 사랑이 부족했던 걸까요? 소설이나 영화 속에서 이야기하는 사랑이라는 게, 어쩐지 허상 같아요. 데이트하는 방식은 알지만, 데이트를 해서 얻는 것이 뭐가 있는지 회의적인 생각이 들었어요. 남는 시간을 심심하게 보내지 않기 위해서 누군가를 사귀는 건 아닐 테니까. 어렴풋이 생각했던 사랑이란 것은, 입으로 담기에도 쑥스러운 그 단어는, 잘 알고 있다고 생각했는데도 실상은 아무것도 모르고 있는 것 같아요. 무엇보다 지금은…… 늘 통과해야 하는 시험이 더 중요하게 느껴져서…… 누군가를 만난다는 것 자체가 시간 낭비라는 생각이 들기도 하고, 그러다가도 또 괜히 외로워질 때는 누군가 그리워지기도 해요. 쉽게 만날 수 있는 친구들과 수다를 떨어보지만…… 집에 오는 길에는 늘 발걸음이 무겁죠. 뭔가 중요한 게 빠진 것 같아서. 여자를 좋아한다고 말하면 다들 농담으로 받아들이거나, 내 정신 상태를 의심할 것 같아요. 혼자, 상상 속의 연인이나 만드는 게 낫죠."

"너같이 귀여운 여자아이에게 그런 말은 어울리지 않아. 세상은 그렇게 심심하거나 삭막한 곳이 아냐. 넌 겨우 스물넷인걸. 나처럼 시간을 허비하지는 마. 남자든, 여자든, 누군가 시간을 함께할 사람이 있다는 건 좋은 일이니까. 나이가 들수록 누군가에게 마음을 열기 힘들거든. 그런데 너도 그리 쉽지만은 않아 보이네."

나는 침을 꿀꺽 삼킨다. 하고 싶은 말이 더 있다. 당신을 좋아하는데, 당신을 더 많이 좋아할 수가 없다. 내 전부를 던질 수가 없다. 당신은 숨기는 게 많은데, 나는 떳떳하게 그것을 물어볼 용기가 없다.

아들은 어떻게 된 거죠? 남편은 어떤 사람이에요? 신용카드 사용

내역서를 보니 지난달에 세 번이나 모텔에 갔던데 도대체 누구와 함께였어요? 그 사람들은 어떤 관계인가요? 왜 김미선을 잊지 못하는 거예요? 다른 사람들은 다 그녀의 대용품인가요? 나도 그중 하나인가요?

나는 당신이 좋은데……. 당신이 나를 만져주는 방식도, 외모도, 말솜씨도, 차가운 듯하면서도 정감 있는 성격도, 좋아하는 영화도…… 그런데 나는 당신이 무섭다. 당신의 원래 모습은 어떤 것인지 도대체 알 수가 없어서 무섭다. 어떻게든 자신을 숨겨야 했었다면, 그것도 안쓰럽다. 나도 당신의 참모습 따위는 외면하고 싶은 것이다. 당신이 먼 곳으로 떠난다고 하더라도 모른 척하고 싶은 것이다. 그저, 내가 동경하는 당신의 모습을 사랑하고 싶은 것이다. 그것이 비록 오늘 밤뿐이라고 해도.

자, 용기를 내야 해. 말하는 거다. 하나, 둘, 셋.

"저기…….."

"응?"

"김정규라는 아이 아세요?"

내 손을 잡고 있던 당신의 손이 잠시 떨린다.

"어떻게 조카 이름을 알지?"

"조카?"

"언니가 맡겨놓은 아이야. 복잡한 사정이 좀 있어서, 엄마가 맡아주고 있었어. 이젠 주로 내가 돌보지만. 나를 엄마처럼 잘 따라."

"그렇구나…… 나는 그것도 모르고."

꼬마는 누가 엄마의 이름을 물어보면 이모의 이름을 댈 정도로 당신에게 의지하는 것일까? 다행이다. 너무 다행이다. 바보같이 잘 알

332

고 있지도 못하면서 고민만 하고 있었구나.

당신은 나의 어깨를 어루만진다. 나도 모르게 당신의 품에 안겼다. 당신 피부의 온기가 전해진다. 따뜻하다. 눈에 물기가 번졌다. 왜 바보같이 자꾸 눈물이 흐르는 거지? 당신은 나의 등을 천천히 쓰다듬는다.

"어떻게…… 아이 이름을 알지?"

나는 대답을 하지 못한다. 그냥, 당신의 품속에서 흐느낄 뿐이다. 완전 바보 같잖아. 당신에게 품었던 모든 의문이 해결된 건 아니지만 오늘은 여기까지.

"무슨 걱정이라도 있어? 다 잘될 거야."

당신의 가슴에 손을 얹어 보았다. 부드럽고 서늘하다. 꽤 큰 가슴이라고 생각했는데 누워 있으니 그리 크게 느껴지지는 않는다. 쓰러진 모래성을 다시 쌓는 것처럼 말랑말랑한 가슴을 이리저리 만져본다. 그리고 살짝, 젖꼭지에 혀를 갖다 대본다. 당신의 팔이 부르르 떨린다. 용기를 내어 더 깊숙이, 강렬하게 가슴을 빨기 시작한다. 당신은 천천히 내 머리를 쓰다듬어 주었다. 마치 내가 김미선이 된 기분이 들었다. 따뜻한 이불 속에서 당신의 몸을 필사적으로 어루만지는 아이 말이다. 하트브레이크 호텔의 광고 문구처럼, 이곳은 잃어버린 사랑을 찾아주는 곳인가?

당신은 모든 것이 다 잘될 거라고 말하지만, 그건 진심이겠지만, 단지 위로일 뿐이라는 걸 안다. 나의 고민은 단순한 위로로 해결되지 않는다. 베스트셀러 처세서로도 풀 수 없다. 우주처럼 복잡하고, 거대하고, 쓸모없다. 허상이면서도 실재하고 앞으로 다가올 일이면서도 막상 다가오면 사라지는 것들이다. 당신에 대한 고민, 미래에 대한 막연한 고민들이 뒤섞여서 언젠가는 물풍선처럼 퍽, 하고 터질 것만 같다. 나는 이 모든 걱정들이 너무나 무서운 것이다. 아무리 나이가 먹어도 그것들이 해결될 것 같지 않아서 무서운 것이다. 그래서 이렇게 울면서 당신의 온몸 구석구석을 빨아대고 있다.

"그런데…… 내가 어디로 여행을 가는지 모르지?"

나는 고개를 끄덕거린다. 그리고 당신이 말한다.

"사실은 네가 멀리 가는 거야. 아주 멀리. 그리고 다시 나를 찾아오는 거지. 답안지에 데이트 신청을 한다고 해서 아무나 만나주는 게 아냐. 나는 너를 만나기 전부터, 네가 누구인지 알고 있었다고."

물론 나는, 당신이 하는 말을 한 마디도 이해할 수 없다. 정신없이 당신의 몸을 탐하느라 생각을 할 겨를이 없었던 것이다.

✢ ✢ ✢

눈을 떴다. 온몸이 침대에 그대로 철썩 붙어 있는 것만 같다. 일어날 수 있을까? 과음한 것처럼 머리가 어지럽고 속이 메스껍다. 고개를 돌려본다. 이상하다, 옆에 있어야 할 당신이 없다. 화장실에 갔나? 온 힘을 짜내어 자리에서 겨우 일어났다. 카펫에 발을 내딛자 지릿, 하는 기분 나쁜 전류가 온몸에 흘렀다. 잠시 서 있자 그 전류가 천천히 사라졌다. 테이블 위의 시계를 보니 5시 30분. 새벽이겠지. 창밖은 지독히 어둡다. 램프를 켰다. 머리맡에 가운이 있길래 주섬주섬 입었다. 화장실 문을 똑똑 하고 두드려본다.

"저기요. 선생님, 계세요?"

손잡이를 돌려 밀어본다. 잠겨 있지 않다. 생각보다 문이 묵직하다. 끼이익, 하는 소음을 내며 열린다. 지난밤에 썼던 수건 같은 게 보여야 하는데 깨끗하다. 일찍 일어나 청소를 했나? 설마 그럴 리가. 혹시나 싶어 옷장을 열어본다. 그 안에서 몰래 숨어 있다가 나를 놀린다면 화를 내줄 것이다. 옷장에는 빈 옷걸이만 찰랑찰랑거린다.

"서…… 선생님, 어디 계세요?"

덜컹 겁이 났다. 설마, 나를 혼자 놔두고 떠나버린 건 아닐까? 이유는 추측할 수 없지만, 그럴 수도 있을 거야. 자동차, 자동차를 확인해 봐야겠다.

옷을 대충 갈아입고 방 안을 한 번 살펴본 뒤 문을 살짝 닫았다. 삐리리리, 하는 신호음과 손잡이 옆에 빨간색 불빛이 깜빡거렸다. 복도에는 아무도 없다. 방문 옆에 달린 전등에 흐릿한 불빛이 켜져 있을 뿐이다.

마음이 급해져서 엘리베이터를 기다리지 못하고 옆에 난 비상구 계단으로 내려갔다. 타닥, 타닥, 발걸음 소리가 통로에 울렸다. 무릎이 쑤시고 숨이 차올랐다. 로비에는 아무도 없다. 현관 문 앞에 다가섰다. 문이 자동으로 열리지 않는다. 스위치 같은 게 있나 싶은데도, 보이지 않는다. 문이 너무 검어서 바깥에 무엇이 있는지 짐작조차 할 수 없다. 카운터를 보니 사람이 없다. 여러 도시 이름과 시계들이 보인다. 들어올 때보다 네 시간이 지났다. 전에, 당신이 그랬던 것처럼 벨을 울려본다.

딸랑딸랑, 딸랑딸랑.

다시 한 번 벨을 울리려고 할 때 안쪽에서 사람이 나타났다. 이번엔 남자다. 머리가 덥수룩한 데다 지저분한 점퍼를 입고 있다.

"생각보다 일찍 깨어났네요. 재미 많이 보셨습니까? 단골손님이
라 에로틱 레벨을 조금 높여줬는데…… 어떻던가요?"

"무슨…… 소리에요? 저기, 함께 묵고 있던 사람이 사라졌거든
요. 좀 찾아봐주세요. 호실이…… 잠깐만, 묵고 있던 방 번호가 기
억이 안나는데…… 이름은 이선영이에요."

남자는 피식 웃는다.

"아이고, 진정하시고 앉아서 좀 쉬세요."

나는 남자의 팔을 잡는다.

"일단 문 좀 열어주세요. 차를 확인해 보고 싶어요."

"젠장, 또 말썽이군. 아무튼 노인네들을 손님으로 받으면 골치가
아프다니까. 주인 아저씨한테 또 혼나겠구나."

노인네라니?

"저기요, 할머니. 정신 좀 차리세요. 드림에서 깨어나면 착시 현상
이 일어날 수도 있다고 분명히 말씀드렸죠?"

뭐라고 하는 거야? 이 아저씨, 정신이 약간 이상한 경비원일지도
몰라. 나는 현관문으로 다가가 팔로 한 번 쾅, 하고 내리쳤다.

"아아악."

팔이 부러지는 줄 알았다. 그대로 바닥에 주저앉았다. 남자가 카
운터에서 달려나왔다.

"아이 씨, 이게 몇 번째야? 방에 가서 좀 쉬고 있어요. 응? 여기가
할머니 집인 줄 알아요? 왜 남의 가게 물건을 부수려고 해?"

남자는 나를 질질 끌고 소파에 앉혔다. 저지하려고 해도 힘이 없다.

"자, 이걸 먹어요. 드림에서 깨어날 땐 이게 최고니까."

싫다고 말할 틈도 없었다. 남자는 비릿한 냄새가 나는 손가락으로

입에 알약 하나를 억지로 집어넣었다. 뱉어내려 했지만 나도 모르게 꿀꺽 하고 알약이 넘어가고 말았다. 순간 온몸이 나른해졌다. 비명을 지르려고 하는데 목소리가 나오지 않았다. 당신을 찾아야 하는데……. 차가 있는지 확인해 봐야 하는데……. 왜 나를 두고 도망간 건지 따져야 하는데…….

테이블에 아무렇게나 흐트러진 팸플릿이 보인다. 들어올 때 봤던 건가? 다시 한 번 살펴본다.

'하트브레이크 호텔, 당신의 잃어버린 사랑을 찾아드립니다.'
– 2046년식 중국산 최신 드림머신 입하.
– 자동 기억 속도 조절 장치 제공.
– 손실된 기억도 85.3%까지 재조합 가능.
– 누워 있기만 하세요. 나머지는 저희가 다 처리해 드립니다.
– 기억 속에 숨어 있는 연인을 찾아 확실하게 긴 밤을 보낼 절호의 찬스.
– 프라이버시 100% 보호.

나는 멍하니 팸플릿을 앞뒤로 뒤적거린다. 그곳에는 분명 산장 같은 호텔 그림이 있었는데, 이제는 치과에 가면 앉을 수 있는 의자가 보인다. 알 수 없는 기계장치와 모니터가 달린 복잡한 의자다. 눈앞이 순간 흐릿해졌다. 초점이 맞지 않는다. 갑자기 사방이 뿌옇게 변했다. 약 때문인가? 일어나려고 해도 힘이 없다. 그런데 2046년산이라니…… 그러면 나는 예순이 다 되어가겠네. 후훗. 그렇구나, 이건 꿈이구나.

"할머니, 쉬면서 정신을 좀 차리세요."

남자가 고개를 절레절레 흔들며 안쪽으로 사라졌다. 그의 모습도 이젠 흐릿해서 잘 보이지 않는다. 팸플릿을 다시 보려고 했지만 글자도 안 보인다. 몸에서 나쁜 냄새가 나는 것만 같다. 이런 식으로 방치되다가 꿈에서 깨어나는 건가? 한참을 앉아 있었다. 로비에 사람이 한 명 나타나더니 나를 흘끔 쳐다본다.

"저기요, 나 좀……."

문에 팔을 대니 삐리릭, 하는 소리와 함께 스르르 문이 열렸다. 팔에 뭐가 달려 있는 게 틀림없다. 지금이다. 열린 문틈으로 빠져나가야 한다. 한쪽 손으로 소파를 잡으니 겨우 일어설 수 있었다. 다리가 후들후들 떨린다. 겨우 일어섰는데 남자는 허둥지둥 나가버리고 문이 닫혀버렸다. 한 발자국을 내밀자 중심을 잃어버렸다. 바닥에 철퍽, 하고 쓰러지고 말았다. 일어설 수가 없다.

그렇게 한참을 바닥에 앉아 있었다. 꿈이라면 충분히 깰 만한 시간인데, 도무지 깨어날 조짐이 없었다. 1초에 딱 1초의 시간이 흘렀다. 꿈속이라면 하루가 1초 만에 흘러가기도 하고, 공간이 순식간에 바뀌기도 하는데 나는 아직도 바닥에 앉아서 잠이 깨기만을 기다리고 있는 것이다.

"누나."

고개를 들어본다. 얼굴이 흐릿해서 잘 보이지 않는다. 누나라니? 동생의 목소리가 이랬나? 이건 다 늙은 노인네의 목소리잖아.

"정신이 들어?"

"누…… 누구세요?"

내 목소리가 이상하다. 가래가 잔뜩 긴 쉰소리가 난다. 약을 먹기 전까진 이러지 않았는데.

"아직, 멀었구나."

남자는 나를 부축한다. 붙잡힌 팔을 빼내려는데 힘이 없다. 문 쪽으로 다가가자 삐리릭 하고 문이 열렸다.

주변을 재빨리 둘러봤다. 차, 차를 찾아야 한다. 호텔 아래쪽 빈 공터에 세워져 있을 텐데……. 흐릿하게 보이는 것은 지저분한 색의 벽뿐이다. 게다가 지금은 새벽이 아니라 환한 대낮. 흐릿하게 보여도 밝기는 구별할 수 있다. 걸을 때마다 어깨가 벽에 스윽 부딪힐 정도의 좁은 골목이다. 발걸음을 내딛기가 힘들다.

"어…… 어디로 가는 겁니까?"

남자는 말없이 나를 부축한 채로 천천히 걸었다. 나를 억지로 어딘가 끌고 가는 것이 아니라, 내가 걷는 것을 도와주고 있는 게 확실했다. 잘 움직일 수 없으니 일단은 이 남자에게 의지할 수밖에.

남자는 나를 차에 태웠다. 뒷좌석은 아늑했다. 가죽도 아니고 털도 아니었지만 몸에 딱 맞는 형태를 유지했다. 차는 엔진 소음도 없이 우웅 하는 낮은 진동 소리만 냈다. 곧이어 차가 움직이기 시작했다. 멈추라고 하기엔 너무 늦어버렸다.

"내가 누나 동생이란 걸 믿을 수 있는 질문을 하나 해봐."

남자가 말한다.

이 남자가 내 동생인지 아닌지 테스트하는 방법이 생각났다.

"어이, 내 동생인 척하는 당신. 혹시 소년소녀 탐정단이라고 알아?"

남자는 훗, 하고 웃는다.

"잘 알지 누나. 그런데 이름이 틀렸어. 소녀가 앞에 오는, 소녀소년 탐정단이지. 지난번에도 똑같은 질문을 하더니만."

어라, 이런 것까지 알고 있다.

"좀 있으면 정신이 돌아올 거야. 누나가 할머니라는 게 말이 안 되는 것 같지? 나도 안 믿겨. 세월이 이렇게 빨리 흘러버린다는 게……."

믿을 수 없다. 지금이 꿈이 아니라, 미래라고? 이왕 이렇게 된 것 몇 가지 더 물어보자.

"너는 결혼했어?"

"당연하지. 아들도 하나 있어. 손자 손녀도 있다고."

"너처럼 속을 꽤나 썩이겠군."

"피는 못 속이지."

"자, 잠깐. 그러면 나는 결혼했어?"

"장난쳐? 결혼했으면 지금 내가 달려오겠어? 남편이나 아들이 와 야지."

다행이다 싶으면서도 어쩐지 아쉽다. 차가 잠시 섰다. 신호를 받 는가 보다. 몸이 앞으로 쏠렸다.

"운전 좀 제대로 해."

나는 목소리를 높인다.

"자동모드야. 상관없어."

남자는 입을 다문다. 내가 험악하게 나오면 말을 잘 듣는 것이 남 동생과 똑같다. 어쩌면 이게 꿈이 아닐 수도 있겠다는 생각이 든다. 남자의 말처럼 미래, 아니 2046년의 현재일 수도 있다. 하지만 이것 이 미래라면 스물네 살 이후의 기억이 왜 나지 않을까? 조금 더 기 다려야 하나? 양손으로 얼굴을 만져본다. 몸도 더듬거려 본다. 피부 는 쭈글쭈글하고 탄력을 잃은 데다 뼈만 앙상하게 남아 있다. 거울을 보기가 두려워진다.

"그러면 나는, 나는 어떤 일을 했지? 혹시 아무 직업도 없이 너한테 폐만 끼치지 않았어?"

"폐는 내가 끼쳤지. 누나가 나를 얼마나 많이 도와줬는데……. 누나의 도움이 아니었다면 이런 혁신적인 드림머신을 개발하지 못했을 거야. 기억을 파고들어 인위적으로 꿈을 꿀 수 있는 기계야 요즘은 그리 특별하지도 않지만, 그 기술을 이용해 시간 여행에 적용시키는 건 나와 누나만의 비밀 프로젝트지. 남들은 미친 짓이라 생각하겠지만 누나만큼은 나를 믿어줬잖아. 하트브레이크 호텔에 투자를 해준 것도 누나고. 덕택에 다양한 사람들의 드림 상태에 대한 자료를 모으고 있어. 걱정 마, 누나. 누나는 자랑스러워해도 좋을 만큼, 괜찮은 삶을 살았으니까. 쳇, 나는 밤새도록 일만 했지. 누나처럼 전 세계를 누비지도 못했어. 도대체 누나는 안 가본 데가 어디야?"

나는 억지로 눈을 감는다. 귀를 막고 싶다. 동생이 맞는 것 같다. 목소리는 변했지만 그 속에 내가 아는 동생의 목소리가 들어 있다. 동생은 학교에서 무슨 일이 있었는지 시시콜콜 내게 이야기해 주곤 했다. 엄마가 있었다면 나 대신 엄마를 귀찮게 했겠지. 아빠는 이미 돌아가셨을까? 물어보기가 겁이 난다.

"드림에서 날 만나긴 했어? 제대로 자료는 전해준 거야?"

"무, 무슨 소리를 하는 거야?"

"아…… 이번에도 실패구나. 원인이 뭘까?"

차에서 음악이 흘러나온다. 처음 들어보는 노래지만 잔잔해서 좋다. 잠이 들기 적당하게 느리고 조용하다. 노래 가사를 알아들을 수가 없다. 우리말 같기도 하고, 영어 같기도 하고, 제3세계의 언어 같기도 하다. 미래에는 새로운 언어가 생겼을까?

이대로 잠이 든다면 다음에는 어디서 어떻게 깨어날지 기대가 된다. 당신 품에서 깨어나면 참 좋을 텐데, 함께 아침을 맞이한다면 좋을 텐데, 그러면 지금 있었던 일들을 죄다 이야기해 줄 수 있을 텐데⋯⋯. 하지만 눈을 뜨더라도 꿈에서 깨어나지 않을 거라는 불길한 예감이 든다.

우우우웅.

이명이 들리기 시작한다. 처음엔 자동차에서 나는 진동 소리인 줄 알았는데 점점 주파수가 높아진다. 그래, 그날 저녁의 기억으로 돌아가보자. 당신과 함께 영화를 보고, 밤늦게까지 이야기를 나누었다. 김미선의 이야기를 들었고, 차를 타고 황령산 드라이브를 했지. 드라이브를 하다가 잠이 들어버렸다.

그다음은⋯⋯ 기억의 속도가 서서히 늦어진다. 나는 알고 있다. 당신을 떠올릴 때마다 기억의 속도가 느려진다는 것을. 스물네 살 이후의 모든 기억이 다 살아난다고 하더라도, 당신에 대한 기억만은 분 단위, 초 단위로 기억해 낼 수 있다.

이명의 주파수가 점점 높아져서 비명을 지르고 싶을 정도가 되었다. 그때 팟, 하며 섬광이 비쳤다.

모든 것이 리셋되는 순간.

눈을 떴다. 주위가 선명하게 보인다. 이 차는 챌린저 2다. 하룻밤 충전으로 일주일을. 지긋지긋한 광고까지 기억난다.

"그거⋯⋯ 거짓말이지?"

"뭐?"

동생이 흘끔 뒤로 돌아본다. 이제는 동생의 희끗희끗한 머리카락과 눈에 자글자글한 주름까지 다 보인다.

"네가 손자 손녀가 있다는 말. 너를 꼭 빼닮은 아들 한 명뿐이잖아. 말썽만 잔뜩 피우는 노총각이고."

가슴 아래께가 무거워졌다. 아빠는 5년 전에 돌아가셨다.

"들켰네. 잠을 깨는 시간은 지난번보다 25분 길었어. 아무튼 웰컴."

"이번에도 실패야. 프로그램이나 제대로 좀 짜봐. 지속 시간도 짧고, 잠이 들면 바로 깨어버리다니……. 꿈에서 각성도 되지 않아 미션도 실행하지 못했어."

"무엇보다 강력한 약이 필요해. 효과 높은 Can-B를 구해볼게. 그나저나 내게 데이터는 전해줬어?"

"실패야. 꿈이라고 자각하지 못했어. 하지만 지난번에 놓쳤던 몇 가지 힌트를 얻어냈다고."

"다시 만나니…… 좋았어?"

대답을 하지 않자, 어색한 시간이 잠시 흘렀다.

"아마도, 내가 그녀를 몇 번이고 만나러 간 걸, 눈치 챈 것 같았어. 내 착각일 수도 있겠지만."

'나는 너를 만나기 전부터, 네가 누구인지 알고 있었다고.'

잠들기 직전, 당신이 했던 말이 머릿속에서 아직 맴돈다.

'사실은 네가 멀리 가는 거야. 아주 멀리. 그리고 다시 나를 찾아오는 거지.'

"보통 사람은 아니군."

"그럼. 이상한 사람이야."

"외계인 아닐까?"

"어쩌면 우리보다 훨씬 미래에서 온 사람일지도."

나는 아직도 당신에 대해서 모르는 게 많다.

"새로 온 아르바이트생이 무례했다면 용서해. 아직 내가 사장이라는 것도, 누나가 보통 손님이 아니라는 것도 잘 몰라. 알면 사정이더 복잡해지니까."

"그건 알겠는데…… 다음엔 예쁜 여자아이로 뽑아."

✛ ✛ ✛

집 근처의 골목에 다다르자 차가 스르르 섰다. GPS에는 도착 예정 시간이 1분 남았다고 적혀 있었다. 편의점 불빛만 환하고 지나가는 사람은 별로 없다. 새벽이 오려면 아직 멀었다. 몸이 노곤하지만 이번에는 차 안에서 잠이 들지 않았다. 호텔에서도 잠들지 않기 위해 필사적으로 노력했다. 눈이 뻑뻑해서 눈동자가 잘 돌아가지 않는 것 같다. 커피 두 잔이 도움이 되었나 보다. 도어락이 철컥 하고 열렸다.

"그럼, 잘 가."

당신이 말한다. 키스를 해야 할까? 하지만 손을 꼭 잡는 것으로 대신한다. 당신도 꽤나 피곤해 보인다. 호텔에서 잠을 깨워 새벽 세 시에 집으로 데려가 달라는 부탁을 고맙게도 들어주었다.

"어디를 가시더라도, 편지 해요."

"그래, 이메일 주소가 있으니까."

자동차 문을 열자, 스산한 바람이 불었다. 목도리로 목을 꽁꽁 쌌는데도 바람이 사방에서 콕콕 나를 찌르는 것만 같다. 차를 뒤로하고 골목으로 천천히 걷는다. 등 뒤에 아직도 멈춰 있는 당신의 자동차. 내가 보이지 않을 때까지 움직이지 않을 것이다. 우리 집으로 가는 골목에 몸을 숨겼다. 벽에 몸을 바짝 대고 당신의 차를 훔쳐보았다. 1분쯤 뒤에 띠링, 하고 문자가 왔다.

'오늘 즐거웠어. 다음이라는 기회가 있을지 모르겠지만 안녕. 힘내. 고민의 실체는 없을지도 모르니까, 너무 걱정 말고.'

젠장, 이 문자는 한 자도 빠짐없이 다 기억한다. 그리고 당신의 차가 스르르 움직였다. 일직선으로 쭉 뻗은 헤드라이트의 불빛이 골목을 훑고 지나간다. 나도 모르게 눈물이 주르륵 흘렀다. 당신은 숨어서 내가 지켜보고 있는 줄도 모르고 내 옆을 지나간다. 속도를 줄여 이곳으로 조금만 고개를 돌린다면, 우리의 눈이 마주칠 수 있을 텐데. 당신이 차를 멈춘다면 달려가 모든 것을 말해 줄 수 있을 텐데…….

멈춰요. 이대로 가면 더 이상 당신을 볼 수 없을 거란 말이에요.

당신이 보름 뒤에 로스앤젤레스로 출국하면 나는 당신을 만나지 못하게 된다. 나는 당신이 오랜 여행을 떠난 줄로만 알았다. 뒤늦게 당신을 찾아 다녔지만, 당신은 제로. 실체가 없었다. 찾아낼 수가 없었다.

지금은 당신을 보내줄 수밖에 없다. 당신을 찾을 수 있는 기회는 앞으로 만들어가면 되니까. 심장이 두근거린다. 마침내 드림에서, 자각에 성공했다. 나는 내가 누군지, 어디에서 왔는지, 무얼 하고 싶은지, 무얼 해야 하는지 알고 있다. 당신을 처음 만났던 스물네 살의 내가 아니다. 동생이 개조한 드림머신에서 수없이 꿈을 꾸고서야 깨 닫게 되었다. 매번 비슷하지만 약간씩 다른 꿈속에서 과거의 일을 변형시켜볼 수 있다는 것, 그만큼 사람의 뇌는 우주같이 넓다는 것 을 말이다. 동생은 신기하다고 말했다. 어떻게 매번 똑같은 기억을 그렇게 자세히 떠올릴 수 있냐고. 그 어떤 실험 대상보다 자신의 누 나가 가장 효과적인 실험 대상이 될 줄은 몰랐다고 했다. 노벨상은 동생과 공동 수상해야 할까? 자축할 겨를이 없다. 잠들기 전에 만나 야 할 사람이 있다. 해야 할 일이 있다.

나는 재빨리 골목길을 뛰어 우리 집을 찾아간다. 우체통 안의 열 쇠를 꺼내 문을 땄다. 하핫, 예전 그대로다. 안방의 불빛은 꺼져 있 고 동생 방의 불빛은 환하다. 현관문을 열고 소리 나지 않게 신발을 벗었다. 안방 문을 조심스레 열어본다. 아빠는 코를 드르렁 골고 주 무신다. 당연히 아직 살아 계신다. 아빠, 당뇨 조심하셔야 되요. 눈 가를 슥 닦고 문을 닫았다. 마루를 지나 계단으로 올라갔다. 삐걱거 리는 목조 계단의 소리가 정겹다.

동생의 방은 옥탑 방. 서면 머리가 닿을까 말까한 낮은 방이지만 우리 집에서 방해를 가장 덜 받을 수 있는 곳이다. 똑똑 문을 두드린 다. 타다다닥거리던 키보드 소리가 멈춘다. 다시, 똑. 똑. 똑.

문이 빼꼼히 열린다. 라면 냄새와 십대 남자의 호르몬 냄새가 지 독하게 풍겨온다. 이런 새벽에 뭐야? 하는 눈빛으로 동생은 빤히 나 를 쳐다본다. 두꺼운 안경테, 얼굴엔 여드름.

"넷북은 잘 쓰고 있어?"

"약속 날짜에 돌려줄 거니까 신경 끄시지."

"중요한 이야기가 있어."

"바빠, 10초 안에 말해."

"네가 짜고 있는 프로그램에 관한 이야기야. 계속 버그가 나지? 스택 오버플로우를 해결할 방법을 알고 있어."

"누나, 뭘 잘못 먹은 거야? 술 취했어?"

"맥주 한 잔 마셨을 뿐이야."

"좀 이상하게 보여. 딴 사람처럼."

"다른 사람이니까 당연하지."

동생은 목이 뻐근한지 이리저리 어깨를 돌린다.

"휴우…… 그나저나 프로그램에 관해서는 어떻게 알았지?"

"바보. 네가 말해 줬잖아. 지금보다 아주 뒤에. 중요한 프로그램을 짜고 있는 거 다 알아. 하지만 내 도움이 없으면 꽤 시간이 걸릴 거야."

"누나가 프로그램에 대해 뭘 알아? 헬로 월드를 씨언어로 짜본 적도 없는 사람이."

"145번째 줄에 에러가 있지?"

동생은 모니터로 고개를 돌린다. 그리고 벌떡 자리에서 일어나 문 앞으로 뛰어온다.

"뭐야 이건? 누나, 내가 프로그램 짜는 거 훔쳐보고 있었어?"

나는 좌우로 흔든다.

"공짜는 아니겠지?"

동생이 묻는다.

"당연."

"조건은?"

나는 준비해 뒀던 말을 꺼낸다.

"소녀소년 탐정단을 재출범시킬거야. 멤버로 들어와줘. 함께 해야 할 일들이 있어. 수락한다면 이 메모리 카드를 너에게 줄게. 여기에 뭐가 들어 있는지는 그다음에 알 수 있을 거고."

동생은 침을 꿀꺽 삼키며 한쪽 손에 들고 있는 메모리 카드를 빤히 쳐다본다. 믿어야 할지, 말아야 할지 고민하고 있는 눈치지만 미래의 동생이 말하기를 분명 수락을 할 거란다.

그렇게 모든 것이 새롭게 시작되는 것이다. 수많은 갈래 길이 있는 시간의 역사에서 확률이 아주 작은 하나의 샛길로 또 다른 우주가 만들어진다. 새로운 평행 우주가 인공적으로 탄생하는 순간이 지금이다. 동생이 메모리 카드를 받는 지금, 나는 최초로 시간 여행에 성공한 사람이 되었고, 동생은 최초로 타임머신을 개발한 사람이 되었다. 수많은 시행착오 끝에, 지금까지 올 수 있었던 건 당신의 공로가 크다. 문제가 해결책을 만든다. 당신의 실종 때문에 우리가 연구에 매진할 수 있게 되었으니까. 당신이 실종되지 않았다면 나는 평범한 삶을 살았을지도 모른다. 그건 자신을 속이는 삶, 누구를 사랑하는지 자신 있게 말할 수 없는 삶이다. 그 많은 역경들을 흔들림 없이 헤쳐 나갈 수 있었던 건, 당신을 다시 만나게 될지도 모른다는 희망 때문이었다. 그 희망이 나를 변화시켰다.

"손해볼 건 없겠지."

라고 말하는 열여덟 살의 동생은, 앞으로 무슨 일이 일어날지 하나도 모르고 있다.

"탐정단이 무슨 일을 하는데?"

"예전처럼 시시껄렁한 일은 하지 않아. 흔적도 없이 사라질 사람의 정체를 캐낼 거야. 목숨을 구하는 것하고는 차원이 다른 일이야. 보통 사람이 아니니까."

"그 사람은 누구?"

나는 침을 꿀꺽 삼킨다. 이제야 나는 왜 지금까지 실험이 실패했는지 알 것 같다. 나는 이렇게 당당하게 말할 자신이 없었던 것이다. 꿈속에서, 나의 뇌 속에서, 또 다른 우주 속에서, 정신을 잃지 않고 견딜 수 있는 방법은 강력한 약물도, 정교한 드림머신도 아니었던 것이다.

"내가…… 사랑하는 사람."

기억의 속도

이명원(문학평론가, 경희대 교수)

1.

『하트브레이크 호텔』은 '기억의 속도'를 주제로 한 연작소설이다. 이 소설의 마디를 이루고 있는 8편의 소설은 서사의 3원칙을 이루는 인물, 사건, 배경 모두가 상이하지만, 기억의 속도라는 반복모티프(leit-motif)로 연결되어 있다.

근대소설의 주인공이 누구냐는 질문은 어리석은 것이지만, '시간'이야말로 소설의 순금 부분이라는 사실을 부정하기는 어렵다. 서사시·로망스·소설의 장르적 진화를 그 특유의 비극적 세계관과 관련시켜 규명한 것은 게오르크 루카치다. 『소설의 이론』을 통해 루카치가 말한 것은 소설이야말로 '시간'이 주인공이라 것, 시간 안에서 성장하고 쇠락하는 인간의 위대한 운명에 대한 회상이야말로, 시간을 정복하고자 한 인간이 꿈꾼 위대한 망집(妄執)이었다는 것이었다.

실로 '시간'이야말로 저 근동(近東)의 호메로스의 서사시나 장자의 호접몽(胡蝶夢)의 비유에 이르기까지, 인간다움을 의식한 서사 양식의 가장 오래된 소재이기도 했다. 그러나 이 고대적인 시간은 직선적이

기보다는 순환적인 것이어서, 과거와 현재, 삶과 죽음, 차안과 피안 모두가 마치 뫼비우스의 띠처럼 부드럽게 연결된 것이었고, 그래서 근대소설의 대단원을 이루는 '끝'에 대한 감각은 부재한 것이었다.

'시간의식'이 가장 강렬하게 의식된 것은 역시 시계가 대중화된 근대였고, 근대소설의 기묘한 출발과 함께 시작된 H.G. 웰즈의 과학소설 『타임머신』이 주목한 것 역시 시간이었다. 그 시간은 발전론적·진보적 시간개념을 회의하면서, 과거와 미래로 상징되는 시간을 극복하고자 하는 인간의 불사(不死)의 욕망을 이후 다채로운 하위문화에서 가장 주된 반복모티프로 활성화시키는 기원이 되었다.

시간을 정복하고자 하는 욕망은 백일몽이라면 모르겠으나 현실에서는 실현 불가능한 것이었고, 그러자 근대소설은 공간적으로 그 범주를 확장시키면서, 비동시적인 것의 동시성이라는 공간적 소재 영역을 확장시켰다. 조나단 스위프트의 『걸리버 여행기』는 이 정치소설의 의도 자체가 대영제국의 '글로벌 스탠더드'에 대한 상대화에 의해 출발하고 있기는 하지만, 이 지구가 '소인국'이 존재하는 것과 동시에 '대인국'이 존재하며, 그런 차원에서 걸리버의 키는 가만히 있지만 거인으로 확장되기도 소인으로 줄어들기도 하는 '상대성'의 문제를 공간적으로 유비하면서 체험되는 시간의 주관성 문제를 알레고리화 했다.

오늘날 '시간여행'의 모티프라든가 '차원이동'과 관련된 서사물들은 흔한 장르문법이 된 감이 없지 않다. 아마 이 시대의 대중들은 워쇼스키 형제의 영화 〈매트릭스〉에서 크나큰 영감을 얻고 있을 것이다. 이것이 일본의 애니메이션 〈공각기동대〉의 소재 차용인 것은 다 알고 있지만, 이 영화에서의 시간은 이전의 서사물에서의 시간의식과는 달리, 시공간의 범주를 일종의 '뇌과학' 혹은 '인지과학'이라는 첨단의 지적 발견과 연결시키고 있다.

요컨대 존재의 시간은 상대적이고 시간의식은 '인지과학'이 해명한 것처럼, 물질적인 한계를 뛰어넘은 마음(The Mind)의 문제일 수 있다는 것이다. 이때 마음은 물질과 관념, 감정과 이성, 몸과 영혼 모두가 뒤섞인 복합체를 의미하는 것일 텐데, 크게 보면 이번에 서진이『하트브레이크 호텔』에서 다루고 있는 대주제는 사랑의 상실과 복원의 열망과 연결된 '마음의 생태학'인 것이다. 기억의 속도가 마음의 생태학을 규정한다.

2.

이 소설은 부산에서의 '황령산 드라이브'라는 표제를 프롤로그와 에필로그로 배치하면서, '하트브레이크 호텔'이라는 '차원통로'를 제외하고는 별다른 연결성이 없는 7개의 도시에서 벌어지는 뫼비우스의 시간을 다성악적인 대위법으로 교차시키고 있다. 이것은 일종의 직물(織物)과도 같은 서사 기법으로, 시간을 씨줄로 공간을 날줄로 엮은 후에 시간 속에서 성숙하거나 쇠락해 가는 인생에 대한 회한으로 가득 찬 인간 운명의 보편적인 대주제를 호출하고 있다.

이 대주제는 '사랑'이다. 사랑은 마술적인 것이어서 그것이 스쳐간 모든 시간과 공간을 뒤섞고 때로 단단하게 고정시킨다. 어느 사회학자의 말처럼 사랑은 지독한 혼란인 것이어서, 사랑했거나 사랑했던 모든 인간들은 기억 속에서 길을 잃는다. 사랑은 백일몽이다. 그것은 밤 꿈이 아니라 낮 꿈이어서, 찬연한 영광의 시간을 향해 있고 모든 시간과 공간을 정지시키며, 이 세계의 모든 은밀한 비밀을 오직 사랑하는 그 두 사람을 향해 개방하며 기괴하게 서로의 몸과 영혼을 밀착시킨다.

가령, 「황령산 드라이브 1·2」는 소설에서 언급되는 데이비드 린치의 영화 〈멀홀랜드 드라이브〉처럼 "현실과 꿈을 뒤섞어놓은 두 여자의 이야기"이다. 샌프란시스코에서의 두 번의 신혼여행을 그리고 있는 「두 번째 허니문」은 "가장 돌아가고 싶고, 사랑스러운 기억이 있는 곳에서 죽는 게"(52쪽) 낫다고 믿는 론 홀츠바우어의 행복했던 순간을 반복강박으로 재현한다. 「당신을 위한 테러」에서는, 도쿄에서 출발한 비행기가 구름 위를 유유히 날아 콜로라도 주의 그랜드정션에 도착한다. 하지만 이 소설의 주인공은 그가 만나고자 했던 팀 헬러는 보지 못하고 "오래된 세상을 먼저 깨끗이 파괴해야" 하며 "그래서 테러가 필요한 것"이라는 반복된 꿈의 끝에서 테러리스트가 되어 길을 잃는다. 사랑이란 테러와 같이 치명적이라는 걸까.

마이애미에서 등장인물 빌리와 나는 사람을 죽인다. 「구원의 날」에서 벌어지는 이 두 인물의 복마전과도 같은 전락은 "과거도 없고 미래도 없"는, 그래서 "오직 순간만을 살아가는" "먼지(138쪽)" 같은 존재의 죽음을 부조하고 있다. 이제 워싱턴으로 날아가보자. 그곳에서 우리가 발견하게 되는 것은 "스피릿"과 "바디들"이 이동하는 시간여행의 "통로"다. 마치 〈매트릭스〉의 네오처럼 「미래귀환명령」에 등장하는 스피릿들은 하트브레이크 호텔에서 "Chew-X"라는 약을 먹고, 차원통로를 빠져나가고자 하지만 상황은 여의치 않다. 「휠 오브 포춘」은 "나와 제니는 새로운 삶을 살 수 있을까?(264쪽)"라는 희망적인 질문을 던진 후에 "우리는 이룰 수 없는 꿈만 계속 꾸고 싶었던 것이다⁽²⁶²쪽⁾”라는 비관적인 결론으로 회귀하는 소설이다. 라스베가스의 게임기는 계속 돌아가지만, “행운”은 교묘하게 그들의 삶을 비껴나간다.

이런 소설을 쓰고 있는 서진에 대한 메타픽션⁽meta-fiction⁾이 뉴욕에서 소설가와의 만남을 꿈꾸던 여성의 좌절을 담은 「내 머릿속의 핸드폰」이다. 메타픽션이 소설⁽쓰기⁾에 대한 소설인 한, 이 작품을 통해서 왜 서진이 『하트브레이크 호텔』을 썼는지가 잘 드러나고, 더불어 그 자신의 소설에 대한 신념도 알레고리의 형태로 개진되고 있음은 주목할 만하다. 이를테면 이런 화법이다.

꿈이란 것이 전후 맥락이 없어서 단편적인 기억만으로 큰 이야기를 만드는 것이 힘들었습니다. 더 곤란한 것은, 꿈에 관해 현실보다 자세히 쓰면 쓸수록 이곳 생활에 대한 현실 감각이 엷어진다는 것이죠. 소설이 더 리얼한 상황은 저도 싫습니다. 그래서 당분간 쓰지 않기로 했습니다. 알람도 맞추지 않습니다. 그저 쓸 무언가가 나타나기를 기다리고 있어요.⁽306쪽⁾

아마도 이것은 서진이 2007년 『웰컴 투 더 언더그라운드』로 한겨레문학상을 수상한 이후 소설쓰기에 대해 고민한 중간성찰일 것이다. 소설은 꿈과 다른 것이어서 개연성과 이를 뒷받침할 수 있는 인과론적 사건배치를 요구하는데, 그는 꿈의 언어로 소설을 쓰고 싶다는 것이다. 꿈이란 인과법칙의 중력에서 자유로우며, 시간과 장소와 기억을 뒤섞으면서, 다만 그 아노미의 기운으로 생생한 현실감을 확보하는 것이니까. 그런데 이런 소설은 가능할까. 그러니까 서진은 불가능한 소설을 가능한 서사전략으로 실현하고자 하는 야망을 갖고 있는 작가인 것이다.

3.

　서진 소설의 특이성을 본격문학의 범주에서 보면, 이른바 '경계소설'이라고 명명하는 게 좋을 듯하다. 이것은 세간에서 유행하는 혼종성(hybridity)을 의미한다기보다는 음악에서의 양식횡단적(cross-over) 성격과도 유사한, 이질적인 서사 문법의 자연스러운 뒤섞음에 있다고 나는 생각한다. 그의 등단작인 『웰컴 투 더 언더그라운드』 역시 이번 소설과 같이 뉴욕의 지상과 지하를 이동하는 '차원통로'를 제시하고 있지만, 어디까지나 이 소설이 다루고 있는 세계는 하위문학이나 장르문학적 실험이 아닌 자본주의 세계 체제의 은폐된 '이면'이다. 언더그라운드의 관점에서 보면, 도착된 것은 환한 그라운드의 세계이고 뉴욕으로 상징되는 첨단의 근대문명 자체이다. 그러나 이 소설은 이 무거운 주제와 반비례하여 오직 전진만을 아는 뉴욕의 지하철처럼 등장인물과 독자 모두를 현기증 나는 체제의 은폐된 '뒷면'으로 데리고 간다.

　이번 소설 역시 '경계'를 횡단한다. 물론 서진의 경계 횡단이 한국의 소설계에서 의미 있는 반응을 얻을 수 있을지는 조금 더 지켜보아야 한다. 이것은 서진 소설의 특이성과 함께 그가 문예지 중심의 한국문단을 거의 의식하지 않는 방식으로 그의 작품 활동을 전개시키고 있기 때문이다. 단편 위주의 한국문단은 한 작가가 오랜 숙고의 과정을 통해 발표하는 과작(寡作) 상황을 인내하지 못한다. 또한 그것을 성실하게 탐문할 수 있는 평론가 역시 제한적이다. 게다가 서진은 중앙문단과는 일정하게 거리를 유지하면서, 그 자신이 운영하는 웹진을 통해 작품의 단편들을 발표·제작하고 있고, 다른 전업 작가들처럼 작품을 써서 먹고 살려는 생활인의 의지와는 다른 포지션에 있는 듯하고, 그래서 소설을 통한 끝없는 스타일 실험과 문화적 퍼포먼스를 수행하고 있는 것처럼 보인다.

이것은 한편으로 서진을 외롭게 만든다. 한겨레문학상으로 화려하게 등단했지만, 동료작가들은 물론 평론가들조차 그가 어떤 작품을 쓰고 있는지 궁금해 한다. 그런데 중요한 것은 작가 서진은 소설가이기는 하지만, 그것보다 앞서 문화기획자 또는 활동가적 개성을 강렬하게 발현하고 있다는 점이다.

언젠가 서진이 서울에 올라왔을 때, 서울에서 시나리오를 쓰면서 '입봉'을 준비 중인 그의 친구와 함께 밤늦게까지 '통음'한 적이 있었다. 홍대 앞의 '바다'라는 카페였다. 과거 부산 시절의 그들은 광안리에서 젊은 예술가 특유의 기획과 퍼포먼스, 예술에 대한 정념으로 충만했던 것 같다. 그런데 그 충만이 30대 중반을 넘어선 지금까지도 현재진행형이었다. 과거에는 문인들이 알량한 원고료로 일용할 양식을 버는 게 어려워 라면을 먹으며 소설을 썼다면, 오늘은 '입봉'을 꿈꾸고 있는 영화인들이 우유배달을 하며 시나리오를 쓰고 연봉 300만 원의 연출부 생활을 하고 있는 것이다. 그런 그들의 감수성을 요약하면 일찍이 이윤택이 명명한 바 있는 '문화게릴라'인 셈인데, 사실 이는 서진의 작가적 정체성의 속살처럼 느껴진다. 서진은 글로벌한 문화게릴라를 꿈꾸고 있을 것이다.

때문에 『하트브레이크 호텔』은 『웰컴 투 더 언더그라운드』와 함께 (이런 표현이 가능하다면) 작가로서의 서진의 제1기를 결산하는 작품처럼 느껴진다. 서진에게 소설 『하트브레이크 호텔』은 "모든 것이 새롭게 시작되는(348쪽)" 시간여행의 통로다. 문제는 그 통로가 '문화게릴라'에서 '소설가'로 이행하는 것인지 아니면 그 역인지 알쏭달쏭하다는 것이다. 사실 서진이 이 소설에서 줄기차게 환기시키고 있는 '기억의 속도'라는 것 역시 그런 불가해성의 주제인 것이다. 아마도 이 소설을 분기점으로 해서 그의 작품 세계는 크게 전환될 가능성이 높다.

이 소설의 가장 확고한 주제 영역은 '사랑의 속도'다. 세상의 모든 것이 다 쇠락하고 변전한다고 하여도 '사랑의 기억'만큼은, 또 사랑의 속도만큼은 영원 쪽을 향해 있는 것이어서, 유기체가 소멸한 이후에도 흔적을 남길 것이라는 게 작가의 생각이다. 그렇다. 작가의 지적처럼 사랑은 "모든 것이 새롭게 시작되는 것"의 기원이 아니겠는가.

당신이 실종되지 않았다면 나는 평범한 삶을 살았을지도 모른다. 그건 자신을 속이는 삶, 누구를 사랑하는지 자신 있게 말할 수 없는 삶이다. 그 많은 역경들을 흔들림 없이 헤쳐 나갈 수 있었던 건, 당신을 다시 만나게 될지도 모른다는 희망 때문이었다. 그 희망이 나를 변화시켰다. (…) 이제야 나는 왜 지금까지 실험이 실패했는지 알 것 같다. 나는 이렇게 당당하게 말할 자신이 없었던 것이다. 꿈속에서, 나의 뇌 속에서, 또 다른 우주 속에서, 정신을 잃지 않고 견딜 수 있는 방법은 강렬한 약물도, 정교한 드림머신도 아니었던 것이다. (…) "내가…… 사랑하는 사람."(348-349쪽)

서진에게 이 세속도시의 무의미를 "견딜 수 있는 방법은" "사랑"이
다. 이 연작소설의 에필로그를 이루는 「황령산 드라이브 Part.2-부
산」에서 화자가 발성하는 이 전언은 서진의 육성에 가깝다. 실로 이
연작소설은 오로지 사랑에 바쳐지고 있다. 그 사랑은 전언의 차원에
서 보면 질풍노도의 낭만주의에 가까운데, 그것의 구현된 스타일은
지네처럼 마디가 여럿인 하위장르의 문법을 차용했기 때문에, 때로는
드라이하고 때로는 하드보일드하면서도, 그 끝에서는 서정적이다.

그런데 이러한 내용과 형식의 비대칭성이 서진의 소설을 자못 매
력적으로 읽히게 만든다. 『하트브레이크 호텔』은 이 소설의 모티프
가 된 엘비스 프레슬리의 앨범이 그러했듯 소통할 수 없는 현대인의
지독한 내적 고립과 고독을 조명하면서도, 그럼에도 불구하고 최종
적인 구원의 날(salvation day)이란, 결국 충일했던 사랑의 회복에 있다
는 점을 거듭 환기시킨다. 하지만 그것은 가능한가. 이 실현 불가능
한 욕망을 현재 쪽으로 되당기고 실현하는 것이 '기억'의 임무이고
소설의 존재 근거이다. 이 절대사랑의 회복을 핵심적인 서사적 무
의식으로 구축하는 것이 소설의 오래된 미래가 아니었던가. 그렇게
본다면, 형용 모순이기는 하겠지만, 『하트브레이크 호텔』은 '비극적
낙관주의'로 충만해 있다고도 말할 수 있겠다.

4.

『하트브레이크 호텔』에서 작가 서진은 소설가를 번역자(translator)
로 명명하고 있다. 트랜스(trans)라는 어근이 상기시키듯 그것은 이
차원과 저 차원을 횡단하는 자인 동시에, 차원이 다른, 혹은 번역 불

가능한 언어를 필사적으로 중계하고 번역하는 자이다. 그의 말을 빌리면 "이 세상의 이야기를 저 세상에 가서 전해줄 사람(241쪽)"이 소설가인 것이다. 거꾸로 서진은 저 세상의 이야기를 이 세상의 이야기로 번역하는 데 관심을 갖고 있다.

이 소설을 통해 서진이 번역하고 있는 저 세상의 이야기는 "사랑"이다. 그러나 우리가 경험적으로 알고 있듯 이 세상에서의 사랑은 항상 회복할 수 없는 과거의 실패의 형식으로 나타난다. 아마도 실패한 사랑 앞에서 모든 사람들은 마치 블루스 톤의 엘비스 프레슬리처럼 "나는 외로운 길을 걸어요(I walk a lonely street)"라고 절규하기 십상일 것이다. 그런 점에서 보면, 소설 속에 반복적으로 등장하는 '하트브레이크 호텔'은 이런 외로움의 절규를 피안에서의 희망으로 전환시키고자 하는 희망의 통로인 것처럼도 보인다. 하지만 이 소설을 읽으면, 그 통로를 통과한다 한들 결국 절망적인 '원점'으로 되돌아온다는 사실을 우리는 알게 된다. 이것은 비극적이다. 시간의 속도를 순환시키고 지연시킨다 한들 '현재'의 상황에서 변하는 것은 아무것도 없으니, 회복된 낙원은 또 다른 추방의 비밀을 품고 있었으니 말이다.

그러나 작가는 '기억'이라는 장치를 통해 포기할 수 없는 구원의 희망을 역설하는 것처럼도 보인다. 기억 안에서는 끔찍한 절망도 찬연한 충만함의 순간도 되당기고 밀어낼 수 있다. 이것은 소설 속에 자주 등장하는 차원 이동의 알약 "Chew-X"도 결코 할 수 없는 일이다. 요컨대 인간을 인간답게 하는 건 열망이라는 정념(passion)의 떠남과 되돌아옴의 형식이다. 사람은 무엇으로 사는가. 찬연했던 사랑의 기억, 그것의 되새김질, 시간의 충일한 정지 혹은 응결, 피할 수 없는 정념의 영원회귀.

　서진의 소설을 읽는 모든 독자는 이 왕복운동 또는 재귀하는 사랑의 시간 앞에서 현기증을 느낄 것 같다. 몰입해 읽다 보면 현실과 비현실이 뫼비우스의 띠처럼 엮여져서, 사랑은 가고 기억만 남은 어느 저녁에, 외로운 길을 혼자서 걷고 있다는 비애로 충만해질 듯도 하다. 서진은 좋은 작가다.

야한 소설을 쓰고 싶었다. 물론, 그런 건 쉽게 쓸 수 없다는 걸 알고 있었지만. 내가 생각하는 야한 소설이란 에로 소설도 아니고, 로맨스 소설도 아니다. 가슴을 파헤치고 지지직, 심장을 긁어내릴 수 있는 소설이 야한 소설이다. 책을 다 읽고 나서도 가끔씩 몇몇 장면이 생각날 수 있는, 그런 소설. 무엇보다 '사랑'이라는 그 흔한 말을 내뱉어도 쑥스럽지 않은 소설……. 그런데 쓰고 싶은 소설과 다 쓴 소설은 차이가 많이 났다. 좀더 복잡해졌고, 예측할 수 없는 방향으로 이야기가 전개되었으며, 이야기들이 여기저기 서로 얽히게 되었다.

2005년, 자비출판으로 『하트 모텔』이라는 소설을 펴냈다. 표지는 내가 호텔 침대 위에 누워 책을 읽고 있는 흐릿한 모습이다. 그때 만들었던 책이 6년이 지나서 업그레이드될 거라고는 생각하지 못했다. 제목부터 '모텔'에서 '호텔'로 업그레이드되었을 뿐만 아니라 그 속에 있던 네 편의 단편을 확장하고, 세 편의 단편을 새로 썼다. 그 과정 속에서 예전 소설을 고치는 것이 새로 쓰는 것보다 더 힘들다는 것을 알게 되었고, 시간이 흐르면 예전에 썼던 소설에 숨어 있던 의미를 새롭게 파악할 수 있다는 것도 알게 되었다. 그리고…… 뭐든지 일단 써놓고 봐야 한다. 6년이라는 시간은 그냥 흘러가는 것이 아닌 것이다. 그동안 얼떨결에 문학상을 받았고, 더 얼떨결에 광안리 백사장에서 결혼도 했으며, 굉장한 소설을 쓸 거라는 욕심에 오피스텔에도 갇혀봤다.

이 소설을 업그레이드하기 전까지 뱀파이어 소설을 쓰면서 긴 시간을 보냈다. 물론 그런 건 쉽게 쓸 수 없다는 걸 알고 있었지만. 3년 동안 그걸 완성하지 못하니, 앞으로 다른 소설도 쓸 수 없을 거라는 불길한 예감이 들었다. 작가들은 쉽게 절망하는 경향이 있다. 그런 절망에서 나를 구원해 준 이야기들이 바로 이 소설이다. 내가 몇 번씩 가본 도시를 배경으로, 내가 한 번이라도 절실하게 느꼈던 감정을 소설에 담아보기 위해 노력했다. 잘 알고 있는 것, 정말 하고 싶은 이야기를 쓰면, 실패하지 않는다는 것도 알게 되었다. 하고 싶은 것과 할 수 있는 것의 간극, 그것이 인생을 희극으로 만들지 비극으로 만들지를 좌우한다.

가끔 원고에 괄호를 쳐놓고 '(야한 부분이 와야 함)'이라는 표시를 해두었다. 혹시나 밤에 몰래 선제가 그걸 발견하고 빈 칸을 채워주길 바랐다. 아니면 원고를 읽어준 친구나, 편집자나, 정체를 알 수 없는 귀인이라도……. 하지만 괄호 안의 모든 것을 스스로 채워 넣어야 했다. 하기 싫고, 두렵더라도 원하는 것은 직접 채워나가야 하는 것이다.

　이 책은 단순한 소설집도 아니고, 그렇다고 연작소설도 아니고, 장편소설이라고 하기에도 애매하다. 과학소설도 아니고, 로맨스나 스릴러도 아니다. 그냥 야한(야하고 싶었던) 소설, 이라고 해두자. 혹은 입구는 있지만 출구는 없는 소설. 다른 도시의 이야기도 몇 개 남아 있고, 거대한 배후가 아직 밝혀지지도 않은 대하소설의 도입부. 작가들 중에 정신이 나간 몇몇은 스물네 권짜리로 365명의 인물이 등장하더라도 온전한 세계를 만드는 소설을 쓰고 싶어 한다. 100년 전에도 그랬고, 앞으로도 그럴 것이다. 그중의 한 명이 나다. 나중에 전 우주의 역사를 관통하는 소설을 쓰려고 시도할지도 모른다. 물론 그런 건 쉽게 쓸 수 없다는 걸 알고 있지만. 하고 싶은 것과 할 수 있는 것의 간극을 생각해 볼 것.

　4년 동안 이런저런 일을 겪고도 소설을 기다려준 한수미 편집자에게 감사드린다. 원고 핑계로 만나다가 같이 나이를 먹으면서 술친구가 되어버렸다. 늘 초고를 읽어주는 김정행 작가, 어떤 아이디어도 묵묵히 들어주는 현수 후배, 언제나 든든한 힘이 되어주는 한페이지 단편소설 회원들, 바쁜 시간에도 해설을 맡아주신 이명원 평론가님도 감사하다. 빈둥거리는 것 같지만 늘 뭔가를 쓰고 있다고 믿어주는 부모님, 그리고 야한 소설을 쓰기에는 아직 미흡하지만, 나는 충분히 야한 사람이라고 말해 주는 선제에게 감사하다.

2011년 11월

서진

하트브레이크 호텔

초판 1쇄 인쇄 2011년 11월 16일   초판 1쇄 발행 2011년 11월 23일

지은이 서진   펴낸이 연준혁

출판1분사 분사장 최혜진
편집 한수미   디자인 하은혜
제작 이재승

펴낸곳 (주)위즈덤하우스   출판등록 2000년 5월 23일 제13-1071호
주소 (410-380) 경기도 고양시 일산동구 장항동 846번지 센트럴프라자 6층
전화 031) 936-4000   팩스 031) 903-3891
전자우편 yedam1@wisdomhouse.co.kr   홈페이지 www.wisdomhouse.co.kr
출력 엔터   종이 화인페이퍼   인쇄·제본 영신사

값 10,800원   ⓒ서진 2011   ISBN 978-89-5913-651-3 03810

국립중앙도서관 출판시도서목록(CIP)

하트브레이크 호텔 = Heartbreak hotel / 지은이: 서진. —
고양 : 위즈덤하우스, 2011
p. ;   cm
ISBN 978-89-5913-651-3 03810 : ₩10800
한국 현대 소설[韓國現代小說]
813.7-KDC5
895.735-DDC21   CIP2011004832